İnci Aral

ÖLÜ ERKEK KUŞLAR

CAN

TÜRK YAZARLARI

1-7. basım: Özgür
8.-10. basım: 1998, Can
11.-12. basım: 1999, Can

ISBN 975-510-808-4

Bu kitap, İstanbul'da Can Yayınları'nda dizildi,
Eko Basımevi'nde basıldı. (1999)
Cilt: ZE Ciltevi
Dizgi: Serap Kılıç

İnci Aral, Denizli'de doğdu. Gazi Eğitim Enstitüsü Resim-İş Bölümünü bitirdi. Edebiyat dünyasına 1977'de dergilerde yayınlanan öyküleriyle girdi. 1979'da *Ağda Zamanı* adlı kitabında topladığı ilk öyküleriyle 1980 'Akademi Kitabevi İlk Kitap Öykü Başarı Ödülü'nü aldı. Kahramanmaraş toplumsal olaylarını konu alan ikinci kitabı *Kıran Resimleri* 1983'te yayınlandı, Nevzat Üstün Öykü Ödülünü kazandı, 1989'da Fransızcaya çevrilip Fransa'da yayınlandı. *Uykusuzlar* ve *Sevginin Eşsiz Kışı* yazarın öteki öykü kitaplarıdır. İlk romanı *Ölü Erkek Kuşlar*, 1992 Yunus Nadi Roman Ödülünü aldı. *Yeni Yalan Zamanlar* 1994'te, *Hiçbir Aşk Hiçbir Ölüm* ise 1997'de yayınlandı. *İnci Aral*, öykü ve romanlarında genellikle kadın-erkek ilişkilerini, sevgiyi, kadın kimliğini, bağlılık ve özgürlük sorunlarını, insan ilişkilerini irdeleyen bir yazardır.

BİRİNCİ BÖLÜM

DÜŞKÖY YAZLIK SİNEMASI

İğde ve gül kokularının birbirine karışarak içlere baygınlık verdiği bir ilkyaz akşamı Düşköy tatil kasabasının yazlık sineması önünde bekliyorum. Gökte parlak bir dolunay var.

Sinemanın yaz akşamları yüksek perdeden arabesk şarkılar yayan hoparlörü suskun. Işıkları sönük. Büfede birbirine vurulan kola şişelerinin çıkardığı şıngırtılar, kiralık minder dağıtan Topal Şükrü'nün ağlamaklı sesi, çekirdekçilerin ezgili bağırtıları, çocuk çığlıkları, gençlerin gürültücü itiş kakışları ve yaygaraları duyulmuyor. O uğultu, neşe, canlılık yok henüz.

Mavi boyalı tahta sandalyeler, geçip gitmiş kışın rüzgârlarıyla, yağmurlarıyla hırpalanmış, makine dairesinin dibindeki sundurmanın altında bekliyorlar.

Gece serin. Yazlıkçıların kasabaya doluşmalarına zaman var daha. Altında durduğum çınarın tazecik yaprakları hafif bir esintiyle hışırdıyor. Denizin nemini tenimde duyuyorum. Başımı gökyüzüne kaldırıyorum, bir bulut kümesi geçiyor, Ay'ın önünden çabucak biçim değiştirerek. Gök aydınlık, parlak koyu mavi. Ayın altında, uzakta, zeytinliklerle kaplı tepelerin inişli çıkışlı yumuşak eğimleri belli belirsiz ince çizgilerle ayrılıyor bu mavilikten.

Anılarla bağlıyım buraya. Kumsala çekilmiş kayıklardan balık aldığım yaz günlerini, çayın kıyısında söğütler ve böğürtlenler arasından geçen toprak yoldaki sabah koşularımızı, suyun denize kavuştuğu yerdeki bir köprünün üstünde esrik, şarkılar söylediğim bir geceyi anımsıyorum şimdi.

Çağrılılar az sonra gelmeye başlarlar.

Büyük aşklar yaşamış olanlar, aşka inanmayanlar, inanıp da kimseyi sevilmeye değer bulmayanlar, sevip pişman olmuşlar, sevmeyi bekleyenler, iş işten geçmişler, gelgeç ilişkilerle idare etmeye çalışanlar, durmuş oturmuşlar –oturamamışlar, uslanmışlar– uslanmamışlar, duyuları körelmişler, tövbekârlar, modası geçmişler, dağıtmışlar, bileklerini jiletlemişler, değişik seçenekler arayanlar, boş vermişler. Bu gece hepsi gelecekler. Gelmeliler. Son on yılın en büyük aşk faciası karanlıklardan çıkıp gözler önüne serilecek bu gece, bu sinemada...

Sinemanın ağır demir kapısında paslı bir zincirin ucunda sallanan kocaman asma kilidi yokluyorum. Kilitli. Açık olmalıydı oysa. Neyse, önemli değil. Hazırlıklıyım. Cebimden maymuncuk, ince uçlu bir tornavida ve eğe çıkarıyorum. Kilidi açmam uzun sürmüyor. Ne de olsa deneyimliyim.

İçeriye giriyorum. Ay ışığında el yordamıyla daracık tahta merdiveni çıkıp makine odasına dalıyorum. Duvarları yoklayarak elektrik düğmesini buluyor ve bütün ışıkları yakıyorum.

İnce bir toz tabakası kaplamış her yanı. Ama yalnızca geçen zamanı belirlemek açısından önemli olabilir bu şimdi. Zaman tozdur çünkü, kirdir, nemdir, eskimişliktir, yenilgidir. Ne kadar uğraşırsak uğraşalım koruyamayız kendimizi ve nesneleri ondan. Boşuna o toz bezleri, fırçalar, paspaslar, cilalar, saç boyaları, kozmetikler.

Kasetçaların üzerindeki tozu elimle sıyırıyorum. Oracıkta gözüme ilişen ilk kasedi sürüyorum içine. Bezen Göksu söylüyor. Ses düğmesini sonuna dek açıyorum. Değer mi hiç? Değer mi, değer mi söyle, diye bağırıyor ses büyütücüler. Canlanıyor birden bahçe.

İmbat Limited Şirketinin kola kamyonu geliyor önce.

Ardından Minderci Şükrü.

İşsiz güçsüz takımından birkaç kopuk.

Kış kahvesinde pişti oynarken yaygarayı duyup koşan Makinist Raşit.

Tefçi Küsüm ve saz arkadaşları.

Bakkal Cavit'le şaşı karısı Necla.

Dereköy'den, Lokman Hekim Bahaettin ve at arabası.

İki keçisiyle birlikte Dul Mukadder.

İhbarcı, Malakacı Osman.

Hidroforcu Cemil Usta.

Sübyancı Şakir.

Bizim evin merdivenlerini yapan Marangoz İbrahim Sağlamel.

Fırıncı ve köfteci çırakları, berber ve inşaat kalfaları, oto elektrikçi ve anahtarcıları, kaportacılar, yıkama yağlamacılar, pazarcılar, peynirciler.

Karadeniz Pastanesinin küçük bulaşıkçısı Mahir bir koşu gidip Koç Yazıhanesine bıraktığım film bobinlerini getiriyor.

Bu geceye gelinceye kadar, zaman uzun bir süre bir yerlerde takılıp kaldı benim için. Gereğinden uzun akşamlar, geceler, sabahlar ve günler yaşadım. Geriye doğru çalıyordu saatim bu sıralarda ve kimse onaramıyordu bu bozukluğu. Her şey normal, diyorlardı saatçiler. Aslında görünürde pek bir aksaklık yoktu. Şu var ki, benim biyolojik zaman ayarımla uyum içinde olamıyor, apansız yıllar öncesinin saat on yedilerini, üçlerini, beşlerini göstermeye başlıyordu saatim. Bu arada birkaç saat değiştirdim elbette, ama yararı olmadı bunun. Onlarda da aynı aksaklık ortaya çıkıyordu koluma takar takmaz. Bir randevuya yetişmeye çalışırken geç mi kaldım acaba, kaygısıyla baktığımda, yetişmeye çalışmış olduğum birçok randevuya koşar buluyordum kendimi. Bir salı günü öğleden sonra on beşte nerede kimlerle buluşmaya gitmişsem –öyle az buz değil bunlar– ister üç yıl ister beş-on yıl önce olsun saatim akıl almaz bir hızla geri atlamalar yaparak bütün bu salıların on beşlerine dönüveriyordu.

Böylelikle yaşamımın bir bölümünde zaman kavramını neredeyse bütünüyle yitirmiş oldum. Bunun yaşamıma yepyeni boyutlar kattığını yadsıyacak değilim. Aynı anda iç içe birkaç zamanı birden yaşayabilmek kolay olmasa da şaşırtıcı ve olağanüstüydü.

Sonra yaralarım kapandı, iyileşme devresini dinginlik içinde geçirdim ve her şeye, bütün o üst üste gelmiş dörtlere-sekizlere-on dokuzlara karşı derin bir kayıtsızlık, kör bir duyarsızlık geliştirdim. En sonunda bana acı veren birçok şeyin hiç de o kadar dayanılmaz olmadığını, kurtulmuş olmanın verdiği uçuk, belli belirsiz bir sevinçle ayrımsadım.

Makine odasından aşağıya inip kapıya yürüyorum. Konuklarım gelmeye başladılar.

Ayazpaşa'daki alt kat komşum Nuriyanımla sarılıp öpüşüyoruz. Kızı okulunu bitirmiş. Bir kamu kuruluşunda çalışıyormuş. Ayrı yaşadığı kocasından hâlâ boşanmamış. Adam da bir türlü ölmüyormuş kör olası. Benden sonra üst kata genç bir dul kadın taşınmış. Eve giren çıkan belli değilmiş artık. Birkaç kez uyaracak olmuş, dinleyen kim...

İşte Selim'le Eda. Canım Selim! Eda ile evlenmemeye karar vermişler. Aralarındaki çelişkiler bitince aşkları biter diye korkarlar öteden beri zaten. Selim gazetenin 'Cinsel Sorunlarınız' sütununa geçmiş. Dr. Norman Gordon kisvesi altında, akıl dağıtıyormuş okurlara. Yıldız falı ve rüya tabirleri filan da hazırlayıveriyormuş arada. Bileklerinde Eda'nın onu ilk bırakıp gittiği gecenin jilet izleri var; beyaz, sedefli ince çizgiler halinde.

Tarık'la selamlaşıyoruz uzaktan. Yanında dördüncü karısı olduğunu sandığım şık, yapma burunlu bir kadın var. Onur'dan bir haber alırım umuduyla yanına gidiyorum hemen. Ordan burdan konuşuyoruz. Tarık yurtdışında bir reklam şirketinin Türkiye temsilciliğini almış, işler yolundaymış. Onur mu? İyiymiş. Başka bir ajansa geçmiş. Arada bir görüşüyorlarmış. Hep aynı Onur işte, diyor.

Ayhan gelemez. Ona filmin video kasedini postalayacağım sonra.

Ya Onur? Gelecek mi? Gelebilecek mi?

Çakıl dökülmüş zeminde gıcırtılı ayak sesleri bırakarak perdeye doğru ilerliyorum. Kadıncık Dergisinden iki bayan muhabirle el sıkışıyoruz. Sinema ve sanat sayfaları yazarları, eleştirmenler, film oyuncuları görüyorum kalabalık arasında.

Mat beyaz yağlıboya ile boyanmış perde-duvarın önündeki çıkıntıya tırmanıyorum güçlükle. Keşke dar etek giymeseydim, pek kolay olmuyor bu. Eteklerim sıyrılıyor ve sanırım külotum görünüyor. Bundan çok korkarım. Kan basıncım yükseliyor. Beyaz, tombul, tırnakları kırmızı ojeli bir el kulağıma asılıyor hemen. Çekiyor, çekiyor sonra hızla itip mutfak kapısının pervazına vuruyor başımı. Plastik kaplanmış at dişlerinin arasından tıslıyor: Ben sana ne tembih ettim? O hurda kamyona tırmanma, oğlanlarla oynama demiyor muyum sana ha? Kıçını başını bu yaşta açmaya başlarsan nasıl baş edeceğiz biz seninle bakiim! Çekiyor vuruyor, çekiyor vuruyor...

Perde-duvarın çevresine dizilmiş küçük kırmızı ampullerin ışığı yüzüme yansıyor. Yüzüm yanıyor, kulaklarım uğulduyor. Konuklar bir ağızdan konuşuyorlar. Kahkahalar, sesler anlaşılmaz sözcükler birbirine karışarak göğe yükseliyor.

Sandalyeler sundurmanın altındadır, lütfen birer sandalye alarak oturunuz, diye bağırıyorum.

Sandalyeleri dizecek zamanımız olmadı, konukların birer sandalye alarak oturmaları rica olunur. Sandalyeler sundurmanın altındadır. Herkese yetecek kadar sandalyemiz mevcut olup kimse ayakta kalmayacaktır. Bu karışıklık için tüm dostlardan özür dileriz.

Kim? Biz kim? Biz yani ben, sinemacı Saim, makinist Raşit, minderci Şükrü.

Sizleri ta İstanbul'dan buralara gelme zahmetine soktuk. Ancak filmimizi İstanbul ve öteki büyük kentlerimizde gösterime sokacak salon bulamadık ne yazık ki! Bildiğiniz gibi salonlarımız Amerikan sinemasının egemenliği altındadır. İşte bize ancak bu şirin köyün sezon dışı yazlık sineması kaldı. Geldiğiniz için hepinize teşekkür ederim.

Hâlâ yerleşememiş olanlar yerli çoluk çocuğun geleneksel Türk konukseverliği örneği göstererek koşturdukları sandalyelere oturuyorlar çabucak. Kalabalığın uğultusu yavaşça diniyor. Garip bir sersemlik içindeyim. Başım bulutlara değiyor sanki. Kendi sesimi duyuyorum. Yabancı, tekdüze, ruhsuz.

Değerli Konuklar,

Az sonra bütünüyle benim emeğim sonucu ortaya çıkmış bir filmin ilk ve son gösterimini izleyeceğiz. Bu film, bütün filmlerde olduğu gibi birtakım insanların başına gelmiş birtakım olayları anlatıyor. Birini, bir başkasını, bu iki kişiden bağımsız ya da onlarla şu ya da bu biçimde ilintili bir üçüncü kişiyi. Belki de tek görünüm altında iki kişiyi; ona yakın olanı ve bu üç kişiyle anlaşılması zor bir ilişki içinde olan tek, iki ya da üç insanı konu ediniyor.

(Çok karışık, anlamadık, karıştırdın... sesleri.)

Biraz karışık, evet ama bunlar zor durumlardır bilirsiniz. Burada şunu özellikle belirtmeme izin verin. Filmdeki kişi ve olaylar hiç kimseyle uzaktan yakından ilgili olmayıp baştan aşağı düzmece ve uydurmadır. Kimi dar görüşlü kişi ve kurumlar filmde öz yaşamsal izleklerin yer almış hatta ağır basmış olduğu savını ileri sürebilirler. Bunlar eleştirecek başka şey bulamayanlar olacaktır benim için. Sorarım size, bir sanat eseri yaratırken insanın kendi yaşamından yararlanması neden bu kadar küçümsenir? Başkalarını anlatmak beceri olur da kendi kendini anlatabilmek cesareti niye böylesine hor görülür? Bu hor görücülere şunu söylüyorum: Dedikodu kötü şeydir, dedikodularla uğraşmayın.

Söylentilere kulaklarını tıkayamayanlardan filmin senaryosunun başarısız olduğunu söyleyenler oldu. Dedikodular yüzünden filme yapımcı, yönetmen, kameraman, ışıkçı ve set işçileri bulunamadı. Ne yapalım yani, herkesin hayatı film! Ohooo, ben anlatsam... deyip çıktılar işin içinden. Zaten sinemamız krizde; hiç yapılmamış, hiç anlatılmamış, görenin ağzını bir karış açık bıraktıracak bir konu çekilsin çekilecekse bari, düşüncesiyle yanaşmadılar işe. Herkes sanat filmi çekmek, sanat filminde oynamak, sanat filmi yönetmek peşinde olduğundan sıradan bir öykü, sıradan bir senaryo ile ilgilenmediler kendilerince.

Ayıptır, yazıktır arkadaşlar! Önyargılı olmayalım.

Senaryomu son bir umutla Kültür Bakanlığının parasal destek sağlayacağı projelerin seçici kuruluna sundum. Evet, bildiniz. Reddedildi. Seçici kurul üyelerinden işlerinin çokluğuna rağmen uykusundan çalarak senaryomu okuma inceliğini gösteren bir ikisi pek bir şey anlayamadıklarını söylediler. Kırılmadım, yılmadım.

İşte, değerli arkadaşlar bu koşullar altında zorunlu olarak, yapımcı, yönetmen, kameraman, kamera asistanı, sanat yönetmeni, ışıkçı ve işçilik görevlerini tümüyle ben üstlendim.

İçinizde filmi her bakımdan karanlık bulanlar olacaktır. Evet, karanlıktır. Karanlık bir dönemde karmaşık karanlık ilişkileri, karanlık duyguları ve eylemleri başka nasıl anlatabilirdim ki... Ayrıca kadraj hataları, ters ya da eğri çekilmiş kareler hiç de az değil az sonra göreceğiniz gibi. Bu aksaklıklar için kendimi şöyle avutuyorum, önemli olan ruh. Önemli olan filmin ruhu olmalı, öyle değil mi?

Asıl sorun oyuncu bulmak oldu benim için. Kısıtlı bir bütçe, kırklardan kalma döküntü bir kamera ve evdeki iki halojen lamba ile yola çıktığım bir filmde kim oynamak isteyebilirdi ki? Bu durumda çaresiz başrolü de üstlenmek zorunda kaldım. İki adet baş erkekten birini oynamayı eski kocam Ayhan'a çok benzeyen ve gerçek bir sanatsever olduğu kadar gizli kalmış bir oyuncu olduğunu da bu filmle kanıtlayan Gönül Sokaktaki evimin yakışıklı kapıcısı Hüccet zorla kabul etti. Ötekini, Onur rolünü de emlak komisyoncusu olup, oradan oraya taşınmalarımda bana depozitosuz ve peşinatsız evler bulmakta üstün gayret ve yardımlarda bulunmuş dostum Gürol Kaçmaz'a rica minnet yükledim. Figürasyon gerekmedi, çalıştığımız ortamlardaki gerçek heveslilerce çözümlendi. Kostüm sorununu herkes o günkü rolüne uygun bir şeyler giyerek geldiği için önemsemedik.

Oyuncular yazılı senaryoya bağlı kalamadılar. Herkesin işi gücü vardı, rollerimizi ezberlemeye yeterince zaman bulamıyorduk. –Zaten gönülsüz oynuyorlardı, ezberleyin diye çıkışsam bırakır giderlerdi kesinlikle.– O anda içimizden geldiği gibi, kafamıza göre konuşuyorduk, uyduruyorduk düpedüz. Bu durumda yazılı diyaloglar altüst olduğunda önce şaşırdık, ama sonra bunun sinemamızda belki de hiper gerçekçilik dalgası olarak tanımlanabilecek yeni bir dönemi başlatabileceği fantezisinin coşkusuna kapıldık.

Son olarak şunu söylemeliyim ki karşı karşıya kaldığım en büyük güçlük montaj oldu. Filmi sahneleri önceden numaralamaksızın doğaçlamadan çektim. Senaryoda da kronolojik bir sıra olmadığı için sonunda her şey birbirine karıştı. Ne zaman, nerde, ne oldu, kim ne yaptı, neden öyle oldu, içinden çıkılmaz bir duruma geldi göreceğiniz gibi. İtiraf ediyorum, bu acemilikten kaynaklandı. Buna karşın öykünün kendince bir tutarlılığı var sanıyorum. Hatta filmin bu ilginç biçim denemesiyle öncü bir kurguya sahip olduğu düşüncesi çok uzağımda durmuyor şu anda.

Alkışlar ve ıslıklar duyuyorum.

Yeter artık, in aşağı da filmi görelim!
Bravo Na, anlat, daha anlat...
Çekil ordan, makinist uyuma!
İn aşağı Na!
Konuş konuş, hepsini anlat...
Sürekli ıslıklar...
Bir dakika, diyorum son bir şey...

Sesim boğuluyor bu kargaşada. Islıklarla perdenin önünden aşağı iniyorum. Çakıllar üzerinde, kalabalığın arasında kimseyi görmeden yürüyorum. Yeniden o ağdalı gül ve iğde kokuları içindeyim.

En arka sıraya, film tanıtım panosunun yanındaki bir sandalyeye oturuyorum ve orada asılı fotoğrafları görüyorum birden.

Yazlık evin merdivenlerine oturmuş ağlıyorum. Ayhan bana doğru eğilmiş. Onur'la rüzgârlı bir akşamüzeri Bebek'te bir çay bahçesinde tartışıyoruz. Saçlarım savrulup dağılmış. Ihlamurderesi'ndeki atölyede bir tuvali siyaha boyuyor Onur. Sonra silip yeşil sürüyor. Bakır çalığı bir yeşil. Tam o sırada ben holdeki aynada, yüzüme bakıyorum. Cıvalı ışık altında beyaza dönük yansıyorum oraya. Öfkeli ve inanmaz gözlerim iki mor çukur. Ölümümün resmi bu. Bana verilip de tutulmamış sözler ve benim başkalarını sevdiğim ve başkalarınca sevilmiş olduğum için ödemek zorunda olduğum her türlü bedel yürürlükten kalkmış artık.

Buraya nasıl geldim? Kendi yatağında yıllardır akan bir suyun alışkanlığıyla uzun yollardan geçerek mi? Geldiğim yeri önemsemiyor ya da çoktandır hiçbir şeyi anlatılmaya, sözü edilmeye değer bulmuyorum. Zaten gitgide daha az anımsayacağım yaşadıklarımı. Yüzleri, sesleri, ev içlerini, uzun yolları, yüzüme vurmak için havaya kalkmış bir eli, gece yarısı yalınayak bir sokakta koştuğumu. Sonra o eşsiz parlaklıktaki uçucu mutluluk anlarını, ilk coşkuları, ilk korku ve kuşkuları. Bir yaz bahçesini, bir yağmuru, yüzümü okşayan bir eli daha az anımsayacağım. Bana söylenmiş ve söylenmemiş tüm sözcükleri, araya giren, ara bulan ya da açan sözcükleri.

Bütün ışıklar sönüyor birden. Perde aydınlanıyor.

SIĞINAKTA

Bu ayakkabıları Sultanhamam'da parti malı satan bir ucuzcudan almıştım. İstanbul'a ilk geldiğim yıllardı. Sokaklarda başıboş, uzun uzun yürüdüğüm zamanlar. Yitirdiğim birini arıyormuşum da umulmadık bir yerde, bir köşe başında birdenbire karşılaşıverecekmişim gibi. Adam'dan yeni ayrılmıştım. İki kırık sandalye, formika bir masa, orta boy bir kitap sandığı, annemden kalma bir çift kuşlu Isparta seccade ile kalkıp gelmiştim İstanbul'a. O gece ton balığı konservesi yemiştim kitap sandığının üzerinde. Karnımı doyurduktan sonra çıkmış, yağmur altında dolaşmıştım bundan böyle yapacaklarımı düşünerek.

Yeni evimi boyayacaktım önce, çocuğumu doğurduğumda bana armağan edilen altın ve takıları bozdurup birkaç parça eşya alacaktım. Dolaplarımı yerleştirecek, yeni düzenimi kuracaktım. Sonra bir iş bulur, artık tezgâhtarlık mı olur, sekreterlik mi, bir kitabevinde düzeltmenlik mi hangisi olursa, çalışmaya başlayacaktım. Ondan sonrası kolaydı. Okur, yazar, resim yapar hatta ut çalmayı öğrenebilirdim. Sınırsız özgür duyuyordum kendimi. Ölçüsüz güveniyordum kendime.

Bu ayakkabıları o günlerde almıştım işte.

O gece çıkarken rastgele giymişim. Sırtımdaki bakkala giderken giydiğim eski mantom. Kumaşı iyiydi, kötü bir terzi bozdu. İçimdeki kazakla eteği birbirine uydurmaya çalışmışım farkında olmadan. Buruşuk bir eşarp sallanıyor boynumda. Elimdeki ağır gaz bidonuyla yokuş yukarı çıkıyorum. Dar gelirli, kılıksız bir ev kadını gibi ezik, bezgin.

On üç yaşında uzak bir kente tek başıma parasız yatılı sınavlarına gönderilirken kara ortaokul önlüğümle yola çıkarılmıştım. Yengem bunun sınav komisyonu üyelerinde iyi bir etki bırakacağını düşünmüştü. Oysa sınava giren öteki kızlar renkli giysiler, kloş etekler, fırfırlı bluzlarla gelmişlerdi, o kılıkta olan bir tek bendim. Birbirlerine kaş göz işaretleriyle beni gösterip güldüklerini sezip utanmıştım. Yanlarında kaldığım eski aile dostu Hikmet Hanım bana çabucak üzeri sarı mimozalarla süslü markizet bir giysi dikmişti. Onu uzun süre giydim.

Sınavı kazandıktan sonra devlet malı, lacivert, kaba Sümerbank kumaşı eteklik, altları kalın lastik kara ayakkabılar, mor şeritli kasket, fitilli kara uzun çoraplar ve kulak memesi hizası kesilmiş saçlarla birörnek kızlar arasına katılmıştım.

İzin günleri gruplar halinde o küçük Ege kentine dağılıp da ezik, ürkek, kimliksiz, bacaklarımız birbirine dolaşarak yürürken kentin ayaktakımı itlerinden sakınmak için durmadan kaldırım değiştirir, birbirimize iyice sokulup kol kola girerdik. Bu sırada esnaf kapı önlerine çıkar, tezgâhtarlar gereksiz yere kapı önlerini sularken apış aralarını kurcalayarak sırıtırlardı. Kent ağzını açıp bizi yutmaya hazır beklerdi.

Oturulacak yeri olan tek pastane Manolya'da, duvara yetenekli bir yağlıboya-badana ustasınca resmedilmiş 'İlkbahar Manzarası'na bakarak, resmin orta yerinden akıp giden dereye benzemez dereyi ve bu derede yüzme becerisini gösteremeyen ördeğe benzemez ördekleri seyrederek bir dilim pasta ya da kakaolu puding yiyebilmek hafta sonu izinlerimizin en iyi yanıydı. Kuşkusuz orası da evde kalmış kadın öğretmenlerin sıkı ajanları tarafından göz altında tutulurdu ve pastanenin sivilceli yeniyetme tezgâhtar-garsonuna kazara yan gözle bakanın başına gelmedik şey kalmazdı.

Aramızda biraz gözü açılmış olanların yazlık serüvenlerini soluğumuzu tutarak ama gene de inanmadan dinlerdik tatil dönüşlerinde. Romantik konuşmalar ve çok çok el tutmadan ileriye geçemeyen öykülerdi bunlar. Kızlar saflıkla ve bilmeden birbirlerine âşık olur, çift dikiş giden, Hanya'yı Konya'yı anlamış uyanıklar gözlerine kestirdiklerinin yataklarına dalarlardı herkes uyuduktan sonra.

Kömür tozu, nem, beton ve lodos kalıntısı o bayat kokuyla çıkıyorum dar, dik merdivenleri. Arkamdan ikinci kat daire kapısı incecik, karanlık bir çizgi halinde aralanıyor. Gözetleniyorum.

Bir kat yukarı çıkıp elimdeki gaz bidonunu kapımın önüne bırakarak mantomun cebinden anahtarımı alıyorum. On gün öncesine kadar benim olan bir başka evin anahtarı da takılı anahtarlığımda hâlâ. Onu niye çıkarıp atmadım, işime yaramayacak artık. Denedim. Hiç zaman kaybetmeden kilidi değiştirmiş Ayhan. Kavgadan iki gün sonra birkaç parça çamaşır, panik içinde çıkılıp gidilirken unutulmuş bir etek, iyi bir ayakkabı, o gecenin hiçliğine, kötülüğüne, o ayrılığa yakışmayacak bir kemer almak için uğradığımda inanamadım buna önce. Kilidin hangi amaç ya da düşünceyle değiştirilmiş olduğunu düşündüm sonra. Bir tür öç alma mı, yeniden karşılaşmaktan incinme çekincesi mi, cezalandırma mı? Hangisi? Kapı önünde bir süre ne yapacağımı bilmez durumda bekledim. Dışarıya çıktığımda, sokağın ortasında durarak uzun uzun denize baktım. Anahtarı kilide soktuğum âna kadar o gece olanları unutmak istemiştim sanki, unutmaya çalışmıştım. Ne olursa olsun geçiştirebileceğimi ummuştum. Oysa kendi evimin kapısında bir yabancı oluverdiğimde durumu olanca gerçekliği ile yeniden kavradım.

O akşamüzeri dergideydim. Rekla'dan ayrılalı iki ay kadar oluyordu. Yeniden bir reklam ajansında çalışmak istemiyor, eskiden olduğu gibi derginin sanat sayfasına haftalık haber ve eleştiri yazıları hazırlamayı düşünüyordum. Yönetim odasında iki arkadaşımla tartışıyorduk bu konuyu. Bir ara arkama yaslandım ve odayı holden ayıran camlı bölmenin ardından Ayhan'ı gördüm. Holdeki pencerenin önünde ayakta durmuş, tedirgin bakışlarla bir caddeye bir benim bulunduğum odaya göz atıyordu. Bir süredir beni izliyordu biliyordum ama bunu telefonlarla, dolaylı sorularla, yarattığı bahanelerle ve incelikli bir biçimde yapıyordu. Ona dergiye gideceğimi söyleyerek daha iki saat önce çıkmıştım evden. İnanmamış, peşimden gelmişti demek. İkimiz için de utanç verici bir durumdu bu.

Benden yana baktığında gözlerimiz karşılaştı. Bakışında öfkenin gizleyemediği derin bir çaresizlik gördüm. Arkadaşlarımdan özür dileyerek mantomu askıdan aldım, hole çıktım. Çok korktuğunu ve salt bu yüzden beni kaybedeceğini bilmediğini düşündüm o anda. Gidelim, dedim.

Konuşmak zorundayız, dedi, merdivenleri inerken. Böyle sürmez, bitecekse biter. Şu son iki saatte nasıl bir duygusal karmaşa yaşamış olabileceğini düşünerek sustum. İki gündür pek az konuşmuştuk, zorunlu gündelik sözcüklerle ve bu süreyi hemen tümüyle odamda geçirmiştim.

Yokuşu indik. Konuşmadan iskeleye yürüdük. Yağmur atıştırıyordu. Güverte boştu. Tahta bir sıraya birbirimizden uzak oturduk. Elleri titreyerek bir sigara yaktı. Ellerine acıdım. Bir zamanlar o kadar çok sevdiğim ellerine acır olmam içimi sızlattı.

Çantamdan paketimi çıkarıp bir sigara da ben yaktım. Bana bakmadı, sustu. Ne söyleyeceğini bilmiyordu. Konuşulması gereken pek bir şey kalmamıştı. Hepsini konuşmuştuk. Konuşamayacağımız için konuşmadıklarımız kalmıştı yalnızca.

Denize bakarak sigaramı içtim. Çok yorgundum. Konuşmaya başlayan hiçbir zaman ben olamam artık, diye düşündüm. Çevremle bütün bağlarım kopuktu uzun zamandır. Dertlerimi anlatmaya değer bulduğum tek insan kalmamıştı. Kullanmaya gereksinme duyduğum tek sözcük yoktu. Ne olacağımızı düşünmekten bezmiştim. Kendime ait, tepe tepe kullanacağım bir mutsuzluk ve tek başıma yaşamam gereken bir yalnızlıktı tek istediğim. Aslında Ayhan'la birlikte olduğum ilk günlerden beri içimde barındırmıştım bunları ama öyle olduğunu ancak şimdi anlayabiliyordum. O beni 'daha iyiye' doğru geliştirmek için sürekli kollayıp kontrolü altında tutmuş, mutsuzluk ve yalnızlık hakkıma el koymuştu. Kuşkusuz bunları sevgiyle yapmıştı öyle ki ona bu çabasında ben de yardımcı olmaya çalışmış, isteğini bölüşmüştüm. Aşkla, bastırmış örtüp gizlemiştim kendimi bilmeden. Oyun oynamıştım belki de, onu ve kendimi bir süre kandırmış ama içimdeki o hastalıklı mutsuzluk tutkunluğunu büsbütün silip atamamıştım. Tersine, giderek büyütmüş ve son zamanlarda taşıyamayacağım kadar ağırlaşmış olduğunu birden fark edivermiştim.

Nicedir Ayhan'a yeterince zaman ayıramıyor, diyelim ki haftada iki kez sinemaya, bir gece eşe dosta, bir gece akrabalara ve dışarıya yemeğe gidemiyor, geri kalan akşamlar da onunla yan yana oturup meyve yiyerek TV'ye bakamıyor ve böylelikle onu yapayalnız bırakıp eziyet ediyordum.

Çok değil, bir buçuk yıl kadar önce Ayhan'ın şimdi benden beklediği bütün bunlar için hiç zamanı yoktu oysa. Bir yandan Basın Yayın'daki görevini sürdürürken öte yandan yeni kurulan bir Anadolu Üniversitesinde de dersler veriyor, haftanın iki gününü evden uzakta orada geçiriyor, profesörlük dosyasını hazırlıyor ve Marksist bir derginin yazı kurulunda çalışıyordu.

Geçen sonbahardan sonra bütün bunlar elinden alındı. Köklerinden koparılmış bir bitki gibi havasız, ışıksız, yapayalnız kaldı. Bütün bağlantıları koptu. Coşkusuz, eylemsiz, güvensiz bana sundu kendini. Beni aynı biçimde isteyerek. Tüketemediği zamanın içinde aramızdaki bağı ondan beklenmeyecek bir düzeyde ve kertede önemser oldu.

Beni bırak, diyordum ona. Sen istediğin yerde, istediğin insanlarla birlikte ol. Evli olduğumuzu anımsatıyordu bana hemen. Birbirimize uymak zorunda olduğumuzdan, bölüşmenin güzelliklerinden söz ediyordu. İyi ve kötü günler için aynı evde, aynı sofrada, aynı yatakta, sokakta, gezmede aynı insanla birlikte olma değil miydi 'evli' olma durumu? Onun bu noktaya dönmüş olması çok canımı sıkıyordu.

Yakınımızdaki birçok çifti eleştirmiştik bir zamanlar. Bunlar birdenbire yalnız kalıvermekten o kadar çok korkuyorlardı ki bir an bile ayrılmak istemiyorlar, birlikte geziyor, aynı yerde çalışıyor, aynı şeyleri düşünüyor, inanıyor, aynı tepkileri gösteriyor, aynı insanları sevip aynı şeylere gülüp ağlıyor ve böylece ben olmaktan biz olma durumuna geçiyorlardı. Zaman içinde oturup kalkmaları, yüzleri, davranışları, her şeyleri öylesine birbirine benzer bir hale geliyordu ki kim kimdir belli olmuyordu artık. Sonra elbette, günün birinde bunu ansızın görüverdiklerinde, yani birinci tekil kişiden birinci çoğul kişiye dönüşmüş olduklarını fark ettiklerinde şaşırıyor, bu dönüşüm sürecinde içlerinde biriktirdikleri öfke ve nefreti unutmak için büyük çabalar gösteriyorlardı. Bu geri dönülmez noktada çok sancılı ilişkiler, büyük patlamalar yaşanıyordu çoğu zaman. Yirmi otuz yıl sonra kavgalar, çelişkiler, terkler, boşanmalar, yaşamın boşa harcanmış olduğu düşünceleri çıkıyordu ortaya. İşin en önemli yanı da benzeşmenin dişi cinsin zararına işlemesiydi. Benzemek zorunda kalan daha çok kadın oluyordu. Erkek, iki tabak yıkamayı öğrenemezken, kadın biraz akıllıysa yıllar sonra kimlik bunalımına düşüyordu. İsyan ettiğinde azmakla, kudurmakla suçlanıyor, kendisini adam edene başkaldırma nankörlüğünde bulunuyordu.

Bütün bunları çok iyi bilen ve biz böyle olmayalım diye onca gayret gösteren Ayhan, şimdi nedense bilinçsizce ve yalnızca beni benden istiyor, sorunu çözmek, bir orta yol bulmak bana kalıyordu. Oysa daha şimdiden çok yorulmuştum ve ona bütün beklentilerini seve seve yerine getirebilecek bir kadın gerektiğini düşünüyordum son zamanlarda. Ama bu kadın ben olamazdım artık. Kendisi de biliyordu benden kurtulduğunda daha özgür, daha rahat, daha mutlu olacağını ama alışkanlıkla ve inatla bu yeni kadının da ben olmamda ayak diretiyordu.

Bu yangının içinde gece gündüz nöbet tutuyordum. Her yanım yanık izleriyle dolmuştu. Beni anlayacak durumda olmadığını görüyordum. Anlayışsızlıkla suçlanıyordum üstelik. Düşüncelerimiz öylesine ayrı yönlere sapmıştı ki salt karşı çıkmak için bile olsa birimiz ötekine aykırı fikirler üretiyorduk durmadan ve yeniden sağlıklı bir iletişim kurabilmeyi anlaşılmaz bir istekle umuyorduk. Konuşmak için karşılıklı oturduğumuzda en çok beş dakika içinde tartışmaya başlıyorduk. Bu yüzden bundan vazgeçmiş, birbirimize yazarak anlaşma yolunu dener olmuştuk. İkimiz de uyumak üzere odalarımıza çekiliyor, uyku tutmadığı için kalkıp mektuplar yazıyorduk. Bu mektupları zarfsız olarak elden ya da birbirimizin masalarına bırakarak iletirken içimizde bu kez anlaşılacağımız umuduyla kısa süren bir rahatlama duyuyorduk.

Ayhan,

Bu gece sen kollarımda bir çocuk gibi ağlarken seni hiçbir zaman bırakamayacağımı anladım. Sana acıdığımdan değil, hayır. Sen beni bendeki her güzel ve kötü yan için ayrı ayrı sevdiğin ve sonra seninle birçok şeyi, düşündüklerimi, düşünmediklerimi, bütün konuşmalarımızı, tartışmalarımızı, ters düşmelerimizi ve benim ters düşmemek için onaylarmış gibi göründüğüm ama yaşama geçirmekte zorlandığım kararlarımızı bölüşmekten zevk aldığım için. Seni kendi bilincimin pek de açık seçik yakalayamadığı bir biçimde hep sevdiğim için.

Ama artık bunca mutluluk, bunca sevgi ve bunca bir arada 'biz' olmaktan bunaldım. Bir süre mutsuzluğa, kendim olmaya, yoksunluğun ve acının tadını sessizce ve kendimce yaşamaya gereksinme duyuyorum.

Seninle 'kurulu düzenimiz'i yıkmaktan korktuğum ve yeni bir düzen kuracak her türlü güçten yoksun olduğum için oturmakta olduğumu söylediğinden beri diken üstündeyim bu evde. Biliyorum, sen her zaman benden daha çok para kazandın ama ben de elimden geleni yaptım. Ayrıca çok iyi koşullarda çalıştığım Rekla'dan senin için, senin Onur'u hâlâ, gereksiz yere sorun etmen yüzünden ayrıldım. Bu konu kapansın, bitsin, rahat edelim istedim. İki aydır işsiz olmam sana bu sözleri söyleme hakkı vermemeliydi.

Şunu da bilmelisin ki hiçbir kurulu düzen beni durduramaz. Ben böyle şeylere alışkınım Ayhan. Küçük bir çocuk bile beni mutlu olmadığım bir eve bağlayamadı bir zamanlar.

Çok hastayım. Bu evdeki sinsi yangının dumanından boğuluyorum. Zehirli bir kış geçiriyoruz. Çok güçsüzüm.

Kimseyi görmek, tanımak, yemek yapmak ve bulaşık yıkamak istemiyorum. Eve konuk çağırma. Hoşlanmadığım insanlarla bir arada olmaya zorlama beni. Bu toplantılara ayak uyduramıyorum. Herkes kendini birbirine beğendirmeye çalışıyor. Herkes ben diye başlıyor söze ve belli bir durumla ilgili tavır, alışkanlık ve yorumlarını uzun uzun, sıkıcı bir biçimde anlatıyor. Sonra sözü birbirlerinin ağzından kaparak başkaları giriyor incir çekirdeği doldurmaz konulara. Öyle ki çoğu kez cümleler yarım kalıyor, sesler yükseliyor, biri daha atik davranıp yersiz bir espri yapıyor, beriki buradan aşağılara iniyor. Yapmacık, içtenliksiz kahkahalar patlıyor ortalıkta. Bu olur olmaz espri tutkunluğu, bu yüzeysellik, bunca ucuzluk deli ediyor beni. Kadınlar tiz, yırtıcı, isterik ve saldırgan sesleriyle, erkekler kayıtsız ve kaba saba savunmalarıyla, pis sakalları ve açgözlü bakışlarıyla ne kadar çok birbirlerine benziyorlar. Tamam, bunlar benim çevremdekilerdi, bir zaman onları seviyordum, sen de sevmekten geri durmadın ama sıkıldım artık.

Bu ortamda, korkular, zayıflıklar içinde kahraman rolü oynamayıp ne yapabilirler ki bu insanlar, demiştin bana bir gün onlardan söz ederken. Birey olmayı öğrenebilmek kolay mı sanıyorsun? İşte sen böyle, bu denli hoşgörülüydün. Oysa bizim gerçek dostlarımız olmadılar onlar hiçbir zaman. Avunduk biraz birlikte. Onları sana getirdim, bu büyük bozgunda biraz oyalanır unutursun, diye düşündüm. Ama gerçek dost sandıklarımız da yok artık ortada, yanımızda değiller. Darmadağın olduk, kimse kalmadı.

Senin sorunun yalnız ben değilim Ayhan.

İkide bir odamın kapısını açıp beni gözetleme. Sigarama karışma. Telefonlarımı dinleme. Ben bir yere çıkmaya niyetlendiğimde hemen benimle gelmeye kalkışma. Kendine yeni ve benden başka uğraşlar bul. Briç oyna, bilardo öğren, maçlara git, akşamları gazetedeki arkadaşlarınla içmeye çık.

Sigarama karışma, ölümümden uzak dur!

Özlenmiş, yaşanmış, alışılmış bir sevgiyle senden yanayım. İnan ve biraz daha dayan bana. Bu arada ellerini boynumda tutma.

Suna

İki gece önce ona bunları yazmışken o gün peşimden gelmişti işte. Demek her şey boşunaydı artık.

Vapurdan indik, yan yana yürüdük. Uyum içindeymişçesine, her zamanki gibi. Yedi yıldır nasıl yürümüşsek öyle. Az sonra eve gidip ben zeytinyağlı pırasa pişirirken o havuç rendeleyecekmiş gibi. Bir aile kurmuş, sorumluluklarının bilincinde olan bir erkek ve bir kadın gibi.

Uzun süredir ayrı yatıyorduk. İkimiz de çok az uyuyor, sık sık uyanıp birbirimizi uyandırıyorduk çünkü. Ayhan yatakta durmadan dönüp yer değiştiriyor, kolunu bacağını bana çarpıyordu. Ürküyle, sıçrayarak uyanıyordum bu yüzden ikide bir. Sıkıntılı uykusunda çıkardığı sesleri duymamak için kulak tıkaçları kullanıyordum.

Üstelik yitirmiş olduğunu yeniden kendisinin kılmak güdüsüyle olağandan fazla istek gösteriyordu Ayhan. Onu yanıtlayamıyor, zorla, katılmadan yaşıyordum bu birleşmeleri. Böylece geceler boyu yinelenen düş kırıklıkları sabaha dek süren tartışmalara yol açıyordu. Aramıza duvarlar koymak kaçınılmazdı. Aynı odada, aynı yatakta birlikte sabahlamak işkencesinden kendimizi kurtarmış olmamız bile ilişkimizde bir aşamaydı belki de. Daha önce de denemiştik bunu. Benim bir kadın, bir eş olma saplantımdan insan ve kişi olmak üzere kurtulmaya çalıştığım, buna zorlandığım o yalnızlık dolu süreçte.

Eve gelir gelmez odama kapandım, uzandım. Kapımı aralık bıraktım, kapalı gördüğünde sinirleniyor gelip açıyordu hemen.

Ayhan'ın acılı, yumuşak, kararsız yüzünü gördüm kapımda az sonra ama bakmadım ona. Kolumla gözlerimi kapatarak öylece yatmayı sürdürdüm. Sonra onun salonda dolaştığını, içki dolabını açtığını, bir bardak kırdığını duydum. Ardından telefona sarıldı. Ağabeyimi, eski dostları Bahri Beyle Kevser Hanımı, kız kardeşiyle kocasını çağırdı yangın ihbarı vererek. Hemen koşup geldiler hepsi.

Kalkıp yanlarına gitmedim. Onlara anlatabileceğim ve anlayacaklarını umduğum hiçbir şey yoktu ortada. Oysa Ayhan benim durup dururken kendisinden nasıl bıktığımı, yeni aşkların heyecanını yaşamak istediğimi, aslında beni nasıl bir hiçken bulup adam etmiş, çamurların içinde sürünürken yüce gönüllülükle tutup kaldırmış olduğunu, gel kör ki –kör talih– boynuzun kulağı geçip artık onu beğenmediğimi, nankör, kötü, bencil ve –Aman olur mu, neler söylüyorsun, sakin ol, demeye çalışanları çabucak susturarak– duygusuz olduğumu, ilk uygun fırsatta kendisine tekmeyi vuracağımı bildiğini haykırdı bir çırpıda.

İtfaiyeciler, –Böyle konuşma, nasıl olur? Biz size hep imrenerek baktık– gibi sözler söyleyecek oldular ama bu sırada ben bir çantaya birkaç külot, iki kazak, bir etek, bir pantolon koymuş olarak yanlarına geldim. İkimiz adına hepsinden özür diledim.

Ayhan bu aklı başında özrün onu küçük düşürmek, onun çılgın, ilkel bir zavallı olduğunu iyice ortaya çıkarmak için kasıtlı olarak yapılmış bir hainlik olduğunu, insanların –bak şu sefil herifin davranışı yanında kadının soyluluğuna...– diye düşünsünler istediğimi, böyle bir anda bile kontrolünü kaybetmeyecek kadar hesaplı ve acımasız bir kadından artık bir şey beklenemeyeceğini söyledi üzerime yürürken. Atılıp tuttular. Yürü, gidiyoruz, dedi ağabeyim kararlı bir sesle. Çıkarken ucuzcudan alınmış ayakkabılar geçti ayağıma.

Yeni evimin kapısını açıp hole giriyorum. Gaz bidonunu içeri alıyorum. Ev karanlık, dar ve soğuk. Belki daha iyi bir ev bulabilirdim. Çok aceleye getirdim bu işi. Uzun boylu ev arayacak zamanım olmadı. Sonra evin yeni boyanmış olması da işime geldi doğrusu. Ağabeyimin evindeki salon kanepesinde yatarken yeni evimle ilgili beklentilerimin, 'ne olursa olsun benim evim olsun da'nın ötesine geçmesi olanaksızdı en önemlisi.

Mantomu çıkarıyorum. Ayhan'ın evinin eski anahtarını gidip mutfaktaki çöp kovasına atıyorum.

Kilit değişmemiş olsa uzlaşabilir miydik? Bellek zayıftır, unutabilirdik belki birbirimize yaptıklarımızı. Kendi kendimize yaptıklarımızı ve başkalarının bilerek ya da bilmeyerek bize yaptıklarını.

Yeni bir kedi alabilirdik. Kedi yavrularımız olurdu. Hafta sonları birlikte alışveriş ederdik Migros'tan. Boğaz vapuruna binip Kavaklar'a gidebilir, dönüşte çakırkeyif, kimsenin duymayacağı şarkılar söylerdik güvertede. Akşamları kanepede yan yana oturur konyak içerek dizi film izlerdik huzur ve güven içinde. Bir yerlere gider, konuklar ağırlar, saçma sapan şeylere gülerdik birlikte.

Belki perdelerimizi ve eşyalarımızı yeniler, uygulayamayacağımız yeni kararlar alırdık. Birimiz patlıcanları tavadan alırken birimiz sarmısak ayıklar ve acaba hangi filme gidelim, diye düşünürdük.

Ne yazık ki kilit değişti. Göbek yeniydi, parlaktı. Niye hep kapıda kalan ve terk eden ben oluyorum, diye düşünmüştüm o anda. Kurduğum düzenleri bırakıp bırakıp gidiyorum ve yeni düzenler kurmak zorunda kalıyorum durmadan. Neden?

Ya içerde bıraktıklarım? Ayhan'ın armağanı tiftik eldivenlerim, salı pazarından alırken fosforlu pembede güçlükle karar kıldığım plastik mandallarım, annemden kalmış tabaklarım, kitaplarım bir şey değil de uykusuz geçmiş son sekiz ayım, karalanmış, abuk sabuk reklam metinleriyle doldurulmuş kâğıtlarım, renkli kalemlerim, mektuplarım da önemli değil de, bir şey vardı, o bendim. Onunla bu eve yerleşirkenki heyecanım, yürekliliğim, umutlarım.

Çok acele etti. Pencerelerdeki perdeleri elimle dikmemişim, balkon sandalyelerini beyaza ben boyamamışım, mutfak dolaplarını yerleştiririrken tabakları üst göze, çay bardaklarını musluğun üstündeki rafa koymamışım gibi sanki. Ben hiç olmamışım, hiç Su olmamışım sanki...

Yeni bir düzen kurmanın zamanı gelmişti.

Sobanın deposunu gazla doldurup yakıyorum. Ayhan'ın birazcık yatışıp da beni gönlümce yalnızlığa bırakmaya umarsızca karar verişinden sonra bu sobayı bodrumdan çıkardık birlikte. Taşınmama yardım etti iyilikle. Yedi yıl önce evlerimizi birleştirirken atmaya kıyamadığımız kırık dökükleri buraya getirdik.

Delisin ve beni de delirttin sonunda, dedi, eşyalarımı evin ortasına yıkıp giderken. Solgun, kırık ve hâlâ öfkeliydi. Ev filan da değil burası ayrıca... Sığınak, evet bir sığınak!

Güvercinler, martılar daracık yatak odamın penceresi dışında hızlı kanat çırpıntıları ile gürültü etmeye başladıklarında erkenden uyanıyorum. Yattığım yerden doğrulup perdeyi aralıyorum. Boz bir gökyüzü bacalardan tüten dumanlarla kararıyor. Çatılara, pencere önlerine kurum yağıyor, incecik çatlaklardan içerilere sızıyor. Bu evdeki yedinci sabahım bu. Biliyorum çabucak kirlenecek perdeler, duvarlar, her yer. Daracık avlulara bakan apartmanların arka cephelerindeki balkonlar eskicilerin beğenmedikleri işe yaramaz bin bir türlü eşya ile yüklü. Çürümüş hasır koltuklar, eski gazocakları, şişeler, tenekeler, patlak bavullar, çinko leğenler, paslı delik termosifonlar, telleri kopuk somyalar. Ayhan eskicilerden, kapı önlerinde onlarla pazarlık yaparak çene çalan kadınlardan nefret eder. Eskilerini götürüp çöpe atmayı ya da kapıcıya, temizlikçi Nimet'e vermeyi yeğler. Nimet gene gidecek mi ona? Beni çok sever, yokluğum dokunmayacak mı kadına?

Uzun yıllar iyi ısıtılmış evlerde uyandıktan sonra buz gibi bir eve kalkmak kolay olmuyor sabahları. Soğuk başımın damarlarını büzmüş, boynum ve ensem kasılıp omuzlarıma gömülmüş. Bu kışı nasıl çıkaracağım? Güçlü bir elektrik sobası alsam yararı olur belki. Neyse... Alt kat komşum bir yün başlık verecek bugün, yatarken takayım diye. Hiçbir zaman yün başlığım olmadığını, sıkıntılı bir kadın olduğum için karda kışta bile kafama böyle şeyler takamadığımı söylediğimde şaşırdı. Bir haftalık gözetleme raporları temiz çıktığı için dün akşam bana çorba getirdi, yerleşme telaşından belki yemek yapamamışımdır diye. Bu gibi durumlara alışkın olduğumu nereden bilsin.

Perdenin ucunu bırakıp yeniden yorganın altına sokuluyorum. Bulunduğum yere şaşmıyorum, yalnızca bunun kaçıncı yıkımım olduğunu düşünüyorum. Bir yerlere kök salma, kesin olarak yerleşme çabasını hiç gösterememiş olabilir miyim? Olmuyor ama işte. Yine yeni bir yerde, yeni bir evde, derme çatma eşyalar arasında, üzerimde kızlık yorganımla uyanıyorum.

Yüksek perdeden okunan ezan bitti. Bir köpek uzun uzun uludu. Ayhan köpeklerin yalnız kaldıklarında uluduklarını, bunun bir tür ağlamak olduğunu söyler, çocukluğumdan kalma bir ürküntüyle pencere içine koyduğum tuzlu ekmekleri fırlatır atardı uluyan köpeklere doğru.

Güvercinler yatışmış seslerle gidip geliyorlar penceremin önüne.

Yeni komşum namaz kılıyor olmalı şu anda. Birkaç yıl önce kendi kendine 'din yoluna' girmiş. Öyle tarikatlarla falan işi yokmuş. Allah'la arasına kimseyi sokmaktan yana değilmiş çünkü. Dün akşam kapıda ayaküstü: Sakın boşanma, dedi. Başında bir nikâh dursun. Onu içeriye çağırdım sonra, beş dakikacık, girdi.

Eğilip başını seccadeye koyuyor şimdi. Doğruluyor, dualar içinde beni düşünüyor. Pek de genç sayılamayacağımı, bu yaşta yeniden başlamanın güçlüklerini. Gene de üst katına aklı başında görünen birinin taşınmasının hiç yoktan iyi olduğunu.

Kendisi erken davranmış. Saray kalıntısı bir kaynana ve sandıklar dolusu çeyizleriyle evde kalıp 'oraları' kurumuş görümceler arasında yalnızca bir yıl sürdürmüş düzenini. Şimdi yirmi beş yıllık evliliğinin yirmi dördüncü sürgün yılını yaşıyor. Evini bırakıp çıktığı günden bu yana hiç görmediği kocasına ölesiye sadık kalarak alıyor öcünü. Yargıtaydan beşinci kez dönen boşanma kâğıdını yastığının altında saklıyor. Dikiş dikerek almış bu daireyi. Kızı hem okuyup hem çalışıyor. Kocası çok yaşlanmış artık, kendisinden yirmi yaş büyükmüş zaten. Ne kadar yaşayacak ki daha? Kime kalacak malı mülkü? Beklemek. Yapılacak tek şey bu artık, beklemek.

Bu dar, küçük, karanlık evde amansız bir durgunluk içinde, bir adamın ölümünü beklemek. Hiçbir şey yapmadan. Bazı günler pazara kadar bir yürüyüş zorunlu olarak. Bir kilo ıspanak, iki kilo elma. Giderek anılarını bile yitirebilir insan burada. Eski renkleri, kokuları, sıcaklıkları, güneşli taşra kırlarını, kulaklara takılan sarı kirazları, evcilik oyunlarının ayı póstekisini... Eski sevgilileri, dostlara yazılan uzun mektupları, dantelli yastık yüzlerini, mor çiçekler açan bir sarmaşığın sarıldığı balkon demirlerini. Eski düzenleri. Hepsini.

Kimbilir belki de böyle olması gerekir yeniden başlayabilmek için.

Komşum iki yanındaki meleklere selam verdi. Kalkıp seccadeyi topladı. Onun için her şey gerektiği gibi olmuş olmalı. Geçmişi yok ve bundan yakınmıyor artık. Huzursuz olduğu tek şey sokaktaki değişim. Karşı apartmanda erkekten dönmeler oturuyor. Boyalı yüzleriyle pencerelere çıkıp bakkala bağırıyorlar: Ömer Abi, iki ekmek, bir kutu salça!

En alt kattaki dairenin sahibi evini gündelik ya da saatlik kiralıyor kadın getireceklere. En üst katta bir tiyatrocu metresiyle buluşuyor. Şu yeni taşınan kadını da gözlemek gerek daha bir zaman. Kimin ne olduğu belli değil artık çünkü.

Çıkıp karşı bakkaldan birkaç gazete alıyorum. Çay içerken uzun uzun iş ilanlarına bakıyorum. Telefonumun nakli uzun süreceğe benziyor. Eski telefonum. Ayhan'ın evde iki telefonun gereksizliği üzerine yürüttüğü tüm düşüncelere karşın iyi ki elde tutmuşum onu. Yenisini alamazdım bu günlerde. Gene de bir süre telefonsuz idare edeceğim. Birkaç yeri aramak için bir kulübe bulmalıyım bu yakınlarda.

Radyoyu açıp çiçeklerimi suluyorum. Dimdik durmaya çalışıyorum yorulma pahasına. Kendimi bir koyversem zor toparlayacağımı biliyorum. Bu çiçekleri Ayhan'dan aldım. –Bir plastik kevgir alırım önemli değil –cezvelerle ekmek tahtası da kalsın– sarımsak sıkacağı olmasa da olur– birkaç saksı çiçek alabilir miyim?– en az sevdiklerinden şu arsız kurdele çiçeğini, hayat yolunu, küçük begonyayı–

Salon penceremden gökyüzüne uzanan karanlık yüzlü bir apartman görünüyor yalnızca. Sokak öyle dar ki güneşin beton yığınları arasından sokulup pencereme ulaşması neredeyse olanaksız.

Ayhan'la ilk evimiz iki caddeyi birleştiren akasyalı bir sokakta, bahçe içindeki dört katlı bir evin birinci katıydı. Şimdi birkaç yıl boyunca benim olmuş bu eve dıştan bakıyorum ve zamanı doğru olarak yakalamaya çalışıyorum. Hangi zaman? Geçmiş zamanın şimdi olduğunu, yaşadıklarımın bugün, burada ve bulunduğum şu anda yaşanmış olduğunu anlıyorum. Geride kalmış olduğunu sandığım birçok şey kesin bir gerçeklikle ve ayrılmaz bir biçimde bu anla birleşiyor, bütünleşiyor birdenbire. Yatak odamızın penceresi önünde demir parmaklıklarla cam arasında kalan geniş çıkıntıda onca uğraşıp da yaşatmayı beceremediğim çiçeklerin, taşlaşmış kuru toprakla dolu saksıları hâlâ duruyor çünkü.

Salon pencerelerinde perde yok. Öteki odalarda ise gelişigüzel bezler gerili. İki yıl önce sattık burayı ve Gönül Sokaktaki daireyi aldık. Almanya'da işçi olan yeni sahibinin evi öğrencilere kiraladığını duymuştuk.

Evin arkasından dolaşıyorum. Bu cephe eğimli yoldan bir buçuk metre kadar yüksek ancak ve bu yüzden içerisi görünüyor durup baktığım yerden. Girişe açılan odada boya tenekeleri, fırçalar, yere serilmiş kireçli naylonlar görüyorum. Bir cuma günü üzerlerini beyaz boyayla kapattığım duvar kâğıtlarını sökmüşler.

Yatak odasının bahçeye bakan duvarının sıvası çürüyüp dökülmüş, pencereye doğru dalga dalga izler oluşmuş bir ağacın yaş çizgileri gibi. Bu duvar kışın nem alırdı. Zemin toprak dolgu olduğundan onarılması güçtü. Kış boyu o odayı kullanmamayı yeğlemiştik son yıllarda. Oysa bir araya geldiğimiz ilk yıllarda birlikte uyumuştuk odadaki geniş yatakta. Uzanıp şiirler okumuş, konuşarak, sevişerek sabahlamıştık geceler boyu.

Ön tarafa dönüyorum. Kasap, Ayhan'ı soruyor. İyi, diyorum. Bahçe her zamanki gibi bakımsız. Üst kattaki Muhsin Bey ölmüş, karısı Alanya'ya yerleşmiş. Orta kattaki Mefharet Hanım bir emekli albayla evlenmiş.

Garip bir tedirginlikle hemen uzaklaşmak istiyorum buradan şimdi. Niye geldim bu eve? Bu anlamsız ziyaret neden bunca yıl sonra? İşlediği cinayetten sonra kan tutmuş bir katil gibi ne diye dolaşıyorum buralarda? Uzun zamandır bu sokaktan geçmedim bile. Akasyalar kuru dalları, çırçıplak gövdeleriyle sokağın iki yanından caddeye doğru dümdüz uzanıyorlar.

Gece mavisi bol etekliğimle koşuyordum altlarında, yeni yapraklanmışlardı. Onur sokağın başında bekliyordu arabayla. Gecikmiş miydim? İlk kez bir reklam filminin çekiminde bulunacaktım o sabah, uğrayıp alacaktı beni Onur geçerken. Rüzgâr eteklerimi savuruyordu.

Zişo evin alt katındaki kasabın önünde beklerdi beni akşamları. Görür görmez sevinçten kısılmış bir sesle miyavlar, koşup bacaklarıma sürtünürdü.

Ayhan akşamları arabasını işte şuraya, Fidan apartmanının önüne park ederdi.

Yaz akşamları bahçe kapısına kadar geçirirdik konuklarımızı. Hepimizin ayak izleri olmalı buralarda. Gülüşerek, öpüşerek vedalaşır sonra ayaküzeri sürdürürdük sohbeti ayrılmak istemiyormuşuz gibi. Başlarımızı göğe kaldırır, kayan yıldızlara bakardık.

Ama ben artık bütün bunları bir daha anımsayamayacağım biçimde belleğimden silmek, bir balkonda oturup kayıtsız denize bakmak ve bir yaz öğle sonrası gevşekliği ve uyuşukluğu içinde sonsuza dek kalabilmek istiyorum.

Üşümüş ayaklarımı sobaya uzatıyorum. Daha iyi ısınabilmek için daha iyi bir iş bulmak zorunda olduğumu düşünüyorum. Dergide sürekli ve düzenli çalışmam olanaksız. Sayfayı bir başkası düzenliyor uzun süredir. Ayrıca son günlerde tek bir sergi gezemedim, tek bir yazı hazırlayamadım doğal olarak.

Hole yayılmış kitap kolilerine bakıyorum. Kalkıp küçük el radyomu açıyor, ocağa çay suyu koyuyorum. Mutfağımı yerleştirdim ve bundan huzur duyuyorum. Kaçıncı mutfağım bu benim? Yedi, sekiz?

Mutfak evlilik düzeninin simgesi olarak göründü bana uzun zaman. Yıllarca karavana yemeği yemiş olmanın etkisi de var bunda belki.

Evliliği birlikteliğin rahatlığı, ortak yaşamın toplumca benimsenmiş saygınlığı ve minnet borcu gibi nedenlerle sürdürmeye karşı oldum hep ama bir boşluk, belli belirsiz bir özlem vardı içimde, derinlerde bir yerde. Yaşamı olduğunca, olanca yalınlığı ile yakalayıp kavrayabilmeyi, sıradanlığın kolaylığını, her şeyi öngörüldüğünce kabullenebilmeyi istedim gizlice. Birlikte yaşlanmış insanlara bakarken gözlerim yaşardı. Biriktirdikleri anıları düşündüm. Ne çok gün ve gece. Ne çok anı. Ne çok vazgeçiş, acı ve yalnızlık.

Gece önümde bomboş uzanıyor.

Yatmadan önce birkaç mektup yazmalıyım.

Sayın Bay,

Süpermarketinizin muhasebesi için verdiğiniz ilanı okudum. Her ne kadar bu alanda deneyimim yoksa da genel yeteneklerim bu işi kısa sürede kavramama ve başarılı olmama yeterlidir. Ayrıca yüzlerce kalem tüketim maddesinin aynı yerde bulunduğu süpermarketler bana her zaman çok çekici gelmiştir ve öteden beri böyle bir yerde çalışmayı istemişimdir.

İlanınızda ayrıntılı özgeçmiş istiyorsunuz. Yalnızca merak ettiğim için soruyorum. Gelen giden malların muhasebesini tutacak birinin özgeçmişi neyse de ayrıntılı özgeçmişini neden bilmek istiyorsunuz? Et, kan, ekşi peynir, sucuk ve klor kokan havasız, penceresiz üstelik floresan lamba ile aydınlatılmış bir odada cumartesiler dahil günde on saat oturtacağınız birinin geçmişinden size ne, diyebilirdim, bu işe gereksinmem olmasa.

Ben orta sınıf bir aile çevresinde 'kız çocuğu' olarak büyütülmüş ve aile ve çevre baskısı ile korkak, edilgen, uzlaşmacı, uysal ve evcil biri haline getirilmiş otuz beş yaşlarında bir kadınım. Yükseköğrenim görmüş olmam bu niteliklerime olumsuz etki yapmadı. Gene de bunca istememe karşın söz konusu işi üstlenmem ne yazık ki olanaksız.

Lise yıllarımda sürekli olarak her yıl matematikten bütünlemeye kalmışımdır. Beşle sekizi toplamakta bile güçlük çekerim. Her ne kadar artık çok gelişmiş hesap makineleri varsa da insanın kafasının biraz olsun bu işlere yatkın olması gerekmez mi?

Bugüne kadar ev kadınlığı, annelik, karılık ve kedi bakıcılığı gibi işlerde çalıştım. Etten ve gıda maddelerinden anlarım. Ancak bir süredir deterjan grubu temizleme gereçlerini şiddetle ret ve protesto etmekteyim ve onların marketinizde bol miktarda satılıyor olmasını iş huzuruma olumsuz etkiler yapmasını kaçınılmaz görüyorum. Eğer yalnızca sabun tozu, arapsabunu ve sıvı sabun pazarlamanız konusunda anlaşabilirsek önerinizi yeniden düşünebilir ve matematik engelini şu ya da bu biçimde yenmeye çalışırım.

Su Sönmez

Tel: 9969277 - Komşu Nuriye

Sayın Yönetici,

Başvuruların mektupla, içtenlikli ve ayrıntılı özgeçmiş yazılarak yapılmasını istediğiniz 'Metin Yazarı' başlıklı ilanınızı gördüm.

Yakın zamana kadar sevgilimin sanat yönetmeni olduğu bir ajansta bu işte çalışıyordum. Bu durum kaçınılmaz olarak kişisel ve ailevi sorunlara neden oldu. Ayrıca beni aptallaştıran ve dünyadaki her şeyi satılacak bir meta olarak görme saçmalığına düşüren bu iş yüzünden bir takım insani açmazlara girdiğimi söylemeliyim.

Bütün bunları yakından tanıdığım ve sevdiğim bir insan aracılığı ile el altından, adı geçen işe başvurmam için bana haber göndermiş olduğunuz için yazıyorum. Bu 'el altından' durumun bana fazla ücret ödememek kaygısıyla yaratıldığından kuşkulanıyorum ve bu ikiyüzlülük nedeniyle sizi nefretle kınıyorum.

Şu sıralar geçmişim ve ek olarak özgeçmişim, özellikle de ayrıntılı özgeçmişim üzerinde yoğun olarak çalışmakta ve kendimle hesaplaşmaktayım. Bu yüzden de okuduğum ve kendimi muhatabı saydığım her türlü özgeçmiş istekli metin karşısında kaleme kâğıda sarılmaktan kendimi alamıyorum.

Ben orta sınıf bir aile çevresinde küçük kent yaşam anlayışı ve buna bağlı olarak belli değer ve ilkelerle yetiştirilmiş, buna karşın bugüne kadar yaşamımı bir erkeği 'her yönden' mutlu edebilecek bir kadın olarak, koşullanmışlıklarımla savaşarak geçirmiş bir kadınım.

Düzen bozucu, baskı altına girmeye dayanamayan, hiçbir zaman hiçbir durumda kimşeyle uzlaşmaya yanaşmayan, uzlaşmazlığı temel felsefe edinmiş biriyim. Felsefe deyince, kocam Ayhan'ın bana okuttuğu ilk kitap Felsefenin Temel İlkeleri'dir. Arkasından bu alanda daha birçok kitap okudum zorunlu olarak ve uzlaşmazlığımın boyutları büyüdü.

Gene de ara sıra, yürekli, atak, doğrucu, bencil ve sevecen olabiliyorum.

Sanat Tarihi okudum. Kısa bir süre bir lisede öğretmenlik yaptım. Uzunca bir zaman da haftalık bir derginin sanat sayfasını düzenleyerek arada bir resim eleştirileri yazdım. Arada bir, çünkü ancak sevdiğim resimlerden söz etmekten hoşlanırım. Bu amatör bir tavır olarak değerlendirilebilir kuşkusuz. Evet öyleyim.

Metin yazarı ilanınıza başvurmuyorum. Metin yazarı olacağıma süpermarket muhasebecisi ya da kasiyeri olurum daha iyi.

Telefonumu vermiyorum. Zaten daha bağlanmadı. Lütfen beni aramayın.

Na Sönmez

Cengiz Bey,

Gazetenizin Güzide Teyze sütununda çalışan bir arkadaşım dün beni arayarak mide ameliyatı olacağını ve yeniden sağlığına kavuşuncaya kadar bu işte geçici olarak çalışmayı düşünüp düşünmediğimi sordu. Bu işi istiyorsam sizi aramamı salık verdi.

Halkımızın duygusal ve cinsel sorunlarına yardımcı olabilmek gerçekten kıvanç verici bir görev olurdu benim için. Ancak şu sıralar ergenlik sivilceleri, kızlık zarları, intihar saplantıları, başka kadınlara giden hain kocalar, acaba gebe kaldım mılar, gelin-kaynana geçimsizlikleri ve yemek tuzsuz olmuş diye dayak yiyen kadınlarla ilgilenecek, onların nabızlarına göre şerbet sunacak ruhsal dengede değilim.

Bu durumda bakkalın oğluyla girdiği aşk ilişkisinde kızlık zarını kaybetmiş 'Sarı Papatya' ya, üzülme, git diktiriver; intihar etmeyi düşünen 'Karagümrüklü Kadir'e –mektubuna iki ay sonra sıra geldiğinde– hâlâ intihar etmediysen sen salağın tekisin oğlum, yanıtlarını vermekten nasıl kaçınacağım?

Hem sonra gerçek Güzide Teyzeler aramızda yaşamıyorlar mı? Neden insanlara otuz yaşındaki arkadaşım Selim'i, sütunun üstüne bastığınız fotoğraftaki sarışın, güzel, olgun kadın olarak tanıtıyorsunuz ve bunca derdi kendi sorunlarını bile çözemeyen zavallı Selim'e yükleyerek midesinin delinmesine yol açıyorsunuz? Bu çerçevede Selim'in Güzide Teyzesi niye ben olmak zorunda kalıyorum? Kız arkadaşı Eda'nın uzlaşmaz çelişkilerini yorumlamak niye bana düşüyor?

Size alt kat komşum Nuriye Ablayı öneriyorum. Kendisi yaşını başını almış, olgun, hayatın her türlü sillesini yiyip deneyim kazanmış biridir. Dindar, sabırlı ve kararlıdır. Halkın bağrından çıkmış olması sıradan insanların sorunlarını daha iyi anlamasını sağlayacaktır. Ben de kendisinden yararlanmakta ve şu günlerde boşanmamam konusundaki uyarısını dikkatle incelemekteyim.

Size onun telefon numarasını veriyorum.

Suna Sönmez

Tel.: Nuriye Abla - 9969277

Mavi bir plastik kova, çivi, alçı, bir kutu boya, küçük bir çekiç aldım nalburdan. Puslu, kapalı, sıkıcı bir gün. Kitaplarımı yerleştirecek ve küçük onarımlar yapacağım evde öğleden sonra.

Bu sabah birkaç yere daha telefon ettim iş için. Cağaloğlu'na gidip bir arkadaşımla görüştüm. Sonuç yok. Basın krizde. Birçok yerde toplu işten çıkarmalar oluyor. Bir süre dayanmam gerekecek. Aslında elimdeki parayla birkaç ay idare edebilirim. Bu arayışa bir son vermeliyim.

Apartmanın dış kapısı sürekli olarak açık duruyor. İçeri giriyorum. Girer girmez de su saatlerinin üstüne bırakılmış zarfı görüyorum –posta kutuları yok– Ayhan'ın el yazısını tanıyorum ve birdenbire yoğun bir yorgunluk duyuyorum. Önümde dimdik yükselen merdivenleri çıkamayacakmışım, bacaklarım tutmuyormuş gibi geliyor bana.

Zarfı elime alıyorum ve yeniden geçmişimin şimdiki zaman, şimdi burası ve aynı zamanda geleceğimin de bu anın içinde olduğunu seziyorum.

Mektubu plastik kovanın içine çivi, alçı ve öteki gereçlerin yanına atıyorum. Yavaşça çıkıyorum merdivenleri.

Suna,

Seni göremiyor, konuşamıyor olmayı korkunç bir işkence gibi yaşıyorum. Anlayamıyorum, sana bu kadar kızarken nasıl oluyor da böylesine özleyebiliyorum? Bilemiyorum, biz herkesin gıptayla baktığı bir çiftken neden bu duruma düştük?

On beş gündür bu evde yalnızım. Birkaç gündür beni ararsın umuduyla bekliyorum. Nedense senin de beni özleyeceğini düşündüm bu süre içinde. Oysa sen tek başına yaşama ve acı çekme seçimini o denli ileri götürdün ki kuşkusuz ne bana ne de herhangi birine ayıracak hiç zamanın yok artık.

Peki ama nedir senin bu büyük acın? Niye alışılmış hiçbir şey sana göre değil? Dünyayla, sevdiklerinle arana neden aşılmaz engeller koyuyorsun? Aşk bile, sevda bile iki insanın birlikte olabilmelerinin olanaksızlığı üzerine kurulmalıdır öyle mi?

Yaşamımızı karmakarışık ettiğine kesinlikle inandığım Onur'u bunun için mi seçtin, sevdin? Bitmemiş olduğunu açıkça gördüğüm halde bu aşkın çoktan bitmiş olduğunu söylüyorsun bana. Kabul edelim ki öyle. Peki nedir bizim sorunumuz?

Ender uysal anlarını anımsıyorum. Mutfakta aceleci ama sessiz çalışmanı. Bulaşık yıkarken söylediğin şarkıları. Sevdiğin konuklar geldiğinde onlara gösterdiğin incelik ve tatlılığı. Bana çocukluğunu, eski sevgililerini, ilk kocanı anlatırkenki yaralı, yorgun halini ve birden gözlerinde beliriveren ürkekliği.

Kim ne yaptı sana bu kadar? Yoksa sen kendi kendine mi yaptın? Ya ben sana ne yaptım? Alışkanlıklar ve evlilik bağının yarattığı tekdüzelik mi aramızı açtı ne dersin? Bunlara yenilmemek için onca uğraşmışken hem de. Evlilik bağı mutluluğu olanaksız mı kılıyor sence?

Sevilmeyi, çok sevilmeyi istiyorsun ama seni sevenleri itip kendinden uzaklaştırıyorsun. Asıl önemli olan senin sevmen çünkü.

Seni en çok ben tanıdım, gene yeterince tanıyamadım. Sende henüz, yedi yıldır keşfedemediğim birçok yön var. Yorucu, çok yorucu, üzücü, yıpratıcı seni sevmek.

Seni oluşturan gereçlerden başka bir bina inşa edebilirdin. Değişebilirdin en azından. Kendini yenilemen, onarman için benim gösterdiğim gayretleri yadsıyamazsın. Oysa sen mutsuz çocukluğunun ve benden önceki yaşamının yarattığı zayıflıkları, boşlukları yenmeyi değil, onlara tutunarak yaşamı kendince kolaylaştırmayı yeğledin hep.

Biz en gizli sırlarımızı birbirimize anlattık. Bu kadar yakın olabilen iki insan az bulunur. Sen bundan böyle aramızda hiçbir bağ olmasın istiyorsun ama bence öyle bir bağ var ki yaptığımız tüm kavgaların, hoyratlıkların, kabalıkların, kin ve öç alma duygularının üstesinden gelebilir. Böyle bir bağı yok sayamaz ve hiç olmazsa bu anlamda dost kalabiliriz.

Sensiz bomboşum Su.

Ayhan

Mektubu katlayıp zarfına koyuyorum.

Ayhan Su'yu özlüyor. Beni değil.

Su onu kızdırıyor, Na ise ürkütüyordu ama bu bütünü, Suna'yı hâlâ seviyor. Su yumuşacık bir dökülüşle avuçlarında çünkü ve Na'ya ulaşamıyor.

Ayhan'a duyduğum öfke bir an yalayıp geçiyor içimi. Yazdığı hiçbir şey dokunmuyor bana şimdi. Bildiğim, konuşulmuş şeyler tümü. Sıkıcı, bezdirici. Ama nasıl oluyor da insan yaşamına onca güzellik katmış birini günün birinde bu kadar anlamsız bulabiliyor?

Hangi bağdan söz ediyor, nasıl bir bağmış bu? Birbirimizi bunca incittikten sonra hangi anlamda dost kalacağız? Ne umuyor? Kurtulamayacak mıyım ondan! Hiçbir güzellik kalmadı artık göremiyor mu bunu? Hiçbir güzellik...

Işığı söndür Ayhan ne olur.

Seni görmek istiyorum.

Aydınlıkta rahat edemiyorum biliyorsun.

Niye utanıyorsun benden, sana en yakın insan değil miyim?

Yeterince güzel değilim.

Kucaklayıp aynanın önüne götürüyor beni.

Bak kendine... Güzelsin, çok güzelsin görüyor musun?

Çıplaklık güzel değil.

Tersine, çok güzeldir. İnsan en güzel canlıdır. Bana bak, çirkin miyim?

Hayır, hayır.

Birbirimize dokunuyoruz yeniden. Keşfeder gibi. Aydınlıkta.

Kötü koşullanmalar, yıkmalısın bunları, kurtul, unut artık, diyor Ayhan.

Kolay değil, zor bir dönem geçirdim ve uzun sürdü üstelik. O, Adam, yani ilk kocam her seferinde suçlu imişim gibi aşağılardı beni. Hiç soyunmazdık. Bir sürü giysi, kışın yün fanilalar filan... Böbrekleri ağrımasın diye yün bir kuşak sarardı beline yatarken.

İnanamıyorum. Abartıyorsun değil mi?

Hayır. İşte bütün bunlar arasında... Bazen kuşak çözülür, elime ayağıma dolanırdı. Gülünç değil mi?

Yo, çok acıklı...

Hiç aydınlıkta sevişmedik onunla. Onu hiç bütünüyle çıplak görmedim.

Korkunç! Hâlâ var mı böyle evlilikler, böyle birileri?

Hem de ne kadar çok. Hem de nasıl. Biliyor musun, ilk geceyi onun küçük bekâr evinde yaşadım. Aylarca ilişkimizi belli bir noktada tutarak sevişmişti benimle. Oysa çok istiyordum bekâret denen o saçmalıktan kurtulmayı. Bir de tabii onunla olsun istiyordum. Bir gece bir değişiklik olduğunu sezdim. Işık yakmak yasaktı, ben oradayken evde olduğu anlaşılmasın isterdi. Karanlıkta kalktım, tuvalete gittim. Ne olduğunu anlamaya çalıştım ama karanlıkta olanaksızdı bu. Odaya döndüğümde onun aceleyle çarşaflan toplamakta olduğunu gördüm. Cinayet işlemiş birinin telaşıyla kanıtları ortadan kaldırmaya çalışıyordu.

Ne yaptın?

Hiç. Hiçbir şey sormadım. Temiz bir çarşaf sererken ona baktım. Sokak lambasından odaya akan ışıkta sırtına, kollarına baktım. Yıllardır sevdiğim adam bu işte, diye düşündüm. Bir şey koptu, kırıldı içimde. Ucuzluktu bu, sıradanlıktı.

Ama o zavallı öyle koşullanmıştı.

Nasıl?

Evlenmeden bir kızın bekâretini bozmak suçtur, diye yani...

Bence bunun ona getireceği yükümlülüklerden ve benden korkuyordu. Off... Bir zamanlar ne kadar küçük insanlardık ve ne kadar küçük şeylerle zaman öldürdük. Ne diye anlatıyorum şimdi sana bunları sanki?

İnsan çoğu kez anımsamak istemiyor geçmişini. Ama düşünsene, bu gece bütün konuştuklarımızı, davranışlarımızı, benimle böyle yan yana çıplak yattığın bu ânı o geçmiş yaratıyor...

Sobanın yanındaki koltukta oturuyorum ve burada, bu soğuk evde, Ayhan'ı düşündüğüm bu anı, bu geceyi de onunla olan geçmişimin yaratıp yaratmadığını soruyorum kendime şimdi.

TURUNCU SAPLI KOLTUKLAR

Tanıştığımız gece karmakarışıktım. Nicedir bir resim vardı kafamın içinde. Ayhan bu resme benziyordu ama nedense ulaşılmaz bir uzaklıktaydı. Yayın ve iletişim konularında kariyer yapmış biriydi. Son on yılını yurtdışında geçirmiş ve bir yıl önce Türkiye'ye dönmüştü. Bir derginin kuruluş yıldönümü davetinde karşılaşmıştık ve kokteyl sona erene dek kimseyi görmemecesine, baş döndürücü bir sohbeti sürdürmüştük. Ertesi gün ondan 'maddi' bir engelim yoksa birlikte bir şeyler içmek istediğini belirten bir not almıştım. Bu çağrının telefonla değil de güzel bir kâğıda el yazısı ile yazılarak yapılması etkileyici gelmişti bana.

Böylece karşılaşmamızla birlikte yaşamaya karar verişimiz arasındaki süre yalnızca bir hafta oldu. Birinci gece kahve ve konyak içtik güzel bir yerde. İkinci gün uzun uzun dolaştık kentte. Üçüncü gün benim evimde yemek yedik. Yemekten sonra Ayhan bana sarıldı ve kolunu göğsüme atarak mutlu bir uykuya daldı. Dördüncü gece onun evinde yemekteydik, sabahladık. Beşinci gün ve gece de kesintisiz birlikte olduk. Geri kalan iki gün ise taşınma ve yerleşmeyle geçti. Ayhan oturduğu evin sahibi olduğu için taşınan ben oldum.

Her şeyin bu kadar çabuk olup bitmesi ikimizin de kararlı ve aceleci olmasındandı belki de. Gene de çevremizi şaşkınlık içinde bıraktı, sonu belirsiz bir serüven olarak yorumlandı. Oysa üçüncü gece o kolunu göğsüme atıp güler yüzlü bir uykuya daldığında vermiştim kararımı ben. Onun hiç hesapsız gidilebilecek, gerektiğinde aynı yoldan pişmanlık duyulmadan geri dönülebilecek birisi olduğunu anlamıştım.

Birbirimizi çok az tanıyorduk ve bu yüzden konuşulacak, anlatılacak öyle çok şeyimiz vardı ki. Çocukluk yılları, insanlar, anılar, mutluluklar, mutsuzluklar, başarısızlıklar, aldanışlar.

Birbirimize kendimizi ve önceki yaşamımızı, o yaşama karışmış kişileri anlatırken sürekli haklı çıkmaya çalışıyorduk. Apaçık taraf tutuyorduk elimizde olmadan. Yan yana olduğumuz o âna kadarki yanlışlarımızın tümü bizim dışımızdaydı. Kötülüklerle, anlayışsızlıklarla karşılaşmış, bir yığın haksızlığa uğramıştık. Değerimiz bilinmemiş, şanssızlıklar yakamızı bırakmamıştı. Âşık olmuş, sevmiş, acı çekmiş hatta evlenmiştik. Çoluk çocuk sahibi bile olmuştuk.

Böylece işte, nice badireden sonra karşılaştığımızda birbirimize uygun olduğumuzu hemen anlamıştık. Büyük şanstı kuşkusuz bu. İnanılmaz bir rastlantıydı. Çünkü tersliklerle, insanlar arası iletişimin türlü çarpıklıklarla dolu olduğu bir dünyada yaşıyorduk. Birbirleri için yaratılmış birçok insan karşılaşma fırsatı bile bulamadan ölüp gidiveriyorlar ya da onlara bağışlanmış fırsatları değerlendiremiyorlardı. Bir süpermarkette çarpışıyorlar, bir tren yolculuğunda aynı vagonda yol alıyorlar ya da aynı mahalle hatta aynı apartmanda oturacak kadar birbirlerine yaklaşıyorlardı da bundan haberleri olmuyordu.

Kimi zaman da çok geç kalınmış, araya birçok insan, birçok yıl, birçok olay ve en önemlisi kurulu düzenler girmiş oluyordu. Birdenbire gerçeği görseler bile geri dönmek, yeniden başlamak, takınaklardan kurtulmak çok zor, hemen hemen olanaksız oluyordu. Bu konu üzerine ciltler dolusu romanlar yazılıyor, filmler çevriliyor, şarkılar yapılıyor ama insanlar aymazlıklarını sürdürerek rastgele evlilikler, rastgele çocuklar yapmaktan, rastgele düzenler kurmaktan kurtaramıyorlardı kendilerini. Önlerine çıkan ilk kadın ya da erkeği kendileri için yaratılmış sanma aptallığından vazgeçemiyorlar, sabırsızca düzen sanılan düzensizliklere atılıyorlardı. Ne olursa olsun dönüş yoluna girme yürekliliğini gösterenlerin başına ise korkunç olaylar geliyordu. Polis baskınları, zina davaları, cinayetler ve daha birçok acı.

Yatak odamız genişti. Yatağın ayakucuna gelen duvarda boydan boya bir kitaplık ve önünde çalışma masası vardı. Abanoz karası cilalı raflarda gözden uzak olması gereken çoğu Almanca, kalın ciltli kitapları sıralanmıştı Ayhan'ın. Sonra 'Gerilla El Kitabı'ndan 'Olağanüstü Dönemler' gazete ve dergi kesiklerine varana dek birçok belge. Kalın kapaklı dosyaların sırtlarına 'Tarih-Eğitim-Sendikalar' yazılmıştı Ayhan'ın o güzel, okunaklı el yazısıyla. Bütün bunlar yatak odamızı ilk günlerde bir gizli örgüt merkezi gibi algılamama neden oldu. Özellikle sabahları gözümü açar açmaz onları gördüğümde bundan gizli bir tat alırdım.

Evet ya, yanılmıyorsun. İki kişilik bir örgüt bizimki, diyor Ayhan, çünkü aşk da bir örgütlenmedir.

Ama sen bana âşık değilsin ki Ayhan.

Nereden biliyorsun?

Durmadan, olmazsa bitiririz, diyorsun ve ben bundan çok inciniyorum. Aksayan bir şeyler mi var?

Önemli, büyük şeyler değil, üstesinden geliriz. Şu var ki kesin bir söz verişle ömür boyu zorunluluk yaratacak bir ilişki olmamalı bizimki.

Bunu niye söylemek istiyorsun?

Önlem alıyorum diyelim.

Peki, neden bu kadar korkuyorsun?

Biliyorsun bu toplumda birliktelikler ölene dek o insanın sahibi olmak biçiminde algılanıyor. Biz karşılıklı olarak bu duyguyu yaşamamalıyız.

Bu konuda senin gibi düşündüğümü biliyorsun.

Gene de geciktiğim akşamlar evde beni bekleyen bir sahibim olması hoşuma gitmiyor.

Haber versen beklemem.

Haber verme zorunluluğu da olmamalı.

Aynı şeyi ben de yapabilir miyim?

Yapmalısın.

Yani bu evde belli bir düzen, belli yemek saatleri filan olmayacak mı?

Olmayacak. Ayrıca benim için yemek yapmanı da istemiyorum. Bu yüzden sana borçlu kalmak istemiyorum. Kendi ütümü nasıl kendim yapıyorsam yemeğimi de yapabilirim. Çoraplarımı düzgünce katlayıp çekmeceme yerleştirmen çok hoşuma gidiyor tabii. Mutfağın her an derli toplu olması da. Gene de seni çalışma masası başında gördüğümde daha çok seviyorum. Bırak da her şeyi birlikte yapalım.

Bütün bu işler için seni beklesem bu ev yaşanmaz olur.

Bir yanınla özgür, dışadönük bir kadınsın öteki yanınla da eve bağımlı. Bu çelişki seni yormuyor mu?

Böyle yetiştirildim. Kız çocuğu olarak doğma talihsizliğim yüzünden.

Yenebilirsin bunları, sana yardım ederim.

Çok zor...

Bugün ne yapıyorsun?

Hiç. Bugün cumartesi. Çok işim var evde.

Hadi, her şeyi bırak benimle gel.

Senin yazı kurulu toplantın yok mu?

Var, sen de gel.

Yok canım, ne işim var orda!

Böyle yaparsan ikimiz ayrı ayrı yönlere gideriz ama. Oysa ortak ilgilerimiz daha çok birlikte olmamızı sağlar. Öyle değil mi?

Bence farklı yönlerimizle birbirimizi tamamlayabiliriz.

Ben birlikteliği iki yarımın birbirini tamamlaması olarak almıyorum. Tam tamına iki bütün bir araya geldiğinde çoğalır o birliktelik, zenginleşir.

Peki gidelim. Tamam...

Giderdik. Kapı ve pencerelerin sımsıkı kapalı olduğu sigara dumanından göz gözü görmez odalarda tavana bakarak oturur, kendimi önemli bir durumun içinde duyarak bitmez tartışmaları dinlerdim. Tavanın birdenbire yarılıvermesini, yükselip oradan çıkıp gitmeyi özleyerek. O insanların bana Ayhan'ın bir yerlerden nasılsa bulup çıkarmış olduğu bir çaylak gözüyle baktıklarını sanırdım. Yanlış bir şey söylemekten, saçmalamaktan ödüm kopardı.

Akşamları Ayhan toplantıdaki kayıtsızlığımı eleştirir, anlayamadığım konularda açıklamalar yapar, okumam ve öğrenmem gerekenleri sıralardı. Birden bir yabancılık girerdi aramıza. Kendimi bildim bileli içimde taşıdığım eksiklik ve itilmişlik duyguları yüze çıkar, hırçınlaşırdım.

Niye bu taşralı kadını, beni seçtiğini sorardım Ayhan'a umutsuzca. Ne bulmuştu bende? Akıllı ve yetenekli olduğumu duyardım ondan, avunurdum.

Sabahları radyonun, daha çok da Ayhan'ın sesiyle uyanırdım. Unutulmuş, eskimiş şarkılar söylerdi kötü sesiyle, yalan yanlış.

Ülfet etsem yâr ile ol yare ne...

Bir kulağımın üstüne yatıp ötekini yorganın ucuyla kapatıyorum. Odaya giriyor. Uyanayım istiyor ve bunun için çekmeceleri gürültüyle açıp kapatıyor çorap alırken. Yıkanmış, tıraş olmuş, giyinmiş. Saat yedi. Gözlerimi açıp kollarımı dışarı çıkarıyorum.

Günaydın, diyor.

Yanlış söylüyorsun. Ol yare değil, ağyare olacak.

Olsun.

Ama olmaz ki, şarkıyı bozuyorsun.

Sabahları şarkı söylememe neden bu kadar kızıyorsun?

Kızmıyorum. Bu saatte nasıl bu kadar keyifli olabiliyorsun merak ediyorum yalnızca.

Sen de dene sabahları şarkı söylemeyi, yararını göreceksin.

Hayır, hiç sanmam.

Yatağın kıyısına oturup bana bakıyor.

Zor mutlu olan birisin, öyle değil mi, diye soruyor.

Senin düşündüğün anlamda evet, öyleyim, diyorum.

Aklımdan geçenleri anlamak ister gibi gözlerime bakıyor uzun uzun. Yaz sabahı. Açık pencereden içeriye bir kuşun coşkulu şarkısı doluyor.

Bu öten ne kuşu, diye soruyorum ona.

Çınçın Karabaş.

Böyle bir kuş olduğunu hiç duymamıştım. Nerden biliyorsun?

Ben köy çocuğuyum.

Bir an susuyoruz.

Ben içinde bulunduğum anda ayırdına varamam mutlu olduğumun, diyorum. Ama belki on yıl sonra bir sabah uyanırım ve bu ânı anımsarım. Yatak odasındaydık, ben yeni uyanmıştım, yatıktaydım, Ayhan giyinmiş yatağın kıyısında oturuyordu, diye düşünürüm. Yaz başıydı, bahçede bir Çınçın kuşu ötüyordu. Ayhan'ın büyük güzel eli kolumu okşuyordu. Lacivert beyzbol oyuncuları desenli gömleğini giymişti ve sabah güneşi saçlarında ışıldıyordu. Mutluluk üzerine konuşuyorduk. Ne kadar mutluyduk o zaman, diye düşünürüm.

Nostalji...

Belki. Ama yaşanan an öylesine uçucu ki ben onu belli anları yeniden yaşadığımda yakalayabiliyorum ancak. Neyse ki bellek kayda geçiyor bütün o güzel resimleri ve hiçbir zaman silinemiyor artık. Hiç beklemediğin bir zamanda birden, seni sen yapan onca ses, koku, renk, tat, onca görüntü ve algı geri geliveriyor. Kimi zaman acı ile de olsa her şeyi yeniden duyup yaşıyorsun aynı canlılıkla.

Bütün o altın çağların geçip gitmiş olduğu gibi bir duyguyla mı?

Bilmiyorum Ayhan. Bildiğim şu. Ben seninle altın çağımı yaşıyorum. Sanki bugüne kadar sana ulaşmak için yaşadım ve aslına bakarsan epey uzun bir yol katettim.

Yollardaki gece lokantalarının hüznünü ilk sevdiğim adamla birlikte tanıdım. Hep uzaklardaydı. Belki de bunca uzaklık yüzünden öylesine tutkundum ona. O hiç gelmedi bana, gelemezdi. Benim ona koşmama da karşı çıktı hep.

İkinci Dünya Savaşı öncesi doğmuş, savaşın yokluk yıllarında Ege'de bir büyük kentin kenar mahallesinde göçmenliğin ruhunda açtığı gediklerle çekingen, güvensiz ilk gençliğe adım atmıştı.

Aşırı korumacı anasının doğurduğu sekiz çocuktan hayatta kalanın bir tek o olduğunu, kadınlardan hep korktuğunu, cinsine özgü en doğal özlemlerini bastırıp orta yaşa kadar bir keşiş kadar saf kalmayı başardığını çok sonraları anlayabildim.

Ne zaman, nerede, hangi gerekçeyle, nasıl edindiğini kendisinin de bilmediği bir katı kurallar dünyasında yaşadığından, bana her ayın üçüncü salı günü üç sayfalık bir mektup gönderir ve bununla yetinmemi beklerdi. Gizli kapaklı, kaçınmalarla dolu, sevginin kalın bir toz tabakası altından ancak çok iyi gören bir yürekle seçilebileceği, başlıksız, durmuş oturmuş mektuplardı bunlar.

Nasıl olmuşsa olmuş kendisinden bunca zaman sonra dünyaya gelmiş bir kadın tarafından baştan çıkarılmıştı ve bunun başına açacağı belalardan korunmaya zorunluydu. Aşırı dikkat, inanılmaz bir özdenetim, öyle de böyle de yorumlanabilir ölçülü bir yakınlık. Gereksiz bir soru, bir yakınma, herhangi bir kuşku belirtisi gösterdiğimde mektupları kesilirdi. Bağışlanmam için art arda, yalvaran mektuplar yazmaya otururdum. Ama beni soğukkanlı ve sabırlı olmaya çağıran gene de olabildiğince umutsuz yeni bir mektup alabilmek her zaman çok zor olurdu.

Yeniden yola çıkardım.

Acıyla besleniyordum belki de. Bana bunca acı çektirdiği için bir an bile kafamdan atamıyordum onu. Kimsesizlikten başka dayanağı olmayan bu tutkuyu tek başıma yaşıyor, aralıksız bir yıkımı diri tutma çabasıyla ondan kendisini dileniyordum bıkmadan.

Beni ona götüren yolların duraklarında ekşimiş yolculuk kokan otobüslerden inerdim gece yarıları. Her seferinde nasıl karşılanacağımı bilememenin tüketici çarpıntısı içinde suskun, yorgun ve içim bulanarak oturup şirket çayları içerdim. Sabah ayazlarında sırı dökük kirli tuvalet aynalarında kendi yüzümden umudu kestiğim zamanlar olurdu.

Kim öğretmişti bana sevmenin tükenmekle eşanlamlı olduğunu? Hangi kitaplar, romanlar, hangi filmler, şarkılar, hangi insanlar? Ne zaman, nerede öğrenmiştim ki sevgi kutsal ve tertemiz bir duygudur. Her genç kız günün birinde kendisi için yaratılmış erkeği görür, ona âşık olur ve birbirlerini her türlü engele karşın ölürcesine severler. Engelleri ortadan kaldırmak için çırpınır, yollarını kesen her şeye direnirler. Bu süre içinde birbirlerinin olmak için duydukları özleme yenilmez, sabırla beklerler çünkü hiçbir kesinlik yoktur bu öykünün mutlu sonla bitmesini sağlayacak. Hırslı ana babalar, kötü kadınlar ve erkekler, zalim kader ve ölüm iki sevgiliyi ayırmak için tetiktedir. Bir genç kızın en değerli varlığı bekâretidir ve onu evlendiği erkeğe saklayacaktır.

Tenine hiç dokunmamıştım daha. Bir gün yan yana yürürken sola sapmam için elini usulca omzuma değdirmişti o kadarcık. Ona baktıkça içim titrerdi. Bırakılmaktan, bir gün birdenbire artık sevilmemekten çok korkardım. İşte bu yüzden, yatılı bir kız okulunun ıslak çuval kokan koridorlarında başlayan bu çocukluk aşkı, hastalıklı, boğucu, bütün sevinçlere sımsıkı kapalı bu korkunç illet gereğinden çok uzun sürdü. Yıllarca.

Kurtulmayı denemediğim söylenemez. Yükseköğrenimimi yaparken arada bir yaşıtım erkeklerle sinemaya, pastaneye, çaylara gittiğim oldu. Ama hiçbiri bana acı çektirmeye yanaşmadı. Çabucak teslim oldular. İnanılmaz bir aptallıkla hemen elimi tutmaya, beni bahçelerin ıssız köşelerine çekmeye, ortada fol yok yumurta yokken evlilikten söz etmeye başladılar. Çizgileri oturmamış yüzleri, basmakalıp şakaları ile nasıl itici, tutkusuz, mantıklı, uçarı ama dümdüzdüler, anlatılmaz.

Oysa öteki benden on beş yıl önce doğmuş olmanın üstünlüğü ile avucunun içinde tutuyordu beni hâlâ. Bütün o üstü kapalı, derli toplu, az öz yakınlık ondan bana yansırken onu kendi coşkunluğumla büyütüp çoğaltıyor, sonuçta gereksindiğim insanın, bu yüce duyguyu bende sürekli kılabilecek tek erkeğin o uzak sevgili olduğunu bir kez daha görüyordum. Uzun süre kimseyle bir yere çıkmıyor, pişmanlıklar içinde kendimi lanetleyerek ona görülmemiş bir sevgiyle yüklü satırlar döşeniyordum.

Şu da var, sağaltma yöntemleri yeterince gelişmemişti o yıllarda. Hekimler, zamanla geçer, deyip çıkıyorlardı işin içinden. Oysa mikrobu damarlarımda, iliklerimin içinde taşıyordum ben. Öncelikle bir kalıtım sorunuydu bu ama aynı zamanda aşırı derecede yatkın olmalıydım. Ayrıca kız olarak doğduğum andan başlayarak ve dozu arttırılarak, aşı niyetine kanıma karıştırılmış 'acı' adlı ilacın yarattığı bağımlılık onulmaz kerteye varmıştı neredeyse.

Kaç yaşındaydın o sıralarda, diye soruyor Ayhan.

Yirmi, yirmi iki...

Kanepenin önündeki sehpaya uzanıp konyak kadehimi alıyorum. Gece yarısından sabaha doğru yol alıyoruz. Birbirimize anlatacak ne çok şeyimiz var hâlâ. Ayhan kalkıp dolu küllükleri boşaltıyor, yanıma oturuyor yeniden.

Öyle gençtim ki kendimi insanlara karşı korumayı hem biliyor hem bilmiyordum. Lisede öğretmendim. Kendime hiç kimsenin, özellikle bir erkeğin yardımı olmadan bir düzen kurmayı başarmıştım. Küçük bir evim, iki rahat koltuğum, plaklarım, kitaplarım vardı. Karadeniz hemen penceremin ötesindeydi. Kahırla boğulduğum gecelerde onun uğultulu sesini dinleyerek avunuyordum.

Bir gün birlikte yeniden gidelim oralara, diyor Ayhan.

Çevremdekiler beni evlendirmek için ellerinden geleni yaptılar önceleri.

Ne çok severler çöpçatanlık yapmayı bizim insanlarımız...

Evet, neden acaba?

Yalnız insanları düzen dışı kalmış sayıyorlar, evliliğin nimetlerinden yoksun oldukları için acıyorlar onlara...

Biraz korku da var bence. Bu ayrıksı insanların kendi düzenlerini tehdit edebileceği, karı ya da kocalarını baştan çıkaracağı korkusu...

Çok kötüsün. Olabilir. Sonra?

Sonra bağlı olduğumu öğrendiler ve birlikte acı çeker olduk. Kimi zaman beni yakında aklını bozacak biri olarak gördüklerini biliyordum ama daha çok onlardan biraz farklı olduğumu düşündüler sanırım.

Neden?

O küçük kentte yadırganıyordum biraz. Tek başıma sinemaya gidiyor, liman lokantasında öğle yemeği yiyordum örneğin. Kimi dostlar tutucu bir kentte, görünürde böyle özgür bir kadın tavrı ile ortaya çıkmamdan hoşlanırlarken kimileri de uyarılarda bulunup öğütler veriyorlardı. Kentin en büyük caddesinde bir aşağı bir yukarı yürümem bile dedikodulara neden oluyordu. Kentin ileri gelen ailelerinden birkaçı beni oğullarına almayı düşünürlerken kuşkular beliriyordu kafalarında. Biraz daha uslu görünsem çok iyi bir evlilik yapabilirdim onlara göre. O adamı kafamdan atmalıydım. Hiçbir zaman gerçekleşmeyecek bir birlikteliği bekleyerek karanlıkta yaşamaya son vermeli, kendi ellerimle açtığım bu ışık sızdırmaz çukurdan çıkmaya çalışmalıydım.

Peki neydim, kimdim ben? Çok yürekli görünürken bu kadar korkak, böylesine evcilken bir o kadar serseri, uysal ve sessiz sanılırken cadı gibi inatçı, çoktan esir alınıp bayrağım çiğnenmişken böyle mağrur ve bağımsız.

Sonraları bu ikiye bölünmüşlüğümün resmi olmayan tarihini bulmaya çabaladığımda çok gerilere gitmem gerekti...

Ne kadar geriye, diye soruyor Ayhan. Anlatsana.

Dedim ya çok gerilere. Belki de böyle doğdum ben. Su ve Na olarak yani.

Şu anda hangisi konuşuyor benimle?

Bunu kesin olarak bilemem. Ama sanırım Su.

Neden Su?

Çünkü şu anda Na'yı düşünebiliyorum. Ona dıştan bakıyorum, ikinci bir kişiye bakar gibi.

Nerede o şimdi?

Saatte otuz kilometre hızla gidebilen koca burunlu, kırk dört model bir Dodge kamyonun şoför mahallinde annem ve ağabeyimle birlikte oturmuş Sındırgı Dağlarından geçiyor. O yolu bilir misin? Hani çam ormanları ve dağlar arasından döne döne aşağılara iner...

Evet biliyorum.

Şubat, soğuk. Bol naneli yayla çorbası yaparlar burda, diyor şoför. İniyor. Biz inmiyoruz. Dul bir kadın, yakışık almaz şimdi şoförle gece yarısı, diyor annem. Zaten çok yağmur yağıyor. Kamyonun arkasındaki eşyalarımız ıslanıyor. Brandam var demişti bu adam, diye üzülüyor annem. Teldolap, açılır kapanır ceviz sandalyeler, yün yataklar, halılar, yorganlar ıslanıyor. Singer dikiş makinesinin demir ayağı kırılıyor. Kitap sandığındaki

Bütün Dünya, Bütün Türkiye ciltleri, Arı Maya'nın Maceraları, Sihirbaz Mandrake'ler ıslanıyor. Annemin romanları; Rüzgâr Gibi Geçti, Amber, Şahika, Vadim O Kadar Yeşildi ki, Garp Cephesinde Yeni Bir Şey Yok'lar, babamın hastalığını araştırdığı tıp kitapları yağmuru emiyor açlıkla.

Birkaç gün önce okuldan geldiğimde babamı evde bulamamıştım. Arka bahçede o zamanlar ne olduğunu bilmediğim bir teneşir tahtası vardı. Islaktı, su kabağı bir tas duruyordu üstünde. Sabunlu sular betona yayılmıştı. Annem omuzlarına atılmış kareli paltosuyla evin içinde dolaşıyordu ağlayarak. Çok yakında gelecek baban, dedi bana inanmadan. Biri beni götürdü, bütün gün karşımızdaki evde oturan sıhhiyecinin çocuklarıyla iskambil oynadık. Oynamak istemediğim halde oynadık. Mızıkçılık ettim, kavga çıkarmadılar. Hep ben kazandım.

Ertesi gün İstanbul'dan ağabeyim geldi. Yatılı okulda orta ikide okuyordu. Oda kapısında durdu. Gözleri kızarmıştı ağlamaktan, yol boyu ağlamış olduğunu anladım. Annem ona baktı, işte babamız geldi, dedi, yeniden ağlamaya başlayarak. O zaman babamın bir daha gelmeyeceğini bildim. Sekiz yaş için ölüm kavranamaz bir uzaklıkta olmalıydı, ağlayamadım. İçimde biri, ağlamalısın, diyordu durmadan. Baban öldü senin, ağlasana.

Su'nun sesini ilk kez o zaman duydum işte. Ağlıyordu, içi katılıyordu ağlamaktan ama gözlerimde yaş yoktu. Sesim yoktu.

Birkaç hafta önce babamı bahçede elinde bir çamaşır ipiyle, kendini dut ağacına asmak isterken yakalamıştım. Dehşet içinde kendimi yerlere atıp ağlayıp dövünürken gülmüştü bana; şakacıktan öyle yaptığını, gidip komşudan annemi çağırmamı, annem onu bırakıp gezmeye gittiği için çok canının sıkıldığını söylemişti. Söz vermişti ben gidip gelinceye kadar kendine bir şey yapmayacağına. Sokakta yalınayak koşmuştum, toz içindeki sokakta tozlar kaldırarak deli gibi anneme koşmuştum. Annem sabunlu sabunlu fırlamıştı komşunun banyosundan. Eve döndüğümüzde babamı pencerenin önündeki minderlikte hiçbir şey olmamış gibi sigara içerken bulmuştuk. Radyoda Perihan Altındağ şarkılar söylüyordu o sırada. Babam, bu kadını da çok severim, demişti keyifle.

Yağmur hızla, uğultulu bir sesle iniyor önümüzdeki cama. Başka nereye gidebiliriz ki, diyor annem. Bursa'da dayın var. Yengen de iyidir, bize destek olurlar. Şoför çorbasını bitirip geliyor. Bu gece daha öteye gidemem, diyor. Lokanta açık, oturup bekleyeceğiz. Sabah ola hayrola. Belki yağmur diner sabaha. Yürüyüp lokantaya giriyor yeniden.

Hiç gözüm tutmamıştı zaten bu adamı, diyor annem. Ah Allahım! Ne yapacağız şimdi. Başımızda bir erkek olsa bunu yapamazdı bu herif. Dağ başında, yağmurun altında bekleyemeyiz...

Ormanın kıyısında, karanlığın uğursuz sessizliğini kendi sesiyle bastırmaya çalışan yağmurun altında bekliyoruz. Dağ başında. Neden sonra gidip bir konuşalım, diyor ağabeyim. İniyoruz.

Teneke bir odun sobasının başında çay içiyor şoför. Gidemem, diyor uykulu gözkapaklarını kaldırmadan. Seni vicdansız, diye bağırıyor annem ve çabucak babamın tabancasını çıkarıyor çantasından, şoförün beynine dayıyor.

Yavaş, diyor Ayhan. Sakin ol. Böyle olmuş olamaz.

Sanırım oldu. Annem çok öfkeliydi.

Olmadı, olmadığını biliyorsun. Babanın tabancası yoktu çünkü.

Bilmiyorum. Şurası kesin, yola devam ettik o gece. Motor inliyor, ııı, ııı diye tırmanıyorduk. Başım annemin kucağındaydı. Annemin kucağı lavanta çiçeği kokuyordu. Küçücük elleri ve ayakları olan karga kanadı saçlı bir kadındı o.

Yaşamımda ilk kez karakol gördüm o gece. Zabıt tutmak ne demek bilmiyordum o zamana dek. Kemalpaşa'da şoför yeniden kontağı kapatıp, buraya kadar, bundan sonrası için başka kamyon bulun, dediğinde öğrendim. İki polis şoförü üçüncü sınıf bir oteldeki yatağından kaldırıp getirdiler ve yeniden yola çıktık. Polis zorunu tanıdım. Dul kalmanın, yalnızlığın, babasız olmanın ne demek olduğunu anladım.

Bu yolun o geceden başlayarak çok önemli bir yeri oldu yaşamımda sonraları. O ilk büyük kaybımdan sonra beni ortaokul önlüğümle yeniden o kente götüren ve ilk sevdiğim

Adam'a ulaştıran ama aynı zamanda ondan uzun yıllar ayıran yoldu bu yol çünkü.

Na, yıllar sonra o küçük Karadeniz kentinden kalkıp uzun bir yolu ve yeniden Sındırgı Dağlarını geçerek Adam'ın bulunduğu kente geldi. Eşyalarını tahta sandıklara yerleştirerek yük trenine vermişti. Bir ev buldu yerleşti. O ilin lisesindeki yeni görevine başladı. Uğruna düzenini altüst ettiği adam hiçbir yardımda bulunmadı ona.

Na, olumlu ya da olumsuz bir sonuç alma kararlılığıyla gelmişti. Oysa Adam, evleneceklerini, ancak bu birliktelik için koşulların henüz olgunlaşmadığını söylüyordu kendisine.

Na, çilingirden bir avuç anahtar satın aldı. Birkaçının ağzını her kapıya uyacak biçimde eğeletti ve onlardan biriyle Adam'ın on yılı aşkın süredir yaşadığı kutsal bekâr evinin kapısını açmayı başardı. Bir oda bir hol ile tuvaletten oluşan tek pencereli bir daireydi burası. Odada tahta sapları parlak turuncu boyalı, dört yeşil yapay deri kaplı koltuk, başucunda bir çiçek sepeti resmi olan beyaz, teneke bir göçmen karyolası ve küçük bir camlı dolap üzerinde elektrik ocağı ile çaydanlık vardı.

Na dolabı ve çekmeceleri karıştırdı. Bir paket bisküvi buldu. Taşınma ve yerleşme giderleri yüzünden ay başından çok önce parasız kalmıştı. Açtı. Bisküvileri yedi. Sonra kocaman bir çekmeceyi dolduran mektuplarını yatağın üstüne boşalttı.

O uzak kentten birkaç yıl boyunca gün gün, saat saat yazmıştı ona neler yaptığını. Bunu istemişti Adam Na'ya güven duyabilmek için. Hiçbir şeyi gizlemeden yazmıştı. Nasıl kapalı ve hanım hanımcık, tam Adam'ın istediği gibi, onun sevgisine değer bir yaşam sürdürdüğünü görsün, anlasın diye. Ama o giyim kuşam merakı, arada bir tek başına gezmeler, sinemaya gitmeler, durup dururken yolculuklara çıkmalar, telefonlara sarılmalar bu savrukluk, delibozukluk, bütün bu dengesizlikler güven verici değildi sonuç olarak. O, Suna'nın, ağır, soylu, bastığı yeri bilen 'çok hanım' biri olmasını öngörüyordu. Gelgelelim kız bu haliyle inatçıydı, kötüydü, dağınıktı, aşırı duygusaldı. Aşırı korkusuz, gereğinden çok başına buyruktu.

Nice genç kızın, kadının yaşamını köreltmiş, canlılığını, yaşama coşkusunu, yeteneklerini boğup atmış bu 'Hanımlık-Hanfendilik' kavramının yalnızca erkeklerin yararına uydurulmuş ama onlar için bile son derece sıkıcı, kapalı, soluk alıp vermez bir tanım olduğu yazık ki bugün bile anlaşılamadı.

Na, mektupların titizlikle sıraya konmuş, özenle saklanmış olduğunu gördü. El altındaydılar gene de. Onları sık sık elden geçirip yeniden okuyor olmalıydı Adam. Hiç karşılıksız sunulmuş o yaman sevgi yaşatıyordu onu. Bu mektuplarla besleniyordu besbelli. Sevilmeye değerliğiyle yansıtıyordu gölgesini aynalara sonra. Ne bulunmaz bir sevgili olduğunu düşünürken hafifçe ama gene de ciddiyetini bozmadan, hoşnut gülümsüyordu kendine. Suna'nın var olan, yaşayan canlı varlığının yerini almışlardı bu kâğıt parçaları. Ömür boyu bunlarla yetinebilirdi.

Na, birden mektupları alıp oradan götürmesi gerektiğini anladı. Çabucak Adam'ın yastık kılıfını çıkardı, mektupları içine doldurdu, ağzını saç bağıyla bağladı ve Adam'a bisküvilerini yemek zorunda kaldığı için özür dileyen bir not bırakarak çıktı, gitti. Mektuplardan söz etmedi çünkü onlar zaten kendisiydi, kendisinindi.

Yanılmamıştı. Kente geldiği günden beri onunla hiçbir bağlantı kurmak istememiş olan Adam telefon ederek mektupların kendisine ait olduğunu ileri sürdü ve onları hemen geri istedi. Ne de olsa bu da bir şeydi ve bu yolla bir iletişim kuruldu Na ile aralarında. Aslında Adam, evine bu biçimde girilmiş olmasından dehşete kapılmıştı ama anahtarı istemediği gibi kilit değiştirmeyi de düşünmedi. Na da içi sıkıldıkça, canı istedikçe oraya gitti ve teneke karyolaya uzanarak Adam'ı bekledi akşamları.

O odada buluştukları ilk akşam, turuncu saplı koltuklarda karşı karşıya ilk kez oturduklarında Adam uzun uzun Suna'ya baktı. Gözleri bulutlandı ve şunu sordu: Kendi kendine hiç acımıyor musun Suna? Neden, dedi Suna, neden? Beni tanımıyorsun, dedi Adam, hiç tanımıyorsun. Tanıdığında sevmeyeceksin artık, sevemezsin. Neden, diye sordu Na. Ama neden böyle düşünüyorsunuz? Ben bir hiç, evet hiçim Suna. Sevilmeye değer hiçbir şey yok bende, inan buna. Şimdi avuçlarımın içinde olmayı istiyorsun ama çok geçmeden bir kuş gibi uçup gitmek, kurtulmak isteyeceksin, çırpınacaksın. Sana kıyamıyorum. Öyle mutsuz olacaksın ki bunun ölçüsünü düşünemezsin bile. Su ağladı. İnanmıyorum size, dedi. Hayır, çok mutlu olacağız biz.

Adam akşam yemeklerini her gece aynı lokantada hiç evlenmemiş bir kadın doğum doktoru ve karısı ölmüş bir müfettişle birlikte yiyordu. Her akşam aynı yoldan, aynı tempoda bir yürüyüşle, aynı saatte eve geliyordu sonra. Kapıyı açtığında Na'yı paltosuyla karyolaya uzanmış, ellerini başının altına koymuş, bir ayağını ötekinin üzerine atmış bir durumda kendisini bekler buluyordu.

Bu soysuz davranışlar Adam'ı büsbütün ürküttüyse de Na ile birlikte olmaktan alıkoyamadı. Korkularla, çelişkilerle, önyargılarla dolu dünyasında kendince seviyordu onu. Canlılığını, coşkusunu, yerinde duramaz gençliğini, hüznünü, inatçılığını, inceliğini seviyordu. Tam olarak kendisi bile bilmiyor olsa da yaşamında ilk kez bir kadını tutkuyla kucaklıyor, bu kadar geç kalmış olsa da kendinden başka biriyle sıcak bir ilişkiye giriyordu.

Birkaç ay sonra kimseye haber vermeden gizlice evlendiler. Nikâh tanıkları evlendirme dairesindeki hademeler oldu. Suna siyah bir öğleden sonra giysisi giyerek gitti törene. Gelinlik giymeyi hiçbir zaman özlememişti nedense.

Adam bu evlilikle hem Su, hem Na, hem de mektuplara sahip olmuş oldu. Gerçi kısa süre sonra mektuplar eski bir valiz içinde kuytu bir dolaba kaldırılıp orada unutuldu ama olsun. Mutluydu Adam, şaşkındı. Doğrusu her şeyin bu kadar güzel olabileceğini hiç ummamıştı.

Birdenbire birkaç yıl geçti.

Nedir beklenen böyle bir evlilikten? Derli toplu bir ev, düzenli bir yaşam, ev kadını küçük kent öğretmenleri arasındaki çaylı ev toplantıları, eve zamanında gelen, eski bekârlık arkadaşlarıyla bağlarını koparmış bir koca ve evde onu bekleyen sessiz, uslu, sevgi dolu bir kadın. Birlikte okunan gazeteler. Çarşı pazar listeleri. İçe dolan, yıllarca özlenmiş o huzur. Balkon ve saksı çiçekleri. İşte her şey yerli yerinde. Tüm nesneler. Yaşamınızı kolaylaştırıp güzelleştirmesi gereken tüm tahta, bez, plastik, alüminyum, yün, patiska, porselen, cam, bakır nesneler. Turuncu saplı koltuklar. Teneke karyolada birlikte yatıyorsunuz artık, biraz dar ama ne gam... Mutlu muyuz? Elbette.

Sonra ilk kadınlık sınavı, içinizde oynayan ilk canlı. Gittikçe ağırlaşan, artık siz olmayan gövdenizi dengede tutmaya çalışarak yaptığınız gebelik yürüyüşleri. Sizi bu duruma sokmuş Adam nasıl da gururla yürüyor yanınızda. Derken yaşamınızda yeni bir yüz. Bundan böyle elinizi kolunuzu daha bir bağlayacak, sizi bir daha hiçbir zaman gençliğin parlak özgürlük dönemine geri döndürmeyecek olan yeni bir canlı. Yaşamınız bütünüyle size ait değil artık, kesinlikle olmayacak. Gülüyor bebek, yürüyor, konuşuyor. Birkaç yıl daha. Mutlu muyum? Mutlusun işte. Herkesinki gibi bir düzen, ne olabilir başka?

Sıcak yaz akşamları bebeği arabasına koyup parktaki çay bahçesine gidiyorlar. Kumrular ötüyor çamlarda. Bebeklerini arabasına koyup gelmiş başka çiftleri görüyorlar orada. İşte herkes aynı durumda, diye düşünüyor Na. Daha ne olsun.

Ama duvarlarda, tavanlarda çatlaklar oluşuyor. Ne kadar silinirse silinsin örümcek ağları sarkıyor köşelerden. Suna patatesleri tavadan alıyor ve peki ama ne olacak bundan sonra, diye soruyor, kendine. Turuncu saplı koltuklardan sıkılmış olduğunu seziyor. Ev değiştirmek, yeni koltuklar, yeni eşyalar almak bir şeyleri yeniler sanıyor.

Çocuk yüzünden evde sigara içmesi yasaklandığından sobanın başına çöküp dumanı sobanın ağzına üfleyerek içiyor tek sigarasını. Sigarayı tutan elleri titriyor. Kocası bu akşam üç haftadır ilk kez erken uyumasın diye yalvarıyor içinden. Heyecandan ölüyor. Bebek sesinden rahatsız olduğu için oturma odasına taşıdı yatağını Adam. Yarı karanlıkta uyuyup uyumadığını anlayabilmek için gözlüyor onu Na. Çocuk uyumadan önce uyursa bu gece de dokunamayacak ona. İçeriye, çocuğa koşuyor telaşla, uyumuş. Adam'a yaklaşıyor, çok şükür uyumamış. Örtüyü kaldırıp yanına, yatağa kayıyor. Ne o, diyor adam, ne var? Bırak şimdi, git yatağına hadi... Biraz kalayım, diyor Su, dokun bana.

Bütün bu yabancılık ve itilmişlik arasında güçlükle bir şeyler yaşanıyor ve Na ödülünü alıyor. Pis domuz seni! Yarı şaka, yarı pişmanlık. Yıkanmak gerekecek şimdi, üşeniyor Adam. Bir şofben aldırabilmek için çok yalvardı Na, gereksiz buluyor. Termosifon var ya, yakar yıkanırsın!

Peki ama ne olacak bundan sonra, diye soruyor Na kendine yeniden. Buradan nereye gidebiliriz? Yürünecek bir yolumuz var mı? Dünya bu kadar mı?

İçime çöreklenen sıkıntıyı onunla bölüşebilir miyim? Peki ama ne istiyorsun ki, diyecek bana. Bu evlilik için çırpındın durdun. Söyledim sana, ben buyum, değişemem.

Bu koltukları değiştirelim, hiç sevmiyorum.

Gerek yok, çok sağlam bunlar.

Çok çirkin buluyorum onları.

Önemli olan güzellik çirkinlik değil, iş görmesi.

Benim için de böyle mi düşünüyorsun?

Ne demek şimdi bu?

Beni güzel buluyor musun, yani güzel miyim sence?

Bu kadar yıllık evlilikten sonra bu sorulur mu?

Neden sorulmasın? Çirkin miyim?

Çok zayıfsın. Birkaç kilo alman iyi olur.

Çok sıkılıyorum, çevremizi genişletelim, dostlar edinelim.

Öyle ısmarlama dost edinilmez. Zamanla kendiliğinden olur.

Niye beş yıldır bizim hiç dostumuz olmadı?

Olur, acelen ne?

Akşamları çok erken yatıyorsun, kimse gelemiyor bize bu yüzden.

Ne istiyorsun benden, ne yapayım yani...

Bu yaz deniz kıyısında tatil yapalım.

Küçük çocukla tatil yapılmaz.

Önümde baş edilmez bir boşlukla uzanan zamanı tüketmeye uğraşıyorum. Yaşlanıyorum ve tüm tutkulardan arınıyorum.

Bir gün gelecek yaşlanacağım. Turuncu saplı koltuklarımızı atacağız. Güzel eşyalar alacağız. Sallanır koltuğumda oturup kitap okuyacağım. Dolabımda on ayrı renk ayakkabım olacak. Oğlum büyümüş ve evde kocamla çekişmelerimizde benim tarafımı tutan bir delikanlı olmuş olacak. Kocamla yatmak aklımdan bile geçmeyecek artık ve o bana pis domuz olduğumu söyleyemeyecek. Olur ya şaşırıp o benimle yatmak isterse azarlayacağım onu: Aaaa, çekil başımdan, koca adam utanmıyorsun ayol. Nerdeyse torun sahibi olacaksın! Elli yaşıma gelmeden bütün yatak ilişkimiz bitmiş olacak böylece.

Gri tayyörler içinde çarşıdan geçip evime gideceğim. Herkes arkamdan, ne ağır, ne hanım kadın, diye konuşacak. Çünkü iyi yetişmemiş ve zaten bu toplumda olanaksız olduğu için bir erkek-insan olamamış, yalnızca bir Adam olmuş bir adamın kahrını çekerken olgunlaşmış, görmüş geçirmiş, sindirmiş, susmuş pusmuş bir hanımefendi olacağım. Belki de az ama yerinde ağır sözlerle zaman zaman onu sindirebilme yeteneğimi de geliştirmiş olurum o zamana kadar.

Pazardan alıp getirdiği hiçbir şeyi beğenmem. Yemek yerken gömleğine yağ damlattığında küçümsemeyle, hor görür gibi bakarım ona. Her gün don değiştirmiyor diye söylenirim arkasından duyulur duyulmaz. Buna benzer benzemez küçük aşağılamalarla yitirilmiş yıllarımın, tüketilmiş güzellik ve yeteneklerimin öcünü alırım ondan. Elbette gene hesap vereceğim; bir kilo peynir, yarım kilo kıyma ve... çekinerek, bir de çorap aldım, diyeceğim ve o da, daha geçen ay çorap aldın ya be, demez olmuş olacak. Gözlerini şöyle bir belertip bakacak o kadar. Belki bir gün aylığımı da ona vermem artık kimbilir...

Bir gün gelecek birdenbire yaşlanacağım. Erkenden emekli olacağım. Okuldaki arkadaşlarım emeklilik armağanı olarak gümüş bir gondol sunacaklar bana. Evimin kadını olacağım. Ayda iki kez konuk günlerine gideceğim. Epeyce tombullaşmış olacağım bu yüzden. Boynumda evlendiğimizi duyduğunda kaynanamın verdiği ve bin dokuz yüz yılında Paris'ten alınmış olup kaynanamın annesine sevgilisinin armağan ettiği ve üstelik Birinci Dünya Savaşında henüz küçük bir kız çocuğu olan kaynanamın kürk yakalı mantosunun içine dikilerek Sırbistan'dan kaçırılan tarihi zincirle.

Pilavlar, çorbalar, taskebapları, kekler pişiriyorum. Zaman geçmiyor. Lavaboları, fayansları, çaydanlıkları, tencereleri ovuyorum. Sokaklarda dolaşıyorum. Çocukların vahşi haykırışlarla koşuştukları bir okul bahçesinin önünden geçiyor ve bir çocuk daha istemediğimi düşünüyorum. Emekli kuyruğu cadde boyu uzayan bir bankanın önünde bekleşen bezgin emeklileri görüyor ve emekli olmak istemiyorum. Boş evlere, kiralık levhalarına bakıyorum. Perdesiz pencereler çok çekici görünüyor bana.

Yeni bir düzen için yeni bir olasılık demek bu. Yerleştirilecek yeni dolaplar, yeniden başlamak.

Su da seviyor yeni düzenler kurmayı. Na ile en iyi anlaştıkları konu bu. Na'nın atılım gücü ile Su'nun evcilliği üst üste geliyor burada. Güzelce çakışıyor.

Bir şeyler yapmak istiyorum, diyor Na, Adam'a.

Ne gibi, diye soruyor Adam, alay eder gibi.

Bilmiyorum. Yani yaşamımı bu evde, bu düzeni yürütmek ve çocuk büyütmekle tüketmekten korkuyorum.

Mademki doğurdun, otur çocuğunu büyüt önce.

Bununla birlikte başka şeyler de yapamaz mıyım?

Çok şaşırıyor Adam.

Ne gibi, diye soruyor yeniden. Ne yapacaksın ki?

Resim yapmak, yazı yazmak, fotoğraf çekmek, ut çalmak... İşte buna benzer şeyler...

Geçmiş olsun! Artık çok geç kızım.

Hiç de geç değil.

Hiçbir şey yapamazsın, otur oturduğun yerde. Seninki serserilik.

Yapabilirim.

Buyur, git yap öyleyse. Güle güle...

Yan yana yatıyoruz. Ayhan bir sigara yakıp veriyor.

Yaşam herkes için tuzaklarla dolu ama özellikle kadınlar için, diyorum. Kuşkusuz bazı kadınların bu tuzaklara düşmesi olanaksız. Onlar küçücükten kendi değerli varlıklarının bilincine varırlar çünkü. Çoğunlukla da kendileri kadar varlıklı ve soylu, kaliteli bir erkeğe eşlik etmek üzere eğitilirler. Aşk, her zaman her yerde rastlanılabilir, istendiğinde yaratılabilir gelip geçici bir duygudur onlar için. Evlilik ise kurallarını kendilerinin koyabilecekleri bir iş ortaklığıdır. Olan hep bize oluyor, benim gibilere.

Söz ettiğin kadınlar için de başka tuzaklar var ama.

Evet belki, ama bunlar beni daha az ilgilendiriyor. Tuzaklardan kurtuluş yok ama çoğunluktan söz ediyorum ben. Söylemek istediğim şu, kadının eğitim düzeyi düştükçe tuzaklar daha derin, daha öldürücü oluyor.

Kadının ve erkeğin, diye tamamlıyor Ayhan.

Aşk içinde yarattığımız insanın o insan olmadığını, onda var saydığımız değerlerin birine bile sahip olmadığını anlamamız niye bu kadar uzun sürüyor, diye soruyorum ona.

Aslında uzun sürmüyor, görüyoruz ama kabul etmek istemiyoruz, diyor.

Beni durdurmak için Mehmet'i kullanmayı denedi. Onu kendisine bırakmam koşuluyla razı olacaktı ayrılmaya. O zaman çocuğumun annesi olma hakkımı hiç kimsenin elimden alamayacağını, bu gerçeğin hiçbir zaman değişmeyeceğini ve oğlumla ilişkilerimin bütünüyle benim tutumuma bağlı olduğunu düşündüm.

Genelde anneler alır çocukları.

Seçme şansım yoktu. Yalnızlığı ve acı çekmeyi yeğledim.

Bu evliliği niye bu kadar istedin gene de anlayamıyorum, diyor Ayhan.

Bu tutsaklığı Su istedi daha çok. Niye istedi bilmiyorum. Adam'ı ne kadar severse sevsin daha mantıklı olabilirdi. Onun sorunu yalnızlıktı belki de. Kendini bildi bileli, sıcak, kalabalık bir aile çevresi özlediğini biliyorum çünkü. Kendilerine özgü alışkanlıkları olan, dayılar, halalar, teyzeler. Akşamları önüne rakı sofrası kurulan bir enişte, saç modası ne olursa olsun kendi saçlarını otuzlu yılların modasına göre taramakta bilmeden direnen şişman, sevecen bir teyze. Yalınlık, içtenlik, rahatlık. Bunların içinden doğan güven duygusuyla aklı başında ayakta kalabilmek. Kendini tanımak, kendine uygun insanı bilebilmek.

Kuşkusuz Na sürekli olarak böylesine kalabalık, sıradan bir aile çevresinde yaşamayı düşünmüyordu. Hayır, durmadan dolaşmalıydı o. Onların her zaman belli bir yerde, orada, gerektiğinde kendisini kucaklamaya hazır beklediğini bilmeyi ve gittiği her yerden buna benzer insanların yanına dönmeyi özlüyordu. Yalnızca o dönüş gününü yaşamayı belki de. Eski büyük bir evin taşlığını, çocuklarla dolu ovulmuş tahta kokan odaları, mis gibi dantelli çarşafları, doyulmamış bir çocukluktan bölük pörçük duyumlar olarak kalmış neşeli akraba sesleriyle yankılanan bahçeleri anlık özlemlerle anımsıyordu.

Sobanın üzerindeki bakır su kabına, atılmış Amasya elmalarının kokusunu duyuyorum şimdi...

Ben de annemin evinin bahçesindeki karaağacın altını özlemişimdir hep, diyor Ayhan. Oraya salıncak kurardık. Alabildiğine düzdü yaşamımız. Evimiz Rumlardan kalmaydı. Amcamın define bulma umuduyla bodrumda kazılar yaptığını söylemiş miydim sana?

Hayır. Eee, buldu mu bari?

Yok canım, nerde...

DERE SOKAĞI

Dere Sokağında yağmurun altında bekliyorum. Annemle oturduğumuz ahşap evin pencereleri karanlık. Kapıyı uzun uzun çaldım açılmadı. Sokağın bitimindeki setten dökülen yağmur suları ayaklarımın üzerinden akıyor.

Karanlık tünellerden, kanalizasyon kanallarından geçerek geldim buraya, yorgunum. Bütün kapıları çaldım. Aygül'lerin, Gülümser Ablanın, Naciyanım Teyzenin, Ruhat Hanımın ve yengemin kapılarını. Kimse evde değil. Annem nerde, diye bağırdım sesimin çıktığı kadar. Kimse bir pencere açıp bana bakmadı bile. Burada bekleyeceğim. Biri çıkıp çekinmeden beni yanıtlayana kadar bekleyeceğim. Saklanıyorlar biliyorum, kötü bir şey oldu, anneme bir şeyler oldu söylemek istemiyorlar. Kendimi yengemin merdivenlerine atıp başımı taş basamaklara vuracağımdan korkuyorlar.

Saç örgülerimden sular süzülüyor. Üşüyorum. Üstelik mantom da yok. Bu kışı kalın yün hırkamla idare ediyoruz. Gelecek yıl kareli mantosunu bozup tersyüz ederek bana yapacak annem. Çok çabuk büyüyorum. Giysilerimin kolları kısalıveriyor hemen. Ayakkabılarım eskimeden küçülüyor, ayak parmaklarım büzülüyor burunlarında.

Dişlerim birbirine vuruyor. Öksürüyorum. Öksürür aksırırken ağız elle kapatılır. Elimi ağzıma götürüyorum ama aksırınca takma dişlerim ağzımdan fırlayıp suya düşüyor. Dişlerim babaannemin yatarken çıkarıp başucundaki su dolu bardağa koyduğu dişleri gibi takmaymış meğer. Çok şaşırıyorum buna. Benim dişlerim takma değildi, bunları ağzıma kim, ne zaman koymuş öyle? Diş görmek iyi değildir, diyor babaannem, uğursuzluktur; neyse hayrolsun gün ışığına söyle. Yağmur bereket, saç sıkıntı, yatak yol, çıplak ayak ferahlıktır. Ayaklarım çıplak...

Başımı kaldırıp evimize bakıyorum yeniden. Annemin yattığı odanın balkonu çinko kaplıdır. Şimdi yağmur tanelerinin çinko balkondaki pıtırtısını dinliyor annem, geniş güzel yatağında yatarken. Siyah saçları yastığın üstüne dağılmış, kollarını dümdüz uzatmış yorgan ağzının gardenyalar ve iri yapraklarla nakışlı beyazlığına. Elleri gök mavisi gelinlik atlas yorganının üzerinde ince, solgun. Gözleri kapalı, duyulmayacak kadar yavaş bir sesle bir şarkı mırıldanıyor, ağır, hüzün dolu bir şarkı. Sesi yağmurun tıpırtısına karışıp eriyor.

Ona bir şey oldu. Alt katımızda oturan ev sahibi kadınla, ortak kullandığımız elektrik yüzünden kavga ettikten sonra oldu bu. Eve elektrikçi geldi, saat bozuk mu acaba, diye bakmaya. O sırada benim evde olmamı istemedi annem, yengeme gitmem için üsteledi. Karşı çıktığımda kovaladı. Gitmek zorunda kaldım. Oysa annemi elektrikçiyle yalnız bırakmayı hiç mi hiç istemiyordum. Bildiğim, annem ondan sonra kötüleşti. Elektrikçi ona ne yapmış olabilir?

O gece anneme bir süredir benden sıkıldığını anladığımı, benimle eskisi gibi konuşmadığını ve nedense beni adımla değil, köylüler gibi 'kız' diye çağırmakta oluşundan çok üzüldüğümü söyledim. Ben bir besleme değil, onun kızıydım çünkü.

Şaşırmış yüzüme baktı. Bir karış boyunla ne kadar da alıngansın, dedi. Kolayıma geliyor da ondan öyle söylüyorum. Sinirliydi, soba bir türlü tutuşmuyordu. Çok başım ağrıyor, kendimi toplayamıyorum, ya bana bir şey olursa sen ne olacaksın yavrucuğum, tansiyonum yirmi yediye çıktı, diye söylendi yavaşça, kendi kendine konuşur gibi. Eğilip sobanın ağzını üfledi, sallandı, usulca arkaüstü düştü. Dili dolaşarak, koş yengeni çağır, çabuk ol, demeye uğraştı. Kusmaya başladı.

Annem nerede, diye bağırıyorum var gücümle. Sakın bana hastanede olduğunu söylemesinler. Yalan bu. Hastaneye kaldırdılar biliyorum ama dönmüş olmalı artık. Çok yediler, diyor yengem. Çok yemekten oldu bunlar. Baban işletme müdürüyken, Salda Gölünün kıyısında kuzuları kesip kesip yediler. Ne âlemlerdi onlar. Yeşil bir göl, suya eğilmiş çamlar, boynumda mercan bir kolye ile sallandığım bir salıncak gelip geçiyor belleğimden belli belirsiz.

Söyleyin artık, ne oldu ona, diye bağırıyorum Dere Sokağının ortasında. Gök gürültüleri arasında yok oluyor sesim. Art arda şimşekler çakıyor. Böyle olacağı belliydi, yıldırım düşüyor üstüme işte!

Tam ortamdan ikiye bölünüyorum.

Kolumdan çekip, gidelim buradan, diyor öteki yanım. Hayır, diyorum hayır, annemi istiyorum ben.

Annem öldü aptal, diyor, Na.

Çamurlu suyun içine çöküp ağlıyorum. Herkesi uyandıracaksın, diye söyleniyor Na. Evlerde ışıklar yanıyor, herkes pencerelere çıkıyor. Ne olmuş, diye soruyorlar birbirlerine, kim ölmüş? Kimse sana acımamalı, diyor Na. Sus artık! Acısınlar, diyorum, istedikleri kadar acısınlar, annem öldü benim... Ben gidiyorum öyleyse, diyor. Sen kal burada. Yengemin bahçesine yürüyor.

Mahzun Garip orada, erik ağacının altında yatıyor. Ön camını ikiye bölen metal pervazın ve kocaman kırmızı burnunun altından kör bakıyor gözleri. Sokak lambasının ışığında alnındaki koyu mavi harfler kırık dökük, ıslak parlıyor. 'Mahzun Garip'. Sonra daha küçük eğik bir yazıyla bir satır daha okunuyor adının altında. 'Issız Gecelerin Garip Yolcusu'. Boyası dökük, yıpranmış kasayı taşıyan tekerlekler patlak lastikleriyle yarıya kadar çamura gömülmüş. Şoför mahallindeki koltuk, yüzsüz, yay ve saman karışımı bir kümbet çoktandır.

Korkuyorum ve ağlayarak Na'nın ardı sıra yürüyorum. Çabuk ol, yengem şimdi cama gelir, seni görmesin, diye uyarıyorum onu. Görürse görsün, diyor Na. Kapıyı açamadığı için camsız yan pencereden şoför mahalline atlıyor çabucak. Motoru çalıştırıyor. Çok gürültü ediyor, kaygılanıyorum. Tekerlekler patinaj yapıyor. İt şunu, diye bağırıyor Na, itsene sersem!

İşte tam bu sırada yengem camı vuruyor. Yengemin salonunun camı bahçeye bakar. Camı vuruyor orta ve işaretparmaklarını bükerek. Camı kıracakmış gibi hiddetle vuruyor. Dönüp bakıyorum ürküntüyle. Hay Allah, gene mavi gözlerini öfkeyle kocaman kocaman açmış dişlerini gıcırdatıyor. Beyaz iri dişleri karanlıkta parlıyor. Gıcırtıyı duymuyorum ama biliyorum, çenesi sağa sola oynarken dişlerini gösteriyor. Kızdığı zaman yapar bunu. Akşamüzerleri oyuna dalıp eve geciktiğimde. Hiçbir zaman camı açıp seslenmez.

Bu yüzden olmalı, ben ona, yenge, diyemiyorum. Bir şey söyleyeceksem yanına gider öyle söylerim. İzin verir misiniz-siz-siz-siz, derim. Ödüm patlar dişlerini gösterdiğinde. Dokuz kiremit oyunumuz yarım kalır, hemen eve koşarım. O da, erkek çocuklarla erkek çocuk oyunları oynuyorum diye kulağımı ya da saçımı çeker. Kız çocukları evcilik oynar, bebeklerini giydirir, hanım hanımcık olur, der. Niye söz dinlemiyorsun bakiim ha? Ben olmasam yetimhanelere düşecektin, görürdün gününü o zaman... O pis kamyona tırmandığını görmeyeyim bir daha! Hiç utanman yok mu senin, kıçın başın görünüyor onun tepesinde gezinirken. Nerede senin elişin, hani nerde? Sıçandişi, hiristo teğeli yapmayı bile öğrenemedin daha. Ne zaman büyüyeceksin sen ha? Daha ne kadar senin sökük ceplerini dikeceğim ben? O düğmeler de oğlanlarla boğuşurken kopuyor biliyorum. Sokak kızı olacaksın bu gidişle, başıma bela olacaksın anladın mı? Sonra kabahat benim olacak. Sofrayı kur çabuk!

Yengemin okuttuğu çocuklar onu seviyorlar mı? Öğretmenim, diye arkasından koşuyorlar mı? Yengem onların ellerine cetvelle vuruyor mu? Ara sıra onlara gülümsüyor mu, yoksa dişlerini mi gıcırdatıyor?

Benim öğretmenim sınıfta keman çalıyordu. İnce boynunu kemana doğru incelikle eğip acıklı ezgiler çalıyordu bize. Gözlerini yumuyordu acı çekiyormuş gibi. Sonra müfettişler geldi ve onu bizden aldılar. Keman çalıyor diye almışlar. Buna akıl erdiremiyorum bir türlü. Çok ağladık arkasından, sıraların üstüne yatıp günlerce ağladık. Müdür gelip matematik öğrenmemiz gerektiğini, zekâmızın müzikle değil, matematikle gelişebileceğini söyledi. Selçuk Öğretmeni, o incecik, genç adamı çok özlüyoruz. Şimdiki öğretmenim tırnak muayenesi yaparken ellerimize kalın, tahta bir cetvelle vuruyor, kızarıyor ellerimiz, morarıyor. Matematik öğrenmek istemiyorum.

Yağmursuz bir gökyüzünde iri bir uçurtma gibi süzülüyor Mahzun Garip.

Dere tepe dümdüz gidiyoruz. Na ustalıkla sürüyor onu. Yengemi dişlerini gıcırdatırken bıraktık pencerede. Umursamadık. Dümdüz gidiyoruz. Yollar bittiğinde uçarak dağları denizleri aşıyoruz. Sonra gene yollara konuyoruz kelebek gibi. Çiçek açmış meyve bahçelerinin yanından geçiyoruz. Bütün kuşlar aralıksız ötüyor. Tertemiz sokaklar, kırmızı damlı, bahçeli kutu gibi evler görüyoruz.

Bir gün benim de bir evim olacak. Tül perdelerim, koltuklarım, tencerelerim olacak. Bahçemde iri papatyalar, şebboylar, akşamsefaları yetiştireceğim. Tekir bir kedim, beni çok seven, hiç bırakmayacak bir kocam olacak. Evimi tertemiz tutacağım. Güzel yemekler yapacağım. Akşamları radyoda diş macunlu bilgi yarışmasını dinleyeceğiz. Kimse karışamayacak bize. Git yat bakiim, diyemeyecek kimse. Balolara gideceğiz, çok güzel olacağım, bir kraliçe kadar güzel. Etekleri kabarık, tül bir beyaz tuvalet giymiş olacağım. Başımda beyaz çiçeklerden bir taç olacak.

Kolay mı, diyor yengem, dayıma. Kız çocuğu bu, erkek olsa hadi neyse. Nasıl kadın olacak, bir evi çekip çevirmeyi nasıl öğrenecek başıboş bırakırsan... Daha az tereyağı sür ekmeğine! Senin annen de çok müsrifti. Hiç para tutamazdı. Zavallı baban yetiştiremezdi onun hırsına. O şapkalar bilmem neler... Har vurup harman savurdular... Neveser, diyor dayım, Neveser... Ne var? Nedir o kaş göz? diyor yengem, hırçın. Yalan mı? Bir dikili ağaç mı bırak... Tamam kes artık, diyor dayım.

Su gizlice ağlıyor. Başını teldolabın içine sokuyor yengem görmesin diye.

Sofradan kalkınca tabakları üst üste koyup mutfağa götürüyorum. Musluğun taşına koyarken ellerimden kayıyorlar, büyük bir şangırtı kopuyor. Yengemin tokadı hızla yüzüme iniyor. Çok şaşkınım, başım dönüyor. Eğilip kırıkları ağır ağır topluyorum.

Yapma bir daha, diyor, dayım usulca yengeme. Çok günah, hem yetim hem öksüz. Ne inatçıdır o, diyor yengem bağırarak, inadından ağlamıyor baksana. Çok gururludur, annesinin ölümüne bile samimiyetle ağlamadı!

Su'ya bakıyorum. Gözleri dolu, dudağı bükülmüş, ağladı ağlayacak... Sakın ağlama, diyorum. Ama canım yanıyor, çok canım yanıyor, diye sızlanıyor yutkunarak. Geçer, diyorum, dayan, şimdi geçecek. Hayır, diyor, hiçbir zaman geçmeyecek, hiçbir zaman...

Kitaplarımı demir ayaklara geçirilmiş tahta raflardan oluşan kitaplığıma dizdim. Kolileri katlayıp kapının önüne bıraktım, yarın atarım. Soba öğleden beri aralıksız yanıyor, iyice ısındı ev, üşümüyorum. Bir şeyler yemeliyim şimdi. Küçük bir omlet, biraz peynir ve bal. Üstüne çay içerim. Banyodaki kırık fayansları yarın onaracağım. Resimlerimi duvarlara asacağım. Evet, o kadar da kötü değil durum. Pek yakında oldukça şirin, neşeli bir ev olabilir burası. Ondan sonra ne Ayhan, ne Onur ne de başka birisi. Yeterim ben kendime. Kimseye gereksinmem yok.

Bulaşık suyunu köpürtüyorum.

Dünkü bulaşıklar hâlâ duruyor, diyorum Ayhan'a. Yıkarız, diyorsun ama ben bulaşık dolu mutfağı düşündüğümde huzursuz oluyorum. Bu sıkıntıyı yaşamaktansa o işi bir an önce bitirmek daha iyi değil mi?

Kent dışında, asfalt kıyısında hızlı adımlarla yürüyoruz.

Seni eve bağlayan bu paslı zincirleri kırmalısın artık, diyor.

Çoktan kırdım. Eğer kırmasaydım boynumda asılı olarak orduevinde düzenlenen konuk günlerine gidiyor olacaktım hâlâ. Böyle bir fotoğrafım var, sana gösteririm sonra.

İstemem. Ev kadınlığının zekâ geriliğine neden olduğunu biliyor musun?

Biliyorum. Bu yüzden kandil geceleri başımı örtüp ölmüşlerimin ruhuna yasin okuyabilir ve konu komşunun mevlitlerine gidebilirdim o zamanlar.

Yaptın mı bunları yoksa?

Az kalmıştı. Kaynanam yüzünden. Beni hiç sevmedi. Ona hiç anne demedim. Beni oğlunun başına gelmiş büyük bir şanssızlık olarak yaşadı. Beş yıl birlikte oturduk ve hep uzak durduk birbirimizden. Ayrılacağımızı ona söylediğimizde çok sevindi. Oğlumu bakmayı coşkuyla üstlendi. Ona bir değil iki oğul birden bırakıyordum çünkü. Bütün o yıllar boyunca, ara sıra, yalnızca uyum olsun, tatsızlık çıkmasın diye ona ayak uydurabilmeyi istediğim zamanlar oldu. Bana kenarları iğne oyalı ipek bir mevlit örtüsü vermişti.

Yeter Suna... Aslında seninle ciddi olarak konuşmak istiyorum. Christina geldiğinde rahatsızlığın çok ilkeldi.

Basit bir kıskançlıktı, özür diledim senden. Bağışla...

Deneyeceğim.

Susuyoruz. Adımlarımı onun büyük adımlarına uydurmaya çalışıyorum.

Bir süre önce bir Alman kadın gazeteci gelmiş, birkaç gün konuğumuz olmuştu. Beni tanımadan çok önceleri bile olsa aralarında bir zamanlar bir yakınlaşma olduğunu bilmekten tedirgin olmuş ve bunu gizlemeyi becerememiştim. Soğuk ve uzak davranmıştım kadına. İkisi bir gün yakın bir ilçeye araştırma için gitmişler ve eve sabaha karşı dönmüşlerdi. Onları içkili ve hırçın karşılamış, Ayhan'la tartışmıştım Christina'nın yanında. Küçük bir trafik kazası yüzünden karakolda sabahlamışlardı oysa.

Galiba çok acele ettik bir araya gelmekte, diyor Ayhan, kaygılı bir sesle.

Neler biriktirdiğini bilmiyorum ama benim açımdan her şey yolunda.

Tamam. Sonra konuşalım olur mu?

Adımlarım ağırlaşıyor, biraz geride kalıyorum ondan.

Ayhan'la on beş yıl yaşamış öteki kadını merak ediyorum. Nasıl biri olabilir? O kadar yılı nasıl geçirdiler?

Ayhan'ın geçmişini çok az düşünmüş olduğumu seziyorum. Hep bugünkü gibi miydi? Arkasında bıraktıkları neler?

Sen, diyorum, bu toplumda ender rastlanır bir adamsın. Seni erkekliğe, erkek olma durumuna koşullamadılar mı hiç? Kız kardeşin evi süpürürken sen yaşıtlarınla sinemaya mı gidiyordun, yoksa evde kalıp toz mu alıyordun? Gövdende dışarıya doğru uzanan bir fazlalık olduğu için sana gösterilen hoşgörü ve ayrıcalıkları yadsıyabilir misin?

Elbette koşullandırıldım, diyor. Bu ayrımın dışında kalabileceğimi nasıl düşünürsün? Ama insan değişiyor, değiştirebiliyor kendini zor da olsa.

Seni değişmeye zorlayan koşullar içinde oldun tabii. Uzun süre yurtdışında kalmak örneğin...

Bu kadar basit değil. Eğittim kendimi, inançlar edindim, öğrendim...

Ama gene de bütünüyle değiştiğini, erkek yanını yenebildiğini söyleyemezsin sanırım.

Söyleyemem. Ama kesinlikle kadın erkek ayrımına karşıyım ve bu eşitliği kendi yaşamımda gerçekleştirmeye çalışıyorum. Bunu başarabilmem için yanımdaki kadın da aynı inanç içinde olmalı kuşkusuz.

Benim koşullanmışlıklarıma karşı çıkarken sendeki kalıntılardan da kurtulmayı umuyorsun değil mi?

Neden olmasın?

Neden ayrıldın ilk karından? Nasıl bir kadındı? Yani niye yürütemediniz?

Uzun bir öykü bu.

Olsun anlat.

Sanırım ben evliliğe, evli olma durumuna hiç hazırlıklı değildim. Karım da öyle. Evlilik nedir bilmiyorduk ikimiz de. Evlilik, öncelikle kendiliğinden bir yücelik, bir romantizm içeriyordu benim için. Evliliğin dayanakları üzerine en küçük bir bilgim, deneyimim yoktu ama kurulduğu zaman bütün yoksunluklar, zorluklar, yalnızlıklar bitecek ve onu korumak için hiçbir gayret gerekmeyecekti artık. O güzel birliktelik benimle yaşayacak, benim istediğim biçimde gelişecekti. Başka türlü olamazdı. Kuşkusuz karım Havva'nın da kendince bir evlilik düşü vardı ama ben içinde bulunduğum ortamda ailenin başı olma rolünü üstlenecektim. Her şey ben nasıl istersem öyle olacaktı tartışmasız. Karım hem çalışacak hem ev işlerinin üstesinden gelecek hem de bana cinsel doygunluk verecekti.

Doğrusu, cinsellik konusunda pek bir şey bildiğim de yoktu. Bana öğretecek kimse olmadığı gibi herhangi bir deneyimim de olmamıştı. Bak, burası önemli. Deneyim olmamış değil, olmuş ama baştan aşağı yanlış...

Benim küçüklükten başlayarak duyduğum şuydu: Kadın erkek tarafından .... Bu erkek için onur verici, kadın açısından ise aşağılayıcı bir eylemdir. Kadına bu işi yalnız kocasıyla yapma hakkı tanınmıştır. Bir tek o biçimdeki birleşme onu alçaltmaz. Kadın bu durumda bir görevi yerine getiriyordur ve elbette haz duyması da düşünülemez. Tersine, yasak ve ayıptır. Oysa erkeğin başka kadın ve kızlara gitme hakkı da vardır. Küçük yerlerde bu hak iyiden iyiye sınırlanmış bile olsa vardır. Gene de genç bir bekâr erkeğin bir genç kızla ilişkisi kolaylıkla söz konusu olamaz.

Benim büyümem işte böyle oldu. Dar bir çevrede bulunmam, yoksul olmamız, güvensizlik duygularım bu işi öğrenebileceğim yaşta öğrenemeyişime neden oldu. On sekiz yaşımı bitirdiğimde hiçbir kızın elini bile tutmamıştım daha. Lisede okurken sınıf arkadaşım bir kıza âşık olmuştum. Ona hiç açılamadım. Bir başka kızla gönderdiğim gülü almadı. Bu aşkı kendi kendime, acılar çekerek yaşadım ve okul bitmeden kızı bir mühendisle evlendirdiklerinde intihar etmeyi düşündüm.

O sıralar arkadaşlarımdan duyduklarım üzerine ve onlarla birlikte geneleve gittim. Geçkince bir kadın beni aldı, odasına götürdü ama ben soyunmaktan bile utandım. Uyanmam olanaksızdı. Gözlerim kapalı bir şeyler yapmaya çalıştım, kadın usandı, bıraktı gitti. Az sonra gene geldi ve parasını istedi. Verdim. Ondan sonra uzun bir süre hiçbir kadına yaklaşma cesaretini gösteremedim. Derken birkaç kez daha oralarda denedim ama her seferinde korkunç bir başarısızlığa uğradım. İyice çoğalan korkularım giderek aşağılık duygusuna dönüştü.

Üniversitede okurken parasızlık ve kendimi garip bir biçimde çirkin bulmamdan olmalı, kimse, hiçbir kız bana yüz vermezmiş gibi yaşadım hep. Bu duygularla kızlara yaklaşmam çok zordu. Birçok kız arkadaşım oldu ama sanki benden bir zarar gelmezmiş gibi, ağabeyleri imişim gibi senli benli arkadaşlıklardı bunlar. Duygusal ya da cinsel bir uyarı almadım hiçbirinden. İşte, iyice şaşırır, unutur, bilmez duruma düştüm böylece. Hâlâ bilmediğim bir sürü yanlışımdan olmalı hiçbir kız gönülden yanaşmadı bana.

Okuldaki son yılımda rastlantıyla bir kız girdi yaşamıma ama çok kısa sürdü bu. Kızı sevemedim ve iki kez aynı yatakta yatmamıza karşın başarılı olamadım. Bundan sonra bendeki korku nasıl katmerleşti, anlarsın. Bütün düşlerimi, isteklerimi evliliğe sakladım artık. Tek kurtarıcı oydu benim için ve dediğim gibi erişilmesi güç bir yücelikteydi.

Havva'yla ilk görev yerim olan küçük kentte tanıştım. Sabah akşam hükümet binasının kapısında karşılaştık günlerce. Sonra onun ikinci kattaki Ziraat Müdürlüğünde görevli olduğunu öğrendim. Selamlaşmaya, konuşmaya ve daha ben nasıl olduğunu anlayamadan yoğun bir biçimde sevişmeye başladık.

Ben annemle aynı evde kalıyorum, o lojmanda oturuyor. Annemi evden gönderiyorum akşamları ya da hafta sonları, Havva geliyor, sevişiyoruz. Ama kesinlikle cinsel ilişki yok. Korkular içindeyiz. Sanki biri bizi görecek, kıyamet kopacak. Annem durumu biliyor, Havva'yı pek beğenmemiş olsa da seviniyor sonunda birini buldum, evleneceğim diye. Evlenmeyi düşünüyorum ama kızın rahatlığı içime kuşkular düşürüyor. Ya başından bir şeyler geçmiş de kendini bana yutturmaya çalışıyorsa... İkimiz de evlenmeden cinsel ilişki olmamalı diye düşünüyoruz tabii. Bu durumda nasıl anlayacağım kız olup olmadığını? Şimdi yanlış anlama, o zamanki mantık ve kaygılarım bunlar. Düşün ne ilkellik.

Yüzümü kızartıp benim gibi bekâr bir arkadaşa açıyorum sorunu: Çok kolay, diyor, parmağını sokar yoklarsın. Öyle yapıyorum. Hiçbir engelle karşılaşmıyorum. Büsbütün kafam karışıyor. Havva ağlıyor, yeminler ediyor, benden yakınıyor anneme. Annem üzülüyor. Bunalım geçiriyoruz hepimiz.

Düşün bir tekme atıp gitmiyor kız. Okumuş ziraat mühendisi olmuş, o kentte belli bir yeri, saygınlığı var; benim onu böyle aşağılamama katlanıyor. Doktora gidelim, muayene olayım, gerçeği öğren rahatla, diyor. Annem, ben, o, birlikte doktora gidiyoruz. Doktor olgun, kırkın üstünde, güngörmüş bir adam. Bizimki kız olmasa bile kıyamayıp kız diyecek biri. Belki de bu saçmalığa karşı. Kız, diyor.

Kız çıkmasaydı evlenmeyecek miydin onunla Ayhan?

Kesinlikle evlenmezdim. Aslında onun benim karşıma çıkması ve öyle rastgele evlenivermiş olmamız daha çok çevrenin suçudur. Bizim biraz da ilk merak, ilk heyecan olan duygusal yaklaşımımızı çevremiz evliliğe zorladı. Onun amiri durumunda olan dar kafalı herif biz evleninceye kadar rahat etmemişti kızın namusunu kurtaracak diye. Bir rahatsızlık, bir dedikodu görsen... İşte birbirimizi hiç tanımadan, beş parasız itildik evlenmeye.

O güne kadar bizim de bir gerdek gecemiz olmalı, diye kendimizi tutmuş, zorlamıştık. Gerdek gecemiz oldu olmasına ya ben günlerce başarılı olamadım. Olduktan sonra da pek öyle güçlü bir duyguyla yaşamadım o ânı hiçbir zaman. Bu iş böyle, bu kadar oluyor herhalde diye avuttum kendimi. Karım da uzun zaman öyle yaşamış.

Düşün ki bir kişilik somyanın yanına iki gaz tenekesi üzerine konmuş bir tahta ekleyerek yatıyoruz ikimiz. Biraz kıpırdasak tenekeler başlıyor tıngırdamaya... Annem Müslüman kadın, tenekelerin biraz fazla tıngırdadığı gecelerin sabahında bize su ısıtıveriyor gusul aptesti alalım diye. Öyle olurdu ki o kış sabahları bir daha hiç yatmamak isterdi insan.

Benim için kadın olayı bu noktada kalmış oldu. Bana hizmet edecek, çocuklarımı büyütüp bakacak, para kazanacak ve ben ne istersem onu yapacak, o kadar. Cinsellik bu kadar basitleşmiş olunca, bu kadar sıradan bir hale gelince ben onunla başka şeyler yapalım istedim. Kaliteli meslek adamı ya da herkesten bilgili, kültürlü olalım. Ama karım pek oralı değildi.

Askere gittim. Ondan uzakta onu beğenmemeye başladım. Bana hiçbir şey vermiyormuş gibi yaşıyordum. İzinli gelişlerimde bu duyguyla onu kırıyordum hiç yoktan nedenlerle. Sanki benim yaşamımın suçlusu oydu.

Askerdeyken oldukça sıradan bir kadınla birlikte oldum. Ama hiç de ilginç olmadı, farklı değildi bir başkası da. Karıma yine de alışmıştım. O benim çok kolayıma geliyordu. Zamanımız olsun olmasın onunla kısacık bir an yaşıyorduk o birleşmeyi ve bitiyordu işimiz. Bana bitmiş gibi geliyordu yani.

Ben askerde onu beğenmemeye başladığım dönemde o da hiç olmazsa duygu olarak bir başkasına yakınlık duymuş. O zaman için korkunç bir şey, öpüşmüş onunla. Çok yıllar sonra söyledi bunu bana. Çocuklu, kocası askerde bir kadın, öpüştüğü adam için bile bağışlanmaz bir şey bu tabii.

Neyse. O küçük, ben bilgisiz, birlikte gelişigüzel yatmakla birkaç yıl geçti. Ya da Havva benden başkasıyla yatmak için bu kadar bekledi diyelim. Tamam, bu da olabilir bu ülkede bile ama bizim durumumuzda bir gariplik var. Ben en küçük bir kaygı duymuyorum bu yönden. Ben o işlerle hiç uğraşmıyorum. Karım bana kendini anlatamıyor, zevk almıyor, sürekli almayı düşünüyor ama bana söyleyemiyor.

Ben de başka işlere dalmışım. Başka derken önce kendimin ama en çok ikimizin mesleklerimizde kariyer yapmış, tanınmış insanlar olmamızı istiyorum.

Sınav kazanmışız, genç yaşta başkente gelmişiz. Hele onun için çok büyük bir sıçrama bu. Aramızda bir sürtüşme yok, koşuşup duruyoruz. O bir burs alıyor, birkaç aylığına Amerika'ya gidecek, benim içimde kuşku yok ama olabilecek kazalara karşı onu uyarıyorum: Dansa gitme, içkili davetlere hayır de... Sonradan baktım bunları anımsamıyor bile. Karar vermiş o, bu işi başkasıyla deneyecek. Deniyor.

Suçluluk duygusu bir yandan, öte yandan uyanmış olarak dönüyor Amerika'dan. Benim aklıma bile gelmiyor, sormuyorum, hiç ama o beni de hoşgörülü kılacak sözde, inandırmaya çalışıyor ki bir insan evli bile olsa başkalarıyla da cinsel ilişki kurabilmelidir. Acemice ısrar ediyor, ben isyan ediyorum, kabul etmiyorum bu mantığı. O da yumuşamayacağımı anlayınca yaşadıklarını benden gizliyor. O sıralarda bir kaçamak daha yapıyor. Bu toplumda evli bir kadının yattığı adam tarafından nasıl horlanıp aşağılanacağını bile bile.

Ben onun kendisini geliştirebilmesi için her zaman destek oldum ve hatta onu zorladım. Çocuk baktım, yemek yaptım, evin sorumluluğunu bölüştüm. Ben olmasaydım taşrada sıradan bir memur olarak kalırdı yaşamı boyunca.

Ben ilk yurtdışı bursunu kazanıp Almanya'ya gittiğimde o annem ve kızımızla yalnız kaldı bir yıl kadar. Yokluğumda boş durmamış ki bizi tanıyan bir şırfıntı sonradan, bir tartışma sırasında, senin karın başkalarıyla yattı, diye bağırdı yüzüme. Havva bunu yadsıdı o zaman, ancak boşandıktan sonra söyledi doğru olduğunu.

Yabancı bir ülkede tutunmaya çalışıyoruz. İkimiz de okuyoruz, ben ona hep bir şeyler öğretebilirim sanıyorum, o ise bana hep başkalarıyla da yatabileceğini öğretmeye çalışıyor. Ben şu andaki dünya görüşümle ikimizin de bilmesi ve gerekirse birlikte yapmamız koşuluyla bunu kabul edebilirim. Kabul edemediğim ise ben istemediğim ve bunu bana yapılacak en büyük kötülük olarak gördüğüm o dönemde karımın bu duygularımı hiçe sayarak yapabilmiş olması. Belki şunu da anlarım, birine âşık olur, çok sever, ben bilirim ve ona yardımcı olmaya çalışırım. Hoşgörü gösteririm. Ama sonradan öğrendiğim kadarıyla o rastgele, bir sokak kadını gibi önüne gelenle, bir kerelik yapıyormuş bu işi.

Bu arada belirtmem gerek, evliliğimizin yedinci yılından sonra sorunlarımız bitmiş, çok iyi sevişmeye başlamıştık. İkimiz için de ilişkimiz çok doyurucuydu. Bu konuda hemen hiç toplumsal baskının olmadığı bir ülkede yaşıyorduk. Kitaplardan, yayınlardan, çevremizden öğrenmemiz gerekenleri öğrenmiştik. Dünyaya ve kadın-erkek ilişkilerine bakışımız farklılaşmıştı. Öğrencilik dönemlerimiz, güçlüklerimiz bitmiş, ekonomik olanaklarımız artmıştı. Karım iyi bir işte çalışıyordu, ben üniversitede kalmıştım. Her şey yolundaydı kısaca.

İşte böyle... Mutluyuz, çok güzel sevişiyoruz, cinselliği tekniğiyle, incelikleriyle uyguluyoruz. Anlıyorum ki çok duygusalım. Sevmediğim hiçbir kadınla yatamıyorum. Kadın benim için bir makine, bir nesne değil; bir insan, bir sevgi odağı. Önce onu sevmeli, onunla sevgi dolu bir iletişim kurmalıyım. Cinsellik bu iletişimin doruk noktası olabilir ancak.

Coşku içindeyiz. Kapalı, tutucu bir toplumda büyümüş, gerekenleri öğrenememiş olmanın acılarını yıllarca yaşadıktan sonra geç de olsa kendimizi bulduğumuzu, en doğal, en kolay, en güzel gerçekleştirebileceğimiz bunca şeyin bizden nasıl acımasızca esirgenmiş olduğunu anlıyoruz. İnsan olmanın en güzel, en tatlı yanını ayıplar, günahlar, yasaklar ve gizlilikler içinde yok saymaya çalışan anlayışın insanları türlü hastalıklar, mutsuzluklar ve hatta belalar içine ittiğini konuşuyoruz.

Karım bu sıralarda benim kendisini yatakta da sevebileceğimi ve bunu o gelip geçici adamlardan görmediği kadar güzel ve sevgiyle yapabileceğimi anlayarak yaptığı haksızlıklardan rahatsız olmaya başlıyor. Belki de bana her şeyi anlatıp rahatlamak istiyor ama cesaret edemiyor. Yoğun bir huzursuzluk yaşıyordu, çünkü ve hiçbir anlam veremiyordum onun bu haline.

Sonunda doktora gitmiş. Kocana her şeyi anlat, ancak böyle rahatlarsın, demiş doktor. Ne bilsin adamcağız onun itiraflarının ikimizi de öylesine mutsuz edebileceğini. Ama işin bir yanı daha var kuşkusuz. Havva beni hâlâ çokeşlilik konusunda yetiştirmek saplantısındaydı sanırım. Yani kadın da erkeğe gösterilen hoşgörüye sahip olmalı, evlilik dışı ilişkiler kurabilmeliydi ona göre. Kadınların da bu hakkı olmalıydı kesinlikte.

Bir gece yataktayız, mutluyuz, biraz da şaka yollu ısrar ediyorum, benden başka ilişkisi olduysa anlatsın diye. Kuşkum yok, yalnızca bu kadar güzel bir dönem yaşarken ondan, benden başkasının olmadığını duymak istiyorum. Olmadı diyecek diye bekliyorum içim rahat. Ama hayır, o anlatıyor. Kendince en güzel, en ilginç, benim kolaylıkla kabul edebileceğimi sandığı olayları. Eminim ki beni çok küçük düşürecek başkaları da olmuş. Olmamışsa bile onun her an bunu düşündüğüne kuşku yok.

Ah! Bundan sona bendeki şok nasıl korkunç oldu anlatamam. Gündüz gözümün önünde gece düşlerimde tüm anlattıkları. Çıkış yolu bulamıyorum, şaşkınım. Birlikte Paris'e gidiyoruz, onu bağışlamak, olayın etkisinden kurtulmak için olağanüstü çaba harcıyorum, olmuyor.

Kendimi bütünüyle, yoğun olarak işime veriyorum. Dernek ve politik çalışmaların içine iyice dalıyorum. Oyalanmak, unutmak, evliliğimi ne olursa olsun sürdürmek için çırpınıyorum. Boşuna. O yaz Türkiye'ye gelip güzel bir tatil geçiriyoruz. Unuttum, tamam, bitti diyorum kendime. Garip ama birbirimizi en çok sevdiğimiz, hiç olmadığı kadar coşkuyla seviştiğimiz bir dönem bu. Gene de olmuyor.

Bir yıl sonra boşanalım, dedim ona. Önemsemedi ya da geçer sandı. Yumuşayacağımı düşündü. Üniversitedeki bir kadın arkadaşımla ilişkim olduğunu, bu yüzden boşanmak istediğimi ileri sürdü. Evet, Christina'ya âşık olmuştum, karım beni öylesine kırdığı için boşluktaydım bir süredir ama Havva'dan boşanmadan herhangi bir cinsel yakınlık gelişemezdi aramızda. Bana âşık olmasına karşın öncelikle Christina karşı çıkardı buna. Bizde kimi insanlar, yabancılarda bu tür ilişkilerin çok rahat, çok serbest olduğunu sanıyorlar. Öyle değil işte. Aklı başında bir kadın evli bir erkekle kesinlikle rastgele bir ilişkiye girmez. Onlar her şeyi biliyorlar, özgürce deniyorlar ama belli ilkeleri var. Seçme bilinci var. Rahatlık ve doğallık seçme şansını da yaratıyor kuşkusuz.

Karımın kendi egosuna dönük yaşamı, yalnız onu doyurma isteği, onu bütün zamanlarında hem oyalayacak hem de cinsel yönden doyuracak birinin en çok önemsediği şey olması, bunun dışında kendini dünyanın gidişi ile ilgili ciddi hiçbir duruma bağlayamaması daha da kopmamıza neden oldu. Denedik oysa. O kendini zorladı. Rahatına düşkün olduğu halde, biraz politika biraz dernek işleriyle uğraştı hatırım için, benimle olabilmek için, ama başaramadı, bıktı. İnsanları hor gördü, düşüncelerini aptalca buldu. Ben de onu bağışlayamadım, bencilliği, yüzeyselliği, tembelliği ve hainliği yüzünden. Ne olursa olsun boşanmaya karar verdim.

Ondan sonraki günlerde bana karşı çok yumuşak, uysaldı. Kimseyle ilişkisi yoktu. Beni sevdiğini söylüyordu, inanıyordum. Ama genel tutum ve dünya görüşüne hep o anlayış egemendi. Yaptığının değil, yapmak istediklerinin normal olduğunu söylüyordu bana açık açık.

Bunu tartışıyoruz, kabul ediyorum. Birbirlerini gerçekten seven, gerçekten değerli ve güvenilir bulan insanların sevgilerini böyle de çeşitlendirebileceklerini. Ama görüyorum ki o her şeye karşın fizik birleşmeye önem veriyor. Bense kültürel düzey, ortak dünya görüşü ve birlikte eylem önce gelebilmeli tezini savunuyorum. Bu durumda onu bağışlamış bile olsam ortak bir noktaya varamıyoruz. Boşanıyoruz. Ben Türkiye'ye dönmeye karar veriyorum.

İşte bundan sonra yaşamımızın en harika dönemi başlıyor. Boşandık ama ben dönene kadar birkaç ay daha aynı evde oturuyoruz. İnanmayacaksın belki, ona yeniden âşık oluyorum. O da bana. Sanki bizi bağlayan zincirlerden birdenbire kurtulmuş, geçmişimizi tümüyle unutarak birbirimizi yeniden bulmuştuk. Özgürce, bilinçle onu olduğunca kabul eder buluyordum kendimi. Birlikte dönmemiz için onu kandırmaya çalışıyordum. Sonunda benim Türkiye'ye gelip bir süre yalnız kalmam ve onun dönüşü için gerekli koşulları hazırlamam konusunda anlaştık. Gene de kesin söz vermiyor, benim dönmemem için ısrar ediyordu.

Döndüm, burayı, bu evi düzenledim. Oradaki bağlarını koparmadan önce gelip bir süre izin yapacağını, bu arada karar vermeye çalışacağını yazdı bana. Geldi de. Ama kendini sakınıyor benden nedense. Yatmıyor benimle. Şöyle açıklıyor durumu: Ben oradan ayrılır ayrılmaz hiçbir niteliği ve özelliği olmayan, hatta hor görerek arkasından güldüğü yabancı bir adamla ilişkiye girmiş. Onu tanıyorum, gerçekten sünepenin biri. Ona olan saygısından, onu aldatmamak için yatmıyormuş benimle.

Çabucak boşandık Türkiye'de de. Ona duyduğum nefret körelmiş de yeniden bilenmiş bir bıçak gibi keskinleşti.

Benim Türkiye'ye kesin dönüşüm, kişisel çaresizlik içinde kalmam, yabancı bir ülkede yaşamaktan bıkmam, bir şey, beni gerçekten bağlayacak bir şey, diye tutturmam ve Türkiye'ye daha gerekli olduğumu yaşamam hep ikincil nedenlerdi belki de. Karımla aramızda çok sıkı bağlar olsa, hatta yalnızca ona duyduğum nefreti yenebilsem yaşamım başka bir seyir izlerdi kuşkusuz.

Hâlâ o adamla birlikte yaşıyormuş. Çok kolay geliyor ona o adam. Ama böyle bir ilişkiye girerken biraz oturup düşünmesi gerekirdi. Kızım onunla birlikte. Düşün ne kötü bir örnek bir kız çocuğu için. Sonra kendisinin Türk vatandaşlığı sürüyor, seçkin bir mesleği ve yeri var. Bu kadar sıradan bir ilişkiye girmesi doğru mu yani? Bu yüzden onu çok hırpaladım. Burdayken, sonra mektuplarla... İyice yıprattık birbirimizi boşanmış olmamıza karşın. Bunu yapmamalıydı.

Ama Ayhan sana ne bundan artık. Biraz ileriye gitmiyor musun?

Elbette bana sormayacaktı. Ama yaptığı seçimi ve zamanını erken bulmalıydı. Sanki birden, benden kurtulmanın rahatlığı ile elinin altında buluverdiği biriyle oldu rastgele...

Ayrıldıktan sonra bile onun yaşamına egemen olmak istemişsin bence.

Ben her zaman onun bana güvenmesini istedim. Egemenlik altına girmesini değil. Öyle olsaydı onu eve kapatır, hiçbir olanak tanımazdım. Benim amacım baştan beri onunla eşit olmaktı. Baskı kurmak isteseydim oturturdum kıçının üstüne ve hem çalışır, hem ev işleriyle uğraşır hem de bana tapardı. Ama ben esir değil, arkadaş istiyordum. Bu yüzden ona bu ülkede birçok erkeğin karısına tanımadığı özgürlüğü tanıdım. Ne var ki o, özgürlüğü salt başkalarıyla da yatabilme olarak algıladı.

Tamam sinirlenme. Anlatma artık istersen.

Aslında benim onu baskı altında tutmamın nedeni sürekli olarak onun beni baskı altına almaya çalıştığını yaşamamdır. O hiçbir zaman bana teslim olmadı. Ben onun için bir rakip, bir düşmandım. Daha evliliğimizin ilk aylarında bile kendisinin benden daha iyi İngilizce bildiğini, benim bir haşlanmış yumurtanın nasıl yeneceğini bile bilmediğimi başkalarına söylerken üstünlük kurma uğraşındaydı. Bunu sağlayamayınca kolaylıkla üstün olacağı kimseler aradı.

Yeter artık yoruldun...

Bu benim senden önceki on altı yıllık geçmişim. Seninle bir geleceğim olacaksa içimdeki zehri akıtmak zorundayım Suna. Beni anlayabiliyor musun? İstiyorum ki herkes bana hak versin.

Ben taraf tutabilecek durumda değilim.

Onun geldiği yaşamın bizim evliliğimize etkileri çok yıkıcı oldu. Nasıl hiç kimse tarafından sevilmeden büyüdüğünü bana anlatmıştı. Bu sevgisizlik belki de en önemli eksikti onun yaşamında. Oysa ne aklıyla ne bana güveniyle bunu yıkabildi. Öte yandan ben de nerden çıkıp nereye geldim. Ortaokuldan sonra parasızlık yüzünden okuyamayacaktım neredeyse. Üç yıl terzi çıraklığı yaptım, sinemalarda gazoz sattım. Üniversitede okurken bile çalıştım. Benim okumam olağanüstüydü, gene de onurluydum. Neyse yoksa sen de beni onun gibi tutarsız ve haksız mı buluyorsun?

Olaylara tek yanlı bakmamak gerekir Ayhan. Şu kızlık muayenesi falan. Bunların nasıl onur kırıcı, yıkıcı...

Bir kadın olarak bu toplumda yetişmiş bir erkeğin aldatılmayı nasıl yaşadığını anlamayabilirsin.

Anlamıyorum evet. Acizlik ve korkaklıklarımız yüzünden toplum kurallarına sıkı sıkıya bağlı mı kalacağız yani?

Karşı çıkacağız ama hangi yolla? Hoş, karımınki kökeninde bir karşı çıkma da değildi. Onunki ayrı bir yönü, sorunu bizim toplumun. Babası rahmetlik onun ne biçim bir kız çocuğu olarak yetişmesi gerektiğini düşünmemişti ekmek kavgasının peşinde. Ana desen zır cahil... Sonra İstanbul'da semtten semte, mahalleden mahalleye dolaşan bir ailenin anonimliği onlarda hiçbir kural, hiçbir toplumsal baskı geliştirmiyor. Oysa dar bir çevrede kalsa ana-babasının sahip çıkmadığı yerde mahalleli yetişir.

Ayhan yapma! Kulaklarıma inanamıyorum. Doğru mu sence bu, sağlıklı mı?

Değil tabii. Bence de değil. Ben zaten karşı çıkılması teziyle hareket etmiyorum. Benim savım ikimizin de toplumun ayrı hastalıklarıyla yetişmiş olduğumuzu göstermek. Yani ben ne kadar marazlıysam o da o kadar marazlıdır. Aslında benden daha hastalıklıdır. Çünkü insan akıl, bilgi ve deneyim yoluyla değişebilir, epey iyileşebilir. O bunu da yapamadı. O hep evliliğimizden önceki serseri ruhuyla yaşadı. Sokaklardaki kimsesiz kızların düşkünlüğü içinde geçirilmiş bir çocukluk, daha on yaşındayken karanlık merdiven sahanlıklarında yirmi beş kuruş için yaşlı erkeklerin çüklerini yakalamak herhalde olumlu etkiler bırakmaz o yaştaki bir çocukta. Genç kızlığa vardığında iyice soysuzlaşmış olmalı. Hâlâ bana kız geldiğinden kuşkuluyum.

Ayhan!

Şimdi önemi yok tabii. Demek istediğim beni baştan uyuttu...

Onu sevdin. Gecikmiş gençliğinizi birlikte yaşayıp büyüdünüz. Bu öfkeyi at artık içinden...

Evet sevdim. O korkunç zekâsına karşın çıkış noktası hep yanlış oldu ne yazık ki. Çok sonraları kendim öğrendikten sonra ben öğrettim ona kadın ve erkeğin gerçek yerini. Öğrendiyse... Çok daha güzel bir dünya kurulabileceğini, eğer onlar eşitse. Ama bu, toplum için olanaksız şu anda. Bizimki ise sorunu ancak bireysellik içinde çözmek olabilir ki daha uzun yıllar aşırılık diye bakılır bu çözüme.

Bu da bir aşama değil mi sence?

Eh, hiç yoktan iyidir.

GECE VE MÜZİK

Kulübede karşımdaki turuncu makineye bakıyorum ürkek gözlerle. Ön yüzü çeşitli delikler, yazılar ve işaretlerle dolu telefona. Tedirginlik ve yabancılık kaplıyor içimi. Bu karmaşanın üstesinden gelip istediğim kişiye ulaşmak neredeyse olanaksız görünüyor gözüme. Ellerim birbirine dolaşıyor. Başımı çevirip kapının dışında uzayan kuyruğu gördüğümde ise büsbütün paniğe kapılıyorum. Şehir içi, şehirler ve milletler arası. Hangisini kullanmalıyım? Jetonun hangi yüzü hangi deliğe denk gelecek?

Eğretilik, acele etme gerekliliği. Şu anda Onur'a ulaşsam bile böyle bir kıstırılmışlık durumunda ona ne söyleyebilirim ki? Evden ayrıldım, yeni bir eve taşındım, diyebilir miyim birdenbire? Bilmiyorum. Belki de onun sesini duymaktan başka bir isteğim yok.

Ellerim titreyerek Rekla'nın numarasını çeviriyorum. Zil sesini beklerken onun şu anda nasıl bir koşuşturma içinde olabileceğini düşünüyorum. Kimlerle birlikte? Beni düşünüyor mu? Telefon açılıyor, Onur'u istiyorum. Kalp atışlarım hızlanıyor ve sonra yeniden normale dönüyor. Çekimde olduğunu söylüyorlar. Orada değil. Hayır, bırakacak notum yok.

Yağmur yüklü bir akşamüzeri vitrinlerin önünde amaçsız duraklayarak dolaşıyorum. Okumam gereken bazı kitapları almayı okuma gücümün ve daha bol paramın olduğu bir başka zamana erteliyorum.

Onur'u görmeyeli ne kadar zaman oldu? Üç hafta mı, dört mü? Bu arada bir ya da iki kez telefonlaştık yalnızca. Beni evden arayamıyor Ayhan yüzünden. Bu bahane işine yaramış olmalı. Onu aramamaya karar vermiştim. İçinde bulunduğum durumda kendisine tutunmak istediğimi düşünmemeliydi. Bütün sorunlarımı çözdükten sonra arayacaktım onu. Ama şimdiden aradım işte. Neden? Cesaretimi yitiriyor muyum yoksa?

Birdenbire bastıran yağmurun yavaşlamasını, çıngıraklı, fermuarlı, düğmeli, pencereli kadın donları, kırmızı-siyah jartiyerler ve ucuz cinsel fantezileri körükleyecek daha başka nesneler satan bir dükkânın vitrini önünde bekliyorum. Bu gece evime dönmek, o boğucu karanlığa kapanmak istemiyorum. Orada yaşadığım şu son on gün boyunca, geçmişle şimdiki zaman arasındaki sallantılı zamansızlık duygusunun bugün ilk kez geleceğe doğru yönelmekte olduğunu seziyorum. Bütün öngörüleri yok eden, yıkıntılarla dolu bir geçmiş ve yine de belli belirsiz umutlar vaat eden bir gelecek. Kendimi uzun süren bir hastalıktan sonra ayağa kalkabilmiş, iyileşmekte olan biri gibi duymama karşın benim için her şeyin bitip yok olmuş olup olmadığını soruyorum kendime.

Yeniden başlayacaksam, öncelikle, bir zamanlar yitirmekten çok korktuğum o iki insanı, Ayhan'ı ve Onur'u yitirmiş olduğumu kabul ederek başlamalıyım. Onları kesin olarak yaşamımdan çıkarmalıyım. Ayhan'la aramdaki resmi bağı dönüşsüz bir biçimde çözüp atmalıyım. Sonra içimde Onur'a duyduğum olanaksız sevginin sızısı hâlâ sürerken, aramızdaki ilişkide tam olarak açıklayamadığım engellenmez bir değişimin, bir ağacın yapraklarının sararması, geri çekilen bir dalganın kumsalda bıraktığı boşluk gibi bir değişimin var olduğunu da gözden uzak tutmamalıyım. Bu inişi durdurabilir miyiz? Hayır, hiç sanmıyorum. Öyle yavaş, öyle kaydedilmez ve görünmez bir kayma ki bu ne tanımlanabilir ne de durdurulabilir. Üstelik Ayhan olmadan ne Onur ne de ben sakınımsız bir sevgiyi sürdürme becerisini gösteremeyiz. Onur benim yeni yaşamımın ve durumumun ona yükleyeceği sorumlulukları kaldıramaz ve bu uzaklık daha sık, yan yana olsak bile beni alabildiğine hırçınlaştırır, biliyorum.

Gene de ona haber vermeliyim. Yaşamımdaki bu büyük değişimi bilmeli, bilmek zorunda. Öncelikle dostum benim o çünkü, yakınım.

Bu dostluğa inanmayı inatla sürdürüyorum evet, dostluğun nice deneylerden, sınavlardan ve iyi kötü günlerden, ateşin içinden birlikte geçildikten sonra dostluk olabileceğini bile bile.

Bir aşk ancak bittikten sonra ve en iyi olasılıkla dostluğa dönüşebilir, diyor Su birdenbire. İyi düşün, Onur'u aramak zorunda mısın gerçekten?

Ayhan'la bu ayrılığı denerken Onur'la daha özgür, daha kolay, daha kapsamlı bir birlikteliği hiç düşünmediğime Su'yu nasıl inandırmalıyım?

İşte bak, denemekten söz ediyorsun, diyor Su. Bu açıkça göstermiyor mu senin yeniden başlama özrünün bir kandırmaca olduğunu.

Ayhan'ı bırakmam tasarlanmış bir ayrılık değil ki, diyorum ona. Bir kaçınılmazlık, zorunluluktu.

Gene de başın sıkıştığı anda geri dönebileceğini, Ayhan'ın yüreğinin ve kapısının sen istediğin sürece sana açık olduğunu düşünüyorsun ama. Öte yandan o kapıyı açık tutabilmek için Onur'dan uzak durman gerektiğini unutmamalısın.

Kilit değişti artık, diyorum. Kapalı o kapı bana.

Bu hiçbir şey kanıtlamaz, biliyorsun.

Eve dönmek istiyorsun sen, diyorum Su'ya. Sıkıldın. O kokuşmuş evini, sararmış mutfak perdelerini, Ayhan'ın gece sorgularını özledin! Seni budala! Def ol!

Yağmurun altında uzun süre yürüyorum. Amacım ne benim? Ne yapmak, ne olmak istiyorum? Belli bir hedefim, uğruna özverilerde bulunacağım adanmışlıklarım var mı? Onur'u da Ayhan'ı da bir kenara bıraktıktan sonra yeni birini aramaya başlamayacak mıyım? Yeniden aynı düş kırıklıkları, aynı yanlışlıklar, aynı acılar yaşanmayacak mı?

İçi ıslak kumaş kokan bir dolmuşla Beşiktaş'a iniyorum. Atölyenin bulunduğu sokağı boydan boya geçiyorum ve bu sırada kendimi gereğinden fazla önemsediğimi düşünüyorum. Nedir bu, bu kadar hesap kitap, niye istediğim, içimden geldiği gibi davranmıyorum? Onur'u görmek istiyorsam görmeliyim.

Ah, senin şu anlamsız gururun! diyor Onur birdenbire, hem öfkeli hem sevecen bir sesle. Puslu akşam karanlığı içinde üşümüş, yalnız ve yorgun yürürken bu sesi duyuyorum içimde. İyi geliyor bana bu. Bu kentte sevdiğim biri var hâlâ. Sevdiğim biri yaşıyor bu kentin bir yerlerinde ve ben ondan gizlenmeyi yeğliyorum. Neden?

Atölyenin merdivenlerini çıkıyorum. İç içe geçmiş zamanların bir noktasında bu evin çatı katında onunla birlikte olduğum bir akşamüstünü gösteriyor saatim.

Bütün sorumluluklardan, gündelik kaygılardan, yaşamsal hesaplardan arınmış bir kararlılık ve istekle yan yanayız işte. Alabildiğine içten ve incelikli bir kendimizi koyvermişlikle birbirimize akıyoruz. Hiçbir bencillik, sınırlama, utanç ve kınama yok aramızda. Koyulaşan akşamın menekşe rengi duruluğunda sessizce, beklenmedik birer armağan gibi sunuyoruz gövdelerimin birbirimize ve her birimiz kendi varoluş nedenimizi yeniden keşfediyoruz. Böylece, kendiliğinden, tasarlayamadığımız bir yok oluşla sınırsız bir zamanın orta yerinden sonsuzluğa doğru yol alıyoruz.

Anahtarımı kilide sokup kapıyı açıyorum. Onur'un aylar önce yaptırıp bana verdiği anahtar bu. Küçük kıskançlıklarım için bir önlem. Boya ve mayalanmış meyve kabuğu kokuyor içerisi. Işığı yakıyorum. Salonun orta yerinde kocaman, siyaha boyanmış bir tuvalle karşılaşıyorum apansız. Sağ yandan çıkıp resmin ortalarına dağılan zehir yeşili asit lekelerinin dibinde inci grisi ince çizgilerle seçilir kılınmış kuşa benzer yaratıkların izleri ve sonra belki onların kanatları olabilecek yerlerde enli mor gölgeler.

Kalorifer yanıyor olmalı, içerisi sıcak. Islak mantomu çıkarıyorum. Mutfağa gidip kendime bir içki hazırlıyorum. Dolapta biraz rakı varmış. Bir parça peynir alarak gelip resmin karşısındaki koltuğa oturuyorum.

Onu aramalıyım. Onu aramamayı beceremeyeceğim. Onu çok özlüyorum.

Rekla'dan ayrılacağımı söylediğim gün, orada, odamda yüzünde korku ve kuşku karışımı bir donmuşlukla bakıyor bana. Dudağının kıyısındaki şakacı çizgi bir yara izi gibi hüzün verici görünüyor. Söylediğimi yalanlamamı istercesine susup bekliyor ve sanki gözleri görmeden bakıyor yüzüme. Yabancı, bakmıyormuş gibi. Eşyalarımı topluyorum, öylece oturuyor karşımda. Neden sonra başımı kaldırıp ona döndüğümde hiç beklemediğim bir şeyle karşılaşıyorum. Ağlıyor. Sessizce, bilmeden ağlıyor. Göğsünde mor bir gölgeyle. O anda şöyle düşünüyorum birden: Ben yalnızca onu sevmek için var oldum. Bunca zaman bu yüzden yaşadım.

Ama şimdi hemen, üç hafta önce burada buluştuğumuzda bana söylediklerini anımsıyorum sarsılarak.

Kendince biçimlemişsin beni ve bu imgeye uyup uymadığımı anlamaya bile gerek görmüyorsun. Üstelik öngördüğün kişiye ters düşen her davranışım seni çılgına döndürüyor. Bende var saydığın hani derler ya 'vehmettiğin' değerlere sahip olup olmadığımı kendim de bilmiyorum. Oysa sen durmadan kafandaki Onur'u kanıtlamamı istiyorsun benden.

Kollarını huysuzluğumu bağışladığını göstermek ister gibi belime sarıyor arkamdan, boynumu öpüyor.

Kalkıp telefona gidiyorum. Numarasını çeviriyorum. Çekimden dönmüş olmalı. Sesini duyuyorum.

Nasılsın, diye soruyor heyecanla. Günlerdir aramıyorsun, nerelerdesin? Biliyorsun ben seni evden...

Biliyorum, diyorum. İyiyim.

Ee, ne yapıyorsun, diyor gelişigüzel, yatışmış gibi birden.

Telefonda hep gizlenir. Birbirini şöyle böyle tanıyan iki insan nasıl konuşursa öyle konuşmaya çalışır. Sanki herkes bizi dinliyormuş, gizimiz ortaya çıkıverecekmiş gibi sakınır özel sözler söylemekten.

Hiç, hiçbir şey, diyorum. Bu akşam buluşabilir miyiz?

Nerdesin, nerden arıyorsun?

Atölyedeyim.

Bu akşam olmaz, diyor burada bulunmamdan tedirgin olmuş gibi. Ama hemen yumuşuyor sesi sonra.

Çok iyi olurdu ama eve erken gideceğim, yemeğe konuklarımız var.

Konukları var, onun ve Güler'in konukları. Ben niye buradayım?

Peki, anladım Onur.

Akrabalar falan işte, diyor. Yarın akşamüzeri olabilir.

Susuyorum. Güler'in akrabalarını toptan öldüreceğim bir gün. Bombalayacağım tümünü.

Neyin var? Bir şey mi oldu, diye soruyor.

Yarın konuşuruz artık.

İyi misin, diye soruyor kaygıyla yeniden.

Evet, diyorum. Hiçbir yerimde kırık çıkık yok.

Bekliyor, ne diyeceğini bilemezmiş gibi.

Peki eve git, dinlen şimdi, diyor sonra. Geç oldu. Yarın görüşürüz. İyi akşamlar.

Bunu söyleme, diyorum. Hiç yararı yok. Bu akşam iyi bir akşam olmayacak.

Yarın, diyor yeniden, kısaca.

Almacı yerine bırakıyorum.

Kötü gecede ön odadaki ayağı topal divanda, battaniyenin altında büzülmüş yatıyorum. Holdeki sobanın ısısı buraya ulaşamıyor. Ayakucumda yanan elektrik sobası ise ancak ayazı kırmaya yetiyor.

Eski, siyah-beyaz küçük TV'ye bakıyorum yattığım yerden. Sıradan bir polisiye, sıradan oyuncular, sıradan konuşmalar. Ne olup bittiğini anlamıyorum. Yalnızca bir ses, gürültü olsun istiyorum belki de evin içinde. Silahlar karşılıklı ateşleniyor, koşuşmalar, sirenler.

Kötü gecenin içinde birbiriyle hiç bağlantısı olmayan şeyler düşünüyorum. Rekla'ya benim yerime birini alacaklar mı? Güzel, çekici bir kadın olabilir mi yeni gelen? Güler'in akrabaları kimler? Ne konuşuyorlar? Şu Güler, soğuk, donuk kadın ağzını açıp konuşabiliyor mu onlarla? Güler niye durup dururken bir kazaya kurban gitmiyor hâlâ? Örneğin neden elektrik çarpmıyor onu, bir arabanın altında kalmıyor ya da cam silerken pencereden düşmüyor? Benim Onur'u kesinlikle görmem gereken bir gecede neden eve konuk çağırıyor? Durmadan konuklar çağırarak Onur'u olabildiğince çok evde tutmaya mı çalışıyor akşamları?

Onur ölü kuşlar boyuyor. Yüreklerinin olduğu yerlerde mor gölgelerle. Bu kadar az görüşebildiğimiz için acı çekmiyor artık. İçki bardağını masaya bırakıyor şimdi. Güler'in amca oğlu Tahsin'e salata tabağını uzatıyor, beni, bugünkü konuşmamızı hiç anımsamadan. Buluşmamıza engel oldukları için Tahsin'e ve karısı Samiye'ye hiç kızmadan. Tersine, ne iyi ettiniz de geldiniz, diyor gülerek. Bu gece atölyede yapacağımız sert tartışmadan onu kurtarmış oldukları için minnet duyuyor onlara. Güler de gözüne pek sevimli görünüyor. Ne güzel yemekler yapmış baksana. Şu sarmaları nasıl da ince ince sarmış. Sofranın üzerine düşen ışık yumuşacık, ev sıcacık. Çocuklar karınlarını doyurup odalarına çekilmişler. Her şey düzen içinde. Tahsin bir fıkra anlatıyor, yeni paşa fıkralarından. Hep birlikte kahkahayı basıyorlar. Ne güzel şey, evde dostlar, akrabalar arasında olmak. Böylesine huzur içinde olmak... Herhalde Suna da Ayhan'la oturmuş, polisiye film izliyordur. Böyle yaşanmalı bu aşk, kimseyi üzmeden, düzenimizi bozmadan. Niye anlayamıyor Suna bunu?

Ayhan ne pişirdi bu gece, ne yedi? Bulaşıkları bırakmamayı öğrettim ona sonunda. Az sonra sofradan kalkacak ve hemen yıkayacak bulaşıklarını. Oysa benimkiler iki gündür duruyor. Ben de öğrendim işte bulaşık biriktirmeyi.

Şefinin onu çekememesi yüzünden emekli olmuş orta yaşlı polis memuru, büyük bir özveriyle büyük bir uyuşturucu yolsuzluğunu ortaya çıkarıyor. Meğer şefin parmağı varmış bu işte. Tutuklanıp götürüldü. Emekli polis tepeden çekilmiş romantik bir sokakta, solgunca yanan sokak lambaları altında ağırca uzaklaşıyor filmin sonuna doğru şimdi. Yanında ona büyük yardımlarda bulunmuş genç bir arkadaşı var.

Gözlerimi yumuyorum. Ellerim ve ayaklarım üşüyor. Çok üşüyorum.

Onur benim dostum olabilir mi?

Senin hiç olmazsa bir amacın var, diyor yaşlı polis genç olanına. Bundan sonra artık bende o da yok...

Battaniyenin altında iyice büzülüyorum. Amacım ne benim? Amacım var mı? Hiç oldu mu? Ne zaman?

Kaç kez söyledim sana, diyor Ayhan. Bu alışılmış karı-koca rollerinden çok sıkıldığımı.

Tabii. Çünkü sen aramızdaki evlilik bağını ve bunun getirdiği sorumlulukları benimseyemedin bir türlü.

Biz evli değiliz, evli olma durumunda olduğumuzu kabul etmiyorum ben.

Evliyiz ama! Bir yıldan uzun bir zamandır hem de.

Sen istedin diye, yoksa umurumda bile değil. Ben bir karı istemiyorum. Öncelikle senin kendi başına bir kişilik, yere sağlam basan biri olmanı istiyorum. Neden boş kaldığın anda eve koşuyorsun? Yapabileceğin başka şeyler yok mu? Hiçbir amacın yok mu senin?

İşimi sevmiyorum. Bu dergi bir ilan dergisi. Her şey çok sıkıcı. Çalışanlar bile. İğreniyorum o pis bıyıklı, küçük memur kılıklı adamlardan. Ne işim var benim orda? Durmadan çatışıyorum onlarla.

Bencilsin, ortak çalışma alışkanlığın yok. Doğru bulduklarına inandır onları, göster, öğret...

Ne kadar kolay... Olanaksız bu Ayhan. Beni önemsemiyorlar bile. Senin çevren geniş, bana niye daha iyi bir yerde yeni bir iş ayarlamıyorsun? Belki o zaman benim de bazı amaçlarım olur.

Şu bir yıldır ancak benimle bir bütün olabildiğinin farkında mısın? Kendin için, içinde benim olmadığım bir dünya kurmalısın önce. Seni böyle sevebilirim ben ancak. Özgür ve özgün biri olduğun için.

Bu kadar yakınımken niye iş konusunda bana yardımcı olmak istemiyorsun?

Olabilirim, bu ayrı konu. Peki sen ne yapıyorsun? Hiçbir şey... Yeterince okuyup araştırmıyorsun, insanlarla ilişkilerin sınırlı, hep benim dostlarım, arkadaşlarım arasındayız.

Haksızlık etme, okumamı istediğin her kitabı okuyorum. Sırada ne var? Ver hadi!

Demek istediğim bu değil, biliyorsun.

Sıkıntılarım var Ayhan. Benim için bir geçiş dönemi bu. Ayrıca sen varsın. Seni kafamdan atamıyorum. Ayrı olduğumuz her saat seni özlüyorum elimde olmadan.

Ben bu yaklaşımı sevgi olarak tanımlayamıyorum Suna. Beni böylesine düşünüyor olmandan da senin adına üzüntü duyuyorum. Birine böylesine tutunmak insanı köreltir.

Ne kadar acımasız. Ona bakarken kendimi hiçbir zaman bu kadar güçsüz duymadığımı düşünüyorum. Ayhan'ın bende gizli kalmış aşağılık duygularını ortaya çıkarmış olduğunu seziyorum. Benden beklediklerıyle tüm yeteneklerimi yeteneksizliğe çeviriyor ve ödünsüz bir kararlılıkla kusursuz, onunla yaşamaya değer biri olmamı istiyor. Yenilmez bir uzaklıkla yanı başımda dururken hem de.

Üstümdeki battaniyeyi atıp kalkıyorum, televizyonu kapatıyorum. Çok erken, daha yatamam. İlaç almak istemiyorum. İyice uykum gelmeli ve ilaç içmeden uyumaya alışmalıyım artık. Bundan sonra daha sağlıklı, daha dengeli olmalıyım tek başıma ayakta kalabilmeyi umuyorsam. Ama belki bir kadeh konyak daha iyi uyumamı sağlar ve beni ısıtır.

Mutfağa geçerken radyoyu açıyorum. Gece ve Müzik başlıyor. Çok severim bu açılış müziğini. Bu müzik Ayhan'la ilk büyük çelişkilerimizi yaşadığımız dönemin simgesi gibidir benim için. Onu öylesine sever ve onun tarafında umutsuzca itilirken geçirdiğimiz gecelere döndürür beni ne zaman duysam.

Uzun sürmüş bir dönemdir o.

Onun yardımıyla yeni yayınlanmaya başlayacak bir sanat dergisinde çalışmaya başlamıştım o sıralar. Coşkuyla sarılmıştım yeni işime. Ama Ayhan'la aramızdaki gerginlik çözülmüş değildi. İnatla bağımsız biri gibi davranmaya çalışıyordu çünkü ve onun beni yok sayan bu tutumu yüzünden çok hırçınlaşmıştım.

Salon kapısında duruyor. Yorgun, uykusuz, kabanı sırtında.

Kanepede oturuyorum. Sinirliyim, saçlarım dağılmış, solgun ve hırçınım.

Beni aramak için sabaha karşı karakola telefon etmek akıllıca mı peki, diye soruyor.

Haber ver, diye bağırıyorum. Başına bir şey gelmiş olmasından korkuyordum. Sıradan biri değilsin sen. Vurabilirler, başka şeyler, ne bileyim... Niye bana haber vermiyorsun nerde olduğunu...

Fırsat olmadı. Yabancı bir gazeteci grubu ile birlikteydim. Toplantıdan sonra bir otelde yemek yedik ve daha sonra birkaçıyla lobide oturup kaldık. Hepsi bu.

Kabanını çıkarıp masanın üstüne fırlatıyor.

Ben hiç aklına gelmedim mi?

Hayır. Daha ciddi konulardan söz ediyorduk.

Bu kadar önemsizim senin için öyle mi?

Beni merak etmemeyi öğrenmek zorundasın.

Bu ortamda mı?

Yatmak istiyorum Suna.

Radyoda Gece ve Müzik başlıyor. Önünde ders notları, teksir kâğıtları, boş bir kahve fincanı ve kitaplarla masa başında oturuyor Ayhan. Katı, soğuk.

Biliyorsun baştan konuştuk, olmazsa ayrılırız, demiştik, sanırım olmayacak, diyor. Yürütemeyeceğiz. Geleneksel olarak bir kocaya sahip olan ve böylece onun üzerinde ömür boyu hak kazanmış bir kadın gibi algılıyorsun birlikteliği sen. Buna dayanamayacağım. Boğuyor beni bu durum. Hayır, olmayacak.

Kanepede dimdik oturuyorum. Kucağımda '1844-Felsefe Yazıları.' Ellerim iki yanımda minderi kavramış.

Ama hâlâ değişebilirim, diyorum. Bütün oluşumumu ve geçmişimi silebilmem için bana verdiğin zaman öyle kısa oldu ki. Zamana gereksinmem var.

Yo, hayır. Oyalamayalım birbirimizi. Yoruldum seni taşımaktan, umutsuzum. Kolay kolay değişemezsin sen.

Değişebilirim, fırsat ver bana.

Susuyor. Önündeki kâğıtları karıştırıyor bir şey arıyormuş gibi.

Ağlıyorum.

Peki deneyelim, diyor az sonra. Ama bu deneme için kurallar koymak zorundayız. Bağışla ama sonuç bunları ne derecede başarıyla uygulayabileceğimize bağlı olacak.

Koşullar nedir, diye soruyorum.

Önüne bir kâğıt çekiyor. Kanepeden kalkıp yanına gidiyorum. Bir sandalye çekip oturuyorum. Sessizce yazdıklarının bitmesini bekliyorum. Radyoda Gece ve Müzik sürüyor:

Hazırladığı sözleşmeyi önüme sürüyor:

1. Ev sahibi olmayan Suna, kullanılan evin sahibi Ayhan'a barınma bedeli olarak kira ödeyecek.

2. Herkes kendi bütçesinden kendi gereksinimlerini karşılayacak ve yemeğini kendisi yapacak. Ayrıca aynı evi bölüşen iki pansiyoner gibi bulaşık, çamaşır ve öteki gündelik işlerini üstlenecek. Kimse kimsenin işini yapmayacak ve ötekine karışmayacak.

3. Ayrı odalarda yatılacak. Ortak istek durumunda birlikte olunacak. Tek yanlı ilişki isteğini karşı tarafın kabul etmeme hakkı olacak.

4. Evin ortak giderleri bölüşülecek. Yakıt, elektrik, su, temizlikçi vb.

5. İki tarafın da kendi çevresi, kendi arkadaşları ve dostları olacak. Onları özgürce kabul edebilecek ve onlarla birlikte olabilecek. İstenmeyen karşılaşma ve karışıklıkların olmaması için karşı tarafa bilgi verilecek. Genel olarak dostların yanında iken toplumsal kurallara aykırı davranılmayacak. Ayrı yaşıyormuş izlenimi verilmeyecek.

6. Herkes eve istediği saatte gelip gidebilecek. Bu konuda kimsenin kimseye hesap sorma hakkı olmayacak.

7. Bu işleyiş içinde sevgi ve saygı temelinde iki taraf da birbirine duygusal ve cinsel yönden bağlı kalacak. Toplum içinde birlikte yaşama konumlarını başkalarının gözünde küçük düşürücü, onur kırıcı davranışlarda bulunmayacak.

Bir kez daha okuyorum bu yedi maddelik 'Birlikteliğin Koşulları' metnini. Ayhan'a bakıyorum ciddi olup olmadığını anlamak istermiş gibi.

Son derece ciddiyim, diyor, sinirli bir sesle. İçimde bir şeyler kırılıp dökülüyor. Belki de Ayhan için doğru görünen böyle bir uygulama duygusal olarak güvenimi sarsıyor. Bir yılı aşkın süredir onca sıcaklığı bölüştüğüm, kendimi bağışladığım insan tarafından kolayca itilivermek yanılgılarımdan hiç ders çıkarmamış olduğumu gösteriyor bana bir kez daha. Sakınmıyorum kendimi hiç, diye düşünüyorum. Azar azar vermeyi bilmiyorum. Hep aynı yanlışları yapıyorum. Ama işte sevmeyi ölçüye vuramaz insan. Vardır ya da yoktur benim için. O süreçte olduğunca yaşanması zorunludur. Bütün bu aldanışlar yaşanacak, pişilecek elbette.

Bu koşullara 'koşulmak' onur kırıcı olsa da en katı biçimde uygulayarak üstesinden gelmek zor değil, diyor Na. Sana öğretilenleri, olması gerektiği için öyle olman gerektiğini söyledikleri her şeyi unutmalısın artık Su, doğru değil bunlar çünkü.

'Erkek ailenin başkanıdır, kadın onun en yakın yardımcısı ve danışmanıdır' diye bellettiler sana ama yanlış. Kadın ve erkek aynı evde yaşayan iki pansiyonerdir.

'Kocanı sevecek ona sahip çıkacaksın o da seni kötülüklerden koruyarak namusunu kollayacak evli olma durumun sana birçok ayrıcalık kazandıracak başının üstünde bir dam çevrende dört duvar güvenlik içinde olacaksın artık karşılığında sen de evi çekip çevirecek geciktiği akşamlar yemeği sıcak tutarak aç açına onu bekleyeceksin evet diyeceksin hep evet bir düzen kurdun onunla çünkü bu var olan düzenin küçük bir modelidir bu modeli aslına uygun tutmak ve korumak için yasalar konulmuştur sana yemin ettirildi ve güvence verildi sevmek ve bağlı kalmak için'leri unut artık, diyor Na. Çünkü ben bütün kurulu bozuk düzenlere karşıyım. Şimdi yeniden başlamalıyız.

Ayhan önündeki ders notlarını karıştırıyor. Sonra bir an başını kaldırıp kibir dolu bir hoşgörüyle gülümsüyor bana.

Kabul ediyorum, diyorum ona.

Açık söyleyeyim, umutsuzum, diyor. Ama mademki istiyorsun bir deneyelim bakalım.

Kovulan işçiye bir şans daha veriyor. Göster kendini, der gibi.

Onun kendi kendisiyle uzlaşıp uzlaşmamış olduğunu düşünüyorum.

Bu deneme ikimiz için de gerekli belki de, diyorum. Senin de göründüğün kadar güçlü olup olmadığının ortaya çıkması gerek.

Bütün koşulları bunca çabuk, tartışmasız kabullenmiş olmamdan biraz şaşkın ama hoşnut, coşkuyla.

Sevmek hiçbir şeydir, diyor Ayhan. Sevmek çok kolaydır. Elbette seviyorum seni. Önemli olan sürdürebilmek. Alışkanlıkların, sıradanlıkların bizi teslim almasına izin verip bunalmamak. Ama gene de olmazsa uygarca bitirilir. El sıkışarak, öpüşerek, yaralanmadan ve yaralamadan.

Demek bu kadar kolay. Gece ve Müzik devam ediyor. Masanın başında oturuyor ve bir sınıf dolusu öğrenci karşısında konuşur gibi konuşuyor. Düşünce biçimini ve düşüncelerini anlıyorum. Kendi evinde, kendi masasının başında oturmuş gözdağı veriyor bana. Kusursuz, yüce, uygar, ulaşılması güç biri olduğunu kanıtlamaya çalışıyor. Kavgaya kışkırtıyor beni, boy ölçüşmeye, eşitlenmeye.

Yaşamın en temel gerçeğinin yalnızlık olduğunu kavrıyorum. İnsan bu temel üzerinde yükseliyor.

Yalvarma, diyor Na. Ağlama ve yemin etme. Kapılarını kapat. Öyle sıkı kapat ki bir daha kimse, hiçbir zaman senin o zedelenmiş yalnızlığına adım atamasın. Onu onar ve koru, çünkü o sensin ve aynı zamanda benim.

Kahramanca gülümsüyorum Ayhan'a.

Ne kadar kira istiyorsun, diye soruyorum.

Çok istiyor. Uzun bir pazarlığa girişiyoruz.

Sonra, bizim evde ya da başka yerlerde sürüp giden içkili gece toplantıları. Yinelenen konuşmalar. İnanmışların aynı yerde dönüp duran soyut düşünceleri, somut saptamaları. Küçük ya da orta boy sapmalar yüzünden uzayan tartışmalar. Tükenene dek anlatanlar ve oturdukları yerde yatıya kalıverenler.

Onlardan biriymiş gibi davranıp aynı yolda ilerlemek için zorlayabilir insan kendini. Kurt kapar yoksa. Böylece birdenbire dönülmez bir yolda olduğunu kabul etmek durumunda kalır. Biraz olsun aykırı gibi görünen bir görüş belirtecek bir 'ama' demeye görsün o kişi, her yandan saldırırlar. Uyandırmak, öğretmek, kuşkuları yok etmek için. Belki de kendilerini de durmadan inandırmak zorundadırlar da ondan. İpleri sıkı tutmak, ağları gevşetmemek, bağlanmışlıklarını sonuna dek sürdürmek için.

Bu süreçte birlikte yaşadığınız insan onlardan biri olmanızı, hep birlikte aynı suda akmanızı önkoşul olarak dayatıyorsa bırakırsınız kendinizi. Aşk teslim olmaktır çünkü. Onu istiyorsanız o olmaktır. Yoksa ayrı yönlere akarsınız, yollarınız ayrılır, yitirirsiniz birbirinizi. Koparsınız, korkunç şeyler yaşayabilirsiniz.

Şu yorgan, hani köyden gelen adamın, üstüne örttüğün, çok kötü kokuyor.

Havalandır, geçer, diyor Ayhan.

İki gündür balkonda asılı duruyor, yararı olmadı. Sence ne zamandır yıkanmamış olabilir bu adam?

Bilmiyorum; bu kadar önemli mi?

Önemli. Kendi gövdesini arıtmayı bilmeyen bir adamın ülkesini kurtarmaya kalkışması inandırıcı olamaz.

Sen onun hangi koşullarda yaşadığını biliyor musun, diye bağırıyor Ayhan. İçecek suyu bile yok belki. Tamam, ben yıkarım onu.

Niye herkesi olduğunca kabul edebiliyorsun da bana aynı hoşgörüyü gösteremiyorsun? Nedir aramızdaki bu düşmanlık?

Düşmanlık mı, diye soruyor, şaşkınlıkla. Ne düşmanlığı? Ben seni gerçek bir insan haline getirmeye çalışıyorum be!

Mutfağa giriyorum. Niye bunca yıl gerçek bir insan olamadım ben? Soğanları ince ince doğruyorum tahtanın üstünde. Tavaya atıyorum, iki yumurta kırıyorum üzerlerine. Bu benim akşam yemeğim. Ayhan ne yiyecek? Dolaba bakıyorum. Konserve türlü pişirmiş kendine dün. Üç gün yeter bu ona. Bayatlamış yemekler yiyor sürekli.

Ayhan'a hayranlığım gereğinden uzun mu sürdü? Alınacak en doğru kararları aldığına, doğrularının tartışılmaz doğrular olduğuna niye böylesine inandım bunca zaman?

O anlaşmayı yürürlüğe koyduğumuzdan bu yana, bir süredir seziyorum onda bazı ermemişlikler olduğunu. Gedikler, çatlaklar... Öncelikle eşitlik adına eşitsiz bir çıkış noktasındayız. Ayhan isteyen, ben uymak zorunda olanım. Ayrıca Ayhan'ın isteme yöntemi incelikten, sevecenlikten ve sevgiden uzak. Bir dayatma, bir olursa olur kayıtsızlığı taşıyor içinde. Dayatan tarafın evlilik zincirinden başka yitirecek bir şeyi yok. Değişmesi gereken ise bu değişimin ya da değişememenin getireceği sonuçları, o değişim sürecinin yan etkilerini de yaşamak, üstlenmek zorunda.

Yemek masasının başında önümde yumurta sahanı ile oturuyorum tek başıma ve dergide yer alacak bir yazı konusunda yazarıyla tartışan bu arada da ikinci içkisini içen Ayhan'a bakıyorum. Gücenikliğe benzer bir düş kırıklığı ile çirkin buluyorum onu birden. Dişinin arasına girmiş bir kırıntıyı diliyle çıkarıp çiğniyor, hı, hı, derken ahizeye. Belli belirsiz bir öç alma isteği uç veriyor içimde. Bu değişimi başararak öç alma... Böylece Ayhan'ın savunduğu yaşam biçimini ne ölçüde uygulayabileceği de ortaya çıkacak. Düşlediği birliktelik yaşanmışlıktan çok teori kokuyor çünkü.

Bir süre desteksiz, amaçsız, suçlarla, yargılarla, cezalar ve önyargılarla dolu bir dünyanın orta yerine tek başıma atılıvermişim gibi yaşadım kendimi ve işime sarıldım. Oradan oraya koşup, yorgun akşamı buluyordum ve evde Ayhan'ın benimle ilgilenmemesine, onunla ilgilenmemeye alışmaya çalışıyordum. Ayhan, oldukça yumuşak, doğal ama uygulamayı sonuna kadar sürdürme kararlılığı içinde tetik ve dikkatliydi.

Kimi akşamlar saatlerce mutfakta kalıyor, sebzeler, etler kızartıp fırınlıyor, lapa olan pilavlar pişiriyordu kendine. Bense hazır, kolay yiyeceklerle çözüyordum yemek sorunumu.

Kalan bayat pilavları çorba yapabilirsin, diyorum, mutfak kapısında onu izlerken.

Önemli değil, böyle de yerim.

Son yazımı Coşkun Bey çok beğendi, diyorum.

Evet, gerçekten iyi bir yazıydı o. Ben de beğenmiştim biliyorsun.

Domates doğruyor. Tavaya bir parça biftek atıyorum.

Bir parça da sen ister misin, diye soruyorum gülerek.

Yok, kendine bak sen, var benim yemeğim.

İkimiz aynı masaya oturup ayrı ayrı kendi yemeklerimizi yerken her şey bana gülünç bir oyun gibi görünüyor çoğu kez.

Şu füme dilden biraz almalısın Ayhan, çok nefis.

Peki, sen de salata al öyleyse.

Yeni durumumuzla ilgili olarak hiç konuşmuyorduk ve sanki her şey çok önceden beri böyleydi de bundan sonra da hep sürecek rahatlığı içinde görünmeye çalışıyorduk.

Yatak odamdaki yalnızlık bana erişilmesi güç bir konfor olarak görünüyordu ve daha iyi uyuyordum epey zamandır. Işığımı istediğim saatte yakıp söndürme, dilediğimce yatıp kalkma, kollarımı bacaklarımı gönlümce açıp yayılma özgürlüğüm vardı artık. Üstelik uzunca bir süre geçmiş olduğu halde özlemiyordum Ayhan'ı. İlk istek ondan geldiğinde kabul etmemiştim. Duygusal olarak hazır bulmamıştım kendimi henüz. Ama belki de istekle gerçekleştirmeyi denediğim değişimi sekteye uğratabilir bu yakınlık diye düşünmüşümdür. Belli etmemeye çalıştığı garip bir kırgınlık seziyordum Ayhan'da bu geri çevrilme yüzünden o günlerde. Neyse ki çabucak geçiştirmişti sıkıntısını.

Pazar günleri eskisi gibi yürüyüşe çıkıyorduk birlikte. Birbirimize işimizle ya da tanıdığımız insanlarla ilgili önemli önemsiz şeyler anlatıyorduk. Kendi kendimizden alabildiğine hoşnut, çevremizdeki mutsuz çiftlerin dedikodularını yapıyorduk.

Böyle bir kendime güveni yaşayabileceğimi pek de ummamıştım doğrusu. Özgürlüğün yumuşak dokunuşlarını duyuyordum tenimde ve Ayhan'a olan tutkulu aşkımı yenmeden onu gerçek anlamda tanıma ve sevebilmenin söz konusu olamayacağını düşünüyordum saflık ve içtenlikle. Peki ama bu 'gerçek anlamda sevmek' nasıl bir şey olacaktı? Biçimi, rengi, boyutları neydi onun? Nasıl kokar, avuçlarıma sığabilir miydi?

Kimi akşamlar dergiden arkadaşlarımla birlikte çıkıyorum ve bir barda ya da lokantada akşamı karşılıyoruz. Toplantılara, sergilere, açılışlara gidiyorum Ayhan'la karşılaşmadan önce olduğu gibi. Gene o zamanki gibi bu renkli çevrede mutluyum.

Bir zaman tümüyle ona adadığım ve onun biçimini beğenmeyip geri çevirdiği tüm yaşam enerjimi evin dışında, sonuna dek kullanıyorum. Kendi duvarlarımı yıkıyorum, kendi elimle kurduğum bentleri.

İki iyi arkadaş, aynı evi bölüşen yakın iki dost olduğumuz günlerde Ayhan birkaç geri adım attı bilincine varamadan. Akşamları erkenden eve dönerek beni beklediğini bilmeden beni beklemeye başladı. Nereye gitmiş olabileceğimi, kimlerle olduğumu merak ediyordu belli etmeden. Neden onu da çağırmıyordum, o da gelebilirdi bu toplantıya benimle, öyle değil mi? Evet ama öyle uzun zamandır birlikte bu tür kalabalıklara girmedik ki hiç düşünemedim isteyebileceğini...

Bu ilginin Ayhan'dan bana yönelen ilk yakınlık belirtileri olduğunu ama gene de bundan mutluluk duymadığımı sezdim şaşkınlık içinde. Bir eksiklik, bir kırıklık, garip bir yavanlık vardı içimde yalnızca ve bunun ne olduğunu tam olarak bilmiyordum.

Sonra apansız anladım.

Evden uzaktaydım. Oğlumu görmeye gitmiştim o eski taşra kentine. Bir parktaydım. Oğlum önümde koşup oynuyordu. İlkyazdı. Doğa her şeyi incelten, iyice seçilir kılan bir buğu, ışıklar, kokular, sesler içindeydi. Bir manolya ağacının altındaki bankta oturuyordum. Açık kalmış bir radyonun uzaktan, derinden derine yankılanan sesi annemin çok sevdiği bir şarkıyı getiriyordu bana yıllar öncesinden:

Hâlâ yaşıyor kalbimin en gizli yerinde
Bir hatıranın izleri yıllarca derinde...

O an birdenbire, âşık olmadığım, bir erkeği tutkuyla sevmediğim dönemlerdeki boşluğu yakaladım içimde incecik bir sızıyla. O rahatlığı, olağanlığı, sıradanlığı. Tatsızlığı.

Ayhan olmadan, ona dayanmadan, onu sevmeden yaşayamayacağımı düşünüyordum sekiz dokuz ay önce. Oysa artık öyle değildi durum. Bulunmaz bir dosttu Ayhan elbette ama evde olmadığı zamanlar dolabını açıp giysilerini koklamak hiç aklıma gelmiyordu nicedir. Onu kıskanmıyor, yitirmekten korkmuyordum. Duygusal olarak o benim için başımı kaygısızca omzuna koyup ağlayabileceğim, başıma bir dert geldiğinde sonuna kadar yanımda bulabileceğimi bildiğim birisiydi artık. Sığınılacak dost bir liman.

Bütün bunların evlilik biçimindeki yakınlığın doğal sonucu ve eninde sonunda varılacak bir yer olduğunu, bu tür bir yakınlığın zamanla ve genellikle güçlü bir dostluk, köklü bir sevgiye dönüştüğünü bilmiyor değildim. Ama bizim için çok erkendi daha. Öyleyse bunu ben başarmıştım. Bu noktaya zorlamalarla, kırılıp dökülerek gelmiş olsam da tutsak edici tüm bağlardan kurtulmuş, özgür, kendi ilgi ve uğraşları olan, kendi elleri ayakları olan bir kadındım artık.

Ama zaten onu tanıdığında da öyleydin sen, diyor Su.

Evet, belki de geçici olarak kötürüm olmuştum. Onu öylesine sevdiğim için.

Seni teslim aldığım, Su olduğun dönemler çok kısa sürüyor Na. Kendi doğrularım içinde boyun eğiyorum, bağışlıyorum kendimi ben sürekli. Ama her seferinde sen ortaya çıkarak o huzuru yağmalıyorsun...

Git, diyorum ona. Seni bir daha görmek istemiyorum. Hiç istemiyorum.

Şimdi bu değişim sürecinin ilk günlerinden başlayarak Ayhan'la aramdaki bağı salt o istemiyor diye azar azar, pek belli etmeden gevşetmiş olduğumu, her gün biraz daha biraz daha bırakıp sonunda çözdüğümü daha iyi biliyorum. Böylece yeni bir dönem başlamıştı bizim için. Dostluk ve evlilikten öte, yıpratıcı sevgiden soyutlanmış bir birliktelik. Ama bir de o boşluk duygusu olmasaydı içimde keşke. O benim eskilerden, çok gerilerden bugüne taşıyıp getirdiğim kimsesizliğim olmasa ne kadar kusursuz olacaktı her şey.

Uygulama başladıktan altı ay kadar sonra bir gece Ayhan odama gelip yanıma uzanmak istedi. Yer açmadım ona. Tedirgin ayak ucuma oturdu. Sana âşık oldum Suna, dedi. Belki inanmayacaksın ama çok beğeniyorum seni. Bunu söylemeden önce epeyce düşündüm. Belki de ilk kez yaşıyorum bu duyguyu... Kucaklamak istedi beni, durdurdum. Ev sahibimle yatamayacağımı söyledim. Birlikte olacaksam kira vermemeliydim artık ona. Çoktandır o kadar gülmemiştik birlikte. İncelikle kucaklamıştı beni, ilk kez birlikte olacağı biriymişim gibi...

Konyak şişesini kaldırıp bir dilim ekmekle biraz peynir yiyorum. Gece ve Müzik devam ediyor radyoda. Onur'la Güler'in konukları gitmek üzere olmalılar. Yemek boyunca bir kez olsun beni düşündü mü Onur acaba? Şimdi beni böyle bir evde, üstümde eski benekli sabahlığım, saçlarım dağınık, ellerim üşümüş ve bu kadar derbeder görse bu sonuçta hiçbir payı olmadığını söyleyebilir mi? Kendi düzenini aksatmadan, titizlikle korumaya özen gösteriyor hâlâ. Ama ne düzen! Güler güçsüzlüğüyle elinde tutuyor onu. Başka bir bağ olamaz aralarında. Belki de bir gün dayanamayıp, tam Güler başını örtmüş ölmüşlerinin ruhuna yasin okuyorken boğar atar onu. Böyle şeylere inanmayan bir adam yapar mı yapar... Onu buna benzer durumlarda gördüğünde bu isteği duyduğunu söylemedi mi bana...

Banyonun aynasında yüzüme bakıyorum. Çok zayıfladım. Artık güvence altında değilim. Onur ne yapacak, nasıl davranacak yarın ona evden ayrıldığımı söylediğimde? Bu gece iyi uyumalı, yarın güzel olmalıyım...

Ayhan'ın birkaç gün önce gelen mektubu holdeki masanın üzerinde duruyor hâlâ. Ona yazacak mıyım? Ne gereği var, ne yazabilirim ki artık ona?

Ayhan beni sevdi. Benim çevremi, arkadaşlarımı da sevdi benim sevdiğim kadar. Bana katıldı ben onlarla birlikteyken. Benimsedi onları ve onlar tarafından sevildi.

Hep birlikte olmaktan tat aldığımız o uzun akşamları, uzun sohbetler dönemini özlüyorum şimdi. Biraz kuşkuyla baksam, biraz kıyıda kalmayı yeğlesem de yeni bir bilinç, yepyeni duyarlıklar kazandım ben Ayhan'la, dostlarıyla, yol arkadaşlarıyla, o uzun gecelerde. Çoğaldım.

Denemeye son verdiğimiz o dönemde onu durulmuş, dingin, bilinçli bir saygıyla sevdiğimi iyi anımsıyorum. Ayhan'sa yeni kapıldığı bir aşkı yaşarken beni yeniden kazanması gerektiğini sezerek tutkuyla sahip çıkıyordu birlikteliğimize. Sanki her şey tersine dönmüştü.

Aşkın bin bir türlü biçimi olmadığını düşünüyorum şimdi. Peki ama niye yaşıyoruz ve yaşadık bunca kötülüğü?

Alt kat komşumun getirdiği yün başlığı takıyorum başıma yatarken. Kalın bir pijama, yün çoraplar, boynumda bir atkıyla yatağa giriyorum. Sıcacık bir odada Ayhan'ın beni o gece ilk kez birlikte olacağı birini kucaklarmış gibi kucaklayışını anımsıyorum yeniden. Onun bütün bu olanlardan önceki sevecenliğini. İçim sızlıyor. Ama hemen dindiriyorum bu sızıyı. Yerine bir öfke bulup çıkarıyorum.

Son zamanlarda her an benim ne düşündüğümü, kafamdan neler geçtiğini ayrıntılarıyla bilmeyi istiyordu. Bu yüzden onun yanında düşünmekten vazgeçmiştim. Hayır, onun yanında boş, sıradan, anlamsız şeyler düşünmeye çalışıyordum. Düşündüklerim beni ele vermesin, onlara en küçük bir gölge düşmesin de adımlarımı şaşırmayayım diye.

Sonunda ondan büsbütün uzağa gitmeyi özler oldum.

Burada kalmalıyım.

Işığımı söndürüyorum.

Ayhan,

Birkaç saat önce uyumak üzere yattığım halde uyku tutmadı tabii, çünkü bütün kötü gece boyunca yıllar önce benim sözde gerçek bir kadın-insan olabilmem için beni zorladığın insafsız ve insanlık dışı uygulamanın bende aslında pek az şeyi değiştirmiş olduğunu düşündüm. Bendeki en önemli değişim, sana ev kirası vermeye başladığım tarihten itibaren sana duyduğum aşkın bir daha dirilmemek üzere ölmüş ve aşkın çöplüğüne atılmış olmasıydı.

İnsanın mantık ve duygu eğrileri birbirine paralel çizgiler halinde gelişmiyor. Mantık eğrisi hızla yükselip gerçeği görüyor oysa duygular ağır seyrediyor. Hani kadın ve erkeğin orgazm grafikleri vardır ya, işte öyle. Mantık erkek, duygular ise dişi bir seyir izliyor anlayacağın. Bu yüzden duygusal olarak ağırdan almış olmalıyım her şeyi. Neyse bu ayrı konu.

O korkunç kendi kendimle savaşım döneminde bile her ne kadar bütün çabam, içimdeki Su denen pısırığı bertaraf etmeye yönelmiş gibi görünse de ben ancak onunla bir bütündüm ve öyle de güzeldim aslında. Bu kadar köktenci bir yeniden yapılanmaya gerek yoktu. Belli dengeler kurulabilirdi pekâlâ.

Şimdi sen de anımsa, konuklarımız geldiği zamanlar Su'nun yaptığı nefis yemeklerden ne kadar hoşnut ve gururlu olduğunu ve Su bıraksa sen çarşaflarını bile değiştirmeyi zor akıl ederdin, çünkü kaç gün yattığının farkında değildin, tabii senin bunlarla uğraşacak vaktin yoktu büyük davalarla uğraşmaktan. Senin evine geldiğimde tüm beyaz çamaşırlar azmıştı ve hâlâ çoraplarla havluları aynı programda yıkamaktan vazgeçmedin, beni de buna acımasızca zorladın.

Aslında benimle yaşarken bazı şeyler öğrendin. İyi bir aşçı olmayı, kalan pilavları kadınbudu köfte yapmayı falan. Sonra inkâr etmiyorum çok güzel taze barbunya pişirirsin, güveç yaparsın. Derli toplu bir insansın. Gerçi kavun karpuz keserken sularını tezgâhın üstüne akıtır olduğu gibi bırakırsın, mutfağı silme kavramı gelişmedi sende yıllardır. Karpuz suları kurur, yapış yapış olur ben zamanında müdahale etmezsem. Ayrıca salata yaparken salata tabağını musluktan uzağa koymayı, doğranmış salatalara su sıçrayabileceğini de sana ben öğrettim. Bu yüzden kaç kez tartıştık ama sonunda öğrenebildin. Gene de hâlâ teflon tavaları sabunlu suyla yıkamamakta direniyor ve sıcak suyla çalkalayıp kâğıt havlu ile silinince temizlendi sanıyorsun. Bunu sana öğretemedim, öğrenmemekte direndin, inat ettin ve ben uyardıkça ne kadar sinirlenirdin, ben de artık gördüğümde ses çıkarmıyordum ve önceleri senden sonra gizlice yıkıyordum tavaları, ama sonra başa çıkamadım, boş verdim. Avrupalılar böyle yapıyor diye asla vazgeçmedin ve aynı gerekçeyle pirinci yıkamadan pilav yapıyorsun. Avrupa'daki pirinçlerin el değmeyen makinelerde yıkanıp paketlendiğini, bizdekilerin ise aylardır yıkanmamış ayaklar tarafından farelerle dolu ambarlarda çiğnenerek çuvallara doldurulmuş olduğunu sana ne kadar anlatmaya çalışırsam çalışayım benimle alay ettin ve bildiğini okumaya devam ettin.

İşte biz senin yüzünden ne zamandır yıkanmamış tavalar ve pirinçler kullanıyor olmuştuk böyle.

Na bile bütün bunlara ne kadar dayanabilirdi sanıyordun? Yani aramızdaki sorunlar öyle birkaç çatışmayla açıklanabilecek basit çelişkiler değil görüyorsun. Temiz bir adam olduğunu, her gün don değiştirdiğini kabul ediyorum ama şart şurt bilmiyorsun. Bulaşık tasında köfte karılmaz Ayhan! Bundan böyle tüm bunlara kendi evimde izin vermeyeceğim.

Yolun açık olsun...

Suna

Onur'la bu akşam neler konuşabileceğimizi kestiremiyorum. Bu buluşmanın nicedir alıştığımız ve heyecan dozu ancak benim sezebildiğim kadar belli belirsiz düşmekte olan buluşmalardan biri olması gerekir belki, ama içinde bulunduğum duygusal karmaşadan dolayı yapmamam gereken şeyler yapmaktan ve söylememem gereken sözler söylemekten korkuyorum. Onunla ne olursa olsun tartışmamalıyım. Beni kırmasına fırsat vermemeliyim. Böyle bir dargınlık durumumu daha da çözümsüz kılar ve şu sıra bundan daha fazla çözümsüzlüğe dayanamam.

Bütün günümü darmadağınık yüzümü düzene koymak, tırnaklarımı düzeltip cilalamak ve ne giyeceğimi düşünmekle geçirdikten sonra aynadaki görüntümden pek de hoşnut olmadan sokağa çıkıyorum. Hava nem yüklü, puslu, kömür dumanı genzimi yakıyor. Gene de biraz yatışmak için yürüyebildiğim kadar yürümek istiyorum.

Bu noktadan sonra Onur'la aramızdaki ilişkide değişiklikler olacaksa bu ben ayrımına varamadan, zorlamasız, kendiliğinden olmalı. Oysa sabırsızım. İyi ya da kötü ne olacaksa bir an önce olsun göreyim istiyorum. Aynı anda iyi ya da kötü ondan ne bekleyebileceğimi soruyorum kendime. Evet, ben Ayhan'dan, o Güler'den ayrılır, özgürce, istediğimiz gibi birlikte oluruz ve bu iyi bir birliktelik olur belki. Olur mu? Bilmiyorum. Emin değilim artık bundan. Öte yandan bugün bu ilişkiyi kestirir atar ve birbirimizi bir daha görmemeye karar verirsek kötü gibi görünse de bu iyi bir sonuç olur. Ama yapamam bunu, şimdi, bu akşam yapamam. Her şeyi oluruna bırakma dayanıklılığı içinde olmak zorundayım bir süre daha. Onur'un ne düşündüğünü bilmeliyim önce.

Atölyeye yakın bir şarküteriden hazır yiyecek ve içki alıyorum. Onur bir şeyler hazırlamış olabilir eğer yemek saatini de orada geçirmeyi düşünmüşse. Ama eve erken dönmeyi tasarladıysa hazırlıksız gelir ve belki onu birlikte olacağımız zamanı uzatmaya razı edebilirim. Dün dolapta pek bir şey yoktu. Kalan içkiyi de ben içmiştim zaten.

Atölyenin merdivenlerini çıkarken birden duraksıyorum. Özenle giyinip boyanmış bir kadın, elinde yiyecek poşeti sevgilisiyle buluşmaya gidiyor. Bir yabancı gibi görünüyorum kendi gözüme birden. İkiyüzlülüğümden, zayıflıklarımdan, kendimden utanıyorum. Evini kendi yalnızlık ve acılarıyla baş başa kalabilmek uğruna terk etmiş ve on gün sonra sevgilisiyle geçireceği gecenin çilingir sofrasını torbasına doldurup onun merdivenlerini tırmanmaktan kendini alamamış, ucuz, sıradan bir kadınım ben.

Birdenbire Onur'la olan birlikteliğimin bundan sonraki biçimi ne olursa olsun bunun artık kesinlikle mutluluk olarak değerlendirilemeyeceğini seziyorum acı içinde. Bir dinginlik, varılacak kıyıya varmış olma rahatlığı olabilir bizim için sonuç belki. Eğer olursa.

Daire kapısında durup zili çalıyorum. Onur benden önce gelmiş olmalı. Epeyce yürüdüm çünkü. Kapı açılmıyor. Demek gelmedi daha. Anahtarımı çıkarıp açıyorum kapıyı, içeri giriyorum. Dün akşam bıraktığım gibi her şey.

Mantomu çıkarıp banyoya giriyorum. Lavabonun aynasında yüzüme bakıyorum. Bir kâğıt mendille yüzümdeki boyaları siliyorum ve bana benzemeyen o yüzü yeniden kendi yüzüm haline getiriyorum. Biraz solgun ama daha doğal, daha güzel bir yüz bu. Bileklerimi, şakaklarımı ıslatıyorum soğuk suyla. Sakin olmalıyım, daha sakin.

Camları açıp evi havalandırıyorum birkaç dakika. Yiyecek torbasını olduğu gibi dolaba kaldırıyorum. Kendime bir içki hazırlıyorum çabucak. Alt katlarda kapılar açılıp kapanıyor. Yaklaşan ve uzaklaşan ayak sesleri duyuyorum merdivenlerde.

Telefon çalıyor.

Açmalı mıyım? Onur beni arıyor olabilir mi? O değilse konuşmam. Yavaşça kaldırıyorum almacı.

Suna, diyor Onur.

Evet?

Sabahtan beri deli oldum. Evden bile aradım seni. Cevap vermiyor telefonun kapalı mı?

O telefonu yeni evime naklediyorum. Kapalı.

Ötekini de denedim. Ayhan açsaydı ona soracaktım artık.

Ne oldu, diye soruyorum yüreğim sıkışarak. Ne oldu, niye gelmiyor da arıyor beni?

Nerdesin allahaşkına? Nedir bu yeni ev hikâyesi, neler oluyor?

Şu anda burada seni bekliyorum.

Bir terslik oldu. Beklenmedik bir durum. Tarık'la iş ilişkisi olan biri geldi bugün. Yabancı, Fransız. Adamı yemeğe götürmemiz gerekiyor bu gece. Kaytarmaya çalıştım ama Tarık'ı bilirsin.

Yapma bunu, diyorum inler gibi.

İnan bana hiç istemiyorum. Seni öyle özledim ki. Allah kahretsin! Bıktım artık bunlardan.

Uzun sürer mi?

Bilemiyorum. Gece yarısını bulmaz her halde. Seni merak ediyorum. Nerde kalıyorsun?

Yeni evimde... Taşındım, yerleştim.

Niye bana daha önce haber vermedin? Ne zaman oldu bütün bunlar?

Çok ciddi bir durumla karşılaşmış gibi kaygılı sesi. Canı sıkıldı sanırım.

Sesim kırık, cılız. Ağlamamaya çalışıyorum.

On gün kadar önce. Ben seni burada bekleyebilir miyim? Geç de olsa yemekten sonra uğrayabilir misin? Böyle ayaküzeri anlatamam olanları. Çok karmaşık.

Gecikebilirim, yarın buluşalım.

Hayır, uğramaya çalış. Lütfen... Seni burada bekleyeceğim.

Peki diyor, erken kaçmaya çalışacağım. Bekle, görüşürüz.

Çoğu kez, iç içe geçmiş zamanların içinde yaşadığım birçok yer de iç içe bulunuyor. İç içe de değil aslında, bir araya gelip birbirleriyle bir bütün oluşturmuşlar. Birbirlerinden bağımsız, ayrı ayrı ama birbirlerinin özüne karışmışlar gibi bütün o zamanlar içinde. Benzer ya da aynı eylem, duygu ve düşüncelerin görünmez incecik iplikleriyle.

Şimdi burada, Ihlamurderesi'ndeki atölyede Onur'u beklerken hem Adam'ın yaşadığı taşra kentindeki teneke karyolalı bekâr odasında, hem de Ayhan'ın Christina ile gidip eve dönmediği gece Akasyalı Sokaktaki evimizin salonunda oluyorum. Böylece bir bekleme zinciri içersinde, görünmez bir biçimde her yerde ve hiçbir yerde oluyorum.

Gene de düşüncem engellenmez bir yoğunlukla Onur üzerinde toplanıyor. Ona dıştan bakmaya çabalıyorum. Onun bu atölyedeki yaşam izlerinden bir iz uzmanı gibi özenle ipuçları topluyorum. Bana anlattığı ya da anlatmadığı birçok öyküyle birleştiriyorum bu ipuçlarını. Onur'u benim yaşamımda bugüne dek var olmamış bir kesinlik ve gerçeklikle yeniden oluşturup kavramaya çalışıyorum...

GELİNCİK TARLALARI

Fakülteden birlikte çıkmışlardı. Tanışıklıkları uzun değildi ama kadın çok yakın, çok sıcak davranıyordu kendisine. Onu evine bırakmak üzere almıştı arabasına. Oysa yolda, eve gitmek istemediğini söyleyerek akşam yemeğini birlikte yemeyi önerdi Nazlı. Neden olmasın, dedi Onur.

Kırmızı ışıkta durduğunda yan dönüp kadına baktı. Gençti. Biraz iri olmakla birlikte güzeldi. Kıvırcık saçlarını fazlaca kabartmıştı ve çok az boyanmış olmasına karşın bu ona gösterişli bir hava vermişti. Bu tür ilişkilerde oldukça deneyimli, rahatmış gibi görünüyordu. Geçen hafta bir sınavda aynı salonda görev yapmışlardı. Daha sonra Nazlı birkaç kez Onur'un fakültede Ayhan'la bölüştüğü odaya gelmişti sohbet etmek için. İngilizce okutmanıydı. Ayhan kadınla iki kez karşılaşmış, sonradan Onur'a takılmıştı ne oluyor gibilerden. Ne yapayım, gelme diyemem ya, diye savunmuştu Onur kendini.

Şimdiden anlaşalım, benim konuğumsun bu akşam, dedi Nazlı.

Tatsız bir kolaylık kokusu aldı Onur bu senli benlilikten. Caymak geçti içinden ama çok geçti artık. Lokantanın önüne park etmekteydi arabayı o sırada.

Hesaptan söz ediyorsan karşı çıkmıyorum, dedi gülerek. Bu konuda tutucu değilim. Tersine hoşuma gidiyor bir kadının konuğu olmak.

İçeri girerlerken bu noktada her şeyin bittiğini yaşar gibi oldu bir an, ama pek net değildi bunun nedeni. Ürkek, çekingen kadınlar daha çekici geliyorlardı ona belki de. Kenarda bir masaya oturdular.

Rakı içeriz değil mi? dedi Nazlı.

Davet sahibi olarak yönetimi ele almıştı.

Nasıl istersen, dedi Onur. Saatine baktı gereksiz yere.

Bir gün, 'Kadınlardan korkuyorsun sen' demişti Ayhan. 'Bu korkunun kökeninde de onları bilmeden çok fazla yüceltmiş olman yatıyor olmalı.' Ayhan'a göre hep kolay lokmalar peşinde koşmaktaydı. Bu alandaki en temel yanlışlığı ise evliliğiydi.

Bardağını Nazlı'nın bardağına vururken Güler'i düşündü. Güler ona yetmiyordu. Herhalde kendisi de Güler'e fazla geliyordu. On iki yıl sonra, bugün geldikleri noktada kurulu bir düzeni birbirlerini durmadan inciterek, yorarak, tüketerek sürdürmekteydiler, hepsi buydu. Onur birkaç kez Ayhan'a Güler den yakınmıştı da o 'Biliyorum, tamam, öksüz akraba kızı, ölüm döşeğinde bir ananın vasiyeti ve buna benzer hıyarlıklar...' demişti, 'Çaresizliğine inanmamı bekleme benden. Yakınıp duracağına bitirmeyi dene, hiç olmazsa bundan sonra yürekli ol.'

Ayhan bir ayak üzerinde kolay çözümler üretirdi her zaman. Ama bunların uygulanabilme şansları öylesine sınırlı oluyordu ki...

Eve zamanında gitmediğinde karın kaygılanmıyor mu, diye sordu Nazlı bütün geceyi garanti altına almak istermiş gibi.

Hayır, gecikmelerime alışıktır, dedi Onur.

Evliliğe karşı olduğumu söyledim mi sana? Bir kez denedim. Aman Tanrım! Anımsamak bile istemiyorum. Deli gibi âşık olmuştum kocama. Oysa bir yıl bile sürmedi. Aşk diye bir şey var mı sence? İnanıyor musun buna?

Bilmiyorum, hiç âşık olmadım ben, dedi Onur.

Ciddi misin?

Derinliği yokmuş gibi görünen bu sıradan soru, şablonlarla konuşan şablonsu birtakım insanların arasına kattı Nazlı'yı Onur'un gözünde birden. Bu insanlar her şeyi olabildiğince yüzeyden kavramaktaydılar. Ciddi misin? Ciddi olamazsın! Fark eder mi? Fark etmezlerle acılarını, yoksunluklarını gizlemeye uğraşıyorlar, acıyı bile gülünç bulmaya, önemsememeye, en azından başkalarına karşı önemsemez görünmeye çalışırlarken daha çok yakıyorlardı kendi canlarını.

Gerçeği söylüyorum, dedi Onur.

O güne dek hiç âşık olmadığı, hiçbir kadını tutkuyla sevmediği aklına geldiğinde, bu durumu yeteneksizliğine değil, karşısına sevebileceği birinin çıkmamış olmasına yoruyordu. Birlikte olmaktan şöyle ya da böyle haz duyduğu birkaç kadın girmişti yaşamına ama belirli bir eksiklik ve neden olmadan kısa sürede bitmişti bu ilişkiler. İki üç buluşmadan sonra kadınlar onu arasınlar isteyerek sessiz kalmış, aranmaya değer bir erkek olduğunu kanıtlamaları için beklemişti. Aranmadığı zamanlar incinmişti belki biraz, ama gene de bir kadının üzerine düşecek, yapışkan, ısrarcı biri olmayı, öyle algılanmayı hiç istemiyordu. Bu tür kadınlardan da iğreniyordu, soğuyordu hemen onlardan ve bu konudaki en büyük çelişkisi de burada yatıyordu aslında.

Bir kadın tarafından baştan çıkarılmayı, sürüklenip götürülmeyi düşlediği ender anlar olmuştu yaşamında. Cinsel fantezileri de böyle bir kadınla ilgiliydi daha çok. Kadının yüzü pek net değildi. Uzun bacaklıydı, hafifçe dolgundu. Gözleri çok etkileyiciydi. İnsana doğrudan bakmıyormuş gibi görünen yarı kapalı gözkapaklarının altında hülyalarla dolu gözler. Göz göze geldiklerinde göğsünün ortasına kızgın bir sıvı akıyordu apansız ve kucaklamak için kadına atılıyordu. Ama kadın geriye çekiyordu kendini hemen. Hayır, diyordu hayır! Bu hayır sözcüğü çok heyecanlandırıyordu onu. Ne olursa olsun ele geçirmek istiyordu kadını o zaman, yeniden atılıyordu ona doğru. Kadın direndikçe daha çok haz duyuyordu.

Aslında 'hayır' sözcüğü çok korkutuyordu onu. Bir kadın hiçbir zaman hayır dememeliydi kendisine. Bu yüzden bir kadından hoşlandığında gerekli ortamı hazırlıyor, ama ilk yaklaşma için karşı tarafa fırsat tanıyordu. İlk hareket ondan gelmeliydi hiçbir zaman. İlk adımı atanın ödemek zorunda kalacağı toplamdan kurtulmuş oluyordu böylece. Bu tür ilişkilerde belli bir bedel ödemek kaçınılmazdı çünkü. Adem'le Havva'nın cennetten kovulmalarından başlayarak bu böyle olagelmişti. Bu masala inandığından değildi böyle düşünüyor olması. Gerçeklerin masalların özüne sinmiş olmasıydı belirleyici olan.

Evet, âşık olamadım nedense, diye yineledi.

Buna inanmamı bekleme, dedi Nazlı. Çocukluğunda, gençliğinde mahalleli okullu kızlar... Ne bileyim, duygu kütlüğü mü var sende yoksa?

Aşk öğretilebilir ve öğrenilebilir bir duygu bence, öğrenememiş olmalıyım, dedi Onur.

Mutlu bir çocukluk geçirdin mi? Seni yaralayan bir kadın filan oldu mu yani o sıralar?

Yo, yo... Çok mutluydum doğrusu.

Erkek çocuk olarak yaşamının ilk yıllarını yoğunlukla kadınlar arasında geçirmişti. Anne, halalar, yengeler, komşu teyzeler...

Kadınlar; yumuşak, sıcak, yuvarlak, doğurgandılar. Sevecen, güler yüzlü, becerikli ve konuşkandılar. Kış geceleri kadın kadına toplandıklarında erkekleri onlarsız olmazlıkla çekiştirirlerdi. Yatak odası şakaları, gizleri, açık saçık abartılı fıkralar anlatırlarken sobanın arkasındaki minderde uyur numarası yaparak dinlerdi onları. Kadınla erkek arasındaki gizin pipisiyle bir ilgisi olduğunu seziyordu belli belirsiz. Başlarıyla 'orasını' gösterir bir işaret yaparlarken 'Kuşun bir ötsün de gör o zaman,' diyorlardı komşu kadınlar, başını okşuyorlardı gülerek. Nasıl, ne zaman ötecekti kuşu? Ne biçim bir kuştu bu? Öteki kuşlara benziyor muydu?

Hamamda kadınların her yerini görüyor ama hiç açmadıkları önlerini çok merak ediyordu. Oraya ya lif ya tas ya da peştamal kapatıyorlar, oturduklarında bacaklarını iyice bitiştirerek gizliyorlardı. Sekiz yaşındayken Eminanım Teyze hamamda annesine, 'Ayol getirme bunu artık, eşşek kadar olmuş. Nasıl bakıyor görmüyor musun?' demişti bir gün. Bir daha kadınlar hamamına gitmemişti.

O uzun kayıplık döneminden sonra babası yeniden ortaya çıktığında sünnet olmuştu Onur. Pipisi kesilirken çok ağladığı için kınamışlardı onu. Sünnetten sonra erkek olacağını, kuşunun ötmeye başlayacağını söylemişlerdi, ama hiçbir şey olmamıştı uzun süre.

Uzakta, çok uzaklarda bir gelincik tarlasının ortasında duruyor Onur. Yaban otlan dizlerini örtüyor. Yüzünü güneşe vermiş. Mavimsi beyaz, yumuşacık bir bulut kümesi dağın arkasına sığınmış. Onur bir bakıyor, iki masal devi güreşe tutuşmuşlar orda, bir daha bakıyor ak sakallı bir dede olmuş bulut. Tepelerin yumuşak kıvrımları göz alabildiğine uzanıyor erguvan rengi ışıklar yayarak. İçi sevinçle kabarıyor.

Bir uğurböceği omzuna konuyor. Parmağını uzatıyor ona, elini kaldırıp üflüyor. Küçük kanatlarını açıp sessizce ileri atılıyor böcecik. Mayıs göğünde yitip gidiyor. 'Uçurursan uğur getirir,' diyor annesi. 'Kötü çocuklar böcekleri öldürüyorlar ama.' 'Sen kötü çocuk olma sakın, hiçbir canlıyı öldürme.' 'Yılanları bile mi?' 'Yalnız zararlı olanları.'

'Kız gibi olacak bu çocuk,' diyor baba, 'Erkek gibi davran şuna,' 'Gel buraya bakayım, erkeksin sen anladın mı? Erkek çocuklar çiçek toplamaz, kuş avlar. Sapanın var mı senin sapanın?' 'Kuşlara yazık ama...' 'Yahu bu çocuğu ibne yapacaksın sonunda kadın! Kestir şunun saçlarını...'

Berber aynasında yüzüne bakıyor Onur. Haydar Amcanın makası şakırdayıp duruyor başının üstünde ve dükkânın köşesinde asılı kafesteki kanaryayı coşturuyor. Güneşten alacalanmış kumral lüleler Onur'un kucağına dökülüyor demet demet. Başının iki yanında kulakları kocaman görünüyor gözüne.

Aynaya bakıyor. Aynanın kıyısına sıkıştırılmış fotoğraflarda insan oğlunun erkek cinsinin, bu kusursuz yaratığın çırılçıplak, küçücük örneği, pipisi ve erbezleri merkez alınarak önden, yan yatmış, başını dikleştirerek gülücükler saçarken ölümsüzleştirilmiş.

Onur kendini bildi bileli gizlenecek hiçbir şeyi olmadığını, tam tersine gururla taşıyacağı çok özel bir 'alete' sahip olduğunu biliyor. Bunun en önemli nedeni kızların kendisi gibi ayakta işeyemediklerini öğrenmiş olması. Yengesinin o inatçı küçük kızı Asiye, Onur çeşmenin yanındaki duvara işerken onunla yarışmaya kalktı da üstü başı battı. Bu yüzden bir de dayak yedi anasından.

İşte, berber Haydar Amcanın altı aylık torunu Özcan'ı da oturma odasındaki sedirin üzerine yatırmışlar, yattığı yerden fıskiye gibi işerken resmini çekmişler.

'Erkek adamın saçı böyle olur işte,' diyor Haydar Amca. 'Öyle karı saçı gibi uzattırma anana bir daha, anlaştık mı?' 'Anlaştık,' diyor Onur erkekçe tokalaşırken onunla. Küçük eli Haydar'ın kocaman elinin içinde kayboluyor. İçi burkuluyor, tıraşlı kafasına takıldıkça gözü aynada.

Karşı cinse nasıl baktığın önemli, dedi Nazlı, çatalını tabağının içine bırakırken. Hangi koşullanmalarla büyütüldün, bu önemli. Aşk yalnızca bir öğreti değil bence çünkü. Doğuştan bizde var olan bir yetenek, yatkınlık. Tabii yok edilebiliyor bu, köreltiliyor biliyorsun.

Dışarıya, kadınların ancak cinsel nesne olarak yer aldıkları erkekler dünyasına çıktığında şaşırmıştı Onur. Bir kadını sevmek ve onun tarafından sevilmek gereksinimi o korkunç erkeklik rolü içinde bastırılmış, gerilere itilmişti. Kadınlar beğenilir, istenir ya da kaçırılıp evlenilirdi. O âna kadar sevgi olsa bile bundan sonra bunun adı sevgi olamazdı elbette. Öyle bile olsa gizlemeliydi bir erkek bunu kendinden bile. Çocukluğunda kadınların kocalarından birbirlerine açık yüreklilikle söz ettiklerine tanık olmuştu. Oysa erkekler karılarından başka erkeklere söz etmekten özenle kaçınıyorlar; onları, evdeki, kaşık düşmanı, köroğlu, eksik etek, çocukların anası gibi sıfatlarla tanımlıyorlardı yeri geldiğinde. Evlendikten sonra, sevgi, aşk, sevda gibi saçmalıklardan söz eden erkek karı kılıklı, aciz, zavallı, şaşkın, dangalak sayılıyordu. Bir karıyı alıp eve kapattıktan sonra duygusallık bitip gidiyordu.

Sıyrılmış bir eteğin açıkta bıraktığı bacak, ince bir kumaşın altında titreyen memeler, japone kollu giysilerden görünen beyaz kollar, gündelik konuşmalarda kaba saba, arsız şakalarla sevmek denen edimin önüne geçiyordu. Sevdalanmaksa düpedüz hastalıktı. Tutulup bir kadının peşinden gitmek her türlü felakete davetiye çıkartmaktı. Kadınların en önemli özelliği doğuştan orospu ruhu taşımalarıydı çünkü. Kancıktılar. Birazcık zayıflık gösterdin miydi yer bitirir, aldatır, bırakır giderlerdi insanı. Bu saçı uzun aklı kısa cins, erkeklerin rahatlığı ve zevkleri için yaratılmışlardı yalnızca ve tepelerinden yumruğu eksik etmemek gerekirdi. Yüz verip sevgi gösterdin miydi hemen şımarır, yakanı kapmaya çalışırlardı.

Onur, erkekler arasında kadınlardan ancak rezilce, aşağılayıcı bir dille söz edilebileceğini görüyordu. Bütün bunların kadının o hayran olduğu gizil gücünden, doğurganlığından yaratılmış bir korku olup olmadığını düşünmeye başladı erkenden. Çünkü erkeklerin kadınlara bakışı genel geçer uygunsuz önyargılara dayanıyordu ona göre.

Çocukluğumun geçtiği dar görüşlü ortamda kadına ve sevgiye bakış çok ilkeldi, dedi Nazlı'ya. Gene de bundan çok fazla etkilenmiş olduğumu söyleyemem. Annem ve çevresindeki birçok kadının erkek hoyratlığına nasıl kurban edilmiş olduklarını görebiliyordum. Küçük bir çocukken bile böyle bir duyarlık gelişmişti bende, nasıl olduğunu bilmeden.

Sinemacının oğlu olmak mahallede azımsanmayacak bir üstünlük sağlıyor ona. Sessiz bir çocuk, ama tepeden bakıyor sokaktakilere. Onlar da başa çıkamadıkları bu saygınlıktan gizli çimdikler, kaçamak tokatlar, kaza çelmeleriyle öç alıyorlar. Seyrek de olsa yediği her dayaktan sonra günlerce evden çıkartmıyor onu annesi. Babadan gizliyorlar bunu. Dayak yediğini duyarsa bir de o dövecek çünkü, öyle söylüyor.

Gelen filmler haftada bir değişiyor. Çarşamba günleri öğleden sonra kadınlar matinesine gidiyorlar annesi, halaları, teyzesi ve mahalleli kadınlarla birlikte. Localarda oturuyorlar. En çok Lorel-Hardi filmlerini seviyor Onur. Öyle çok gülüyor ki o iki şaşkına. Bir de Şarlo var tabii, kovboy filmleri en sonra sevdikleri.

Baba öğleye yakın evden çıkıyor, sabaha karşı geliyor. Kentin tek içkili ekâbir lokantası da onun. Akşamları doktor, savcı, defterdar, kente gelip giden müfettişler orada toplanıyorlar sık sık. Onur babasının eve dönüşünü hiç görmüyor. Annesiyle kavga ettikleri geceler bağırtısıyla, küfürleriyle uyanıyor da öyle anlıyor geldiğini.

Sinema salonu satıldığında altı yaşındaydı. O sonbahar okula başlayacaktı. 'Babanın kumarı yüzünden,' dedi annesi. Bir daha hiç sinemaya gitmediler.

Birkaç ay sonra lokanta, hemen arkasından da çay boyundaki elmalıklar elden çıkıyor. Çok ağlıyor annesi. Babasını kumara alıştıran Rüstem Beye lanetler okuyor. Ama bileziklerini ve sandığın dibine sakladığı altınları da alıp götürüyor baba onun gözyaşlarına aldırmadan.

Bir sabah tapuya götürmek için üst kattaki yatak odasından kapıya kadar saçlarından sürüklüyor annesini. Ayaklarını, kollarını eşiğe takıp, gitmem, diyor kadın. Ağzının kıyısından kan akıyor boynuna, beyaz ipek geceliğinin yakasına. Ben çocuğumun hakkını kumara vermem, diye bağırıyor, öldür istersen. Ertesi gün önüne kurulan sofrayı itip deviriyor baba, çıkıp gidiyor. Üç gün gelmiyor eve. Sonra bir gece yarısı Onur'un odasına giriyor, kucaklayıp kaldırıyor, ağlayarak öpüyor oğlunu. Babasını ağlarken hiç görmemişti Onur. Çok korkuyor ve o da ağlamaya başlıyor. Sonra sofada annesiyle fısıldaşırlarken kapıdan gözlüyor onları. Konuştuklarını duyamıyor. Baba, sarılmak istiyor annesine veda etmek ister gibi, kadın itiyor onu. Baba merdivene çöküp ağlıyor yeniden.

'Bu evin erkeği sensin artık,' diyor annesi. 'Baban gitti. İstanbul'da Şeref Dayın var ya o ona göz kulak olur. Çalışıp kumar borcunu ödeyecek. Kumar borcu namus borcudur, ödemezsen yaşatmazlar. Sonra bizi de alacak yanına.' Eşyaları topluyor bunları söylerken. 'Dedengile, kasabaya gideceğiz,' diyor. 'Burada kalamayız artık.'

İlkokula kasabada başlıyor Onur. Uzaktan yakından 'Babası ölmüş-öldürülmüş' gibi sözler duyuyor. İnanmıyor bunlara, gerçeği biliyor o. Ama daha bir ürkekleşiyor, huzursuzlanıyor.

Sık sık ateşleniyor. Karnı ağrıyor durmadan. Okula düzenli gidemediği için okumayı sökemiyor ilk yarıyıl. 'Varsın gelecek yıl gitsin,' diyor ninesi, 'küçük daha.'

Uzun aylar boyunca babadan hiçbir haber gelmiyor. Nerde olduğunu bildiren ne iki satır mektup ne selam yolluyor. Annesi Şeref Dayısına yazıp soruyor onu. Bilmiyor dayı, hiç aramamış onları.

Erkekler zayıftır, dedi Nazlı. Bencil, korkak ve ikiyüzlüdürler. Zavallılar kendi erkekliklerini taşımakta nasıl da zorlanırlar. Bu arada içten içe sezerler kadınlardan hiçbir biçimde üstün olmadıklarını ve korkularını bastırmak, gizlemek için kabalaşırlar. Sevgisizlik onları hainleştirir.

Çok sertsin, dedi Onur.

Kaçınılmaz olarak ona sen demeye başlamış olduğunu ayrımsadı aynı anda. Kafası dumanlanmıştı. Bir küçük şişeyi bitirmek üzereydiler.

Genelleme yapılamaz bu konuda, diye sürdürdü sözünü. Bencil, korkak ve ikiyüzlü kadınlar da var. Bu tartışma bir sonuca varmaz biliyorsun.

Gene de tartışabiliriz, dedi Nazlı. Ama erkekler hep kaçarlar bu konudan, işlerine gelmez.

Kaçmıyorum, dedi Onur. Ama tartışmaya önyargıyla giriyorsun. Tarafsız olabilirsen tartışalım.

Elbette olamam, dedi, Nazlı. Ben bir kadınım.

Ben içimde bir kadın ve bir erkek taşıyorum, bu ikisinin toplamıyım, dedi, Onur. Sen de öylesin ama beni yalnızca bir erkek olarak algılıyorsun görünüşüm yüzünden.

Tanıştığımızdan içinde bulunduğumuz şu âna kadar geçen sürede bu arkadaşlığı yönlendirmeye çalışan ben oldum, dedi Nazlı. Bu seni biraz ürkütmüyor mu? Açık söyle! Senin üzerine düştüğümü düşünerek hor görüyorsun beni belki de. Çünkü bir kadının ancak erkek tarafından seçilip istenebileceği öğretilmiş sana ve kolaylıkla benimsemişsin bunu. Evet, senden çok hoşlanıyorum ve bunu korkmadan söylüyorum işte! Ama bu açıklık benim kalitemi düşürüyor senin gözünde...

Ne ilgisi var şimdi, dedi Onur zayıf bir sesle. Öfkelenmişti. Gülmeye zorladı kendini. Nerden uyduruyorsun bunları? Beni hiç tanımıyorsun ki. Şimdiye kadar hep bu tiplerle karşılaşmış olmalısın. Seni çok mu kırdılar?

Erkekleri iyi tanıyorum, dedi Nazlı. Ayrıca ben öyle kolayca kırılıp dökülecek kadınlardan değilim...

Bu kadar hırçın ve saldırgan olmamalısın, dedi Onur. Eğer... Saatine baktı kayıtsızca ve Nazlı'yı incitmek için. Eğer kendinden hoşnutsan...

Elbette hoşnudum, dedi Nazlı.

Sesi titredi biraz. Gözleri doldu, sustu. Bu da hayvanın teki, diye geçirdi içinden. İçkisinden büyük bir yudum aldı. Gözlerini Onur'a dikti.

Bir arayış içindeyim ve bunu korkusuzca, erkeklerin kadınlar hakkındaki önyargılarına aldırmadan, inandığım biçimde sürdürmeye kararlıyım, dedi, ona. Beni olduğumca sevecek birine gereksinmem var çünkü.

Öyleyse kendin ol, oyun oynama, dedi Onur. Ben dürüstlükten yanayım. Oysa sen burda oturmuş kahraman feministi oynuyorsun...

Yok canım, ne kahramanlığı, yalnızca kendimi senin saldırganlığına karşı korumaya çalışıyorum, dedi Nazlı, şaka yaparmış gibi gülerek. Aslında az sonra kahrımdan ağlayabilirim.

Sakın böyle bir şey yapma, dedi Onur. Ağlayan kadınlardan hiç hoşlanmam.

Ağlama türleri üzerine erken uzmanlaştı. Gerçekten canı yandığında –düşüp bir yerini çarptığı, elini ayağını sobada, ocakta, ütüde yaktığı, dayak yediği ya da kendini kapıya bacaya sıkıştırdığında– içini çeke çeke, yüzünün rengi solarak, yanaklarından pırıltılı gözyaşları süzülerek ağlıyordu.

İstediği bir şeyi yaptırmak, ilgi toplamak, hakkı olmayana sahip olmak, yasaklananı yeniden kazanmak ve sevgi dilenmek için ağlıyorsa sesinin var gücüyle bağırıyor, yüzü morarıyor, ağzını sonuna dek aça aça, gözlerinden zar zor birkaç damla yaş döküyordu. Ayrıca iniş çıkışları, tonu, büyüklerin o anki tutum ve tepkileri kurnazca gözlenerek ayarlanmış sürekli ve bıktırıcı bir bağırtı idi bu tür ağlayışı. Ne var ki hangi türden ağlarsa ağlasın sonunda duyduğu sözler değişmiyordu:

Sen erkeksin, erkekler ağlamaz!

Kız gibi ağlamak erkeklere yakışmaz!

Çok ayıp, kızlar görmesin!

Sekiz yaşındayken, bir yaz akşamı komşunun kızıyla bahçe kapısı önüne bırakılmış kamyonun kasasında karşılıklı ve gönüllü olarak soyunup birbirlerini incelediler. Kız, Onur'un pipisine hayran kaldı, o da çok gururlandı bundan. Küçük kızın ortada görünen bir şeyi yoktu pek. Hamamda kadınların gizledikleri de aynı mıydı acaba? Yok, herhalde o daha başka bir şeydi. Karanlık, büyük, kuyu gibi, çok gizli bir şey... Onur, kızın gergin, derisi neredeyse saydam karnına dokundu usulca. Çocuğu olduğu zaman bu karnı yarıp çıkaracaklardı bebeği demek ki. Peki ama o bebek oraya nasıl giriyordu? Anneyle baba yattıklarında, demişti küçük halası. İşte saman kokan tahtaların üstünde yan yana yatıyorlardı, ya kızın bebeği olursa ne olacaktı? Ama onlar anne ve baba değildiler neyse ki...

Uzun süre bir kızın 'şeyini' görmüş olmanın üstünlüğü ile baktı yaşıtlarına. Sonra yakın bir arkadaşına açtı gizini. Güldü o. Ne olacaktı yani? Altı aylık bir kız kardeşi vardı onun, altı temizlenirken her gün görüyordu. 'Ama o bir bebek,' dedi Onur. 'Aynı şey değil. Bebeklerinki başka, kızlarınki başka, kadınlarınki gene başka.' Şaşırdı arkadaşı. Anlatmasını istedi Onur'dan gördüğü şeyi. 'Çok değişik', dedi Onur. 'Anlatamam. Büyüyünce sen de görürsün.' 'Şunu söyleyeyim sana, kızlar bizim gibi pipileri olmadığı için o kadar çok ağlıyorlar.'

Gene de fazladan bir pipisi olmakla kendisine yüklenen erkekliğin gerekleri arasında bağ kurmakta zorlanıyordu. Ağlama isteğini bastıramadığında, ninesi babasının altları kabaralı eski asker postalıyla ağzına vurmak için arkasından koşuyordu. Ninesine göre, erkek çocuğun ağlaması uğursuzluk getirirdi. Bu uğursuzluğu gidermek içinse ağlayanın ağzına asker postalıyla vurmak gerekliydi.

Onur, yıllar sonra bir otogarda bir adam gördü. Bir banka çökmüş ölesiye ağlıyordu. Uzunca bekledi orada, otobüsü gecikmişti. O süre boyunca adam durmamacasına ağladı. Kararmış, kaba köylü ellerinin içine almıştı başını. Gözyaşları terminalin kirli taş zeminine akıyor, tükenmiş gövdesi hıçkırıklarla sarsılıyordu. Büyük bir acıydı yaşadığı. Karısının ya da çocuğunun ölüsünü kentten köyüne mi götürüyordu? Almaya mı gidiyordu? Malını mülkünü, tüm varlığını mı yitirmişti? Umarsız bir hastalığa mı yakalanmıştı? Bilmiyordu. Kimseyi, hiçbir şeyi duymuyor, görmüyordu adam. Ağlıyor, ağlıyordu yalnızca.

Saygıyla, açıkça bakmaya korkarak, acısını dindirmeyi çok isteyerek ama yanına bile yanaşamadan gözlemişti Onur o adamı. Bir erkeğin böylesine çaresiz, bu kadar çekincesiz ağlaması çok dokunaklı ve insanca görünmüştü ona. Çocukluğunu anımsamıştı, kendisine bu konuda söylenenleri, yasaklamaları. Bu yüzden çok sevdiği bir arkadaşından ayrılırken içinden geldiği halde ağlayamamıştı. Annesinin ölümünde, çocuğunun doğumunda, üç yıl ayrılıktan sonra Türkiye'ye ilk girişinde, daha birçok zaman, birçok yerde, birçok şey için, sevinçten ya da kederden ağlamak istediği halde ağlayamamıştı...

Şimdi bunca zaman, bunca yıkımdan sonra, tüm organları içine akıttığı gözyaşlarında yüzüyordu. Tuzlu, ılık gözyaşları içinde.

Gövdesi ağırlaşmıştı bu yüzden. Geceleri yatakta bir yandan öbür yanına dönmekte zorlanıyordu. Ağlayan insanlar görüyordu düşlerinde. Yıkıntılar içinde yarı çıplak dolaşan, ağlamaktan gözlerinin akına kan oturmuş insanlar. Yalvararak yanlarına çağırıyorlardı onu birlikte ağlamak için. Çoğu kez, koşup kollarına atılmak üzereyken uyanıveriyordu. Kimi kez de bulaşıcı, ölümcül bir hastalıktan kaçar gibi kaçıyordu onlardan.

Ona kalırsa erkeklerin döktüğü gözyaşları daha gerçek, daha inandırıcıydı. Çoğu zaman inanmıyordu kadınların gözyaşlarına. Çocukluğundaki ikinci tür ağlama yöntemleri idi kullandıkları genellikle. Amaç aynıydı yani. Biçim değişiklikleri yapmışlardı elbet. Kendilerine en yakışan, en etkileyici ağlama mizansenlerini bulmak, bunlara ayna karşısında çalışmak ve gereken yerde, gereken tür ve etkinlikte kullanmada kusursuzdular. Gene de bir kadını ağlarken görmeye kesinlikle dayanamıyordu. Bundan anlaşılmaz bir acı duyuyor, ona katılmamak için zorlanmaktan yoruluyor ve sinirleri bozuluyordu. Bu da katılaştırıyordu onu kuşkusuz. Acımasız bir sesle şöyle diyordu karşısındaki kadına elinde olmadan:

Boş ver, kes! Ağlayan kadınlardan nefret ederim ben!

Kasabanın kıyısındaki iki katlı ahşap dede evi, arka taraftan geniş bir bahçeye açılıyor. Annesi incir ağacının altındaki kerevette nakış işliyor ve gizli gizli ağlıyor yaz boyu. Kente karakola gittiler dedesiyle. Babanın izini polis de bilmiyor. 'Bir şey olmuş olsa gizli kalır mı?' diyor dedesi. 'Kimbilir, işiyle gücüyledir herhalde.'

Annesinin gözyaşları Onur'un içinde neresi olduğunu bilmediği ama kor gibi, tavlanacak demir gibi kızgın bir yerlere düşüyor ve onulmaz izler bırakarak çabucak buharlaşıyor.

Baba artık gelmeyecek. Ya anneye bir şey olursa böyle ağlaya ağlaya?

Babayı öldürdüler belki de. Çaya attılar parçalarını. Geçen yıl ağaçlara takılmış kollar bacaklar bulmuşlar orda, öyle söylüyorlar. Bir çobanın kollarıymış buldukları. Kötü adamlar 'tecavüz' etmişler genç çobana. 'Dede, tecavüz ne demek?' 'Kötülük yapmak.' 'Nasıl yani?' 'Kötü şeyler işte. Sakın öyle kimseye kanma, şeker vereceğiz filan derler, götürür kötülük yaparlar sana.' 'Niye ama, ben onlara bir şey yapmadım ki...' 'Olsun. Kandırır götürürler işte...'

O bayram kurban etinden tatmıyor bile. Çok sevdiği koç yumurtalarını, ciğerleri yemiyor. Kuyruk yağının kokusunu alıyor yemeklerden, kusuyor. Zayıflıyor, uykuları kötüleşiyor.

Uyandığında iyice anımsayamadığı düşlerinde, karanlık gömütlerle dolu sokaklarda koşuyor çığlık çığlığa. Gagaları kanlı, kocaman kanatlı, kapkara kuşlar yatağının ayakucunda bekleşiyorlar. Duvarlardaki tahta raflara tüneyerek onu gözlüyorlar. Bağırmak istiyor, sesi çıkmıyor. Yattığı yerde büzülüyor, halsiz kollarını gözlerinin üzerine kaldırmaya çalışıyor. Ama tam o anda o korkunç yaratıklar tüyler ürperten kanat sesleriyle havalanarak üstüne atılıyorlar! Haykırıyor, bitkin gövdesini oradan oraya vuruyor, anlamsız sesler çıkarıyor. Kan içinde kalıyor her yanı.

Serin, yumuşak bir el alnını, yanaklarını okşuyor o zaman. Titreşen gözkapaklarına konuyor bir kadının öpücükleri... Yatışıyor.

Uyanıp üzerine eğilmiş o tanıdık yüze bakıyor, kendisine benzeyen yüze. Sonra kucaklanıp kaldırıldığında suçluluk duyuyor. Bunca güçsüzlükle, kendisine bağlanmış umutları boşa çıkarmaktan utanç ve pişmanlık duyuyor.

'Erkekler hiçbir şeyden korkmaz,' diyor annesi. 'Sen erkeksin, bak baban da gelmiyor, sen bu evin erkeğisin artık. Sen böyle kuşlardan bile korkarsan kime güvenirim ben?'

Pencerelerden giren gün ışığıyla rahatlayıp çözülüyor. Yürüyüp bahçe kapısının eşiğinde duruyor, sabahın seslerini dinleyerek düşlerine şaşıyor. Yalınayak koşup erik ağacının gövdesine dokunuyor gerçekliğini sınamak ister gibi. Gerçek! Gördüklerinin hiçbiri gerçek değil öyleyse. Ne o kara kuyruklu ölüm kuşları, ne kocaman gagalı korkunç yaratıklar, ne kurtlar, ne dev yılanlar hiçbiri yok işte. Fırlıyor, çılgın bir koşu tutturuyor, tepelere, gelinciklerin boy verdiği yeşilliklere doğru.

Onur arabayı Nazlı'nın evinin önünde durdurdu, inmesini bekledi.

Gelmeyecek misin, diye sordu Nazlı. Birer kadeh daha içelim birlikte... Ya da istersen kahve yaparım.

Başka zaman, çok geç oldu.

Biraz daha geç olsun, ne olur?

Evdekiler beklerler, haber vermedim gecikeceğimi.

Evdeki, yani karın, dedi Nazlı üsteleyerek. Biraz daha beklesin.

Onur eğildi, Nazlı'nın gözlerine baktı. Yarı karanlıkta istekle parlıyorlardı. Nazlı Onur'un elini yakaladı, birden kendi yüzüne götürüp yanağına bastırdı.

Gerçekten çok hoşlanıyorum senden, dedi. Bir şey beklediğim yok, birlikte olalım istiyorum yalnızca.

Öpüştüler. Islak, soğuk, ruhsuz bir öpüşme oldu bu. Nazlı Onur'un önüne koydu elini, okşadı. Uyanmamıştı. Umutsuzca çekti elini.

Başka zaman, dedi Onur, yeniden. Gitmeliyim şimdi, yorgunum.

Benden hoşlanmıyor musun, diye sordu Nazlı.

Bilmiyorum, düşüneceğim.

Ne kadar kabasın...

İyi geceler. Sonra görüşürüz.

Arabadan indi Nazlı, kapıyı kapatmadan önce bekledi.

Bu gece canını sıktım herhalde, dedi. Teşekkürler ve iyi geceler.

Kapı kapanıp Nazlı apartman girişine doğru uzaklaştığında Off... dedi Onur sıkıntıyla. Yokuş aşağı sürdü arabayı. İtici ve sıradan, diye düşündü Nazlı'yı. Bu başlangıç burada kalmalıydı. Onu kırma pahasına uzaklaştırmalıydı kendinden. Bir kadını kırmak hiç istemediği bir şeydi ama bu kırılmaya alışık olmalıydı. Aralarında hiçbir duygusal yakınlık gelişmeden onunla yatmayı istiyordu. Bu olmayacak bir şey değildi elbette ve bu durumda birçok kadınla yatmıştı Onur. Ne var ki son zamanlarda bir kadının ardınca yoğun bir duygusallıkla sürüklenmek, varlığını ona katıp zenginleşmek ve içindeki onulmaz yalnızlığı gidermek istiyordu açıkça. Ama bu kadın sıradan biri olamazdı. Kendisine eşdeğerde bir varlık, olağandışı bir dişi olmalıydı karşısına çıkacak olan. Ona sevmeyi ve kim olduğunu yeniden öğretecek, yaratıcı yanını harekete geçirecek birini yaratmaktı özlemi. Nazlı gibilere ise her yerde rastlanıyordu ve giderek de çoğalıyorlardı.

Düşlediği aşk isteyerek, tasarlanarak yaratılamazdı kuşkusuz ama şimdi, kırkına yaklaşırken, kadın dendiğinde çok başka şeyler anlamaktaydı. Geç mi kalmıştı yoksa? Umduğu gibi birini bulsa, düşlediği kadın karşısına çıksa şimdiki düzenini değiştirebilecek miydi? Bu bir düzen sorunu değil, diye yanıtladı kendi sorusunu aynı anda. Bu ayrı bir şey. Ben bir duygu birliği istiyorum. Bir süre, sürdüğü kadar sürecek bir sevgi. Yeni biriyle yeni bir düzen değil.

Şimdiye kadar Güler'i el altında bulduğu birkaç kadınla aldatmış, ama her seferinde yorulmuş olarak karısının sıcacık mutfağına ve yatağına dönmekten huzur duymuştu. Oysa artık kendi düzeninin yerine koyabileceği benzer düzenlerden daha fazlasına gereksinmesi vardı.

Bir gelincik tarlasının ortasında yatıyor. Ot kokuları doluyor genzine. Bir bulut gibi hafif duyuyor gövdesini. Gözkapakları ağırlaşıyor, bir sıcaklık yalıyor göğsünü birden. Kolunu güçlükle kaldırıp göğsünü yokluyor ve koyu bir sıvıya batıyor eli. Doğrulamıyor. Çenesini usulca kaldırıp başını oynatıyor, kanı görüyor. Gövdesinden oluk oluk boşanan kanı. Köpüklenerek, foşurdayarak akıyor kanı ve gelinciklerin kırmızısına karışıyor.

Ziller çalıyor kulaklarında, aralıksız zil sesleri geliyor bir yerlerden.

Telefonun sesiyle uyandı Onur. Kendisini çalışma odasındaki daracık kanepede uzanmış buldu. Birisi, herhalde Güler, başının altına birkaç yastık koymuş, üstüne bir battaniye atmıştı. Holde telefon uzun uzun çalıyordu. Ne zaman dönmüştü karakoldan, ne zamandır yatıyordu burada? Saatine baktı. Sabahın dört buçuğuydu. Ellerini gördü. Korkmuş olduğunu anlamasınlar istiyordu ama elleri titriyordu ifadesini imzalarken, zorlukla tutabilmişti kalemi.

Zil sesinin kesilmesini bekledi. Kimin, kimlerin aradığını biliyordu. Gene de o gece olanların belli bir nedeni ve açıklaması yoktu o anda kendisi için.

Telefon sustu.

Gözlerini yumdu. Gergin gövdesini yeniden gevşetip bıraktı yattığı yere. Bu ölümcül oyunun içinde niye yer almış olduğunu sordu kendi kendine. Evet, oyundu, isteseler vurabilirlerdi. İstememişlerdi. Şimdilik gözdağı vermekle yetinmişlerdi. Yalnızca, neler yapabileceklerini göstermeyi yeğlemişlerdi.

Telefon yeniden çalmaya başladı.

Gece Nazlı'yı bırakıp eve gelmişti. Arabasını park edip inmek için kapıyı açtığında ateş etmişlerdi. Üç dört el. Üç mü, dört mü? Üç el ateş ettiler evet. İlk patlamayla kendisini yere attığını, hemen ardından doğrulup apartman kapısına doğru koştuğunu kendisini bir filmde izler gibi sonradan anımsamıştı, o zaman değil. O an ağırlığı yok gibiydi. Adımını atıyor ama ağır çekim bir görüntüymüş, yeterince hızlı koşamıyormuş, bacaklarına kumanda edemiyormuş gibi duyuyordu kendini.

Art arda iki patlama daha olmuştu bu sırada ve hiçbir yere takılmadığı halde giriş kapısının önünde yere düşmüştü. Kapı eşiğinde öylece yüzükoyun yatarken biri yukardan merdiven otomatına basmıştı. O zaman yerdeki karo taşların içindeki siyah benekleri görmüş ve o güne değin taşların rengine hiç dikkat etmemiş olduğuna şaşmıştı. İlk kez görüyormuşçasına bakmıştı o şok içinde, beyaz zeminde bordo, sarı ve siyah mozaik parçalarına.

Kimseyi görmemişti. Sokağın karşı köşesinde park etmiş olduğunu sandığı bir otomobil, kapısı gürültüyle çarpılarak ve lastikleri korkunç gıcırtılar çıkartarak hızla uzaklaşmıştı. Yakın apartmanlardan birkaç pencere açılıp korku ve yılgıyla çabucak kapanmıştı. Neden sonra bir kadın 'Yetişin, adam öldürüyorlar, polis çağırın, polissss...' diye haykırmıştı üst katlardan birinden. Güler miydi o? Güler'in o kadar sesi var mıydı? Evet, hiçbir şey görmemişti, yalnızca gürültüler kalmıştı belleğinde.

Titreyen bacaklarıyla ayakta dikildiğinde bir numarada oturan emekli kadastrocuyla kapıcı Himmet kollarına girmişlerdi. Kan yoktu, hiçbir şey yoktu görünürde. Silkinmiş, iyiyim, sağ olun, demişti. Bırakmamış, yukarı çıkmasına yardımcı olmaya çalışmışlardı onlar oysa. Güler'le merdivenlerde karşılaşmışlardı, ağlıyordu. Sinir krizi geçiriyormuş gibi ağlıyordu. İnce geceliğinden içi görünüyordu. Onur, vuramadılar, diye düşünmüştü o sırada, savaştan yengiyle çıkmış birinin üstünlük yanılsamasıyla. Ama hemen bunun olanaksız olduğunu kavramıştı.

Telefonun aralıklı zil sesini saymış olduğunu ayrımsadı birden. On üç. Ya polisse? Olay yerinde inceleme yapmışlardı geldiklerinde. İfade için Himmet ve Güler'le birlikte karakola götürmüşlerdi onu. Bir numara bir şey görmediğini söyleyerek yatmıştı. Bulaşmak istememiş olmalıydı. Zaten ortada ne ölü vardı ne yaralı. Nicedir sıradan olaylar, sıradan işlerdi bunlar polis için. Ama ya bir ipucu buldular da onu haber vereceklerse? İyimserliğine şaştı birden. Buldularsa bile örtbas etmeyeceklerini nerden biliyordu? Onca önemli kişinin katillerinden çoğu yakalanamamıştı hâlâ. Bu kadar ucuz bir olayla uğraşacak vakti mi vardı polisin? Olsa bile, bu adamları koruyanlar, kollayanlar vardı polisin içinde bile...

Telefon birkaç dakika sustu, sonra yeniden çalmaya başladı. Bir fiş taktırmayı akıl edememişlerdi şu alete! Kalktı, birkaç yastık aldı telefonun üzerine kapatmak, sesini boğmak amacıyla. Hole çıktı, bu sırada Güler'in yatak odasının kapısında ürkmüş, büyümüş gözlerle dikildiğini, öylece çalan telefona baktığını gördü. Yürüdü, yastıkları yere atıp almacı kaldırdı.

Alo?

Bu sana son uyarımız hoca, diye konuştu Doğu aksanlı bir ses.

Telefon kapandı. Onur almacı yerine koydu.

Kimmiş, diye sordu Güler.

Yok bir şey.

Arayan kim, diye üsteledi Güler. Bu saatte ne istiyorlar ki? Yarım saattir aralıksız arıyorlar. Uyandım, açmaya korktum. Sen de duymuyorsun sandım.

Git yat hadi, dedi Onur,

Orada uzandın kaldın, yatağa gelsene, zaten sarsıldın, biraz uyurdun, dedi Güler, mızmız bir sesle.

Onu duymamış gibi çalışma odasına yürüdü Onur. İçeri girip kapıyı örttü. Güler gece aşağıya koşarken üzerine bir şey almayı niye düşünmemişti? Kendini yokladı, kıskançlık değildi, hayır; denetimsizliğine, paniğe kapılmış mahalle karısı haline kızıyordu karısının.

Güler'i şu ya da bu yüzden ne zaman düşünse, yaşamı birdenbire büyük bir başarısızlık, hiçlik, yorgunluk olarak görünüyordu gözüne. O olmasaymış sanki her şey çok başka, çok daha iyi olacakmış da olamamış gibi bilinçaltından henüz yüze çıkmamış bir düşüncenin, giderek öfkenin sezgi aşamasındaki yersiz sıkıntısını duyuyordu ona bakarken. Sorduğu soruları yanıtlamak çok zor geliyordu. Karısıyla hiçbir türlü iletişim kurmayı istemediği ve bu alandaki umutlarını çoktan yitirmiş olduğundan kadının yönelttiği her soru, her sözcük özellikle, onun kendisini ele geçirme, teslim alma manevralarının ilk adımları gibi geliyordu Onur'a. Nicedir kapatmıştı kendisini Güler'e ve onun bunu görmez ve usanmaz çabası ancak sinirlendiriyordu onu.

Camı açtı. Ağarmaya başlamış kasım sabahının yağmur kokan havasını soludu. Yakınlarda bir yerden bir kuş sesi geliyordu. Yaşıyordu. Kıl payı kurtulmuştu. O üç kurşun gövdesinde delikler açmış olduğu halde şuracıkta ya da bir morgda dümdüz uzatılmış da olabilirdi bu güzel sabahta elbette.

Niye dönmüştü Türkiye'ye? Dönmeyebilir miydi?

Orada kalmaya, tutunmaya çalışsaydı başarabilirdi.

Akademiyi bitirdikten sonra birkaç yıl bir reklam ajansında çalışmış, daha sonra sınava girip burs kazanarak uzmanlık öğrenimi için Almanya'ya gitmişti. Beş yıl kalmıştı orada ve resim okumuştu yeniden. Beş yılın son üç yılında Güler ve çocuklar da gelmişlerdi yanına. Güler bir fabrikada işçi olarak çalışmıştı bu süre içinde. Biraz olsun yakınlaşabildikleri tek dönem bu olmuştu birlikteliklerinde. Gene de bu gündelik yaşamla sınırlı kalmış, Onur'un iç boşluğunu dolduracak duygusal bir yakınlaşmaya kesinlikle ulaşmamış, birkaç gelip geçici serüven yaşamaktan onu alıkoyamamıştı.

Güler'le niye evlenmişti? Ayhan'a bakılırsa bu gençlik yıllarındaki kendine güvensizliktendi. Yabancı, hiçbir şeyini, huyunu suyunu bilmediği bir kızla evlenmek onu ürkütmüştü. Annesi bu gösterişli hala kızını önerdiğinde önce karşı çıkmış, sonra aklı yatmıştı. Kolayına mı gelmişti? Önemli olan şu diyordu Ayhan, sen geliştin, değiştin, o ortaokul bitirmiş taşralı kız aynı kaldı.

Akademideyken oldukça uzun süren bir arkadaşlığı olmuştu bir kızla. Varlıklı bir ailenin kızıydı Gülriz. Çok rahat ve serbest büyütülmüştü. O zamana göre çok ileri denebilecek yakınlık kurmuşlardı onunla. Esmer, ince, iri burunlu ama güzel bir kızdı. Onunla evlenmeyi düşünmüştü Onur. Ne var ki evlilik sözünü ne zaman açsa kız konuyu değiştirmiş ya da evliliği otuz yaşından sonra –belki– düşüneceğini söylemişti. Aslında insana ömür boyu birlikte yaşama konusunda güven verebilecek biri değildi. Uçarıydı. Son yıl genç proflardan birini baştan çıkarmış, Onur'u bırakıvermişti. Bu olaydan düş kırıklığı duymuş olması söz konusu değildi. Gülriz'e âşık değildi çünkü.

Unutuvermişti çabucak olup biteni. Arkasından Güler çıkmıştı piyasaya işte.

Güler'i eğitebileceğini sanmıştı. Tanıdık, bildik biriydi Güler. Geçmişi temizdi ki bu o zamanlar önemsediği bir özellikti. Gülriz birlikte olduklarında kız değildi ve onun kendisinden önce kimlerle yatmış olabileceği Onur'un kafasını kurcalayıp durmuştu. Bu sıkıntıyı evleneceği kadınla yaşamak istemiyordu. Sonra güzeldi Güler. Sarışın, ela gözlü, boylu bir kızdı. Yüzünde belli belirsiz bir aptallık seziliyordu dikkatli bakıldığında ama o zamanlar Onur bunun taşrada, kapalı bir çevrede yetişmiş olmasından ileri geldiğini düşünmüştü. Açılır, değişir ummuştu. Annesi Güler'in çocukluğundan beri Onur'a tutkun olduğunu söylediğinde şaşırmıştı biraz. Farkında değildi bunun hiç. On yaşında İstanbul'a taşındıklarından beri çok az görmüştü Güler'i. İstanbul'a onlara konuk geldiklerinde ya da on-on beş gün için onlar memlekete gittiklerinde kısa sürelerle birlikte olmuşlardı yalnızca.

Annesi ölmeden önce, bu evliliği ne kadar çok istediğini bir kez daha anımsatmıştı Onur'a. Kızın yaşı geçiyordu. Babası ölmüştü, ağabeyinin yanında sığıntı gibiydi. Onur, neden olmasın, diye düşünmüştü o günlerde. Evlilik bir dayanışma, iyilik, sevecenlik dengesi kurma değil miydi? Yöneteceği, öğrenmesi gereken her şeyi öğretebileceği, kendi elleriyle biçimleyeceği bir kadın olabilirdi Güler.

Evliliklerinin ilk günlerinde çok gayret göstermişti onunla birçok şeyi bölüşebilmek için. Gazetede ilginç bir yazı, yorum ya da haber okuduğunda kalkıp mutfağa, Güler'in yanına gitmiş, yazıyı ona da okumuş ve ondan bir tepki, birkaç sözcük ya da yalnızca bir gülümseme beklemiş, ama o şaşırıp aptal aptal bakmıştı yüzüne.

İş arkadaşları, önemsediği konular ve politik görüşleriyle ilgili birçok şey anlatmaya uğraşmıştı karısına. Ama kısa sürede bütün bunların Güler'i hiç mi hiç ilgilendirmediğini görmüştü.

Dostları ve değer verdiği konukları evlerine geldiğinde Güler sanki bir orta hizmetçisi imiş gibi davranmış, yanlarında konuşmalara katılmadan sus pus oturarak utançtan kahretmişti onu.

Yaptığı resimlere, anlamadan, yorumlayamadan, öylece inek gibi bakıyordu baştan beri. Daha doğrusu anlamak istemiyordu. Önemsediği şey onlardan birinin aptalın biri tarafından avuç dolusu para sayılarak satın alınmasıydı yalnızca. Salt bu yüzden bir değer taşımaktaydılar bu garip, resme benzemeyen resimler. Çeyiziyle birlikte getirdiği Kâbe resmini tümüne yeğliyor olmalıydı ki Onur'un bütün karşı çıkmalarına, zaman zaman ortadan kaldırıp unutturduktan sonra yeniden oraya buraya asma isteklerine direnmesine karşın nicedir mutfakta asılı duruyordu bu solmuş, camlı, kötü bir kâğıda basılmış el çizimi resim. Bunu Ayhan'a anlattığında yerlere yatmıştı gülmekten. En kötüsü nefret ettiği plastik çiçeklerden bir demetin salondaki masanın üstünden asla kalkmamasıydı. En az üç beş kez buna benzer demetleri pencereden aşağıya savurmuştu Onur ve sonunda pes etmişti artık.

Ayhan'la Almanya'dan yakın arkadaşlıkları vardı. Politik görüşleri aynıydı, aynı grubun içinde yer almışlar, Türk Derneğinde birlikte çalışmışlardı. Ayhan kendisinden çok önce yerleşmişti Berlin'e. Oraya ilk gittiği günlerde büyük yardımını görmüştü onun. Bir ağabey gibi sahip çıkmıştı Onur'a. Sonra Ayhan'ın karısından ayrılacağı sıralardaki yalnızlığına, acılarına ortak olmuştu Onur. Birbirlerini her zaman çok sevmiş ve güven duymuşlardı karşılıklı olarak.

Ayhan Onur'dan iki yıl önce dönmüştü Türkiye'ye. Basın Yayın Yüksek Okulunda çalışmaya başlamış, yaşamını yeniden düzene koymuştu. Daha sonra Onur'u da dönmesi için yüreklendirmiş, aynı yerde görev alabilmesi için uğraşmışı... Akademide doçentlik kadrosu yoktu döndüğünde. Bu yüzden Onur kadro açılıncaya kadar Ayhan'la aynı yerde çalışmayı uygun bulmuştu.

Okulda verdiği dersler tümüyle teorikti. Dersi azdı ve Ayhan'ın önerisini biraz da bu yüzden kabul etmişti. Kalan zamanında resim yapabilmeyi umuyordu. Ancak döndüğünden beri tek bir resim bile yapmamıştı. Beş yıl bambaşka bir toplumda yaşadıktan sonra karmakarışık bir halde bulduğu Türkiye'ye dönmek birçok sorun yaratmıştı sekiz aydan bu yana. Yerleşme, eksikliklerini tamamlama, çevreye uyum sağlama, çocukların okul sorunları zamanını almıştı. Güler elektrik kesintilerine, benzin, yağ, sigara, tüpgaz kuyruklarına söylenip duruyordu. Onu bunlar ilgilendiriyordu daha çok. Oysa kendisi çok başka nedenlerle sürekli bir gerginlik içindeydi. Alışma, uyarlanma döneminde olduğunu düşünerek dayanma gücünü arttırmaya çalışıyordu en zor zamanlarda, ama kolay değildi.

Birkaç kez uyarmışlardı. En kaba saba, en küstah tavırlarla. Düpedüz, alabildiğine sıradan dersler vermesini mi bekliyorlardı ondan? Kendilerine ters gelen konularda 'ders dışı konuşmalarla' suçluyorlardı onu. Sanatta temel kavramları konu alan bir dersi birkaç kafası çarpık yüzünden inançlarına ters düşen yavanlıkta ele almasını istiyorlardı. Ders ortasında namaz kılıp kılmadığını soranlar, birden kalkıp tespih çekerek sınıftan çıkıp gidenler, geçer not vermezse 'almasını biliriz' diyenler olmuştu. Arabasının lastiklerini patlatmışlar, odasının kapısına ölüm tehditleri asmışlardı. Ayhan önemsemiyordu bütün bunları. Korkutma, yıldırma çabalarıydı tümü. 'Korktuğunu sezerlerse daha çok üzerine gelirler,' diyordu. Ondaki genişlik şaşırtıyordu Onur'u.

İki aydır son zincirli, taşlı sopalı saldırıdan sonra okula gelemiyorlardı. Aslında sayıca çok azdılar, karşı grup bu çatışmada püskürtmüştü onları. Ama işte saldırılarını dışarı taşımışlardı artık. Evine ulaşmışlardı sonunda.

Mutfağa geçti, ocağa çay koydu. Uykusu yoktu. Bir karar vermek zorundaydı. Direnecek miydi, yoksa ayrılmalı mıydı okuldan?

Ayrılmaya bu kadar çabuk karar vermiş olması kendisini de şaşırttı sonradan. Ama kısa bir an duydu bu şaşkınlığı. Kaçınılmaz olanı yaptığından kuşkusu yoktu genel olarak.

Fakültedeki odasında eşyalarını topluyordu. Duvardaki raftan kitaplarını aldı, masasının üstüne yığdı. Çekmecelerini boşalttı. Peki ama doğru muydu olaydan üç gün sonra 'istifa' dilekçesini vermesi. Kendini küçük düşürmek demek değil miydi bu? Saldırganların bekledikleri, istedikleri bu değil miydi? Kendilerinden yana olmayan öğretim üyelerini kaçırmak, yerine kendi yandaşlarını geçirmeye çalışmak. Kim ne düşünürse düşünsün, ne yaparsa yapsın, diye geçirdi içinden. Şakası yok bu işin. Varlık yokluk sorunu artık...

Oda kapısının açıldığını duydu. Döndü. Ayhan kapı ağzında durmuş kendisine bakıyordu. Şaşkındı, kızgındı belki biraz da ama asıl üzgündü. Kapıyı gürültüyle kapattı. Ona baktı Onur, gülümsedi.

Demek gidiyorsun, dedi Ayhan. Anlayamıyorum. Deli misin nesin, niye kestin ilişiğini hemen? Benimle konuşmalıydın bir kez... Üç beş serseriye pabuç bırakacak adam mısın sen?

Sustu Onur. Bir çekmeceyi açıp kapattı. Ne söyleyeceğini bilemiyormuş gibi bekledi bir an.

Bunu yapmamalıydın, dedi Ayhan üsteleyerek. Başka nedenlerin de mi var yoksa? Buradaki derslerin ve konumunun senin açından yetersiz olduğunu biliyorum ama bu kadar aceleci davranmamalıydın gene de... Korkak diyecekler...

Anlamıyorsun, konu o değil, ölüm ürkütmüyor beni, dedi Onur. Bu ortamda çalışamam, üretemem, hiçbir şey yapamam. İnandıklarımdan ödün vermek zorundaysam burada kalmamın ne anlamı var söylesene?

Hepimiz aynı durumdayız, topluca bırakıp gidelim mi yani?

Hayır, elbette ki hayır; yoruldum ben, boşluktayım...

Bu kadar çabuk yorulmuş olamazsın. Aslında ilgilenemedim seninle pek. Suna'yla hep konuştuk, size gelmeyi hep istedik, olmadı bir türlü. Benim bu Eskişehir derslerim yüzünden burada da yalnız kaldın... Bak hâlâ vazgeçebilirsin, bir daha düşün Onur.

Ölebilirdim, dedi Onur. Bu kadar hafife alma sorunu. Senin kadar yürekli değilim kabul. Onlarla vuruşacak silahlarım yok benim. Kendimi Don Kişot gibi duyuyorum. İnsanın yaşamında böyle bir devre olamaz mı?

Ayhan bir sigara yaktı. Bir süre sustular. Onur panoda asılı irili ufaklı kâğıtları topluyordu.

Açık söyleyeyim beklemiyordum bunu, dedi Ayhan, kırık bir sesle.

Anladığını biliyorum.

Hayır, tam olarak değil. Yılgınlık bu.

Bence dürüstlük, dedi Onur. Kendi kendime karşı.

DÖNEMEÇ

Annem bir leğene, suyun içine, kanlı bezler koymuş. Gördüğümde korkudan bayılacak gibi oluyorum. Kimin kanı bu, kim yaralandı, kim öldü? Anne bunlar ne? Anne n'olur söyle? Korkma, diyor annem, bir şey yok. Leğenin üstünü örtüyor çabucak. Anne ne oldu, anneciğim... Bir şey yok, sonra öğrenirsin, çekil başımdan! Ne zaman öğrenirim? Kadın olunca...

Annem reçel kavanozlarını ulaşamayayım diye mutfaktaki en yüksek rafa diziyor. 'Nedir bu kötü talih? diye yazmış kara saplı küçük Ece Muhtırasına. 'Hayatımda açılan yeni bir safha. On beş senelik ev kadınlığından, on senelik müdür hanımlığından sonra kâtibelik ne tuhaf... Fakat buna da şükür. Allah vücuduma afiyet verirse çocuklarımı büyüteceğim. Yalnız içimdeki acı günden güne büyüyüp derinleşiyor.' Sonra boş bir sayfada iki satır:

'Ne gelen var ne haber
Gün uzun yollar uzak.'

Her sabah işe giderken yapacağım işleri sıralıyor ve tekrar et, diyor.

Kahvaltı bulaşıkları yıkanacak, ev süpürülüp toz alınacak, kuruyan çamaşırlar katlanıp kaldırılacak, ütülükler ayrılacak. Bahçede oynayıp oyuna dalmak yok! Yok.

Okul tatil. Öğleye doğru mahallenin bütün çocukları evimizin arka bahçesine doluşuyor yıkık duvardan atlayarak. Eski bir hamam kalıntısı var bahçede. İçinde bu evde bizden önce oturanların bıraktıkları sandıklar dolusu eski kitap duruyor.

Annem gider gitmez bir sandalyeye çıkarak reçel kavanozlarından birini indiriyorum, kaşıklıyorum. Sonra bahçeye, hamamlığa koşuyorum. Pol ve Virjini'nin taş baskısı resimleri büyülüyor beni. Sayfalar nem almış, sararıp uçları kıvrılmış, ama olsun. Üç kez okudum kitabı. Resimlerine bakmaya doyamıyorum.

Çocuk çığlıkları doluyor bahçeye, hamamdan çıkıp onlara katılıyorum. Akşama çok var daha, bir ara yıkarım bulaşıkları.

Annemin yorgun gölgesi üzerime düşüyor ve güzel eli hızla yüzüme iniyor. Niye bu kadar çabuk akşam oluyor, diye üzülüyorum. Güneş yıkık duvarın üstüne inmiş. Gözlerim yanıyor. Ben hasta bir kadınım, diye bağırıyor annem. Gücüm ve vaktim yok, bana yardım edeceksin...

Akşam bulaşıklarıyla birlikte yıkıyorum sabahkileri. Annem mutfağa geliyor ve reçel kavanozlarını denetliyor. Yine kaşıklamışsın, diyor. Kışın ne yiyeceğiz? Niye bu kadar düşüncesizsin?

Dere Sokağındaki evin çinko kaplı balkonuna yağmur yağıyor. Annem yatağında sırtüstü yatıyor. Yorgan ağzı beyaz iş, kolalı. Annemin gizli bir derdi var, benden gizliyor üzülmeyeyim, diye. Kanlı bezler hela aralığında bir leğende, suyun içinde duruyor. Bir yerleri kanıyor annemin, söylemiyor bana.

Şu kızın eteklerini uzat artık, büyüdü, herkes bacaklarına bakıyor, diyor dayım.

Yengem etek boyumu dizlerimin bir karış altından, alıyor. Erkeklerden sakın, diyor, ağzındaki topluiğneleri çıkarıp kutuya atarken. Her türlü kötülük onlardan gelir. Aaa, ne yaptın kirpiklerini öyle sen? Git çabuk yıka yüzünü bakiim! Nerden öğreniyorsun bunları bilmem ki? Çok çabuk açıldın ayol...

Onların gayesi istifade etmektir, diyor. Kandırırlar, baştan çıkarırlar, ziyan zebil ederler, sonra ortada bırakıverirler. Aman kızım göreyim seni, şerefimize leke sürme. Bak ev sahibinin yarım akıllı kızına... Babası hacı, kız kocaya kaçtı. Beş aylık da gebeymiş. O Sabih denen zibidi de nikâh yapmıyormuş. Ne ağlıyor anası bir görsen. Çulsuz it. Babası razı olsun, iç güveysi geleceğim, diyormuş. Tabii onun derdi mal mülk. Adamcağıza inme inecek. Bir kızın namusu her şeyidir. Erkek milleti cibilliyetsizdir unutma. Akılları şeylerindedir.

Üst katımızda oturan ev sahibinin oğlu Turan yengemin bodruma inen merdivenlere açılan mutfak penceresine dışarıdan abanmış. Na mutfakta, içerden pencere pervazına dayanmış konuşuyorlar. Kimsenin evde olmadığı saatlerde aralarında bir duvar bir pencere buluşuyorlar bir süredir. Turan'ın pul koleksiyonu var. Artist resimleri de topluyor. Nevin Aypar'ın imzalı bir fotoğrafını verdi Na'ya armağan olarak. Na da şiir yazıyor. Yazdığı şiirleri okuyor Turan'a pencerede. Çok hoşlanıyor ondan.

Bacaklarını göstersene diyor Turan. Na camı kapatıyor. Çok korkuyor. Günlerce karnının şişmesini bekliyor. Gündelikçi kadına gizlice, bir erkekle konuşunca insan gebe kalır mı, diye soruyor. Üstünü gördün mü, diyor kadın. Ne? Aybaşın geldi mi? Nasıl yani? Kanaman oldu mu? Hayır. Korkma bir şey olmaz.

Elini tutabilir miyim, diyor Turan. Hayır, sen benden istifade etmek istiyorsun, olmaz. Bir kerecik dokunayım o kadar. Elimi pervaza koyuyorum, Turan parmaklarımı tutup sıkıyor. Elim yanmış gibi çekiyorum hemen. Camı kapatıyorum çabucak.

Senin gibi görünmez olmak istiyorum, diyor Su. O zaman yengeme yakalanmazdım. Konuk odasında tavan süpürgesinin sapıyla dövmezdi beni dayım. Saçlarımı avuç avuç yolmazdı. Niye senin suçlarının cezasını ben çekiyorum hep?

Ben suçlu değilim, diyorum, ben bir şey yapmadım. Yemin ederim dayı, yapmadım. Söyle, diyor dayım. Belime vuruyor. Söyle ne yaptı sana o it? Neler yaptı söyle?

Doktora götürsek mi acaba, diyor yengem. Bir şey olmuş olmasın sakın. Bir baktırsak mı ne dersin? Yok, diyor dayım, bir şey olsa söylerdi, çok dövdüm.

Kime saklıyorlar beni? Teneke karyolalı bekâr odasında çarşafları aceleyle toplayacak olan Adam'a mı?

Turan'a bacaklarımı gösterseydim keşke, diye düşünüyor Na. Sonra elimi tutmak isteyenlerden çekmeseydim elimi. O zaman yolum o odaya düşmezdi. O zaman ben seveceğim erkeği yatılı bir kız okulunun küf kokan koridorlarında değil, başka yerlerde arar bulurdum.

Atölyede, terasa açılan arka odada, yatağın kıyısına ilişmişim. Kaçıncı içkim elindeki bilmiyorum. Saat yirmi ikiyi geçiyor. Belki şu sırada Onur, Tarık ve o Fransız, yemekten kalkmak üzeredirler. Daha ayık olmalıydım bu gece Onur'la yüz yüze geldiğimde. Ama beş saattir buradayım ve içimdeki çalkantıyı yatıştırıp bu kadar saati geçirebilmek için içmek zorundaydım.

Hemen yanımda, pencere önündeki etajerde Onur'un boy boy kâğıtları, çeşitli kalemler, fırçalar, resim gereçleri duruyor. Dokunuyorum onlara, ellerine dokunuyormuş gibi ürpererek.

Kapının yanındaki masanın üzerinde karmakarışık bir kâğıt yığını daha var. Kalkıp desenler, karalanmış kâğıtlar, yarım kalmış taslaklarla dolu bu yığını karıştırıyorum heyecanla. Yeni bir şeyler var mı? Neler yapıyor bu sıralarda?

Onu tanıdığım günlerde, bilinçaltı, korkunç cinayetlerle altüst olmuş bir düzenin içinde eski çocukluk düşlerini geri getiriyordu. Bu karmaşayı yaşarken onları açığa çıkarıp görünür kılmaktan başka seçeneği yoktu sanki. O kocaman gagalı ölüm kuşları, kara kanatlı sinsi yarasalar, ürpertici gömütlükler, belleğinde birikmiş tüm bu korkunç görüntüler ellerine akıyor, oradan kâğıtlara, tuvallere dökülüyordu. Kendi kendisiyle yüz yüze gelmişti belki de yaşamında ilk kez. Sonra beni umutsuzca sevmeye başladığında iyice yıkmıştı içindeki duvarı bir yerinden. Coşkuyla dökülmüştü oradan bir süre, kendini sakınmadan, korkusuzca.

Gene benim için en çok acı çektiği günlerde, yüreklerinin olması gereken yerlerinde kocaman birer boşluk bıraktı boyadığı figürlerin. Beyaz bir boşluk ve incecik birer kan lekesi yakıştırdı oraya.

Bir başkaldırı, gerçekleşmeyecek eylemlerin yerini tutan bir ödünleme, yersiz ve anlamsız bir ruh ezikliğinin, gizli kalmış bir onur kırıklığının, olanaksız bir aşkın düşüyle çatışan gerçeğin ta kendisi idi belki de yaptıkları.

Anımsıyorum da bu korkunç kavga içindeyken bile polis ve askerden çok korkuyordu. Asker dayağı ve gözaltında ölümlerin yaygınlaştığı o dönemde, en büyük kaygısı bir gece götürülmek talihsizliğine uğrarsa polisten bir tokat yemekti! 'İşte o zaman ölürüm,' diyordu. Oysa götürülmesi için hiçbir neden yoktu. Her ne kadar bunun için bir neden gerekmiyorsa da. Ama düz bakıldığında yalnızca pek az kişinin anlayabildiği bir anlatıcıydı o ve yaptıklarının kırk bir kırk ikilere sokulması için somut belirtiler görülmüyordu ortalıkta.

İnsan yaşamının şu ya da bu biçimde yani ister trafik, ister kavga içinde, isterse işkence atölyelerinde olsun ölümle sonuçlanan serüveni içinde onu ilgilendiren en çok bu son görüntüydü işte. Bu sona tüm varlığıyla karşı çıkarken yüceliyor, yaşamı, sevgiyi ancak o noktada lezzetle tadabiliyor ve yaşadığının ancak böylece bilincine varabiliyordu. Ama gene de ölümü, gerçek ölümü bilmiyordu bence. Bir ölüm oyunuydu onunki. Bir kez, şöylece, yalancıktan değivermişti tenine ölüm rüzgârı kısacık, o kadar. O daha çok başkalarının ölümünün şiirini yazıyordu. Yokluğun acıtıcı güzelliğinin peşindeydi.

Gelip yeniden salondaki büyük tuvalin karşısına oturuyorum. Koltuğun yanındaki küçük lamba yanıyor yalnızca ve bu yüzden pek az seçebiliyorum resmi artık. Az ötemdeki masanın üzerinde boya kavanozları var çeşitli büyüklük ve biçimlerde. Annemin reçel kavanozlarını bu yüzden anımsayıp anımsamadığımı düşünüyorum şimdi. Onu suçlamıyorum, kimseyi suçlayamam. Doğru olduğuna inandığı biçimde davrandı bana herkes. Bu doğrular benim doğrularım olmasa da çoğu kez.

Onur gelebilecek mi? Saat yirmi üçe geliyor. Niye gelmiyor hâlâ?

Onunla burada, bu evde geçirdiğimiz günlerden, akşamlardan, bütün konuştuklarımızdan kalan sesler şimdi bile havaya karışmış olarak varlıklarını sürdürüyorlar. Son bilimsel araştırmalara göre uzam ve zaman içinde seslerin hiçbir türlü yok olmadıkları kanıtlandı. Bu yüzden bardağıma uzanmak için elimi kaldırdığımda ya da yorulan bacağımı öne doğru uzattığımda onlara çarpıyorum.

Baban ne oldu, diye soruyorum Onur'a.

İki yıl sonra döndü. Annem evi satmaya razı oldu, dedem yardım etti ve borçlarını ödediler. Ama o iki yıl benim yaşamımı biçimledi sanki.

İyi ama ne yapmış o iki yıl içinde?

Bunu kesin olarak bilmiyorum. Kendisinin söylediğine göre Kore Savaşına gitmiş gönüllü aşçı olarak. Gerçekten de armağanlar getirmişti. Küçük bir teyp örneğin. O küçük, yuvarlak bant dönerken kendi sesimi duymak öylesine inanılmazdı ki. Bir de transistorlu radyo vardı getirdiklerinin arasında. Ama dayım bu Kore öyküsüne hiçbir zaman inanmadı. Nereden duyduysa duymuş, sonradan anneme, babamın İstanbul'a geldikten sonra Aksaray'da otel işleten Naciye adlı bir kadınla birlikte yaşadığını söylemiş. Kadın da kumarbazmış. Hatta otelin satıldığını, kadının bundan sonra babamla ilişkisini kestiğini filan anlatmış. Gerçekten de babam öyle Kore'lere filan gidip aşçılık yapacak bir adam değildi. Sanırım ikinci öykü daha doğru.

Bağışladın mı onu?

Suçladım mı bilmiyorum. Sanki her şey olması gerektiği gibi olmuştu ya da bizim dışımızdaki bir güç tarafından elde olmadan gelişmişti. O yaşta insan böyle algılıyor olmalı olayları. Ama kumardan hâlâ çok korkarım. Ben hiç kâğıt oyunu oynamadım biliyor musun?

Sonra ne oldu anlatsana...

İstanbul'a göçtük. Fatih'te bir eve yerleştik. Babam küçük bir aşevi açtı Laleli'de annemin zoruyla.

Kumar oynamadı mı?

Hayır. Garip ama oynamadı. Kendine olan saygısını yitirmiş biri gibi yaşıyordu. Anneme teslim olmuştu. Yaşamla baş edememiş de boyun eğmiş gibiydi sanki. Onca varlık ve itibar görmüştü ve sonra yitirmişti hepsini. Doğuştan getirdiği bir soyluluk vardı onda aslında ve bunu gizli bir dert gibi taşıdı ölene dek. Üçüncü sınıf bir esnaf lokantasına düşmüş olmayı hazmedemiyordu. Şu hale bak, ayaktakımına çorba yapıyoruz, diyordu sık sık kahırla. Şeref Dayıma çok kızardı. Dayımın Bağlarbaşı'nda büyük bir oto tamirhanesi vardı o yıllarda. Babam birlikte iş çevirmeyi önermişti ona ama dayım oralı olmamıştı. Babama güvenmiyordu sanırım. O evde uzun zaman oturduk. Sonra ben lisedeyken Şişli'ye taşındık.

Onur'ların bir kat altındaki dairede oturan iki kız kardeştiler. Büyüğü Seval Hanıma, ayağında terlikler, başında beyaz namaz örtüsü, elinde lokma ve aşure taslarıyla apartman merdivenlerinin yemek kokulu karanlığında rastlardı Onur hep. Kırk-kırk beş yaşlarındaydı belki, teni dupduruydu hâlâ, iri siyah gözleri canlılığını yitirmemişti. Ama nedense yaşlı bir kadın gibi yürüyor, merdivenleri dura dura, yüreğine daral gelmiş gibi çıkıyor, İslam, bol, uzun pardösüler giyiyordu.

Altı daireli, kule gibi dimdik, kentin isinden kararmış, dışı gibi içi de ışıksız bu apartman kocasından kalmıştı. Seval Hanımın çok zengin olduğunu söylüyordu annesi. Bu evden başka Gemlik'te zeytinlikleri, değişik semtlerde daireleri ve dükkânları vardı. 'Neye yarar?' diyordu babası. 'İçi geçmiş onun, hayatı kaymış, çoluk çocuğu yok ki bunca malı bırakacak anlayayım.'

Seval, Gemlik'te ilkokul öğretmenliği yaptığı yıllarda, bir yolculukta tanıştığı, tıp fakültesinde okuyan yoksul bir doktor adayıyla nişanlanmıştı. Nişanlısı her ay başında Gemlik'e onu ziyarete gelirdi. İstanbul'dan. Seval aylığının yarısını zorla ona verirdi okul giderlerini karşılaması için. Kendisi ailesiyle birlikte oturuyordu ve oldukça iyiydi ekonomik durumları. Hem zaten son sınıftaydı Yılmaz, okul bitince evleneceklerdi.

Seval'in babası Tacettin Bey, Yılmaz'ın İstanbul'a döndüğü bir pazar akşamı onun kaldığı odanın penceresinden küçücük parçalara bölünerek bahçeye atılmış fotoğraf kırpıntıları gördü. Merak etti, indi, topladı, üşenmedi, uğraşıp birleştirdi parçaları. Oldukça açık giyinmiş, yakası iyice oyuk bluzundan iri memelerinin birleştiği yerdeki uzun çizgi görünüyordu, sarışın bir kadının fotoğrafıydı bu. 'Bi.ci. aş... ebe...yen...ninim. Ne..hat... gibilerden bir de yazı vardı fotoğrafın üzerinde. Seval'i çağırdı Tacettin Bey. Resmi gösterdi. 'Seni aldatıyor', dedi. 'Daha şimdiden hem de. Bitir bu işi. Zaten hiç ısınamamıştım. Aman kızım, sen akıllı kızsın, trajedi yaratma. Göreyim seni.' Tacettin Bey, uzun yıllar devlet memurluğu yapmış, birkaç yıl önce emekli olmuş, olgun, güngörmüş bir adamdı. Kızlarını iyi yetiştirmiş, onlara kendilerine güvenmeyi, saygı duymayı öğretmişti.

Fotoğrafı gördükten sonra kurduğa olasılıklar, tanıdığı, bildiği hiçbir durum inandırıcı gelmedi Seval'e bir ay boyunca. Başkalarınca –annesi, babası, kardeşi Meral– apaçık olan durum Yılmaz yeniden geldiğinde aydınlanacaktı ancak. Bekledi.

Ona hiçbir şey sormadı, fotoğraftan söz etmedi geldiğinde. Dikkatle izledi her davranışını. Taparcasına sevdiği ve geleceğini üzerine kurduğu bu genç adamın kendisine duyduğu sevgide bir yapaylık sezmeye çalıştı. Her gelişinde olduğundan daha çok yakınlık gösterdi ona, daha sıcak davrandı. Baş başa kaldıklarında uzun uzun öpüştü Yılmaz'la. Tepkilerini gözledi. Aşırı yumuşak, aşırı boyun eğer ve tepkisiz buldu onu ilk kez. Kendisine dokunan ellerinin yeterince sıcak olmadığını anladı. Bütün bunlarda bir 'kullanılma kokusu' vardı. Aralarındaki duygu sevgiyse, bu sevgi gereğinden fazla sıradandı. Aşkın her türlü gelgitinden, hırçınlığından, küçük oyunlarından eser yoktu yaşadıklarında.

O akşamüzeri ayrılırlarken aylığının tümünü Yılmaz'ın avucuna sıkıştırdı. Her zamankinden daha kalın bir tomardı bu. Birbirlerini yanaklarından öptüler, çabucak kapadı sokak kapısını Seval. Üst kattaki köşe penceresine koştu. Tül perdenin arkasından baktı ona. Hızlı adımlarla yürüdü Yılmaz, sokağın köşesini dönmeden durdu, arkasına, çıktığı kapıya baktı bir an sonra bir hırsız gibi sabırsız pantolon cebine attığı para tomarını çıkardı, aceleyle saydı. Onu izledi Seval, parayı sayıp bitirene, sevinçle canlanmış adımlarla köşeyi dönüp gözden yitene dek.

İki gün sonra ona, hiçbir açıklama yapmadan 'Bir daha gelme', diye yazdı. 'Nişanı bozdum, yakında başka biriyle evleniyorum.'

Üç ay sonra kendisini isteyenlerin en varlıklısıyla evlendi. Kendisinden kırk yaş büyük, İstanbul'da oturan Gemlikli bir dişçiyle. Evlendiğinin hemen ilk günlerinde kocasının hastalık derecesinde cimri bir adam olduğunu gördü. On bir yıl boyunca yaşlı ve hastalıklı kocasının bakıcısı gibi yaşadı, her gün ölümünü bekleyerek.

Dul kaldıktan sekiz ay sonra zamansız bir kanama nedeniyle doktora gitmesi gerekti. Bütün o yıllar boyunca Yılmaz'ı izlemiş, onun kadın hastalıkları uzmanı olarak Kadıköy'de muayenehane açtığını öğrenmişti. Ona gitti.

Birbirlerini tanımakta zorlandılar ilk anda. Seval, olgunlaşmış, daha da güzelleşmişti. Oldum olası ağır bir kızdı ama şimdi büsbütün hanımefendi bir görünümdeydi. Yılmaz ise biraz kilo almış, biraz saç yitirmiş ama gene de çekiciliğine zarar vermemişti bunlar. Birbirlerine biraz çekingenlikle, biraz ezik yaklaştılar. Yılmaz üç yıl önce bir müzik öğretmeniyle evlenmiş olduğunu söyledi Seval'e. Bunu bilmiyordu Seval. Evlenmemiş olduğunu duymuştu en son. Biraz sıkıldı oraya geldiğine. Niye gelmiş olduğunu sordu kendine. Bilmiyordu. Yaşamı Yılmaz'ı çıkarıp attıktan sonra bir yanılgı, bir saçmalık, pişmanlık olarak görünmüştü gözüne yıllarca. Masaya yatıp da bacaklarını açtığında 'Böyle olmamalıydı' diye geçirdi içinden. Onu bağışlayabilirdi. En azından kendisi için yapmalıydı bunu. On iki yıl Yılmaz'a duyduğu ve nefret sandığı bir özlemle yaşamıştı. Kendisini ondan nefret ettiğine inandırmış, mutsuz yaşamının sorumluluğunu Yılmaz'a yüklemişti.

Muayene bitip giyindiğinde, 'Niye bıraktın beni o zaman?' diye sordu Yılmaz. 'Seni öyle çok seviyordum ki.' 'Niye mektuplarıma cevap vermedin, çıkıp geldiğimde niye görüşmek istemedin benimle?' 'Mektuplarını açmadım bile,' dedi Seval. O fotoğraftan söz etti ona yalnızca. Verdiği parayı saydığını gördüğünü söylemedi. Güldü Yılmaz. 'Ne çocukluk,' dedi. 'Evet, bir ara öyle biri oldu ama bir iki ay sürdü bu, aşk filan da değildi öyle. Birkaç kez yattık onunla yalnızca. Kaldığımız evin üst katında oturan geçkin bir duldu. İlk cinsel deneyimimi onunla yaşadım. Doğrusu, çok şey öğrenmiştim ondan. Daha önce kadın cinsel organını tıp kitaplarında ve otopsilerde görmüştüm yalnızca. Yaşamamıştım ne olduğunu.' 'O kadın benim on iki yılımı çaldı,' dedi Seval.

İlişkileri iki yıl sürdü. Her türlü coşkunluğun ve umarsızlığın alabildiğine yaşandığı iki yıl. Bir gece, 'Sana olan borcumu ödeme fırsatı vermedin bana,' dedi Yılmaz. 'Sana son kez geldiğimde bana her zamankinden daha çok para vermiştin. Aylardır parasızlıktan alamadığım tıp kitaplarını almıştım onunla. Kendi kendime sanki bildi de verdi, diyordum. Sana karşı boynum eğriydi bu yüzden.'

İki yıl sonra Yılmaz'ın karısı, Seval'in evinde 'bastırdı' onları. Olay örtbas edildi. Yılmaz karısına döndü, Seval, Tanrıya sığındı.

Bütün bunları Onur'a Meral anlattı, bir cumartesi öğle sonrası iki sevişme arasında. Seval Hanım Gemlik'teydi. Meral'le yan yana yatıyorlardı loş odada. Kadın dolgun, beyaz gövdesini doymak bilmez bir iştahla sunuyordu ona günlerdir. İlk baştan çıkarılışıydı bu Onur'un. Erkek olmanın bilincine vardığı ilk deneyimiydi. Gene de yaşadığı en keskin duygu korkuydu. Seval Hanım tarafından 'basılmaktan' öylesine ürküyordu ki duyduğu zevk sakatlanıyordu. Annesinin, komşuların, Seval Hanımın duyması ölüm demekti onun için. Ama Meral'den ayrılır ayrılmaz yeni bir buluşmayı beklemek ve düşlemenin verdiği heyecan o kadar güçlüydü ki korkusunu alt ediyor, her çağrıldığında koşa koşa geliyordu yeniden.

Liseyi bitirmişti o yaz. Babası lokantayı satmış, dayısının aracılığıyla Boğaz'da bir gazinoda şefgarson olarak çalışmaya başlamıştı. İyi kazanıyordu, seviliyordu, başarılıydı işinde. Mutlu görünüyordu. Annesi ise gitgide daha sessiz, daha yorgun, daha hastalıklı bir kadın olmaktaydı nedense. Bir türlü İstanbul'a alışamamıştı belki de. Hemen hemen evden çıkmıyor, sürekli başı ağrıyordu. İstanbul'a ilk geldikleri yıllarda altı aylık bir kız çocuk yitirmişti ve o zamandan bu yana mutsuzluğu onmak bilmemişti. Kaloriferli olduğu için bu eve taşınmışlardı bir yıl önce ama 'örümcek yuvası' diyordu bu kata ve kendini kapatılmış duyuyordu.

Meral, ablasından altı-yedi yaş küçüktü. Vakıflarda memurdu. Kumral, geniş yüzlü, alımlı bir kadındı. Hiç evlenmemiş olduğunu söylemişti Onur'a. 'Beni isteyenleri beğenmeyip evde kaldım,' demişti hoş bir kahkaha atarak.

Taşındıkları ilk günlerde onlara yardımcı olmuş, sonra o işe, Onur okula giderken merdivenlerde, kapıda, kimi kez de eve en yakın otobüs durağında karşılaşıp havadan sudan konuşmuşlardı. Yaz başında bir pazar günü düşen perde kornişini takmasına yardımcı olması için Onur'u çağırmıştı Meral. Yeniyetmelikten genç bir adam olma yoluna giren Onur'un parıltısına kapılmış olmalıydı. Ya da bu yaştaki yalnız kadınlarda görülen genç erkeklere yakın olma, onlarla bir arada bulunma, anlayışlı bir abla gibi dostluk kurup bununla yetinerek doyum sağlama, genç gözlere elden gitmekte olan cinsel çekiciliğini sınamak için gereksinme duyma çabalarının bilinçsiz itisiyle sıcak bakıyordu Onur'a.

O gün dekolte bir giysi vardı üzerinde ve kornişin ucunu tutarken omzu ve göğsü açılıvermişti birdenbire. Onur bakmamak istemiş ama gördüğünde utançla kızarmıştı yüzü. Düzgün, yuvarlacık, pembe bir omuzdu bu. Düşlerine girmişti sonraki günlerde. Koltuğun sapına basmış, tavana uzanmıştı Onur o gün. Meral Abla perdenin korniştan sarkan kısmını tutuyordu bacaklarının hemen yanında durarak. Dokunmuş muydu yoksa Onur'a kazayla, perdeyi yukarı kaldırırken?

Seval Hanım mevlide gitmişti. 'Benim aptal ablam,' diyordu Meral. 'Giyinip süslense, kendine baksa... Ama öbür dünyada yaşıyor o. Bu taraftan umudu kesti. Hiç değilse bana karışmasa...'

İş bitince kadın 'elleriyle' yaptığı tatlıyı Onur'a yedirmekte direndi. 'Genç erkeklere yararlıdır,' dedi göz kırparak. 'Kız arkadaşın vardır herhalde.' 'Yok,' dedi, Onur. 'Kızlar çok çocuk. Ben onlardan hem yaşça, hem ruhen daha olgunum. İki yıl geç gittim okula. Tatlı çok güzel, ellerinize sağlık.'

Güzel kadın, diyordu içinden. Güzel. Buna benzer şeyler duymuştu arkadaşlarından. Genç erkeklere düşkün, görmüş geçirmiş, orta yaşlı kadınlar vardı. Her yerde rastlanıyordu böylelerine. Doğrusu onlardan biriyle karşılaşmak hiç de kötü bir şey değildi. Bir kere kızlar gibi yasakçı değillerdi, yok artık daha neler, neyse, ikincisi bunlar temiz pak, hastalıksız kadınlardı. Ayrıca senden hiçbir şey beklemiyorlar, öyle evlenelim filan numaralarına girmiyorlardı. İstedikleri tek şey gücü yerinde bir erkek, eh o da sende var... Sevecen, sabırlı oluyorlardı ve her şeyi öğretiyorlardı insana üstüne üstlük. O iğrenç genelevlere gideceğine, öyle değil mi?

Onur birden seçilmiş olduğunu sezdi. Başına talih kuşu konmuş gibi duydu kendini. Ama aynı anda, elinde lokma ve helva kaplarıyla kapı kapı dolaşan Seval Hanımı anımsadı. Telaşla kalktı, 'Ben gideyim artık,' dedi. Kapıya attı kendini.

Seval Hanım yaz aylarında daha çok Gemlik'teki evinde kalıyordu. Bir yaz sabahı Onur merdivenlerden inerken Meral Ablanın kapısı açıldı, sabahlıkla sahanlığa çıkıp önünü kesti onun. 'Nereye gidiyorsun?' diye sordu. 'Balık tutmaya', dedi

Onur. 'Off, çocuksun,' dedi Meral eliyle saçlarını savurarak. 'Çok aptalca bu.' 'Hiç de değil,' dedi Onur. 'Bir deneseniz ne kadar eğlenceli olduğunu anlarsınız.' 'Bir dakika gel,' dedi Meral daire kapısından içeri çekilerek ve şaşkın bakan Onur'a eliyle işaret ederek, 'Gelsene...' Onur içeri girdi, kapıyı örttü kadın. Holde karşı karşıya durdular. 'Sen balık mı tutmak istiyorsun?' 'Evet, yani şey, isterseniz siz de gelin,' dedi Onur bocalayarak. 'Beni tut,' dedi Meral. Sabahlığını kollarından kaydırıp yere bıraktı.

Yaz boyu sürdü bu ilişki. Annesi sezdi mi bilmiyor Onur. Anlayamadı.

Ekim başında göğsündeki sertlik yüzünden hastanelere, doktorlara gidip durdu Meral. Buluşamadılar artık. Aralıkta göğsü alındı. Hastaneden döndüğünde ziyaret etti onu Onur, annesine söylemeden. Yatağın kıyısına oturup elini tuttu onun Seval Hanım görmeden: 'Tek göğüsle kaldım,' dedi Meral. 'Salağın birini bulup geç de olsa bir evlilik yaparım diyordum, olmadı.' İçi burkuldu Onur'un. 'Neyse sen üniversiteyi bitir de ben sana güzel bir kız bulurum. Evlilik iyidir,' diyen Meral'e gülümsemeye çalıştı.

Sonra sanki aralarında hiçbir şey geçmemiş gibi eskiye, merdivenlerde, durakta karşılaştıkları günlere döndüler. Meral Abla durgunlaştı. Gözlerinin ta derinine bir kırıklık geldi oturdu. Tırnaklarını kırmızı ojeyle boyamıyordu artık. Bazen kaçığı tutturulmuş çoraplarla sokağa çıktığı bile oluyordu.

Kızcağız birdenbire yaşlanıverdi sanki, dedi annesi.

Mutfağa gidip yiyecek torbasını dolaptan çıkarıyorum. Ekmeğin ucunu kesip içine bir parça salam koyuyorum. Söz verdi, geç de olsa gelecek. Tarık'ın gevezeliği geliyor aklıma. Tarık'ı hiçbir zaman sevmedim. Bu gece nefret ediyorum artık. Belki de yemekten sonra başka bir yere götürdü onları, bırakmadı Onur'u. Aslında onu parmağında oynatıyor Tarık. Kullanıyor. Bunu Onur'a söylesem, işim bu, der, patron olan o, bunun için para veriyor bana.

İnatla bekleyeceğim burada. Gelmeyecekse, gelmediğini görmeliyim. Emin olmalıyım bundan. Sandviçimi iştahsız yiyorum. Çok sigara içtim. Duman içinde içerisi. Camları açıyorum yeniden. Artık sigarama karışan biri yok. Ayhan yok artık.

Onur'la karşılaşıncaya kadarki bir buçuk yılı nasıl uyum içinde, nasıl hoş geçirmiştik Ayhan'la. Ona âşık olmasam bile sevilmenin güzelliğini yaşamıştım o süreçte doya doya. Bir süre dümdüz bir çizgide yol almış, kendimi bulmuştum.

Camları kapatıyorum. Yeniden koltuğuma oturup ayaklarımı bir sandalyenin üstüne uzatıyorum. Yeni bir sigara yakıyorum. Uzun bir gece olacak bu gece.

Bir süre dümdüz yol aldığım çizgi nerede bir dönemeç yaptı?

Başlangıcı düşündüğümde kendimi son noktada buluyorum ve yaşananlar sondan başa bir seyir izliyor ister istemez. Böylece çok uzakta kalıyor birçok şey ve ben virajı alamadığım o dönüş ânını, hemen arkasından da beklenmez bir biçimde yoldan çıkışımı bir türlü açıklayamıyorum kendi kendime.

Bellek, belli bir an belli bir yerde takılıp kalır. Bir sabah ya da gece yarısı, kar kokan bir öğleüzeri, bir yaz akşamı; bir sokak ya da oda kapısında, bir lokanta masasında, güneşi emmekten yorulmuş bir dal ucunda takılır kalır. Çok sonraları o yerin ve o ânın fotoğraf durağanlığı ile belleğinize işlenmiş olduğunu görür ve orada, o anda bir daha hiçbir zaman o eski siz olmamacasına derin, köklü ama adını koyamayacağınız bir değişim geçirmiş olduğunuzun ayrımına varırsınız.

Bir akşamın kalabalığından kalmış bir yüz. Kalın düz kaşlar ve iri siyah gözlerin uzunca bir burunla yarattığı uyuma abartıyla katılan geniş ağzın çocuksu kıvrımı. Gülmekle hoşnutsuzluk arasında kararsızlık bir kıvrım. Güzellikle çirkinlik arasında bocalarken yalınlık, içtenlik, kendine güven ve aldırışsızlıkla aydınlanmış dupduru bir yüz. Nedeni anlaşılmaz bir pırıltı, çekicilik.

Evet, tabii anımsıyorum, diyorum. Bir serginin açılışında karşılaşmıştık sizinle aylar önce. Biz çıkarken siz giriyordunuz kapıdan. Kalamamıştık. Geçirdiğimiz saldırıdan sonra da size geçmiş olsuna gelmeyi hep istedik Ayhan'la ama, fırsat olmadı henüz. Geçmiş olsun.

Bekleriz, diyor, çok seviniriz. Artık o kadar az görebiliyorum ki Ayhan'ı, özlüyorum.

Sen istedin, diye söze giriyor, Ayhan. Sen yarattın bu ayrılığı.

Gülüyorlar.

Bekleyecekler bizi. Karısı ve o. Sevinecekler onlara gidersek. Üzülüyorum. Bir karısı olmamalıydı onun. Bana ne peki, neden olmasın?

Karısı yüzünden evine gitmek istemiyor Ayhan. 'Sevimsiz ve sıkıcı bir kadın,' dedi bu sabah. 'Konuşmaz, bizden çok rahatsız olmuş gibi oturur yanımızda öylece. Toplumsal bir varlık değil. İşyerine gidelim, yeni işine başlamış.'

Bu yüz, o geceki yüz mü? Bu kadar güzel miydi? Güzellik denebilir mi bu incelikli uyuma? Gövdesi açık kahve giysilerin içinde ince, dik, masa başında oturuyor. Masanın arkasındaki geniş pencereden bahçedeki sık ağaçların koyulttuğu bir ışık doluyor odaya. Büyük elleri bir kâğıdı katlıyor, bilmeden, bıkmadan, daha küçük, daha kalın katlıyor, daha zor katlıyor. Ellerinin üzerindeki damarlar kabarıyor bunu yaparken.

Aynı odadayız onunla, aynı havayı soluyoruz. Aynı loşluk içinde hoşnutuz. Koridordaki ayak seslerini, derinlerden gelen telefon zilini duyuyoruz. Birbirinin eşi fincanlardan aynı kahveyi içiyoruz, birbirimize gülümseyerek.

Olayın sarsıntısını çoktan atlattığını, bu yeni işine alışmaya çalıştığını söylüyor. Sesi, bakışı yumuşak ama duruşu tedirgin. Hafif yan oturmuş koltuğa, uzun zaman aynı yerde oturup kalamaz biriymiş gibi ve işte bu eğreti oturuş ele veriyor, o erkeksi görünüş altında kolayca sezilip duyumsanabilir bir çocuksuluk gizlediğini.

Çok yazık, diye takılıyor Ayhan. Sermayeye hizmet etmeye karar verdin demek. Neler ummuştum senden oysa...

Tarık eski arkadaşım, diyor Onur. Akademiyi bitirdiğimde birlikte çalışmıştık onunla. Reklamcılığı düşünmüyordum hiç ama ne yapalım, yaşam zorluyor işte.

Son sözcüklere bir şaka tonu yükleyerek ellerini iki yana açıyor.

Okuldaki odamızdan sonra bütün bu şıklığa bir diyeceğim yok tabii, diyor Ayhan, gözlerini odanın içinde gezdirerek. Eh, unvanın da tumturaklı: Sanat Yönetmeni... Ne diyelim, hayırlı olsun.

Deneyeceğim bir süre, diyor Onur alçakgönüllülükle gülümserken.

Yok biliyorum, becerirsin, iyi becerirsin. Benimki ayrılık acısı, diyor Ayhan.

Sesini yükseltmiyor Onur, ama hızlanıyor konuşması. Tarık tarafından nasıl kandırıldığını anlatıyor. Almanya'dan döndüğünden beri peşindeymiş zaten. Sonra çalışmadan geçirdiği iki ayın nasıl moral bozucu olduğunu, maddi manevi birçok sorunun yanında resim yapmasına bile olanak vermediğini söylüyor. Burada saatlerle bağımlı olmayacak. İstediği zaman gelip gidebilecek.

Buna inanıyor musun, diyor Ayhan. Böyle yerlerde nasıl bir çalışma temposu olduğunu bilmiyor musun? Sen istesen bile iş seni bırakmayacak oğlum. Gecen gündüzün olmayacak göreceksin...

Sanmıyorum, bu kadar kaptırmam kendimi. Resim yapmak istiyorum.

Tarık şu sıralar kullanmadığı küçük bir daireyi de ona bırakmış atölye olarak kullansın diye. Pazar günü taşıyacakmış resimlerini, gereçlerini oraya.

Evde çalışamıyorum, diyor. Çok istiyordum bir atölyeye sahip olmayı. Belki işi kabul etmemde en önemli etken oldu bu.

Eh, transfer ücreti sayılır bu, diyor Ayhan. Tanırım Tarık'ı. İşini bilir kerata. Allah bilir garsoniyeriydi orası, senin için boşaltmış olmalı.

Gülüyor Onur.

Hayır, boşaltmadı, olduğu gibi bıraktı.

Tamam, yanılmamışım.

Haklı olabilirsin. Karısından yeni ayrıldı. Kadın evi bırakıp gitmiş. İkinci bir eve gereksinmesi yok herhalde bu sıralarda...

Gülüyoruz.

Bir an başını kaldırıyor ve dikkatle kendisine baktığımı görüyor. Bocalıyor, elindeki katlanmış kâğıdı küllüğe bırakıyor. Hemen yerinden kalkıp sigara tutuyor bize.

Aldırma bana, diyor Ayhan. Çok sevindim gerçekten. Ama doğruyu söyle, ayrılma kararında bu işin sana önceden önerilmiş olmasının da payı var değil mi?

Belki ama az. Aslında kendi çalışma alanımın dışında duyuyordum kendimi fakültede. Dersim az olacağı için resim yapabilmeyi ummuştum başlangıçta, ama her şey öyle karışıktı ki Ayhan...

Bunları söylerken odanın ortasında ayakta duruyor. Bize bakıyor. Sezmesin kimse ruh inceliğini, gerçekte kırılıp dökülür olduğunu, kabuğunu ne kadar kalınlaştırmış olursa olsun zedelenmeyecek kadar sertleştirememiş olduğunu diye, nasıl olması gerekiyorduysa öyle olabilmiş gibi bakıyor. –bir an, bana–

Sigaramı yakıyor. Kokusunu duyuyorum eğildiğinde, başım dönüyor. Yaşamım boyunca özlediğim koku bu. Başımı kaldırıyorum birden ve bana bakan gözleriyle çarpışıyorum. Küçük bir sersemleme. Darbe oldukça şiddetliydi ama o hiçbir şeyden kolay etkilenmez bir vurdumduymazlıkla geçip gidiyor odanın öbür ucuna.

Gürültülü bir kalabalık, sesler, içki bardakları. Tanıdık yüzler, tanımadığım, sürekli olarak gördüğüm yüzler. Abartıyla yinelenen beğeniler ya da kayıtsızlıklar. Verilen randevular, alınan sözler, ikiyüzlülükler, dedikodular, umarsız iç sıkıntılarıyla hırçınlaşmalar. Sıradanlıklar, gizli kapaklılıklar. Uluortalıklar. Yalnızca içmek için gelenler, yalnız içemeyenler. İçki bardakları. Yerlere atılmış sigara izmaritleri. Bir kadeh daha.

Niye böyle, diye soruyorum Ayhan'a. Kimse kendisi değil nicedir. Açık olan şu ki hiçbir şey yolunda gitmiyor artık.

Onur'un resimlerine bakıyoruz.

Resimler sende bu etkiyi mi bırakıyor?

Hayır, insanlar. Kaçıncı içkin bu? Bu sergiye yeniden, kimsenin olmadığı bir zamanda gelmek istiyorum.

Çarpıntılı devinimlerle oradan oraya gidip gelen, resimlerin önünde dikilip duran insanlar, soluk almayan canlılar arasında bakılamaz bu resimlere. Ne kadar ölüyüm, nasıl yabancı ve yalnızım şimdi.

Gene geliriz tabii de sende bıraktıkları izlenimi merak ediyorum, diyor, Ayhan. Ben çoğunu biliyorum. Yurtdışında yaptıkları. Ama sen ilk kez görüyorsun.

İnip çıkan, hırçın kara kıvrımlarla, yumuşak geçirgen fırça izlerinin altından seçilen toprak sarıları, acı yeşiller, mavimsi bulut beyazları, gelincik kırmızıları ve puslu maviler. Patlamaya hazır bir durağanlık. Nesnelerin özüne bakmış sanki. Neyse o, ölüm, yokluk ya da dirim. Bilinenleri en tanınmayana dönüştürürken varoluş amaçlarını irdelemeye çalışmış belki de. Bu yolla o im ya da izi kendisinin kılmış kusursuz bir kavrayışla. Coşkulu bir ritmin kararsız gibi görünen el işlemeleriyle varlığı-yokluğu sorgulamış ve bu çelişkiden yola çıkmışken anlaşılmaz bir uyumla bu ikisini bir araya getirmiş.

Bunu beklemiyordum, diyorum Ayhan'a. Olağanüstü resimler bunlar. Çok özgün, şaşırtıcı.

Evet, diyor. Bu yüzden kaygılanıyorum ya. Rekla zamanını ve yaratıcılığını çalacak onun.

Az ötede resimden çok ressamlara meraklı olduklarını bildiğim iki kadınla konuşuyor Onur. Onlara doğru eğilmiş. Heyecanla anlatıyor, ne anlatıyorsa.

Salonun dibinde bir kadın sarı gözlerini ürküntüyle açmış Onur'a bakıyor. Kalçalarını daha da geniş gösteren pilili bir etek, rüküş, fiyonk yakalı beyaz bir bluz giymiş. Kulaklarında sıradan, sallantılı altın küpeler, kolunda altın bilezikler. Yüksek ökçeli rugan, burunları sivri ayakkabılar.

Şu kadın kim, diye soruyorum Ayhan'a. Şu köşedeki?

Ha, işte o Onur'un karısı, diyor. Güler şapşalı. Aslında Güler olmamalıydı adı, hiç gülmez çünkü.

Onur yanımıza geliyor. Kutluyoruz.

Suna çok etkilendi, diyor Ayhan.

Dergi için bir konuşma yapalım sizinle, diyorum Onur'a.

Olur, ne zaman isterseniz. Bir akşam bize, eve gelin Ayhan'la isterseniz. Daha rahat konuşuruz.

Ayhan'a bakıyorum.

Geliriz, diyor. Cuma akşamı uygun mu?

İyi, uygun, diyor Onur, benimle aynı anda.

Rekla nasıl gidiyor, diye soruyor Ayhan.

Fena değil, diyor Onur. Hoş; iki ay oldu daha ama. Gene de bu işi uzun zaman sürdüremem gibi geliyor bana ya neyse. Sen de gel Ayhan, birlikte çalışalım.

Gülüyor Ayhan.

O iş bana göre değil. Hem sizin işinize yaramam ben. Ne yapacaksınız oğlum uzatmalı bir doçenti.

Canım yakında profesör olursun nasıl olsa.

O zaman düşünürüz.

Beni alsanıza, diyorum birdenbire, şaka yapar gibi, denetimsiz.

Gerçekten ister misiniz, diye soruyor Onur ilgiyle.

Yok yok, öylesine söyledim, diyorum. Bazen dergiden bıktığım anlar oluyor, bundan olmalı.

Sizin gibi birine gereksinmemiz var aslında. Eğer düşünürseniz hemen...

Şuna bak ne çabuk benimsemiş. Rekla'dan biz diye söz ediyor artık, diyor Ayhan.

Bu konuda hiç deneyimim yok, diyorum. Ajanslar bunu önemsiyorlar.

Ama siz bilinen birisiniz, yazı yazıyorsunuz ve basın deneyiminiz var. Kolay kavrarsınız işi. Yardımcı olurum size, diyor Onur.

Yabana atılır bir öneri değil bu, iyi düşün, diyor Ayhan kolumu okşayarak.

Onur'a bakıyorum. Sonra kısacık bir an resimlerinde gezdiriyorum gözlerimi. Yeniden yüzüne baktığımda bir tanışıklık duygusuyla sarsılıyorum birden. Aslında çok önceleri karşılaşmış olmalıyız biz. Yoksa nasıl bu kadar yakın duyabilirim onu kendime? İçimde bir yer sızlıyor. Tehlikeli bir alanda ateş altında geziniyormuşum gibi ürperiyorum. Sonra birdenbire ona her şeyi anlatabileceğimi sanıyorum. Dere Sokağını, Mahsun Garip'i, Ayhan'ın benden kendi evim için kira aldığını, pirinçleri yıkamadığını, ütü masasını salona taşıyarak ütü yapıp her yeri dağıttığını, beni nelere zorlamış ve sertleştirerek içimdeki sevgi suyunu kurutmuş olduklarını, Na'nın beni nasıl kapı dışarı ettiğini, kapı ve pencere aralıklarından sızıp ona görünmeden onun yanında nasıl yaşamaya çalıştığımı, bütün bunların bana pahalıya patlamış olduğunu anlatabilirim

Ellerine bakıyorum. Sigarayı tutan uzun parmaklı, iri ellerine. Onları tanıyorum. Tarih öncesinde birlikteydim bu ellerle. Birlikte yaşıyordum onunla. Sonra bir volkanın lavları altında kaldık ve yok olduk biz. Ama işte şimdi yeniden doğuyoruz ve ben onu yeniden amansız bir korkuyla, umutsuzca özlüyorum.

Bir hafta on gün kadar kararsızlıklar içinde beklemiştim. Rekla'da çalışmamın ya da çalışmamamın benim için Onur'la birlikte olmak ya da olmamak anlamını taşıdığını seziyor, aramızda gelişebilecek olanlardan ya da benim tek yanlı ilgimin getireceği acılardan uzak kalmayı seçmeye çabalıyordum. Ama Ayhan her zamanki rahatlığıyla yüreklendirdi beni o günlerde. En azından bu alanda deneyim kazanmak açısından bir süre çalışmamın iyi olacağı görüşündeydi o.

İki katlı eski bir ev onarılmış Rekla'nın yönetim yeri olarak yeniden düzenlenmişti. Derginin havasız, ışıksız, kalabalık çalışma ortamından sonra buradaki odam çok güzel görünmüştü gözüme. Küçük, halı kaplı, penceresi ön bahçeye ve yola bakan bir odaydı. Burayı bana verirlerken biraz kayırılmış mıydım? Onur mu etkili olmuştu bunda?

İlk günler belli bir işle uğraşmadım Rekla'da. Olup biteni kavramaya çalıştım. Sonraları daha çok Onur'un yardımcısı olarak çalıştım ve basınla ilgili işlerden sorumlu oldum.

Birbirimize ne zaman 'sen' demeye başladık bilmiyorum. Ben önermiş olabilirim bunu. Onur, işinde ondan beklemediğim kadar coşkuluydu. Bana sevecenlikle karışık bir saygı ile yaklaşıyor, aramızdaki uzaklığı kimbilir nasıl bir önseziyle korumaya çalışırken, zaman zaman yapay, abartılmış bir kayıtsızlığa düşüyordu. Anlıyordum ki bana duyduğu ilgiden kendisi de ürküyor . Bunu bilinçle, yaşamına girmekte bunca gecikmiş birine sunabileceği tek duygu olan dostlukla perdelemeye çalışıyordu. Dostluğun tatlı ve avutucu güzelliğinin bir süre sonra Ayhan, ben ve kendisi için yürek yakan bir acıya dönüşmesine çok az zaman kalmıştı oysa.

Binanın arkasındaki oldukça geniş, bakımlı bahçede eskiden kalma bir kameriye vardı. İyi havalarda, boş kaldığımız ya da dinlendiğimiz saatlerde orada oturur çay içerdik arkadaşlarla. Bahar erken gelmişti o yıl. Akşamüzerleri, çıkmadan önce kameriyede oturup söyleşmekten hoşlanıyorduk.

Mayıs başında bir akşam ikimiz de eve gitmek için acele etmiyoruz ve kameriyede içki içiyoruz Onur'la. Rekla'ya çok çabuk alışmış, tempoya kolayca ayak uydurabilmiş olduğumu söylüyor. İşleyişi kavrayışımdaki başarımı övüyor.

Günbatımında, dört yanı sarmaşıklarla kaplı duvarlarla kapalı bahçeye düşen koyu sarı ışık çizgileri ve mor gölgeler yavaşça çekiliyor, serinliğin havadaki ışık tozlarını koyulaşan toprağa serpiştirdiği akşam saatlerine kayıyoruz birlikte. Konuşurken durup uzun uzun bana bakıyor.

Seni yeni tanıyorum ama etkileniyorum kişiliğinden, diyor birdenbire. Güçlüsün, yeteneklisin.

Birbirimizi önceden tanıyor muyuz biz, diye soruyorum, elimde olmadan.

Sana da mı öyle geliyor?

Göz göze geliyoruz. İlk kez korkusuzca bakıyor bana ve ikimiz de yeniliyoruz. Kendiliğinden gelen bu beklenmez buluşmanın şaşkınlığıyla bir an kör ve sağır oluyorum sanki.

Havadaki kokuyu duyuyor musun, diyorum ona, sesimi denetleyemeden. Titrek, cılız, erimiş bir ses bu.

Evet, biçilmiş çimen kokuyor. İçimde bir kıpırtı var, belki de sıkıntı, huzursuzluk... Bahardan olmalı, diyor usulca.

Kalkıyoruz. Bir an ayakta karşı karşıya duruyoruz. Havayı kokluyorum yeniden. Sevecenlikle gülümsüyor bana.

Pazar günü Ayhan'la piknik yapacağız kırlarda, diyorum, siz de gelsenize...

Tarlaların, bahçelerin arasından tepelere doğru tırmanan ince yolda kıvrıla kıvrıla ilerliyoruz. Önde, arabayı kullanan Ayhan'ın yanında oturuyorum. Arkada ise Onur, Güler ve iki çocuğu var. Onur arabasını almadı. Tek arabayla gitmeye karar verdik.

Çocukluğunun yaz gecelerinde yemişlikte kalıp bahçeyi beklediği geceleri anlatıyor Ayhan.

Sesler büyürdü, yaprak hışırtıları, çıtırtılar çoğalırdı sessizliğin içinde, diyor. Samanların üstünde yatardım. Gökyüzünde o kadar çok yıldız olurdu ki, ya da karanlıkta o kadar çok görünürlerdi, Dünya kazayla bir sallansa bir ışık yağmuru gibi üzerime dökülеceklerini sanırdım...

Çiçek açmış meyve ağaçları hızla arkamızda kalıyor. Susinekleri, baharın ilk minik kelebekleri, vızıldayıp duran arılar önümüzden kaçarken cama çarpıp kısa yaşamlarını erkenden noktalıyorlar.

Tatil günleri herkesin koştuğu yerlere gitmeyi sevmiyorum. Çığırtkan bir çocuklar ordusuna ve onlardan daha gürültücü büyüklere katlanamıyorum. Ayhan'sa seviyor böyle şeyleri. Kırlarda yer sofralarında yenen kalabalık yemeklere bayılıyor. Toprağın üzerine serilmiş bir kilimde en rahat uykularını uyuyor. Yere bağdaş kurup kavga dövüş tavla oynuyor. Gömleğini atıp gövdesini güneşe veriyor çabucak.

Kalabalıktan olabildiğince uzak bir yerde duruyoruz. Getirdiğimiz yiyecek ve eşyaları indiriyoruz arabadan. Hava ot ve kekik kokuyor. Geriniyoruz, temiz havayı soluyoruz sevinçle.

Bunu kim düşündü, diye soruyor Onur keyifle.

Kim olabilir, diyor Ayhan. İçinizde köstebek olmayan bir tek kim var?

Elbette sen, diyorum.

Ben Suna düşündü sanmıştım, diyor Onur.

Suna şu aralar Rekla'dan başka bir şey düşünmüyor dostum. Karıcığımın ufku iyice daraldı ne yazık ki...

Yiyecek torbasını ağacın dibine bırakıp Ayhan'a dönüyorum.

Ne dedin? Duyamadım.

Hiç, ufuk çizgisine bakıyorduk Onur'la. Gel, gel sen de bak...

Birden belimden kavrayıp kaldırıyor beni. Ta aşağılarda, denizle gökyüzünün birleştiği yöne çeviriyor yüzümü. Öylece tutuyor. Gülüyoruz.

Tamam Ayhan, görüyorum, tamam, bırak.

Yeniden yere iniyorum. Az ötede, örtüleri, minderleri işbilir bir ev kadını titizliği içinde yerleştiren Güler'e göz atıyorum.

Evet, diyor Ayhan, şimdi hep birlikte sabah koşumuza başlıyoruz. Güler Hanım, hadi...

Siz koşun Ayhan Bey, ben gelmeyeyim.

Olmaz, hımbıllık yasak.

Ben alışık değilim, gidin siz.

Üsteleme, diyorum Ayhan'a usulca. İstemiyor işte kadın.

Benim karım olsa boğardım bunu, diye söyleniyor.

Yavaş, kendinizi zorlamadan koşun. Yorulan yürüyüşe geçsin. Yüz adım koş, yüz adım yürü... Bunun adı kurt tırısı...

Kurtlar böyle mi koşuyormuş, diye soruyor Onur'un oğlu Alp.

Her zaman değil, diyor Ayhan, soluğu hızlanmış. Ara sıra, yorulduklarında...

Yemek sonrası yere serili kilimin üstünde sırtüstü uyuyan Ayhan'ın başucunda otururken Onur'u gözlüyorum. Çocuklarıyla uçurtma uçuruyorlar uzakta. İpin ucu Alp'in elinde, Başak sevinçle zıplıyor uçurtmayı havada izlerken. Onur atılıp ipi kapıyor oğlunun elinden, itişiyorlar... İki çocuk gibi...

Ona bakarken, çekiciliğinin dozunu yere, zamana ve karşısındaki kişilere göre ayarlamayı iyi bildiğini düşünüyorum. Yırtıcı ve gürültücü değil. Tersine çekingen kimi zaman. Onun genel olarak kendine kapalı biri olduğunu, davranışlarına yön veren edimin görünürde bir aldırmazlık maskesi altında beğenilme isteğinden doğduğunu seziyorum bir süredir.

Rekla'da çevresiyle ilişkilerini belli bir uzaklığı koruyarak yürütüyor. İçtenlikten uzak olmayan ama kendini bütünüyle ortaya koymaktan özenle kaçınan tavrı kendiliğinden bir saygınlık yaratıyor başkalarında.

Önemsiz konuları abartıyor, çok önemliymiş gibi uzun açıklamalara girişiyor çoğu kez. Gereksiz sorulara gereğinden uzun yanıtlarla karşılık veriyor iş söz konusu olduğunda.

Çocukları kendi kendilerine bırakıp arabanın bagajından aldığı bir çantanın içinden fotoğraf makinesini çıkarıyor ve yanımıza geliyor. Bir ağaca sırtını dayamış yün ören karısına bakıyor bir an. Yüzü bulutlanıyor. Onun sonsuza kadar kadınlık görevlerini yerine getirmekten bıkmayacağını düşünüyor olmalı, umutsuzca. Makineyi ayarlıyor.

Herkes olduğu gibi kalsın çekiyorum.

Saçlarımı toplamak için kollarımı başımın üstüne kaldırıyorum, düğmeye basıyor o anda. Ayhan uyuyor.

Ayhan uyuyordu, diyorum.

Yalnız seni çektim az önce, diyor. Ama şimdi Ayhan'ı da çekeceğim uyurken.

Bir kez daha basıyor düğmeye. Yerimden kalkıp yanına gidiyorum.

Ver biraz da ben çekeyim, sen karının yanına geç.

Oynanması gereken sahneyi isteksizce oynayan iki oyuncu gibiyiz. Gerçeklikten uzak, yapay bir dünyada, burada, olmamayı dileyerek bir aradayız. İkimizden başka herkes, Ayhan, Güler, çocuklar, burada olmamızı sağlayan ama aynı zamanda bizi acımasızca ayıran bu insanlar devinimlerimizi donduruyor. İçlerimizdeki baş edilmez coşkuyu yüzlerimize yansıtmamak için göstermek zorunda olduğumuz çabadan yorgun düşüyoruz.

Gevşekçe, isteksiz uzatıyor makineyi bana. Çok yakın, yüz yüze duruyoruz bir an. Gözlerine takılıp kalıyorum ve baştan ayağa eriyorum sanki. Hem istediğim, hem de beklemediğim bir durumla karşılaşmış olmanın sarsıntısıyla Ayhan'ın yanına dönüyorum çabucak. Orası bir sığınma noktası, bir sınır çizgisiymiş gibi bilinçsiz bir kaçma içtepisiyle.

Bana bakıyor Onur ve elinde kalakalmış makinenin kayışıyla oynuyor dalgınca.

Elime geçirdiğim bir çöp parçasıyla toprakta bir oyuk açmaya çalışıyorum, başım önümde, suskun.

Heyecandan tınısı değişmiş sesindeki iğneleyici tonu gizleyemeden, salt o şaşkınlık dolu ânın sessizliğini gidersin isteyerek belki de, Güler'e dönüyor Onur.

Ne zaman bitecek bu kazak, diyor, yaz geliyor...

Seneye giyersin. Örgüye vakit mi kalıyor sizden. Evin içinde oturduğum var mı ki?

Onay ister gibi, kadın kadının halinden anlar, der gibi bana bakıyor sonra. Görmezlikten geliyorum. Hem zaten önümdeki deliği büyütmeye çalışıyorum ben hırsla. Onur'a bakmamak için uzaklara, dağlara yöneltiyorum bakışlarımı. Elimdeki çöpü kırıp küçük parçalara bölüyorum.

Ayhan yavaşça doğrulup başını dizime dayıyor.

Yerde açtığım küçük çukura iri bir karınca telaşla dalıyor.

Umut ve umutsuzluk gelgitleri içindeydim. Umut ettiğim şeyi net olarak biçimleyemiyor ama Onur'dan bana yönelen bir gülüş, sırdaş bir bakış, belli belirsiz bir çözülme ile coşkularla doluyordum. Böyle zamanlarda sevinçle eve koşuyor, Ayhan'a her zamankinden daha çok sevgi gösteriyor, mutluluğumu ona taşıyordum bilmeden.

Tersine, Onur'daki rastgele bir kayıtsızlık izi, baştan savma bir yanıt, benden başka birine daha çok ilgi gösteriyormuş kaygısı, beni önemsemiyorum duygusunun karanlık kuyusuna çekiveriyordu hemen. O gün keyifsiz ve suratsız dolaşıyor, kimseyle konuşmak istemiyor, beklediğim umutları anlamsız ve utanç verici bularak kendime kızıyordum.

Ama ne olursa olsun eski Suna değildim artık.

Sabahtan bu yana uğraştığım taslakları itiyorum önümden. Onur'u arıyorum, ona danışmadan karar veremem. Odasında yok. Çıktığını söylüyor danışmadaki kız. Bana uğramadan çıkmaz olağan günlerde. Üstelik az önce sesini duymuştum koridorda. Ne zaman çıktı? Saatime bakıyorum. Nerdeyse akşam olmuş.

Bir bayan arkadaşı geldi, Nazlı Hanım, diyor kız. Birlikte çıktılar.

Nazlı? Bir ara, aylar önce, Ayhan böyle birinden söz etmiş miydi bana?

Odama çıkıp bir sigara yakıyorum. Sıkılıp söndürüyorum hemen. Pencere önünde, ayakta sokağa bakıyorum bir süre.

Birbirimize yakın değil miydik?

Yepyeni bir aldatılmışlık duygusuyla karşı karşıyayım. Dayanaksız, yersiz, kuşkularla dolu bir kendine güvensizlik belki de bu. Ne olup bittiğini öğrenmek isteği içimi kavuran kıskançlığa ekleniyor. Ama nasıl, hangi yöntemle?

Herhangi bir arkadaşı olabilir mi bu kadın? Bildiğim kadarıyla olamaz. Aldatılıyordum demek. Peki ama niye böyle düşünüyorum? Aramızda ne var ki? Benden ona ondan bana gidip gelen ve aramızdaki sözde dostluğu azar azar kemiren bir huzursuzluktan başka ne var?

'Kıvırcık, kabarık saçlı, iri bir kadın' olarak tanımlamıştı Nazlı'yı Ayhan o zaman. Şimdi nedense Ayhan'ın bana Onur'dan ne kadar çok söz etmiş olduğunu anımsıyorum. Acaba onu bu yüzden mi o kadar tanıdık buldum ilk karşılaşmamızda bile?

Onur'un yurtdışından dönüşünü, yerleşmesini, göreve başlamasını, yerli bir araba alışını, evine mutfak dolapları yaptırdığını, çocuklarının sorunlarını, karısının ilkelliğini, bütün bunların tümünü Ayhan'dan günlük haberlerin bir bölümü olarak parça parça dinlemiştim onu tanımadan önce. Ayhan ondan hep sevgiyle, hayranlıkla ama gene de çok yakını olmanın getirdiği o tüm zayıflıklarını bilip bağışlama küçümsemesi ile söz edip durmuştu aylarca.

Onur'un böyle iri yapılı kadınlardan hoşlanıp hoşlanmadığını düşünüyorum istemeden. Evet, ben de boylu sayılırım ama iri değilim. Bileklerim bir çocuğun bilekleri kadar ince. Erkeklerin kadın konusunda eğilimleri olabilir belki ama kesin seçimleri var mı?

İlk kocam Adam'la artık yatamaz olduğumuz günlerde, geceleri kendi kendine boşaldığını, düşlerine uysal, ufak tefek kadınların girdiğini, benimle hiçbir zaman uyuşmadığı bir biçimde bu kimliksiz kadınlarla seviştiğini söylemişti bana. O zaman bunun annesine bağımlılıktan kaynaklanan bir kompleks olabileceğini düşünmüştüm; annesi de ufacık, minyon bir kadındı çünkü. Ama daha çok kendine güveni olmayan erkeklerin boylu, güçlü kadınlardan ürktüklerine inanmıştım gene de.

O gece yatakta Ayhan'a söz ediyorum Nazlı'dan.

Nasıl bir kadın, diye soruyorum bir daha.

Oldukça sık görüyorum, diyor. Kafeteryada genellikle bizim masaya gelip oturuyor öğle yemeklerinde. Hani Onur dolayısıyla biraz tanışıklığımız var ya, bundan olmalı. Yalnız bir kadın sanıyorum.

Güzel mi?

Güzel ama battal...

Gülüyorum.

Nasıl biri? Yani kişiliğini soruyorum.

İyi tanımıyorum, diyor. Bir kadın hakkında önyargılı olmak istemem ama...

Ne ama?

Biraz bayağı bir görünüşü varmış gibi geliyor bana. Konuşması, bakışları... Hani kabadayı kadınlar vardır, küfürlü falan konuşurlar, sözcükleri ezerek, uzatarak, bilirsin... Sonra sürekli aranır gibi bakınıyor ortalığa... Rahatsız edici bu hali. Gene de bende garip bir acıma duygusu uyandırıyor...

Peki Onur böyle birine ilgi duyabilir mi sence? Bu kadar düz biri mi?

Aralarında ne olduğunu bilmiyoruz ki, diyor Ayhan, ilişkileri varsa bile eğlenceli bir yanı vardır belki bu ilişkinin. Bana garip gelen senin ilgin...

Canım konuşuyoruz işte. Yalnızca merak ettim o kadar...

İyice sokuluyorum ona. Beni her türlü düş kırıklığından korusun istermiş gibi gizleniyorum göğsüne.

On gün kadar sonra bir akşamüzeri Rekla'nın giriş katında karşılaşıyorum Nazlı'yla. Görür görmez o olduğunu anlıyorum. Kalp atışlarım hızlanıyor. Ziyaretçi koltuklarından birinde oturuyor. Danışmadaki Serpil telefonda Onur'la konuşuyor olmalı. Yukarı çıkacakken vazgeçiyorum. Merdiven başında durup elimdeki kâğıtlara bakıyormuş gibi oyalanıyorum.

Onur Bey toplantıda efendim, diyor Serpil Nazlı'ya. Uzun süreceğini söylüyor. Beklememenizi rica etti. Kendisi sizi sonra arayacak.

Ama randevumuz vardı, diyor Nazlı. Hırçın görünüyor.

Ani bir toplantı, Onur Bey özür diliyor, diyor Serpil, sabırla.

Onu atlatmaya çalışıyor besbelli. Toplantısı yok, biliyorum. Nasıl bir yakınlık bu? Günlerdir acısını çektiğim, umutsuzca Onur'dan uzak durmaya çalışmama neden olan bu ilişki bu kadının gayretiyle mi sürüyor?

Üst kata çıkıyorum. Başım ağrıyor. Kalbim zonklayarak avuçlarımda atıyor. Masanın üstündeki fotoğrafları kapıp öfkeyle Onur'un odasına dalıyorum. Masasında oturuyor. Resimleri önüne koyuyorum atar gibi.

Ercan bunları çok beğendiğini söyledi.

Evet, öyle, diyor kayıtsızca arkasına yaslanırken.

Ama nasıl? Bu kadar bayat bir şeyi... cılkı çıkmış şeyler bunlar, sıradan, kolay...

Çok şaşırdım şimdi işte, diyor. Senin onayını aldı sanıyordum.

Hayır, ben gördüğümde bu duruma gelmemişti.

Bence iyi, çok iyi hem de.

Hiç iyi değil Onur! Nesi iyi?

Bu da bir yaklaşım.

Ben karşı çıkıyorum, anneler günü yalnızca...

Sesini yükselterek susturuyor beni.

Olabilir, diyor sabırsız, olabilir. Yarınki toplantıda tartışırız.

Yo, önce ikimiz tartışalım, şimdi.

Senin görüşünü benimsemek zorunda değilim değil mi?

Elbette değilsin, diyorum.

Yorgun ve sinirli görünüyor. Bana bakıyor, huysuzluğumun nedenini anlamak istiyormuş gibi, yadırgayarak halimi.

Suna, diyor sonra, yavaşça, neyin var?

Hiçbir şeyim yok. Niye?

Otursana.

Kalkıp açık kalmış kapıyı kapatıyor. Karşımdaki koltuğa oturuyor.

Bence sen kendini pek işe veremiyorsun şu sıralar, diyorum. Ya da düşünmeden karar veriyorsun bazı konularda. İş birliği yapmalıyız oysa. Asıl senin neyin var, söylesene?

Susuyor bir an. Ufff, diyor çakmak ararken cebinde.

Çok az uyuyorum. Geç saatlere kadar atölyede kalıyorum akşamları. Kendime ayırabildiğim zaman o kadar az ki. Ayhan haklıymış. Duyarlığımı reklam dünyasının dışında tutabilmek için çaba göstermem gerekiyor. Çünkü bu dünya, ayrımına varamadığım bir hızla yaşamımın içine sızmakta.

İlk kez açıyor kendini bana böylesine.

Anlıyorum, diyorum.

Anlayamazsın. Çok sıkılıyorum. Bu iş bana göre değil belki de. Baksana her gün, her saat burdayım. Bırakıp gidemiyorum da. Olmuyor. Burdayım ama kafam burda değil bir yandan. Aslında hiçbir yerde değilim. Anlatması zor.

Kalkıp pencereye yürüyor. Arkası bana dönük camın önünde duruyor. Pencere içinde duran bir Afrika menekşesinin yapraklarını okşuyor parmakları. Kalkıp yanına gidiyorum. Dönüp gülümsüyor bana ve dudağı acı ile kıvrılıyor bir an. Yüzündeki keder içimi acıtıyor. Avutmak ister gibi;

Buradasın, diyorum. Başarılısın, seviliyorsun, gerçek bu.

Bütün bunlar ne kadar anlamsız bilsen, diyor.

Onu en zayıf anında yakalamış olmanın acımasızlığı ve kendi onarılması güç kırgınlığım içinde ne dediğimi bilmeden konuşuyorum.

Aşağıda seni bekleyen biri vardı az önce. Güzel bir kadın. Biraz abartılı giyinmişti ama olsun, şıktı. Randevu vermişsin ona bu akşam için.

Bir an şaşırmış gibi görünüyor ama hemen toparlıyor kendini.

Ha, Nazlı, diyor. Umursamazlıkla ama gene de suçüstü yakalanmış bir tedirginlikle. Fakülteden eski bir arkadaş, ara sıra uğruyor.

Neden atlatıyorsun onu, niye kötü davranıyorsun kadıncağıza?

Ne oldu, yakınıyor muydu, diye soruyor iyice tedirgin. Garip bir biçimde gülerken dudağının kıyısındaki çizgi eğriliyor.

Yakınmasına gerek yoktu. Benim için durum apaçıktı.

Senin de gözünden hiçbir şey kaçmıyor.

Niye girdin bu ilişkiye, bu düzeyde birinden ne umuyorsun, diyorum kızgınlıkla ve çok ileri gitmiş olmanın pişmanlığını duyarak hemen.

Düzeyini nerden biliyorsun? Sandığın kadar basit biri değil o. Hem sonra ilişkimiz olduğunu da nerden çıkardın?

Özür dilerim, diyorum. Yalnızca dış görünüşüyle değerlendirdim onu sanırım. Tabii beni ilgilendirmez bu ilişki...

Ne ilişkisi yaa, diye bağırıyor panik içinde.

Herkes biliyor diyorum, öç almak ister gibi. Epey zamandır hem de.

Ne demek istiyorsun? Kim herkes? Birkaç kez yemeğe çıktık o kadar.

Bence daha çoğu Onur.

Bırak şunu Suna! Ne ilgisi var şimdi?

Öfkeli bir sigara yakıyor.

Kapıya yürüyorum kırılmış gibi. Çıkmadan bir an dönüp ona bakıyorum. Bozulmuş, kızgın bakıyor yüzüme.

Dostluk gereğiydi, diyorum. Boş bir ödünleme çabasıyla. Haksızlık ettiysem bağışla. Buradaki iş nasıl olsa yürüyor ama ben asıl senin resim yapmaya başlamanı bekliyorum.

Susuyor, sigarasını parmaklarının arasında ezerek yuvarlıyor.

Bir dakika bekle, diyor sonra. Sana piknik günü çektiğim fotoğrafları göstereyim...

Başka zaman...

Çarpılan kapının ardından oturduğu yerde kalakalmış olmalı.

Şuna bak, diye düşünmüştür, şu kıskançlığa bak. Bu kadarını beklemiyordum doğrusu.

Aramızdaki gerilimin farkında olduğu kesindi ama bunu geçiştirebilmeyi umuyordu hâlâ. Ayhan'ın beni nasıl coşkuyla sevdiğini biliyordu ve o akşam benim gösterdiğim hırçınlık aşksa bunun hiçbir amacı olmayan bir aşk olduğuna inanıyor olmalıydı. Geçip giderdi zamanla. Doğallaşacaktık ikimiz de. İnsan birçok kadından hoşlanıp isteyebilirdi onu. Ama çoğu zaman o noktada kalırdı ilgiler, unutulurdu sonra. Ayhan'a duyduğu köklü dostluk duygusu gölgeleyecekti bu eğilimini er geç. Kuşkusuz benim de bir parça yardımcı olmam gerekiyordu ona.

Oysa ben yangına körükle gidiyordum ve onun ne zamandır bilmeden beklediği ilk adımı atmıştım. Bunu düşündüğünde o noktada, doygunlukla karışık bir mutluluk duymuştur.

Sonra çekmecesini açtı herhalde. Piknik günü çektiği fotoğrafları çıkardı oradan. Grup fotoğrafları arasında benim bir portrem de vardı. Yumuşak bir boyun büküşle, biraz şaşkın, çocuksu bir gülümsemeyle bakıyordum ona oradan. Saçlarımı elime alıp toplamak istiyormuşum gibi büktüğüm bir anda yakalamıştı bu pozu.

Fotoğrafa bakarken benim ilk bakışta açıkça sezilemeyen bir güzelliğim olduğunu düşünmüş olduğunu biliyorum şimdi. Bunu görebilmek için benimle bir süre yan yana olmak, konuşmak ve yüz çizgilerimin taşıdıkları anlamı yakalamak gerektiğini söyledi sonraları sık sık. Çok etkileyici olmuştu bu gizlilik onun için. Keşiflerle dolu bir serüven olmuştu bana hem fizik hem de iç dünyamı tanıma sürecinde adım adım yaklaşması. Gözlerimin rengini bile nice sonra fark etmişti. 'Belki de seni hiçbir zaman yalnızca kadın olarak görmemiş olmamdan gelen bir dikkatsizlikti bu,' diye yazmıştı bir yurtdışı gezisinden bana daha sonra. 'O değişken, iç dünyanı olduğu gibi yansıtan gözlerin uzun süre siyah etkisi bıraktı bende nedense. Onlara ancak çok yakından baktığımda içlerinde kahverengi benekçikler bulunan göl yeşili gözler olduğunu seçebildim. Çoğu kez bu gözler koyu bal rengi bir yumuşamayla bana teslim oldular, ama gene de daha çok öfkeli bir boyun eğmezlikle kendi kendilerine bile direnirlerdi. Ne olduğunu tam olarak bilmediğim bir ayrıksılık var sende. Pek çok kadında olmayan bir şey bu. Varlığının tümüne sinmiş bir yaşadığı her şeyi gerçekten yaşamışlık mı bu bilmiyorum. Ama seni yaşamımdan çıkarmak ya da büsbütün katmak için hiçbir şey yapamadığımı biliyorum.'

O fotoğraf buralarda bir yerde olmalı hâlâ. Çabucak kalkıp arka odaya geçiyorum. Masanın çekmecelerini karıştırıyorum özlem dolu bir esriklikle. Kâğıtlar, notlar, eski mektuplar arasında arıyorum onu. Çekmecenin dibine serilmiş kâğıdın altında buluyorum az sonra. Tozlanmış. Ne kadar gençmişim o zaman. Nasıl iyimser, umut dolu ve ne güzelmişim.

Ağlıyorum. Üç yıl sonra bu noktada olabileceğimi niye bilemedim o zaman? Niye bilemedik? Ne ben ne Onur ne de Ayhan niye göremedik bu sonucu?

Niye saklamış bu fotoğrafı bu kadar derinlere? Artık hiçbir anlamı olmadığı için mi? Benden başka birinin gelip onu bulması kaygısıyla mı? Niye savunmadı bu sevgiyi sonuna kadar?

Saat yirmi dörde geliyor. Belki de gelmeyecek artık. Hiç gelmeyecek...

CİNAYETLER

Şişenin dibinde kalan içkiyi bardağıma boşaltıyorum. Bu kadar içmeye alışık değilim ama artık olan oldu. Gelmeyeceğini biliyorum. Küçük bir umut var içimde yalnızca ve beni avutacak kadar güçlü değil bu. Eve gidemezsem burada kalırım bu gece, sabaha ayılmış olurum.

Arka odadaki yatağın üzerine yarı yatar yarı oturur uzanıyorum. Onur'la birçok kez birlikte olduğum bir yatak bu. Ne tek ne iki kişilik, ikisi arası genişlikte. Hiçbir zaman bir bütün geceyi burada birlikte geçirmedik onunla. Çalınmış zamanlarda bir arada olduk, bir düşü bölüştük, sonra da kendi gerçeğimize, başka evlere, başka insanlara koştuk.

Başkalarının yanında aramızdaki yakınlığı gizlemek için çaba gösterirdik. Rekla'daki iş ya da evlerdeki gece toplantılarında bir araya geldiğimizde herhangi biriyle selamlaşır gibi selamlaşırdık kayıtsızca. Daha ileriye giderdik hatta. Bize daha uzak insanlara gösterdiğimiz sıcaklığı esirgerdik birbirimizden. Hasan'ı öperdim de örneğin Onur'un elini sıkardım. Ondan başkalarıyla daha çok konuşurdum akşamüzeri davetlerinde; ayaküstü ve onu yitirmemek için sürekli izlerdi gözlerim. Kiminle ne konuşuyor, hangi grupta yer alıyor görür, bilirdim. Aklım onunla birlikte gezinirdi ve bu yüzden bana sorulanları iyice anlayamazdım. Bir sersemlik çökerdi üzerime. Gereken durumlarda gerekenleri söyleyemez, soruları yanıtlayamazdım.

Nazlı'nın geldiği günkü tartışmamızdan sonra baş başa olabileceğimiz her dakikayı sonuna kadar değerlendirdiğimiz, durmadan konuştuğumuz bir döneme girmiştik nasıl olduğunu pek bilemeden. Ne konuştuğumuz değildi önemli olan. Yan yana olmak, ondan bana benden ona akan o eşsiz sıcaklığı yaşamaktı. Sürekli olarak, kendiliğinden bir adım daha ileriye gidebilmeyi umarak ve bundan duyduğumuz korkunun vazgeçilmez çalkantısını içimizde taşıyarak gerçek dostluğun güzelliğinden söz ediyorduk. Korktuklarımızın tümünü göze almıştık da ikimiz de ötekinin bir eylem, apaçık bir davranış göstermesini bekliyorduk sanki. Ama aramızda övgü dolu sözlerle, sevgiyle andığımız Ayhan'ın gölgesi var oldukça çok zordu bu.

Ayhan'ın Eskişehir'de olduğu bir akşam bir barda oturuyoruz Onur'la.

Ayhan'la ilk yıllarımız çok zorlu idi, diyorum. Birbirimizi sahip olma duygusundan arınarak sevebilmeyi denedik. Kolay olmadı. Önceleri çok kıskanıyordum onu.

Evet, diyor; kadınlar tekelcidir.

Hayır, diyorum. Bence erkekler...

Gülüyoruz. Niye bu kadar mutluyum? Şimdi, şu anda burda, masmavi bir ilkyaz akşamı koyulaşırken, Onur bira bardağını ağzına götürüyor, bir yudum alıyor, dudağına bulaşan köpüğü yalıyor ve ben bu ânı sonsuza kadar anımsayacağımı düşünüyorum. Bardağı tutan güzel ellerine bakıyorum.

Aslında kıskançlık kendine güvensizlikten doğuyor olmalı, diyorum. Büyüme çağında çok çirkindim. Ellerim ve ayaklarım birdenbire büyümüştü, biçimsiz bir şey olmuştum.

İnanamıyorum, sana öyle geliyordu sanırım...

Hayranlıkla bakıyor bana. Şakacı gülümsüyor. Anlattıklarım harika şeylermiş gibi ilgiyle dinliyor.

Sonra ilk kocam, çirkin olduğuma iyice inandırdı beni. Ona güzel olup olmadığımı sorardım. Yanıtı hep aynıydı: Karga gibisin...

Aynan yok muydu?

Duraksıyorum. Bu övgüyü duymalı mıyım? Evet, duymalıyım.

Aynalar gerçeği değil kendi gözümüzdeki bizi yansıtıyor. Neyse, sonra Ayhan yeniden inandırdı beni güzel olduğuma.

En iyi ayna aşk olmalı, diyor. Kendimizi bizi seven kişinin gözleriyle görebiliyoruz o zaman.

Bir an dalıyor.

Tek başına anlamı olmayan bir şey güzellik, diyor sonra. Bir bütünlük o. İnsanın genel havası, kişilik. Ben birçok insanın güzel bulduğu kadınları beğenmemişimdir çoğu kez.

Ne konuştuğumuz hiç önemli değil. Aramızdaki sırdaşlığın ilk kez böylesine somutlaştığı bir zamanı yaşıyoruz belki de. Oturuşumuz, birbirimize bakışımız, karşı taraf için ne kadar değerli olduğumuzu duyma ve onu da aynı biçimde sevilmeye değer olduğuna inandırma kaygısı ile yönleniyor. Bize şu anda egemen olan en belirleyici duygu bu. Kendimizi ötekine sunma çabası içindeyiz.

Nazlı'nın güzelliği mi etkiledi seni ona yaklaşırken, diye soruyorum birdenbire.

Gene mi o, diyor gülerek. Güzel mi buldun onu?

Eh, herhalde öyle, diyorum.

Kıskançlık mı bu?

Yok canım, niye kıskanayım? Merak ediyorum, ne buldun onda?

Durgunlaşıyor. Masanın örtüsüyle oynuyor. Bir sigara uzatıyor bana, eğilip yakıyor. Sonra başını kaldırıp bakıyor bana söylemek istediğini söyleyip söylememeye karar vermeye çalışıyormuş gibi.

O bir kaçıştı Suna, diyor. Daha gerçek, daha boyutlu ama çok acı verecek bu yakınlıktan kurtulma çabasıydı.

Sözü edilen kişi benmişim gibi söylüyor bunu. Sesinin tonuna sinmiş bir anıştırma ile konuşuyor.

Soluğum kesiliyor. Güçlükle;

Ama neden, diye soruyorum. Niye söylesene?

Taşıyor birden. O âna kadar kendini tutmuş da artık başaramıyormuş gibi boşalıyor.

Çünkü ben sevdiğim kadına dokunmak isterim, diyor. O sıcaklığı duymak isterim...

Ona bakıyorum. Korkusuzca bakıyor gözlerime. Meydan okur gibi.

Onur, ben... Gerçekten...

Ne güzel rengi var saçlarının, diyor. Ne güzel bir kumral...

Ne diyeceğimi bilemeden öylece bekliyorum.

Saçına dokunmak istiyorum, diyor kararlı bir sesle.

Dokun öyleyse, diyorum yavaşça.

Uzanıyor, birikmiş bir istekle ama gene de çekingen bir dikkatle omzuma dökülmüş saçıma kısacık, kaçamak bir darbe vurur gibi değdiriyor elini. Çocuksu bir saflıkla çekiyor hemen.

Şaşkın, tartarak bakıyoruz birbirimize. Sonra akşama, denize çeviriyoruz gözlerimizi. Susuyoruz. Çok uzun zamandır beklenen bir şey oldu, diye düşünüyorum. Ama hiçbir şey olmadı işte...

Suna, diyor, Onur birden.

Suna öyle güzelsin ki durmadan dokunmak isterdim sana.

Sarsılıyorum.

Ama bu olanaksız, diyorum. Biliyorsun ben... Ayhan'ı seviyorum. Belki, tabii ikinizi birden sevebilirim herhalde ama... Olmaz sanırım. Yani...

Sözümü kesiyor.

Biliyorum. Söylemek istediğim buydu, diyor.

Susuyoruz yeniden. Yenik düşmüş gibi küskünüz birbirimize.

Kalkalım mı, diyorum, geç oldu.

TAVUKLU PİLAV KURUSU

Pirinç bir bardak ya da tasla ölçülür. Yağ tencerede kızdırılır. Hayır, önce pirinç yıkanır ve ayıklanır, yani önce pirinç yıkanır demek istiyorum. Yıkanan pirinç kızgın yağa atılarak kavrulur. Kavrulmaz, çünkü pirincin ölçü tasını tam olarak doldurmadığı tam o anda anımsanır ve evde başka pirinç olmadığından terliklerle bakkala gidilerek pirinç alınır. Bir avuç pirinç daha yıkanır, ayıklanır, tenceredeki yarı kavrulmuş pirince katılır. Bu sırada bu tür pilava kuşüzümü ve fıstık katılması gerektiği akla gelir ve yeniden tencere ocaktan indirilip ocak söndürülmeden bakkala gidilir.

Kavrulmuş pirinç fırın tepsisine dökülür. Haşlanmış tavuk parçaları pirincin üstüne dizilir ve tepsi fırına verilir. Su koymak unutulur. Az sonra kavrulmuş pirinç kurusunu yememek için hiçbir neden yoktur artık. Afiyet olsun.

Ne bu böyle, diye soruyor Ayhan.

Tavuklu pilav kurusu... Yalnızca tavuklarını ye...

Nasıl becerdin bunu?

Su koymayı unutmuşum.

Çok dalgacısın...

Sevmek, lokmanızı çiğnemeyi unutarak masa başında kalakalmaktır.

Sevmek sonradan, usulca okşamaktır bir elin değdiği yerini saçlarınızın.

Belki de sevmek bir gün hiç yoktan altüst edilip tavuklu pilav kurusu pişirmektir.

Sevmek telefon zillerini duymamak, bastığı yeri bilmemektir.

Sevmek yaşamınıza birdenbire girip, bir süredir sessizce ona katılmakta olan birini ondan önceki denge ve düzeni hiç bozmamaya çalışarak kabullenmek midir?

Geleni, yaşamı biraz daha zenginleştiren, çoğullaştıran, daha bağımsız, daha saygıdeğer kılan bir öğe olarak ele almak mıdır?

Başlangıçta böyle avutur insan kendini, böyle yatıştırır. Ama hiçbir şey olumlu ya da olumsuz olarak şu ya da bu biçimde yorumlanamaz böyle bir durumda. Birdenbire her şeyden kurtulmuş duyarsınız kendinizi. Amaçlarınız, yaşadığınız gün ya da gelecekle ilgili tasarılarınız elinizden alınmıştır artık. Tek bir yol vardır önünüzde. Rüzgârın sizi götürüp aralıksız vuracağı o kıyı.

Yaklaşmakta olan bir sevdanın ayak seslerini duyuyordum. Henüz uzaktaydı bu sesler. Geceleri birdenbire uyanıyor, korku içinde doğruluyordum yatakta. Bu ayak seslerini susturabilir, bana yaklaşmalarına engel olabilirdim. Gerçekten istiyorsam yapabilirdim bunu.

Ama hayır, hemen arkasından anlıyordum ki geriye dönebileceğim yerin çok ötesindeydim artık. Bundan böyle istemeyerek ve korkudan ölerek de olsa, bu sevdayı yaşamak, karşılık görmek, sonuna kadar gitmek isteğiyle elimden geleni yapacağım.

Su'nun, ağrılı, yakınmacı sesi geliyor bir yerlerden. Kendine gel, diyor. Biliyorsun aşk yoktur. Düşüncelerinin onunla uyuştuğunu sanıyor, ondaki yaratıcılığın senin gelişmemiş bir yanını tamamladığını sanıyorsun. Kendini bir başkasının gözleriyle olumlayarak gerçek anlamda var etmeye çalışan benliğin öteki gözleri bulduğunu sandığı andaki şaşkınlığı bu. O esrikleştirici yanılgı. İşte sonunda seni anlayan birini buldun, ne şans! Nasıl da benziyorsunuz birbirinize... Bunları daha önce de yaşamadık mı seninle Na? Nasıl oluyor da göremiyorsun şimdi?

Çok başka bir şey bu, diyorum. Kendimi böylesini yaşamaktan esirgeyemem. Söylediklerin doğru bile olsa, her şeyin baştan aşağı yanılgı olduğunu anlamama kadar geçecek süre içinde yaşayabileceğim güzellikler çekiyor beni.

Yaşamın yoluna girmişken, Ayhan'la uzun uğraşlardan sonra yerine oturttuğun düzen aksamadan sürüp gidiyorken yeni bir aşkın çekiciliğine kaptırmamalısın kendini, diyor Su. Çekeceğin acıyı biliyorsun.

O acı hep var içimde zaten. Azalmış çoğalmış umurumda bile değil. Dayanırım. Bağışıklığım var.

Adam'dan ayrıldıktan sonraki günlerde, bir zamanlar sevdiğin bir adam küçük bir bekâr odasında, eski bir alüminyum tencere içinde, salt bize acı vermek için senin ona yazdığın, geceler boyu uyumayarak yazdığın sevgi dolu mektupları teker teker yakmıştı, diyor Su. Onun şeytana benzediğini düşünmüştün o anda. Cehennem ateşinin başında sen yanarken kuyruğunu savurarak dans eden bir şeytana. Gülüyordu, senin donmuş yüzüne bakarken. Yatağın kıyısına oturmuştun. Az önce onun olduğun, kendini hesapsızca ona sunduğun yatağın kıyısına. Anımsıyor musun?

Evet, anımsıyorum.

Gülerek bakıyordu bana evet. Az önce tutkuyla öptüğüm dudakları çirkin ve hain bir sırıtışla yüzünü bozuyordu. Gözlerimi ordan kaçırıp pencereye bakmaya başlamıştım. Uydurma, tek kanat bordo bir perde asılıydı orada. Rayları yer yer kopmuş, biçimsiz sarkmıştı kornişten aşağı. Tencerede yanan mektupların alevi gölgeler halinde oynaşıyordu üzerinde.

O gece ona bitirmemiz gerektiğini söylemiştim. Birbirimize hiç benzemediğimizi, benzemek gerekmese bile bakış açılarımız arasındaki farkın yüz seksenin üzerinde olduğunu ancak anlayabilmiştim çünkü. Nice gün, nice gece ve uzun iç dökmelerden sonra. Sahiplenme, tutsaklık, yozlaşma ve yalnızlık çok yakınımızdaydı artık.

Ateşe baktım. Mektuplarımı ateşe atan ellere baktım. Beni okşamış, elimden tutup yüreğinin ayak basılmamış topraklarına sürüklemişti bu eller beni. Korkusuzca gitmiştim onunla. Duygu, düşünce ve tensel isteklerin tam tamına çakıştığı, ötesi olmayacağını sandığımız bir yerde durmuştuk gerçeği görebilmek için gerekenden daha uzun bir süre. Aylarca. Ama işte şimdi, mektuplarımı yakarken onun gerçekte şeytan olduğunu görebiliyor, o güne kadar neler duyduğumu hiç anlayamamış olduğunu birdenbire öğreniyordum.

Sonra dışarıya çıktım.

O gece eve döndün, hemen yattın ve her şeyi unutmak ister gibi çabucak uyudun, diyor Su. Sen zaten en zor zamanlardan böyle kaçarsın.

Ama gece yarısı birden uyandım, diyorum. O ağrı göğsümün üzerinde olanca ağırlığıyla duruyordu. Biraz dinlendirmiştim o ağrıyı yalnızca belki de. Kalktım, giyindim. Botlarımı bile giydim. Uzun bir yolculuğa çıkacakmışım gibi hazırlandım ve birinin gelip beni almasını bekledim sabaha dek.

Kimdi o?

Bilmiyorum. Herhangi biri olabilirdi. Onun dışında biri. Eğer birini bekliyor olmasaydım gidip onu öldürebilirdim. İnsanın bir yeri bombalaması, kundaklaması ya da cinayet işlemesi çok kolaydır böyle zamanlarda. Bunların hepsini birden yapabilirdim o gece. Ama birini bekliyordum. Birinin beni durdurması gerekiyordu. Bir şişe benzin bulmak çok kolaydır çünkü. Şeytanın odasından çıkar çıkmaz korkunç bir istekle düşünmüştüm bunu. Gel gör ki olayın geçtiği evin yakınlarında bir konsolosluk ve önünde bekleyen stenli polisler vardı. Ne yapacağıma karar vermeye çalışırken caddede bir aşağı bir yukarı gezindiğim için onların kuşkularını zaten üzerime çekmiş bulunuyordum.

Uydurmaya başladın, diyor Su. Böyle şeyler olmadı, atıyorsun.

Sen nereden bileceksin tatlısu balığı! Sen hiçbir şey görmedin ki...

Yanındaydım; olmadı.

O gece olmamış olabilir ama birçok kez sevdiğim erkekler yüzünden oldu böyle şeyler ve ben bu çılgın kundaklama ve cinayet işleme isteğini birçok kereler duydum aslında. Önemli olan, senin kavrayamadığın bu işte.

Burada o geceden söz ediyoruz ama. Polis filan yoktu bence.

Sen o sırada uyuyordun. O sabah bir kadın arkadaşım geldi, seni botlarını giymiş olarak koltukta oturur buldu. Konuşmadınız. Anlamıştı bir şeyler döndüğünü. Seni sessizce soyup yatağına yatırdı. İki uyku hapı da içirdi sanırım, çünkü on saat sürecek deliksiz bir uykuya daldın.

Sen şimdi ertesi sabaha atladın, diyor Su. Oysa Şeytanın evinden çıktığımızda geceydi. Bir karışıklık var bunda.

Doğru. Ama zaten her şey öyle karışıktı ki. Niye ayrıntılar üzerinde kafa yoruyorsun? Sabah olmuş, akşam olmuş ne fark eder? Önce ya da sonra olmuş; şurda ya da burda ne fark eder? Hem sonra sokaklar polis dolu, her zaman her yerde rastlanabilir onlara...

Tamam peki, kızma. Ben uyudum, sen ne yaptın?

Ben dışarıya çıktım. Dedim ya biri bana engel olmalıydı. Bu nedenle bir yere telefon etmem gerekiyordu. Bir süre yürüdüm. Meydandaki telefon kabinlerinin önü kalabalıktı. Telefon etmek zorunda olduğum için kalabalık beni sinirlendiriyordu. Gördükleri her kabinden ipe sapa gelmez konular yüzünden telefon etme isteğini yenemeyen telefon hastaları var ve bu kent onlarla dolu. Üstelik telefonların doğru dürüst çalışmaması da bu işsiz güçsüz hastalar yüzünden. Tıp kayıtlarında her ne kadar adı geçmiyorsa da bu gizli ve amansız bir illet. Bu yüzden bu insanların arasında kuyruğa girmek, onlarla birlikte bekleşmek her zaman aşağılayıcı ve hastalıklı bir durum olarak görünmüştür bana. Özellikle şu anda yaşamımın en önemli telefon görüşmesini yapacakken biri beni yarım metre ötemde beklememeli. Ama çaresizim. Her an caymayı, gidip bir şişe benzin bulmayı kurarak bekliyorum. Çok geç oluyor. Bütün gün bekliyorum ve gecenin ilerlemiş saatleri oluyor artık.

Saate bakıyorum, Gecenin biri. Kalkıp salona geçiyorum yeniden. Işıkları yakıyorum. Karşımdaki resim çirkin görünüyor bana şimdi. Ölü kuşlar. Kundaklanmış bir gecenin günahsız tanıkları. Gelmeliydi, gecenin neresinde olursak olalım gelmeliydi. Kesinlikle gelmeliydi. Gelmedi. Çok geç oldu, artık kendimde değilim, benim suçum yok bu olanlarda. Gecenin ilerlemiş saatleri oldu ve sıram geldi sonunda.

Telefona yürüyüp bir süre bekliyorum. Sonra aceleyle Onur'un evinin numarasını çeviriyorum. Telefon beşinci çalışta açılıyor. Güler'in ürkek sesini duyuyorum.

Buyrun...

Onur lütfen.

Şaşkınlık, kuşku, korku... Anladı, gene de soruyor.

Kimsiniz?

Suna. Onur'u verir misiniz?

Yatmıştı. Bir şey mi oldu Suna Hanım?

Evet, çok önemli, lütfen.

Bir bakayım.

Bekliyorum. Ne oldu, önemli ne olabilir? Ne uydurur Güler'e?

Alo, diyor Onur. Uzak, kızgın gibi.

Hâlâ seni bekliyorum burada.

Ha, o işi unutmadım. Yemek uzun sürdü. Kurtulamadım. Artık yarın hallederiz. Kusura bakma arayamadım sizi.

Bizi mi? Ayhan'la beni ilgilendiren bir konu olduğu izlenimi yaratmak istiyor olmalı karıcığında.

Niye aramadın, niye beklettin beni gelemeyeceksen?

Hep aklımdaydı; hiç fırsat olmadı. Biliyorsun bu işleri... Artık Ayhan'la yarın konuşuruz. Söz vermiştim tabii ama...

Ne Ayhan'ı? Güler başında mı dikiliyor, niye saçmalıyorsun?

Öyle, iyi geceler.

Seni bir daha görmek istemiyorum, kesinlikle istemiyorum. Anlıyor musun?

Anladım, peki olur. Nasıl istersen. Sonra konuşuruz.

Seni korkak, yüreksiz!

Telefonu vurarak kapatıyorum. Paltomu kapıyorum askıdan. Çantamı arıyorum bir süre. Arka odada bırakmışım. Atölyenin anahtarını çantamdan çıkarıp masanın üstüne, boya kavanozlarının yanına atıyorum. Kapıyı çarpıp merdivenlere koşuyorum.

Dışarı, soğuk, temiz havaya çıkıyorum. Yürüyorum.

Bir zamanlar buralarda bir dere, kıyısında ıhlamur ağaçları olmuş olmalı. Artık yok. Bir zamanlar bu caddedeki bir evin çatı katında iki sevgili mutluluk dolu saatler geçirirlerdi. Artık bitti. Bir zamanlar, çok eski zamanlardı onlar, bu derede kazlar, ördekler yüzerlerdi. Manolya Pastanesinin duvarındaki resimde, dere olmayan derede yüzemeyen, ördeklere benzemeyen gerçek ördekler. Ne oldu o dereye, o ördeklere ne oldu?

Söğütlerin dalları suya değerdi. Yaz başında ıhlamur kokuları sarhoş ederdi buradan geçenleri. Suyun kıyısında zerrinler, nergisler biterdi. Artık hepsi yok oldu ve kimse buna karşı çıkmadı. Peki, olur, nasıl istersen, dediler.

Peki, olur, nasıl istersen...

Yürüyorum. Ağırlıksız, kimliksiz boşluğun içinde yürüyorum. Sokaklarda kimse kalmamış. Yollar bomboş.

Kimbilir kaç kişi birbirini boğazlıyor bu saatte. Gazinolarda kumar masalarında büyük kayıplar yaşanıyor. Eller bıçaklara, tabancalara davranıyor. Kundaklama planları yapılıyor. Bütün oyunları kaybetmişlerle dolu bu kent.

Kadınlar satılıyor, alınıyor, bıçaklanıyor, parça parça doğranıp çöp bidonlarına atılıyor. Kızlığı satılmış küçük kızların kızlığı bozuluyor kız bozmaya meraklı hergeleler tarafından. On yedi yaşında liseli bir kız kendisine tecavüz eden babasını, kocası askerde bir gelin kayınpederini vuruyor bilinmeyen nedenlerle.

Binlerce şişe içki içiliyor, tonlarca tütün tüketiliyor. Kocaları işsiz ev kadınları işe çıkıyor hanım hanımcık. Erkekten dönmeler köşe başlarını tutuyor onlardan önce. Kasetler dönüyor, davullar, ziller çalıyor. Assolistler inim inim inliyor ekolu mikrofonlarda, piyanist şantörler avaz avaz bağırıyor.

Dolaplar dönüyor, üçkâğıtlar açılıyor; bankalar, yalılar, döviz büroları soyuluyor. Uyuşturucu şebekeleri ele geçiyor. Bir polis cinnet geçirip karısını ve dört çocuğunu boğazlıyor. Evler basılıyor, zina yapan çiftler ve gizli örgüt militanları –yarı canlı ve ölü– olarak yakalanıyorlar. Silahlar bombalar patlıyor, acil servisler adam almıyor.

Karı kocalar kavga ediyor kıyasıya. Sevgililer bir daha görüşmemek üzere ayrılıyorlar. Seni bir daha görmek istemiyorum, diyor bir kadın sevdiği adama. Peki, olur, nasıl istersen, diyor adam, anahtarı bırak git. Cinayet çıkıyor.

Durup dururken, hiç yoktan bir sürü cinayet işleniyor. Bir İETT şoförü komşunun oğluyla yatan karısının gözlerini oyuyor, kulaklarını ve 'orasını' kesip döşemenin altına gömüyor. Bir belalı kezzap atıyor kolladığı kadının yüzüne.

Karakollarda zabıtlar tutuluyor. Olayların intihar mı cinayet mi olduğu araştırılıyor titizlikle. Cinayet süsü verilmiş intihar mı, intihar süsü verilmiş cinayet mi oldukları anlaşılmaya çalışılıyor.

Herkes cinayet işleyebilir. Ben de, Onur da.

Evet, rahatlıkla cinayet işleyebilecek biri o. İnceden inceye planlayarak hem de. Belki de geçmişinde gizli kalmış, intihar süsü verilmiş bir cinayet var. O ilk büyük cinayetinden sonra, dengede kalabilmek, yanlış yapmamak, açık vermemek için sürekli çaba gösteriyor çünkü. Sanırım o cinayetin tek tanığı Güler'di ki ona ters gelecek şeyler yapmaktan ve bu yüzden ele verilmekten çok korkuyor. Sonra kimbilir art arda cinayetler işleyerek yaşıyor da olabilir, neden olmasın. Yaşam biçimi bu belki, nerden bileceksin...

Yoluma çıkan telefon kabininin önünde duraklıyorum. Bomboş. Kimsecikler yok. Tam özgürce telefon edilecek zaman. Çantamda vapur ve telefon jetonları, damga ve posta pulları, bozuk paralar taşımayı iyi öğrendim Ayhan'dan ayrılalı. Hiç değilse bu yararı oldu bana bu ayrılığın. Yarından başlayarak küçük bir şişe benzin, iz bırakmayan öldürücü zehir ve sustalı bulundurmalıyım yanımda ayrıca. Gerekebilir.

Sonra artık olup bitenler üzerinde hiç düşünmemeliyim. Biri beni düşünmekten alıkoymalı. Bütün bu saçmalıklar, bu rezillikler için kafa yormak dayanılır gibi değil çünkü. Bir yerlerde oynayıp duran oyunlar bunlar. Benim bilmediğim kuralları, kuraldışı, kesinlikle söze dökülmeyen özel davranış biçimleri, görülenden farklı anlamlar taşıyan işaretleri olan oyunlar. Birtakım insanlar bu oyunları kanıksama ve sıkıntı dolu yaşamlarını çekilir kılmak için oynuyorlar. Tümüyle yapay bu oyunlara kazayla karışmış olanlarla, benim gibi ahmaklarla, ilkel bir canlı, bozulmamış bir oyuncak olarak eğleniyorlar.

Nazlı'nın sesini duyuyorum.

Dürüst olun dürüst, diye bağırıyor, dürüst olun korkaklar! Açık oynayın!

Kabinin az ötesindeki parka yürüyorum. Başım dönüyor, çok içtim. Bu saatte parkta bir kadın. Gören kimbilir ne düşünür. Ne düşünür? Ne düşünürse düşünsün. Kadınların da hakkı vardır içip sarhoş olmaya ve gece yarıları parklarda dolaşmaya. Bu hakkı kullanmamı engellemeye kalkışanın alnını karışlarım ben bu gece.

Bir banka oturuyorum. Nazlı'yı kınamıştım, nasıl da tepeden bakmıştım kıza. O sıra benim yıldızım parlamaktaydı çünkü. Onunkiyse paslanmış, yerlere düşmüştü...

Rekla'nın kuruluş yıldönümü kokteyli çalıştığımız yönetim binasında, giriş katı ve bahçe kullanılacak biçimde düzenlenmişti. Yeni bir ajanstı Rekla. İki yıllık bir geçmişi vardı henüz. Tarık çalıştığı yerden ayrılıp Rekla'yı kurmuştu biraz palazlanınca. Şimdi o güzel mayıs akşamını anımsarken zaman genelde olduğundan daha hızlı geçiyor ama bazı zamanlar olduğunca kalmış gibi yaşıyoruz, diye düşünüyorum. O gün için aldığım turkuvaz ipek bluzum ve keten krem rengi etekliğimle çok şık, çok güzel olduğumu söylemişti Ayhan evden çıkarken. Benim şık ve güzel olmamdan çok hoşlanır Ayhan. Yırtmaçlara, dekoltelere bayılır. Sahip olduğu güzellikleri herkes görsün ister...

Bahçe kapısında duruyorum. Ayhan kameriyede birkaç kişiyle yoğun bir sohbete dalmış. Kalabalığın içinde Onur'u arıyor gözlerim.

Saçıma dokunduğu günkü konuşmamızdan sonra bana daha yakın ama daha arkadaşça davranır olmuştu. Aramızdaki gerilimin şiddeti azalmış mıydı bana mı öyle geliyordu bilmiyorum. Şu var ki konuşurken birbirimizin gözlerine bakamıyor ve bu kaçınmayı ikimiz de fark etmiyor görünüyorduk. Belki de doğru olanı yapabilmenin iç rahatlığıyla yaklaşıyorduk duruma.

Daha o sabah Ayhan'la kahvaltı yaparken ona anlatmıştım Onur'la Nazlı'yı konuştuğumu. Kendimden hiç söz etmeden elbet.

Onur bir arayış içinde Suna. Yeni işinde yeni kimliğini yadırgıyor. Kolay değil.

Kendini bu kadar sıradan bir ilişki yoluyla mı olumlayacak?

Şaşkın zavallı. Ama kadın konusunda her zaman en kolayı, en sorunsuzu yeğleme eğilimi vardır onda. Boşanmanın güçlükleri yüzünden, yani ev, eşya, çocuklar, şu bu filan, o kadınla evliliğini sürdürüyor. Oturdukları ev yarı yarıya karısınınmış. Araba da Güler'in üstüne kayıtlıymış.

Neden?

Bilmem, herhalde onun permisi karşılığında almışlar. Bırak şunu Suna.

Yani ekonomik kaygılar ve tembellik yüzünden sürdürüyor evliliğini öyle mi?

Çözümsüz görünüyor bunlar ona.

Genel erkek davranışı...

Genelleme yok.

Onur'u üst kata çıkan merdivenin dibinde Nazlı'yla birlikte görüyorum birden. Sırtı bana dönük. Ne işi var bu kadının burda? Kim çağırdı onu? Tartışıyorlar. Nazlı epeyce içkili görünüyor. Sert el kol hareketleriyle bir şeyler söylüyor Onur'a. O ise herkesten gizlemek, kapatmak ister gibi siper olmuş kadının önüne, iyice köşeye götürmüş. Ne konuşuyorlar, nasıl savunuyor Onur kendini? Savunmada olduğu anlaşılıyor duruşundan, eğilişinden...

Onların hemen arkasında Sibel'le Ercan'ı görüyorum. Çabucak yanlarına gidiyorum. Son kampanyayı tartışıyorlar. Katılamıyorum konuşmalarına. Onur'la Nazlı'yı bulunduğum yerden duyabiliyor ve onları dinliyorum çünkü.

Söylediğin hiçbir şeye inanmıyorum artık, diyor Nazlı bağırarak. Yeter artık ama, dayanamıyorum...

Dayanma öyleyse, diyor Onur. Hem bu kadar bağırma!

Açık konuş benimle...

Açık, her şey apaçık, söyledim sana.

Bitirmek istiyorsun öyle mi?

Böyle bir şey söylemedim.

Ya ne?

Söylemem gerekmiyor sanırım. Böyle şeyler kendiliğinden bitmişse biter...

Dizlerimde bir boşalma oluyor. Aralarındaki ilişki bu noktaya vardıysa çok yakın olmuş olmalılar. Dönüp yaklaşıyorum onlara iyice. Beni görür görmez belli etmemeye çalıştığı bir sıkıntı geçiyor Onur'un yüzünden. Sonra gözleri yumuşuyor ama hemen. Kendimi zorlayarak gülümsüyorum onlara.

Ayhan'ı göremedim, diyor Onur, geldi mi?

Birlikte geldik, bahçede.

Bu cici hanım Ayhan Beyin eşi mi, diye soruyor Nazlı ağzını garip bir biçimde yayarak. Tanıştırsana bizi...

Cici ha? Sinirlendiğimi belli etmemek için zorluyorum kendimi. Küçümser gibi bakıyorum ona. Sallanıyor ve merdivenin korkuluğuna tutunuyor yavaşça.

Suna, diyor Onur ve Nazlı.

Elimi uzatmıyorum Nazlı'ya. Başımla küçük bir selam veriyorum o kadar.

Ayhan Beyi tanıyorum, diyor Nazlı. Çok şeker bir kocanız var. Bana bir içki alır mısın Onur?

Yeter artık, içmesen iyi olur, diyor Onur.

Bırak da buna ben karar vereyim...

Getirirler şimdi, diyorum. Nazlı'nın hırçınlığından Onur'u korumak ister gibi.

Onur'dan rica ettim, diyor Nazlı.

Özür dilerim Suna, diyor Onur nedense, bana dönerek.

Önce benden özür dile, diye araya giriyor Nazlı. Özür dilenecek biri varsa o da benim burda.

Sorun nedir, diye soruyorum kayıtsızca gülerek.

Bir şey yok canım, diyor Onur. Ben Ayhan'a bir bakayım.

Kaçar gibi yürüyüp gidiyor yanımızdan.

Ağırlaşmış gözkapaklarının altından nefretle bakıyor Nazlı, arkasından.

Gerçekten nedir sorun, diye soruyorum.

Bir içki istedim o kadar, diyor.

İyi görünmüyorsunuz, bir araba çağırayım mı size?

Hayır, iyiyim.

Ayakta duramıyorsunuz ama. Benimle gelin, dinlenin biraz.

Koluna girip en yakın odaya sokuyorum onu. İçerde kimse yok. Oturtuyorum. Birdenbire ağlamaya başlıyor.

Oynuyor benimle, diyor hıçkırıklar arasında, yakasına yapışmışım gibi davranıyor.

Ama o istemeden olmaz, diyorum, bilirsiniz. Bırakın, üstüne düşmeyin.

Sinir ediyor beni. Ne oldu buna böyle anlayamıyorum. Kaba herif?

Yumuşak biridir aslında, naziktir, duyarlıdır... diyorum.

Öyle görünmeye çalışıyor, diyor. Ben senden daha iyi tanıyorum onu.

Ben de tanıyorum, diyorum.

Gözyaşlarıyla ıslanmış, kirpiklerindeki rimelin yol yol çizgilerle lekelediği yüzünü bana kaldırıyor.

Sen nesi oluyorsun onun, diye soruyor sinirlenerek. Âşık mısın ona nesin, bu kadar savunduğuna göre...

Hadi canım sen de. İş arkadaşım o benim.

Tabii, benim de öyleydi. Anlaşıldı, yeni numarası sensin.

Saçmalama, diyorum. Topla kendini hadi!

Gözlerini kuruluyor, kalkıp kapıya yürüyor.

Kuşkulanıyordum zaten, diyor. Birdenbire uzaklaşıverdi benden. Sen de kendini akıllı sanıyorsun değil mi?

Sarhoşsun, diyorum. Abuk sabuk konuşuyorsun!

Sarhoşum ama geri zekâlı değilim.

Eşikte duruyor, bir an dönüp bana bakıyor. Iyi yürekli, cici küçükhanım, diyor. Tam o uyuza göresin sen...

Kontrolümü kaybediyorum. Beynim zonkluyor.

Seni nerden topladı? Sokaktan mı, diyorum.

Ayağını hırsla eşiğe vurarak bağırmaya başlıyor.

Allah kahretsin sizi be! Korkaklar! Açık olsanıza, dürüst olun dürüst! Alçaklar! Saman altından su yürütüyorlar!

Tarık yanıma koşuyor.

Biri şu karıyı postalasın burdan hemen, diyor. Kim bu yav? İyice sapıtmış.

Sürtüğün biri işte, diyorum öfkeyle.

Kalabalık bize bakıyor. Ne olduğunu anlamaya çalışıyorlar.

İki kişi kollarına girerek Nazlı'yı dışarı çıkarıyorlar. Direnmiyor.

Onur'la Ayhan bahçedeler.

Nazlı gitti, diyorum, onu sen götürmeliydin Onur!

Çok içkiliydi, yolda olay çıkarabilirdi.

Boş ver şu kadını Onur yahu, diyor Ayhan.

Bir şey yok ki zaten...

Biri Ayhan'a el ediyor uzaktan. Ayrılıp gidiyor yanımızdan.

Kavga ettik onunla, diyorum Onur'a. Nazlı'yla.

Olamaz, diyor. Neden?

Deli de ondan.

Ne oldu, diye soruyor kaygıyla.

Beni sana âşık olmakla suçladı.

Gerçekten deli saçması imiş gibi söylüyorum bunu. Gene de kuşkuyla yüzüne bakıyorum, bir ipucu arar gibi. Günlerdir ilk kez korkusuzca bakıyor gözlerimin içine. Hüzünle gülümsüyor sonra.

Keşke öyle olsa, diyor.

Üşüyorum. Biten sigaramı yere atıp ayağımla eziyorum. Bir sokak serserisiyim ben. Yersiz yurtsuz bir dişi it. Az sonra polis gelip götürecek belki de beni. Fahişelik suçlamasıyla gözaltında sabahlayacağım. Çünkü kadınların gece yarıları parklarda oturma hakları yoktur. Peki ama neden parklara 'Saat 24'ten sonra erkek itlere mahsustur' levhaları koymuyorlar?

Polis beni toplayıp götürürse ne yaparım? Kuşkusuz Zührevi Hastalıklar Hastanesine de sevk ederler. Böyle bir şey olursa Ayhan'a telefon ederim, hastaneye sevk olmadan önce yetişip beni kurtarır.

Birdenbire kendimi Ayhan'la bölüştüğüm evdeki mutfak tezgâhını tekrar tekrar silerken, bir tenceredeki eti soğanla kavururken, elbezlerini kaynatır ve vişnelerin çekirdeklerini ayıklarken görüyorum.

Birden bütün bunları çok özlediğimi anlıyorum.

Ayın kaçı olduğunu, gecenin hangi saatinde olduğumu, yaşayıp yaşamadığımı, intihar süsü verilmiş bir cinayete kurban gidip gitmediğimi bilmek istiyorum. Ayhan'ı istiyorum.

Kalkıp telefon kabinine yürüyorum. Kapıyı açık bırakarak içeri giriyorum. Na, yarım metre ötemde bekliyor sessizce.

Numarayı çeviriyorum. Hemen sonra Ayhan'ın yorgun, yaralı sesini duyuyorum.

Alo, diyor.

Uyuyor muydun, diye soruyorum.

Hayır, günlerdir uyumuyorum.

Eve dönmek istiyorum, gelip beni alabilir misin?

Tabii, diyor. Neredesin?

Evde olacağım.

Bekle, geliyorum.

Taksi durağına kadar yürüyorum. Arabaya biner binmez sessiz ama coşkun bir ağlama nöbetine tutuluyorum. Çantamdaki kâğıt mendiller çabucak tükeniyor. Mantomun kollarına, yenlerime siliyorum, durmaksızın akan gözyaşlarımı, burnumu, ağzımı. Şoför hiçbir şey sormadan birkaç mendil uzatıyor bana, alıyorum, saygılı sessizliğine minnet duyarak. Ama evin önünde indiğimde dayanamıyor.

Kötü bir şey yoktur inşallah abla, diyor; ölüm falan.

Var, diyorum. Çok sevdiğim biri öldü.

Merdivenleri ağır, yorgun, dura dura çıkıyorum. Kendi evimin merdivenleri bunlar. Yukarda üçüncü katta, küçük, soğuk, karanlık bir evim var benim. Ayhan'ın beni boğan sevgisinden, ona verdiklerimle yetinemeyişinden, bitmez tükenmez suçlama ve kuşkulardan kurtulmayı umarak gizlendiğim ve az sonra bırakıp gideceğim bir ev.

Kapımı açıp giriyorum. Daha iyiyim, ağlamak rahatlatmış olmalı beni. Bir çantaya birkaç parça giysi, çamaşır ve gerekli eşyamı koyuyorum. Ayhan yarım saate kadar burada olur. Banyoya girip yüzüme bol soğuk su çarpıyorum. Koyu bir kahve hazırlayıp içiyorum çabucak. Bu evi tam da sevmeye başlamıştım, diyor Su. Senin yüzünden diyorum. Salt ayakların bu kadar üşüyor diye yenilmemeliydin. Yazık, çok yazık. Yenilen sensin, diyor; ben burada kalmak istiyorum aslında. Neden, diye soruyorum şaşkınlıkla, hayret! Senden bunu duyacağımı hiç ummamıştım. Ne umuyorsun ki Na, diyor, her şey yeniden başlamayacak mı sanki? Bütün o geceler, sabahlar, kahvaltı sofraları, yürüyüşler, kanepeler, yataklar, tavalar yeniden başlamayacak mı?

Mantomu ve botlarımı giymiş olarak bir koltukta oturuyorum ve Ayhan'ın gelip beni almasını bekliyorum. Caymak için çok geç artık. Az sonra gelecek. Gelirim dediyse gelir. Gelecek, uzlaşacağız. Yeniden başlayabiliriz belki. Birlikte yaşlanırız. Son yıllarımızda gider Düşköy'e yerleşiriz. Sebzeleri haşlar yeriz birlikte. Yaz akşamları sinemaya gideriz. Çekişecek, birbirimizi hırpalayacak hiçbir sorun kalmamış olur aramızda. Sonsuz bir huzur içinde ağrılarımızı anlatırız birbirimize. Ona kocaman, bol bir gri hırka örerim.

Ayhan'ın merdivenlerdeki ayak seslerini bekliyorum. Ayaklarını paspasa sürtmeyi hiçbir zaman unutmaz. Benim gibi güzel ayakkabılara meraklıdır. İyi bakar onlara, kalıplara koyup kaldırır. Kimini ilk anda beğenir alır, sonra sevmez, biraz giyer bırakır. Çok sevdiklerine pençe yaptırır, üst derileri yıpranana kadar atamaz. Ayakları kırk üç numaradır.

Ayak sesleri güçlü, kesin, kararlıdır. Bir yere gidecekse gider, gitmeyecekse gitmez. Gideyim mi gitmeyeyim mi diye düşünmez. Birine randevu verdiyse tam saatinde orada olur, gecikmez, bekletmez.

Birini sevdiyse sonuna kadar sever.

Arabada, oturduğum yerde yan dönüp ona bakıyorum. Süzülmüş yüzü. Dokunaklı bir solgunlukla incelmiş. Niye eve dönmeye karar verdiğimi sormadı bana. Beklediği bir şeydi bu belki de. Ama heyecanlı, biraz şaşırmış olsa bile gecenin bu saatinde kimbilir nasıl bir iç hesaplaşmadan sonra eve dönmeye karar vermiş olmam çok olağan bir durummuş gibi davranmaya çalışıyor. Nedeni, niyesi yok bunun. Açıklanması güç ve gereksiz bir karar bu ona göre. Dönüyorum, işte bu kadar.

Nasılsın, diye soruyorum.

Gözlerini yoldan ayırmadan gülümsüyor.

İyi olacağım.

Çok soğuktu ev, diyorum. Bir türlü ısıtamadım. Hep hasta kalktım sabahları.

Biliyorum rahatına düşkünsündür. Orda barınamayacağını biliyordum. Seninki bir heves, çocukluk. Büyü artık Suna. Aklın başına topla yavrum...

Gayret edeceğim. İnan ben de istiyorum bunu.

Şakakları hızla ağarıyor. Onu seviyorum, diye geçiriyorum içimden.

Dönmeye karar verişim soğuk yüzünden değil Ayhan.

Biliyorum.

Gene de niye dönmek istediğimi tam olarak bilmiyorum.

Önemli değil Suna. İstedin ya, önemli olan bu.

Bir an direksiyonu bırakıp elimi avucuna alıyor, sıkıyor.

Korkuyorum, diyorum. Elini yavaşça çekiyor.

Ben de, diyor duyulur duyulmaz...

İKİNCİ BÖLÜM

DÜŞKÖY YAZLIK SİNEMASI
ON DAKİKA ARA

Işıklar birdenbire yanıyor.

Sandalyemden kalkıp arkaya doğru yürüyorum ve filmin ilk yarısından etkilenenler beni rahatça görüp kutlama fırsatı bulabilsinler diye meşrubat büfesinin yanında ayakta bekliyorum.

Yanımdan beni görmeden geçen, biri eski bir sinema oyuncusu olan iki kadından biri 'Bilinen aşk üçgeni,' diyor. 'Ama yazık ki ilginç bile olamayan bir film bu.' 'Gene de ikinci yarıyı izlemeden karar vermek istemiyorum ben,' diyor sinema oyuncusu olanı.

Hidroforcu Cemil Usta ve Bakkal Cavit'le tokalaşıyorum. Beni içtenlikle kutluyor ve benimle gurur duyuyorlar. Filmden pek bir şey anlamadıklarını seziyorum ama kasaba sakinlerinden bir tanıdıklarının bunca önemli ve ünlü kişiyi bu gece, buraya toplamış olmasından heyecan duyuyorlar.

'Açık bir bar filan yok mu acaba bu kasabada?' diye soruyor sakallı, genç bir sinema yazarı yanındaki arkadaşına. 'Valla ben de dayanamayacağım bundan sonrasına,' diyor arkadaşı. 'Gidelim hadi.'

Tefçi Küsüm ve saz arkadaşları perdenin önündeki çıkıntıya yerleşip fasıla başlamışlar bile.

'Balkonda saatlerce düşündüm seni andım
Bittim, eridim, gözyaşı dökmekten usandım...'

Küsüm, sentetik parlak kumaştan çingenepembesi bir elbise giymiş. Başına da aynı kumaştan bir fiyonk takmış. Yaşlandı epey ama hâlâ kıvrak hınzır. Kendinden geçercesine vuruyor tefe, seni seni aaaaandım, diye bağırırken. Bu mevsimde işleri durgun oluyormuş, yazın, düğün ve sünnetler yoğunlaşınca hiç boş kalmıyor olmalı. Küsüm'ün altın dişlisi, başucunda bir assoliste çalar gibi haz duyarak çalıyor kemanı.

İşte Selim geliyor. Bakalım ne diyecek?

Yanaklarımdan öpüyor, iki elimi birden sıkıyor coşkuyla. 'Harika!' diyor. 'Teknik hatalar önemli değil, içeriğe bakıyorum ben. Yalan dolan yok bu filmde, içtenlik var içtenlik... İkinci yarıda da tempo düşmezse müthiş bir film olacak bu. Yurtdışı yarışmalara filan göndermelisin.'

Selim'e kola ısmarlıyorum. 'Elimden tutan yok ki,' diyorum. 'Şu Onur'la bir konuşsana,' diyor, 'Biraz reklam yapmalısınız...'

Tarık'ı arıyor gözlerim kalabalıkta. Yerinden kalkmamış. Oturuyor bahçenin ortalarında bir yerde ve karısıyla tartışır görünüyor. Kadın kendini buraya yakıştıramayıp gidelim diye tutturmuştur. Ama olur mu şimdi? Tanıdığı iki kişi arasında neler geçmiş, asıl bundan sonra görecek, ayrıntılarıyla öğrenecek Tarık. Gitmek istemiyor.

Kimi dostlar yanımdan geçerken 'İkinci yarıyı da izleyelim de sonra konuşuruz hayatım,' diyorlar.

'Teknik hatalar olmasa daha başarılı olacakmış,' diyor iyi yürekli bir eleştirmen. 'Evet çok haklısınız ama koşullarım çok ilkeldi, söyledim ya,' diyorum. 'Bir kamera kapanın film yapıyorum diye ortaya fırlamasına kızıyorum ben,' diyor kötü yürekli bir başka eleştirmen iyi yürekliye yavaşça.

Moralimi bozmuyorum. Tümünü görsünler hele bakalım da...

İhbarcı Osman, 'Böyle karım olacak, gösteririm ona dünyanın kaç bucak bucak olduğunu,' diyor Minderci Şükrü'ye az ötemde. 'Ulan ne keriz koca bu be! Sinir oldum ha...' 'Asıl o Onur denen züppeye bozuluyorum ben,' diyor Şükrü. 'Bekletti kadını orda hıyar!'

'Biraz sıkıldım, kalbim var da,' diyor Mukadder kapıdan çıkarken, 'Gidip çay bahçesinde denize karşı oturacağım....'

Küsüm'ü benden başka alkışlayan yok. Eliyle öpücük gönderiyor bana perdenin önünden inerken.

Onur gelmedi. Sanırım gelmeyecek artık. Aslında gelmeyeceğini biliyordum. O hiçbir zaman olması gereken yerde ve durumda olamadı.

Dün gece gördüğüm düşü anımsıyorum birden.

Geceydi, bir kır bahçesinde yemekteydik. Herkes oradaydı. Ayhan'ın fakülteden eski arkadaşları, benim Rekla'dan tanıdıklarım, yaşamımıza karışmış bütün insanlar, bütün dostlar. Bir tek Onur yoktu aramızda ve ben gözüm kapıda onu bekliyordum. Geleceğini de bilmiyordum. Az önce Tarık söyledi bunu ve beni çok heyecanlandırdı. Hemen kalkıp tuvalete gittim. Tuvaletin kırık aynasında yüzüme baktım nasıl görünüyorum diye. Çok iyiydim. Biraz kilo almıştım, yakışmıştı bu bana. Onur'dan sonra sigarayı bıraktığım için rengim düzelmiş, pembe pembe olmuştu yanaklarım. Kendimden hoşnut bahçeye, masaya döndüm, bir de baktım ki Onur gelmiş.

Oturmuyor acelesi varmış, Güler'i doktora götürecekmiş. Önemli değil canım, nezle olmuş yalnızca.

Aman Onur'a neler olmuş böyle? Nasıl kötü görünüyor, o kadar olur... Saçları ağarmış ve seyrelmiş. Yüz çizgileri derinleşmiş, gözleri yorgun. Daha da önemlisi boyu kısalmış. Olacak şey değil ama düş bu, kısa boylu, kambur bir adam oluvermiş. Çok şaşırıyorum, gerçekten çok şaşırıyorum.

Tam bu sırada düpedüz paniğe kapılıyorum. Sağ kolunun omuzla dirsek arasından plastik bir takma kol sarkıyor. Metal bir zincirle bağlayarak tutturmuşlar bu takma kolu oraya. Zincirin iki boş ucu sallanıp şıngırdıyor kolunu oynattıkça... Ne zaman, nasıl oldu bu? Balık tutarken köpekbalığı mı kaptı kolunu, bir yere bomba atacakken elinde mi patladı? Yoksa kangren, kanser yüzünden kestiler mi?

Peki ya şu ince gövdedeki göbeğe ne demeli? Çok az yer o. Zaten gastriti vardır. Nasıl olur da böyle bir göbek bağlayabilir?

Çok acıyorum ona çok. Acınmaktan nefret ettiğini bildiğimden belli etmiyorum bunu tabii. Zavallı Onur. Yaşamın acımasız sillelerini yemiş, kimbilir ne badireler atlatmış ben görmeyeli...

Bana bakıyor. Bakışından beni güzel bulduğunu anlıyorum ama köprülerin altından çok sular aktığı ve bana yaptıkları için, kayıtsızmışım gibi davranıyorum. Ayhan a dönüp, ben bir şiş yiyebilirim, diyorum. O orada yokmuş, varsa da beni artık ilgilendirmiyormuş ve bir porsiyon şiş yemek benim için ondan daha önemliymiş gibi görünmek istiyorum. Kırılıyor bundan elbet, anlıyorum. Ama yanımızda başkaları, özellikle de Ayhan olduğu için belli etmek istemiyor. Zaten başkalarının yanında çok az tanışıyormuşuz, aramızda hiçbir şey yokmuş gibi davranır her zaman. Yalnız bu kez kendisi o kadar çirkinleşip tanınmaz olduğu için yüz vermiyormuşum gibi bir eziklikle bakıyor bana ve yaşamın bütün sillelerini yakınmadan kabul ettiğince kabulleniyor bunu umarsızca. Ben bu kadar güzelken o bu haliyle bana nasıl yaklaşabilir ki?

Peki bu kolla resim yapabiliyor mu hâlâ? Hiç sanmıyorum. Ah Allahım!

Masanın üzerine gerilmiş tellere asılmış köylü işi renkli ampullere bakıyorum, ona bakmamak için. İçim götürmüyor. O sırada Onur gitmek zorunda olduğu için el sıkışıyor dostlarıyla. Ben niye burada kalıyorum peki? Onunla gitmeliyim. Güler'i doktora götürmemeli bu gece. Hiçbir zaman götürmemeli. Kendisi gitsin.

Elini bana uzatıyor Onur. Şişirilmiş bir balon gibi biçimsiz, plastik elini... Gözlerime bakarak soluğunu utanır gibi içine çekiyor. Birden onu hâlâ sevdiğimi anlıyorum. Böyle de sevdiğimi ve ölene dek sevmekten vazgeçmeyeceğimi...

Tam bu sırada uyandım.

Dalmışım, filmin ikinci yarısı başlamış bile...

SİS DÜDÜKLERİ

Salondaki pencerenin önüne çektiğim koltukta oturmuş sisin içinde gökyüzüyle birleşerek belirsiz bir boşluğa bürünmüş denize bakıyorum.

Ayağımın dibindeki sepette renkli yumaklar, kalın örgü şişleri var. Kendime bir yün başlık öreceğim. Belki hiç giymem onu, bir köşeye atar unuturum. Ama örgü örmenin iç sıkıntılarına iyi geldiği, ucuz bir sağaltma yöntemi olduğu söylenir hep. Deneyeceğim.

Döndüğümden bu yana yalnızca dokuz gün geçmiş olduğuna inanmakta güçlük çekiyorum. Başka bir eve taşınmam, orada geçirdiğim on beş gün sık sık gördüklerime benzer kötü bir düşmüş gibi geliyor bana bazen. Ama aradığım bir giysi, bir vazo ya da kitabı bulamadığımda öteki evde olduklarını anımsıyorum ve yaşadığım bu serüvene yeniden inanıyorum.

Burada Ayhan'la geçirdiğimiz son aylara kadar çok seviyordum bu evi. Rahat, güzel bir daireydi. Akasyalı Sokaktaki evi sattıktan sonra almış ve hemen taşınmıştık. Gene de seviyorum. Ama artık hiçbir zaman büsbütün benim sayamayacağım bir yer olduğunu seziyorum. Yenemediğim bir yabancılıkla dolaşıyorum içinde. Döner dönmez bütün dolapları yerleştirdim, yeniden düzenledim oysa. Yokluğumda bozulmuş düzenimi, burayı içtenlikle benim kılmak istercesine yoluna koymaya çalıştım. Denizi gören bir balkonu, üç büyük odası ve geniş bir salonu olan bu evden bir daha ayrılmamaya karar verdim. Bana acı veren birçok şeyi unutabileceğimi düşündüm iyimserlikle. Sonra ilk birkaç gün, uzun zamandır duymadığım bir kurtulmuşluk sevinci yaşadım. Yaşamımda Onur'un yer almadığı yeni bir dönemin başladığına inandım. Onunla olan geçmişimden birdenbire kopmuştum sanki. Belki de o geçmişi yadsımanın o kadar da zor olmadığı umuduna kapılmıştım. Önüm, buz tutmuş ve ufka kadar uzanan bomboş bir toprak parçası gibi düz, engebesizdi. Bu sınırsız alanda özgürce, yüreklice, Ayhan'la aramdaki ilişkide açılmış gedikleri onaracak, onunla birlikte yol alacaktım artık. Onur'dan önceki dengeli, düzenli, uyum içindeki yaşamımıza yeniden dönecektik böylece.

Benim için o kadar vazgeçilmez olan Onur'dan vazgeçmeyi göze almıştım ya bir kez; daha başka birçok güzellikten de vazgeçebilecek güçte duyuyordum kendimi. Çürümüş bir yaprak gibi suyun akışına katılmak istiyordum. Ayhan'la birlikte dingin, sessizce akmak. Başına gelenlerden sonraki değişimini kabullenecektim onun. Yeni kimliği içinde gereksindiği kadın olmaya çalışacaktım. Zamanımı ve düşüncelerimi ona ayıracak, yalnızca ve sonsuza kadar onu sevecek, onunla eksiksiz ve benzer bir bütün olabilmek uğruna elimden geleni yapacaktım. Bundan böyle bütünümle Su olmam gerekiyorsa Su olacaktım.

İlk üç gün, mutfak tezgâhını tekrar tekrar silerken, halıların saçaklarını yıkarken, perdeleri ütüler, tencerelerin dibini ovarken böyle düşündüm işte. Mutfakta salata yaparken boyunu tezgâha uydurmak için bacaklarını iki yana iyice açarak dikilen Ayhan'a bakarken içten bir sevgi duydum. Geldiğimiz gece onunla birlikte yatıp uyumaktan güvenlik duygusunun ötesinde bir tat aldım. Onun bağışlayıcı sevecenliğini binde birlik bir şans sayarak, onunla yaşamayı gerçek bir zenginlik olarak gördüm. Onur aramıza girdikten sonra yitirdiklerimizin yüklü bir listesini çıkardım ve o dönüm noktasından başlayarak yaşadıklarımızı gözden geçirdiğimde bu sevgiye ödemem gerekenin çok üstünde bir bedel ödemiş olduğumu anladım.

Sığınağı şimdilik boşaltmamaya karar verdik. 'İki evimiz olsun,' dedi Ayhan. 'Sıkılırsan, bunalırsan gidip bir süre orada kalırsın.' Onun bunu düşünebilmiş olması birbirimizi yeniden bulma sürecinde ortaya çıkabilecek güçlükleri göze aldığı anlamını taşıyor benim için. Doğal buluyorum tavrını. Ne de olsa benden daha gerçekçi. Kırılıp dökülmüş birlikteliğimizi onarmanın o kadar da kolay olmayacağını benden iyi biliyor.

Buraya taşındığımız günler Onur'la ilişkimizin yeni başladığı günlerdi. Yerleşirken birkaç kez uğrayıp yardım etmişti bize. Eşyaları yerleştireceğimiz köşeleri belirlemiştik birlikte. Koyu maviye boyadığımız dar bir duvarı beğenmemiş, boğucu bulmuştu. Biz sevmiştik oysa. Tartışmış sonra birlikte rakı içmiştik dağınıklık arasında. Kedimiz Zişo bu eve alışamayıp kaybolmuştu tam o sıralarda. Akasyalı Sokağa gidip aramıştı onu Ayhan ama izine rastlayamamıştı. Başıboş kaldığı için belediye ekiplerinin zehirlediği kanısına varmıştık ve çok üzülmüştük. Eski bir dostu yitirmenin acısını duymuştuk. Onur kedileri sevmezdi, tiksinirdi onlardan, hep uzak durdu Zişo'dan. Birkaç ay sonra yeni bir kedi almıştık, siyah tekir dişi bir yavru. Adını Şirin koymuştuk.

Şirin kanepenin üstünde kıvrılmış uyuyor şimdi.

Ayhan'la üç uzun yıl geçirdiğim Gönül Sokaktaki bu ev o günlerin anıları ile dolu. Gözümün iliştiği her eşya, her nesne bana geçip gitmiş geceleri, sabahları, günleri ayrıntılarıyla geri getiriyor günlerdir. Uzakta geçirdiğim on beş günün sonunda daha önceleri burada yaşarken göremediğim, sezemediğim, anımsayamadığım birçok şey belleğim birdenbire açılıvermiş gibi netleşiyor nedense. O günlerdeki çalkantılı ve dayanılmaz çelişkilerle dolu ruh halimi düşünüyorum. Üçümüzü anımsıyorum ve nasıl dayandık bütün bunlara diye şaşıyorum. Nasıl sapasağlamız hâlâ? Nasıl oluyor da görünürde hiçbir sakatlık bırakmadı bizde yaşadıklarımız? Bırakmadı mı? Ama işte gene buradayım, gene Ayhan'la birlikteyim. Ne değişti? Bütün bunlardan kaçıp kurtulmak için gittim buradan oysa. Niye döndüm?

İlk üç günkü umutlarım hızla umutsuzluğa dönüşüyor işte böyle, ortada belli bir neden olmadan. İyimserliğim kötümserlikle yer değiştiriyor. Yeniden kurmayı düşlediğim dünya güçlü bir suyun boşalacağı deliğe akarken yarattığı burgaç gibi beni içine çekiyor. İstencimin dışında bir yere sürükleniyorum duygusu uyandırıyor bende ve çevremdeki her şey üzerime kapanıyor. Yakında kafamdaki Suna imgesi paramparça olup dağılarak ortadan kalkacak.

Örgü sepetine eğiliyorum. Renk renk yumaklar neşeli bir düzen içinde yan yana duruyorlar içinde. Radyoda Brahms. Masanın üstündeki vazoda kocaman bir demet hüsnüyusuf. Her şey yerli yerinde, olması gerektiği gibi. İçimdeki karmaşanın dışında inanılmaz bir dinginlik hüküm sürüyor bu evde. Az sonra akşam olacak. Ayhan'ın anahtarı kilidin içinde dönecek, kapı açılacak ve o içeri girecek. Beni burada örgü örer görüp çok mutlu olacak. Birlikte sofrayı kurup yemek yiyeceğiz. Yemeklerimi övecek. Ona bugün neler yaptığımı anlatacağım. Sekiz santim örgü ördüğümü, Şirin'in bahçede kabadayı bir erkek kedi ile çiftleştiğini gördüğümü, dolayısıyla yine yavru kedilerimiz olabileceğini, bu kediyi kısırlaştırma zamanının geldiğini, bu sabah eti geçen haftaya göre üç bin lira pahalı aldığımı, görümcemin telefon edip hatırımızı sorduğunu söyleyeceğim. O da bana gazetelerde yer alamayan son politik gelişmelerden, durumun giderek sertleştiğinden, hakkındaki davaların olumsuz seyrinden söz edecek. Sofrayı toplayıp bulaşıkları yıkayacağız. Konuşacaklarımız bitmiş olacak bu sırada. Bir zamanlar bulaşık yıkarken şarkılar söyler, birbirimizi ite kaka gülüşürdük. Sözcükleri birbirimizin ağzından kapar, aralıksız konuşurduk. Bütün o kavgalardan, yorgunluklardan, karmakarışık duygusal çırpınışlardan önce. Yaşamımızı altüst eden bu durağanlıktan, kıstırılmışlıktan, Ayhan böylesine boş, eylemsiz, itilmiş bir konuma, ben Onur'a duyduğum sevgiye yenik düşmeden önce.

Örgümü elime alıp birkaç sıra gidip geliyorum. Gelincik kırmızısı birkaç sıra. Ellerim yün ipliği şişe geçirip geri çekerken kendimi bir sonraki dakikaya, saate sürüklemeye çabalıyorum. Ne bekliyorum, ne olacak? Bilmiyorum. Kimim ben? Hâlâ bir geleceğe sahip miyim? Bana söylenmiş son güzel sözcükler hangileri? Kimdim daha önce? Uslu, hanım hanımcık olmayı da becerip aynı zamanda bağışlanması güç bir serüvene atılıveren, onca uğraşıp düzene uydurduğu yaşamı dağıtmak, un ufak etmek için elinden geleni yapan, o kadar ağırbaşlı görünüp de kolayca ayartılan bu kadın kimdi? Kendimi, tüm değerlerin, değer taşımayan her şeyin, varlığın ve yokluğun, zamanın ve zaman dışılığın ortasında duyarken bu soruyu nasıl yanıtlayacağım? Suç, suçluluk, günah, ayıp, aldatma, bağlanmaların kutsallığı gibi yalancı kavramlarla doldurulmuş beynimi nasıl temizleyip arıtacağım ki kim olduğumu bileyim.

İskeletim, kaslarım, sinirlerim, iç ve dış organlarım, beynim, yüreğim, ellerim, ayaklarım, gözlerim var. Bacaklarımı sapasağlam basıyorum yere. Eklemlerim iyi işliyor, göğsümde düzenli ara sıra hızlanarak vuruyor yüreğim. Bütün insanlar gibi biriyim, onlara benziyorum. Onlar gibi başlamalara ve bitişlere, korkulara ve korkusuzluklara, yıkıp yeniden kurmalara, düşüp bir daha doğrulmalara, her türlü sürgüne, ayrıma, hiçliğe, tuzaklara hazır doğdum. Yıllarca 'aile salonu' denen yerlerde oturdum istemeden, 'bayan yanı'nda yolculuklar yaptım. Fasulyeler, kompostolar pişirdim içim sıkılarak, görev sayarak. Sonra sokağa, ev duvarlarının dışına çıktım. Akasya ağaçlarının dibinde koştum eteklerimi savurarak. Kısa sürecek mutluluklar avlamaya gittim. Hiçbiri bir sonrakine benzemeyecek olan, alışkanlık, rahatlık ve huzurun gölgesi bile üzerlerine düşmemiş, ele geçmez mutluluk anları yakalamaya. Nasıl da önemsedim kendimi. Ne kadar da güveniyordum yeteneklerime. Uzlaşmazlığıma. Beni iten gücü iyi tanıdığımı sanıyordum, inanmıştım duvarları yıkabileceğime.

Şimdi burada oturmuş, evcillik içinde örgü örüyorum. Kimi insanlar duruşma salonlarında, kimileri karanlık havasız hücrelerde, tabutluklarda. Bazıları içki evlerinde oturup kalmış. Otogarlarda uyuklayanlar. Şehirlerarası yollarda gidip gelenler. Hapishane kapılarında bekleşenler. Sayısız makineler, bantlarda-tezgâhlarda milyonlarca işçi. Darbeler, ölümler planlanıyor, taşlar taşınıyor, duvarlar örülüyor, yıkılıyor. Kararlar alınıyor. Bir yığın insan yorgunluklar, acılar içinde yaşıyor. Binlerce insan doğuyor, ölüyor. Pazarlıklar yapılıyor. Ben de burada oturmuş parmağımın üzerindeki yün ipliği ileri geri itip çekiyorum, itip çekiyorum. Kim olduğumu, neden burada olduğumu bilmeden, yaşamımın bir bölümünü oluşturmuş ve şimdi gerilerde kalmış birçok şeyi anımsayarak acı çekiyorum. Bu acının hiçliğinden utanarak. Dünyaya, yaşama ve insanlara ilişkin karmaşanın içinde, duyduğum acının anlamsızlığı ile duraksayarak.

Düzgünce çekilmiş perdeler, pencere önündeki saksılarda yeşil, bakımlı bitkiler, rahat kullanışlı eşyalarla döşenmiş sıcacık odalar. Düş gören bir kedi. Benim evim burası. Suna'yım ben. Su ve Na'yım. Neyi arıyorum?

Suna...

Birlikte olduğumuzdan bu yana, adımı arkasından çok önemli bir konudan söz edecekmiş gibi imler Ayhan. Suna, diye başladığında ben öyle sanıyorum belki de. O ilk yıl bende yakaladığı sakatlıkları ortaya koyacağı ciddi konuşmalara hep böyle başladı çünkü. Bu yüzden adımı söyleyerek bir an durduğunda korkuyla beklerim hep. Onur'la yakınlığımızın iyice ilerlediği günlerde ise dayanılmaz bir hal almıştı bu korku. Suçluluk saplantısı içinde, hiç ummadığım bir anda şöyle demesini beklerdim onun:

'Suna...'

'Evet...'

'Her şeyi biliyorum...'

Ama böyle bir şey olmadı hiçbir zaman. Çoğu kez önemsiz, gündelik konulardan söz ederdi Ayhan adımın ardından. Şuna benzer konuşmalar geçti aramızda daha çok:

'Suna...'

'Evet...'

'Bilmiyorum söyleyeyim mi? Pek hoşuna gitmeyecek ama...'

'Söylesene, ne oldu?' Yüreğim hızlanır, rengim solardı.

'Yaa, bizim Şirin koltuğun altına pislemiş. Kapalı kalmış hayvancık....'

Derin bir soluk alırdım:

'Offf, Ayhan off...'

'Kızma temizledim...'

Başımı kaldırıp Şirin'e bakıyorum. Yavruydu o zamanlar. Üç yaşında şimdi.

Açık kapıdan üzeri nicedir bomboş akaju masayı görüyorum birden. Bu masayı bölüşemezdik bir zamanlar. Ayhan onu sürekli işgal altında tuttuğundan bana yemek masası kalırdı gece çalışmam gerektiğinde.

Çalışma odasının kapısında durup onu izliyorum. Daktilonun başında düşüncelere dalmış. Okuma gözlüğü burnunun ucuna düşmüş. Saçları karmakarışık. Çok sevimli görünüyor gözüme. Bu adamı seviyorum ben, diye düşünüyorum.

Ama neden bir başkasını da sevmeyeyim? Neden beş-on-yüz kişiyi de sevmeyeyim? Neden Ayhan da bir başkasını ve daha başkalarını da sevmesin? Neden insanları kurulu düzenler içine hapsedip sevme özgürlüklerini ellerinden alıyorlar? Ne diye onları evlerle, eşyalarla, çocuklarla bağlayıp özlemler, engeller, olmazlıklar ve acılar içinde bırakmayı düzen sayıyorlar? Karşıyız elbette bu tuzaklara biz, karşı olacak, karşı çıkacağız Ayhan'la... Ben hem onu, hem Onur'u seveceğim özgürce. O da isterse bir başkasını sevsin...

Arkasında durup kollarımı omuzlarına doluyorum. Başının üstünden yazdıklarını okumaya çalışıyorum. Yan dönüp kolunu belime sarıyor. Okuduğum, derginin o ayki başyazısı.

Çok keskin bir yazı bu Ayhan.

Hiç de değil, tersine çok ılımlı.

Kaygılanıyorum, dikkatli olmalısın...

Dönüyor, sandalyesini geriye kaydırıp kucağına oturtmaya çalışıyor beni. Direniyorum, usulca itiyorum onu.

Yapma, uykum var, yatacağım. Geç oldu.

Kendimi kollarından kurtarıp uzaklaşıyorum biraz. Oturduğu yerden biraz şaşırmış öylece bakıyor bana ve bir an sonra huysuzlanıyor biraz.

Ne oluyor sana böyle Suna? Farkında mısın bilmem, son günlerde, hayır epey zamandır, hep uykun var, yorgunsun, canın istemiyor... Daha açık söyleyeyim, bir aydır sevişmiyoruz biz.

Öyle mi, diyorum, cılız bir sesle.

Öyle, biliyorsun, gel biraz hadi...

Ayağa kalkıyor, sarılıp kuvvetle kendine çekiyor beni. Yorgun koyveriyorum kendimi. Başımı omzuna yaslayıp neden bilmem ağlamaya başlıyorum. Şaşırıyor. Kollarını gevşetip yumuşak, sevecen öylece tutuyor beni göğsünde, saçlarımı okşuyor.

Suna neyin var canım, ne oluyor söylesene?

Hiçbir şey, bilmiyorum. Çok yorgunum, sinirlerim bozuluyor bu yüzden...

Gözyaşlarımı siliyor.

Seninle ilgisi yok Ayhan, geçer şimdi...
Umarım öyledir. Git yat, dinlen canım hadi...
Gerçekten seninle ilgili değil...
Peki, tamam. Ben şu yazıyı bitireyim.

Yattığım yerden, yatak odamın sessizliğinde Ayhan'ın daktilosunun tıkırtıları büyüyor. Ona haksızlık mı ediyorum? Hakkı olanı esirgiyor muyum ondan? Bu isteksizliği kendime bile açıklayamıyorum. Niye Ayhan'la sevişme isteği duymuyorum ve o istediğinde yalnızca razı oluyorum. Ne kadar güzel sevişirdik biz onunla, ne çok özlerdim onu bir zamanlar. Oysa çabucak bitsin isteyerek, yerine getirilmesi zorunlu bir görevmişçesine yatıyorum onunla nicedir artık. Katılamıyorum ona. Giderek bu isteği duyduğunu belli etmesine kızıyorum bile. Niye rahat durmuyor, niye durmadan bunu düşünüyor, niye beni böylesine rahatsız edip üzüyor? Tamam, arada bir birlikte oluruz, olmamız gerekir tabii ama... Olmasa da olabilir benim için.

Ya Onur? Onur ne kadar sıklıkla yatıyor Güler'le? Uyuşabiliyor mu? Hiç sanmam. Duyarsız bir kadın o. Sessizce mi sevişiyorlar, değilse neler söylüyorlar birbirlerine? Aceleyle, yaşaksavar gibi, âdet yerini bulsun diye mi yatıyorlar? Çok seyrek, isteksizce, öylesine mi yatıyor Onur o kadınla? Öpüyor mu onu? Nasıl öpüyor? Nasıl öper Onur? Karısıyla öncesiz sonrasız bir çırpıda birleşip ayrılıyor olmalılar. Zaten başka nasıl olabilir ki öyle bir kadınla? Doğru dürüst sevişebilseler herhalde Onur gidip Nazlı gibi biriyle yatmazdı...

Kaç kez yattılar acaba Nazlı'yla? Güzel miydi sevişmeleri? Yoksa bütün oyunların denendiği yalnızca doyuma yönelik, derinliksiz, ruhsuz, açık saçık sözcüklerle harmanlanmış bir cinsel birleşme miydi yaşadıkları? Belki Onur seviştikten sonra yataktan kalkan Nazlı'nın koca kıçına bir şaplak atmıştır şaka olsun diye sonradan. Sen de az değilmişsin yani, demiştir. Demiş midir? Der mi? İyi ama o kadın tam da böyle denecek biri değil mi?

Peki bu işler hep niye böyle olabilirmiş gibi geliyor bana? Cinsel ilişkinin ancak sevgi söz konusu olduğunda güzel olabileceği saplantısını ne zamandır taşıyorum beynimde? Sevgisiz birleşmenin bayağı, sıradan, tamamlanmamış bir eylem olduğunu nereden öğrendim? Aşkın iki insanın sevişebilmelerinin önkoşulu olduğuna, kesinlikle böyle olduğuna ne zaman karar verdim? Niye âşık olmadığım biriyle de pekâlâ güzel olabileceğine inanamıyorum? Yaşamın bu en doğal güdüsü neden ille de şiirle, yüce duygular, eşsiz sevgi sözcükleri, yeminler, yakarışlarla sarmalanmış, süslenmiş olmalı? Bu iş insanlık dışı, bağışlanmaz bir suç mu ki yenilgiyi haklı çıkaracak erdemler gerektiriyor?

Ayhan'ın daktilosunun sesi davulların baskın olduğu bir ezgi gibi yatağıma ulaşıyor. 'Senin için törensel bir yanı var cinselliğin,' diyor Ayhan. 'Mum ışığında akşam yemeği, hafif bir müzik, aşkın karşılıklı onayı, hafif bir dokunuş. Tansiyonun giderek yükselmesi, birer kadeh daha, bakışmalar, yavaşça erimek, gevşeme. İsteğin karşı konulmaz bir noktaya doğru ilerlemesi. Sonra yavaşça sofradan kalkmak, sevecen bir öpücük. El ele yürüyerek ve sanki oraya gitmiyormuş havasında yatak odası. Nasıl da küf kokan bir romantizm bu. Çok geri kalmışsın, yazık. Oysa ben apansız evet, durup dururken, kapı arkalarında, mutfakta, koltukta, yerde, yemek masasının üstünde sevişmekten çok hoşlanıyorum...' 'Kendimi hazır duymam gerek Ayhan. Öyle paldır küldür yapamam bunu.' 'Ya titizliğin,' diyor Ayhan. 'İkimiz de yıkanmış olacağız, misler gibi kokacağız.. Bir damla ter, idrar, tükürük, salya sümük olmayacak. Steril bir cinsellik! Kokusuz, salgısız, tertemiz. Kurtul bunlardan artık. Ben seni, senin gövdeni bütün bunlarla birlikte istiyorum ve sen de beni böyle istemelisin.'

Peki Onur? O nasıl istiyor? Ben burada yatağımda onu düşünürken o ne yapıyor, neler geçiyor içinden? Yatmamış olmalı daha. Gecenin ikisinden önce yatmadığını söylüyordu bana geçen gün. Güler yatmıştır, çoktan yatmıştır.

Onun yanında olmadığım zamanlar neler yapıp neler düşündüğünü, kimlerle olup neler konuştuğunu ölesiye merak ediyorum. Evde nasıl olduğunu, ne giydiğini, karısına nasıl seslendiğini... Nasıl uyuyor, horluyor mu? Uykusunda konuşup sağa sola dönüp duruyor mu, yoksa yattığı gibi sessizce kalıyor mu? Sabah uyandığında nasıl oluyor? Suratsız, uyanmamış, tafra tafur bir baba gibi mi oturuyor kahvaltı sofrasına? İştahsız bir iki lokma alıp önündeki tabağı masanın ortasına gereksiz bir öfkeyle iterek sigara mı yakıyor? 'İçme şunu sabah sabah!' diyen Güler'e 'Başlama şimdi!' diye bağırıyor mu? Pijamasını dağınık yatağın ortasına fırlatıp, kirli donunu çıkardığı yerde olduğunca bıraktıktan sonra kapıyı çarparak mı çıkıp gidiyor evden?

Onur da böyle biri mi yoksa?

Okumaya çalıştığım kitaptan tek satır algılayamadığım için başucumdaki ışığı söndürüp yatağın içine kayıyorum. Bir erkeğin ev yaşamını düşündüğümde neden eli ayağı tutmayan beceriksiz erkekler geliyor aklıma hep? Yapabileceği birçok işi kadın işi sayan, kılıbık olma, evdeki egemenliklerini yitirme korkuları içinde kötürüm olmuş bu erkeklerle yaşayan kadınlar nasıl dayanıyorlar bu sersemlere peki? Ama sanırım o kadınların da payı var bu yeteneksizlikte. Korkuyorlar, hiçbir şey bilmeyen ve bilmek istemeyen bir adam çamaşır yıkamaya kalktığında beyaz havluyu kırmızı çorapla makineye atıverir diye. Ya, ne olacak o zaman?

Bunu bilmeyecek ne var, diyor Ayhan. Soru çok basit, pembe...

Ya bizim sabahlarımız? Belki Onur da benim sabahları nasıl olduğumu merak ediyordur. Ayhan'ın neşe ve müzik dolu tatil sabahları mantıksal bir bağlantı kuramasam da garip bir tutsaklık duygusu uyandırıyor bende bir zamandır. Kahvaltıda yediklerimizi hak etmek için birkaç saat sürecek bir yürüyüşe çıkacağız az sonra.

Oysa bir şey felç ediyor beni. Cumartesileri evde kalmak, Onur'dan ayrı geçireceğim o günü kendi kendime yaşamak, yalnız olmak istiyorum. Lokmalarını oburca yutan Ayhan'a bakıp başımı çeviriyorum. Niye bu kadar gerginim?

Bu sabah yüzünden düşen bin parça gene...

Ayhan senden kaç kez rica ettim, sabahları bu radyoyu bu kadar açma diye...

Git kıs! Benim hoşuma gidiyor.

Niçin bu kadar mutsuzum, niye bu kadar kızıyorum Ayhan'a?

Böylesine keyifli olmak için geçerli nedenlerin var mı? Nasıl bir ortamda yaşıyoruz görmüyor musun? Her gün onlarca kişi öldürülüyor. Her şey bozuk, çürümüş. Hava kan kokuyor. Şıkır şıkır oynamak için nasıl bir özrün var söylesene?

Lokması ağzında şaşkın bakakalıyor bana. Ayağında şort var, üstü çıplak.

Bak hele, diyor lokmasını çabucak yutarken. Ben de senin Rekla'da, deterjan, yağ, çiklet ve bütün o bok püsür arasında hızla körleştiğini sanıyordum. Demek hâlâ farkındasın olup bitenlerin. İşte buna içilir!

Kahve fincanını kaldırıp benimkine vuruyor. Düşmanlık dolu bir sessizlikle bekliyoruz bir an.

Özür ha, diyor sonra. Ne özrü be! İşte önümüzde yeni bir gün. Mevsim yaz, hava güzel, sağlıklıyız. Rastgele bile olsa yaşıyoruz. Birbirimizi seviyoruz. Daha ne olsun?

Kocaman bir peynir dilimi atıyor ağzına.

Yarın öleceksem bile bugünü niye yaşamayayım?

Birbirimizi seviyormuşuz! Öfkeyle bakıyorum ona. Seviyor muyuz gerçekten? Hayır, bu sabah değil.

Kahvaltıya şortla oturmandan hoşlanmıyorum, diyorum, ne dediğimi bilmeden.

Peki, özür dilerim majesteleri. Yarın sabah takım elbise giyerim.

Kızgınlığını gizlemeye çalışıyor. Elindeki tereyağı bıçağını masaya atar gibi bırakıyor. Güceniklikle doluveriyor gözlerim. Onun sevecenliğine böylesine gereksinmem varken niye bana sert davranıyor? Neden anlamaya çalışmıyor mutsuzluğumun nedenini? Niye benimle ilgilenmiyor hiç? Durumu kavrayıp Onur'dan hemen uzaklaştırsa ya beni!

Ayrıca bu kadar hızlı yeme, diyorum. Daha ağır çiğne lokmalarını...

Aaaa, sinirine dokunuyorum ben senin, diyor şaşkınlıkla. Tamam, sen de benim canımı sıkıyorsun artık. Önce kendine baksana sen! Saçını bile taramamışsın. Ya şu paspaslık sabahlığına ne demeli? Terliklere bak, köpek eniği gibi.

Öfkeyle kalkıyor yerinden, masanın ayağının dibinde duran pelüş terliğime bir tekme atıyor. Terlik mutfağın öbür ucunda içinde sebzelerin durduğu sepete düşüyor uçarak.

Terliğimden ne istiyorsun!

Ya sen benden ne istiyorsun!

Mutfaktan çıkmadan önce kapıda duruyor.

Eh, sabahımın içine ettin işte hiç yoktan. Burası benim evim, istersem donsuz da gezerim, anladın mı?

Birden şortunu çıkarıp başıma fırlatıyor ama iyi nişan alamamış; masaya, kahvaltı tabaklarının üstüne düşüyor şort.

Teşhirci, diye bağırıyorum arkasından.

Başım ağrıyor. Niye bu kadar çok başım ağrıyor son günlerde? Gözlerimi yumuyorum. Radyo gürültülü bir pop müzikle bağırmayı sürdürüyor. Ellerimi kulaklarıma bastırıyorum. Neden sonra sofraya bakıyorum, Ayhan'ın şortu bir ucundan reçel tabağına batmış, beyaz kumaş kırmızı şurubu hızla emiyor.

Bir cinayetten artakalmış gibi her şey.

O sıralar sık sık düşlerime girerdi Onur. Çok hızlı giden bir arabanın içinde yol alıyor olurduk onunla. Bir sürü engel yüzünden buluşacağımız yerde olamazdık zamanında. Nedensiz dargınlıklar içinde uzak duruyormuşuz gibi sıkıntılı bakardık birbirimize. Bölük pörçük uykulardan yorgun, heyecan içinde uyanırdım.

Rekla'nın yıldönümü kokteylinden sonraki günler, Onur'la daha da yakınlaştığımız, birbirimiz için çok özel bir yere sahip olduğumuz duygusunu belli etmekten daha az kaçındığımız günlerdi. İkimiz de seziyorduk bu özel olma durumunun kesinlikle daha ileri bir aşamaya yükselmesinin kaçınılmazlığını. Ama ne zaman, nasıl, hangimiz daha önce yitirecektik direnme gücümüzü belli değildi. Huzursuzluk dolu bir mutlulukla akıntıya karşı yüzme gücümüzü deniyorduk sanki.

Loş bir çatı odasında, eski bir sallanır sandalyede oturuyormuşum. Çevremde bir yığın eski eşya. Kırık sehpalar, annemin ceviz sandalyeleri, içinde taş plakların durduğu tahta sandık, eski perdeler, Adam'a yazdığım mektuplarla dolu valiz, yer yer emayesi dökülmüş bir oturak, çinko leğen, ayağı kırık bir divan, formika bir masa...

Çatı penceresindeki kırık cam, üzerinde birikmiş tozla buzlu cama dönüşmüş neredeyse. Açıkta kalan yere bir örümcek ağ örmüş. Köşedeki küçük lavabonun musluğu bozukmuş. Pıt pıt sesler çıkararak iri damlalar düşüyor deliğe.

Birdenbire Onur'u bozuk musluğu kapatmaya çalışırken görüyorum. Çok uğraşıyor ama musluk kapanmıyor bir türlü. Tersine daha çok bozuluyor ve hiç kapanmaz oluyor. Hızla, oluk gibi su fışkırtmaya başlıyor. Telaşla koşup biraz da ben uğraşıyorum muslukla, ama yararı yok. Sular lavabodan taşıp yerlere akıyor.

Bu sırada Onur gidip çatı penceresini açıyor. Görünüm çok güzel. Gökyüzü eşsiz bir mavilikte, parlak, saydam. Pencerenin hemen dibinde düzgün, cilalı marsilya kiremitleriyle örtülü çatı uzanıyor. İçeriye olağanüstü bir ışık doluyor. Işığın çekimiyle pencereye yürüyorum. Pervaza gerilmiş yeşil, bitki saplarından örülü incecik ipe küçücük bir mandalla tutturulmuş kocaman, kırmızı, harika çiçeğe bakıyorum. Adını bilmediğim, hiç görmediğim bu çiçeğe bakarken birden Onur'un artık içerde olmadığını fark ediyorum. Aynı anda da taşan suyun yükseldiğini, dizlerime ulaşmış olduğunu görüyorum panik içinde. Onur nerede, nerden çıkmış olabilir? Bir musluğa, bir pencereye koşuyorum korkuyla. Su kasıklarımın hizasında artık. Ayaklarım çok ağır, yürüyemiyorum suyun içinde. Kaçacak yerim yok, burada boğulacağım, boğuluyorum...

Birdenbire uyanıyorum. Işığı açıp kalp atışlarımın düzene girmesini bekliyorum. Buradayım işte, kendi odamda. Çatıda değil...

Gün ağarıyor olmalı. Perdeler aydınlanıyor. Ayhan'ın tıkırtısı geliyor banyodan. Banyo dolabının açılıp kapandığını duyuyorum. Kalkmak için çok erken daha. Komodinin üzerinden kitabımı alıyorum. Okurken yeniden uykum gelebilir ve belki biraz daha uyuyabilirim.

Ayhan ışığımı görmüş olmalı. Gelip oda kapısında duruyor bornozla.

Günaydın, erkencisin bu sabah...

Bir düş gördüm, uyandım.

Ne de çok düş görürsün...

Gelip yanıma uzanıyor. Biraz çekilip isteksiz yer açıyorum ona yanımda. Okuyor görünüyorum hâlâ. Kitabı elimden alıp yere atıyor.

Niye atıyorsun kitabımı?

Atarım tabii...

Kolunu üstüme atıp bana dönüyor, öpüyor. Geceliğimi çıkarmaya çalışıyor.

Hayır, diyorum, biliyorsun sabahları istemiyorum, yapma...

Duymuyor. Nasıl yabancı şu anda bana. Dokunmamalıydı böyle birdenbire. Hazır değildim. İstemiyorum, hoşlanmıyorum bütün bunlardan! Öfkeyle var gücümle itiyorum onu ve çileden çıkarıyorum sanki. Yeniden daha kararlı saldırıyor. Karşı koyuyorum, boğuşuyoruz neredeyse. İki düşman gibi ben savunmada, o saldırıda savaşıyoruz. Onu görmemek için ışığı kapatıyorum. Yakıyor. Yeniden söndürüyorum. Delirdik, birbirimizi öldürebiliriz...

Gücüm tükeniyor ama. Vazgeçiyorum. Bırakıyorum kendimi, direnemiyorum ona, yeniliyorum. Tek başına sürdürüyor eylemini o. Sonra bitkin uzanıyor yanıma. Arkamı dönüyorum. Bozgundayım. Saldırıya uğradım, kirletildim. Hiç doğmamış olmayı dileyerek geldiğim yere, annemin dölyatağına dönebilmeyi istiyorum artık. Dizlerimi karnıma çekerek büzülüyorum yatağın içinde, ağlıyorum.

Kalkıp banyoya gidiyor yeniden. Dizlerimin üstünde doğrulup geceliğimi arıyorum karmakarışık yatağın içinde. Hıçkıra hıçkıra ağlayarak siliniyorum. Durmadan bilinçsizce, siliniyor siliniyorum. Sonra bağırtıya dönüşüyor sesim. Aşağılanmanın, hor görülmenin, hiçleşmenin acısıyla katılırcasına ağlıyorum.

Ayhan yatağın yanında korku içinde ayakta duruyor. Sonra pişmanlıkla, yere, yatağın kıyısına çöküyor. Yüzüme dokunuyor çekinerek, gözyaşlarımı siliyor, üzgün, ezik.

Bağışla, diye yalvarıyor, bağışla n'olur. İlk kez böyle bir şey... Nasıl oldu bilmiyorum inan... Bağışla...

Uzanıp üstüme çekiyor örtüyü...

Uzandığım yerde, biraz yatışmış Ayhan'la birlikte olmaya karar verdiğimiz geceyi anımsıyorum. Akasyalı Sokaktaki evde, halının üzerine atılmış yer yatağında birlikte uzandığımız o akşamı. Tanışalı bir hafta on gün olmuştu henüz.

Şiir okuyorum ve o dinliyor.

'Ayni gece ağartıyor aynı ağaçları

Bizler ah, o zamanki bizler değiliz ama'

Ayhan kitabı elimden alıp sımsıkı kucaklıyor beni. Ezbere tamamlıyor şiiri.

'Ne uzundur unutuş ah, ne

Kısadır sevda'[1]

Birlikte olalım, birlikte yaşlanalım, ne dersin, diye soruyor o alabildiğine coşkulu sevişmemizden sonra bana.

Nasıl?

Biçimini sen seç. Nasıl istiyorsan öyle bir birliktelik olsun.

Evlilik mi yani, diye soruyorum Su olarak.

Korkmuyorsan evleniriz.

Sen korkmuyor musun, diye soruyorum Na olarak.

Korkmuyorum, gereksiz buluyorum.

Toplumun genel geçer kurallarına uymak rahat etmemizi sağlar, diyor Su. Gündelik yaşamda birçok güçlükle karşılaşabiliriz çünkü.

Bunlar üstesinden gelinmeyecek şeyler değil, diyor Ayhan.

İyi ama ne için, ne uğruna? Yani yalnızca evliliğe karşı olmak yüzünden az çok bir bedel ödenecekse neden direnelim ki, diyorum Su yanımla. Kınanmak, hor görülmek istemem. Bizde birlikte yaşadıkları halde evlenmeyen çiftler için kadının o erkek tarafından nikâhlanılacak, keşin bir bağlantı kurulacak değerde olmadığı ve bu güveni vermediği yorumu yapılır genellikle...

Kadın alınır ya da alınmaz, istenir ya da istenmez bir maldır yani, diyor Na. Böyle bir bağlantıyı onun istemiyor olması düşünülemez bile. Birlikte yaşadığı erkek de zor kabul eder böyle bir seçimi, kadının niyetinden kuşkuya düşer. Alışılmış biçimiyle evlilik kararı erkeğe bırakılmış bir haktır. O ister, o alır. Bütün bunlar böyle sürüp gitmemeli elbette. Eğer değişmesine katkımız olacaksa evlenmeyelim.

---

[1] P. Neruda, Cem Yay. 1974 Çev: S.Maden.

Zor, diyor Ayhan. Çok zor ama sen karar ver. Dedim ya, ben korkmuyorum. Olmazsa ayrılırız, bu kadar.

Yeniden birbirimize sarılıyoruz. Odamızın sonbahar akşamının serinliği ve kokuları ile dolu havasını içimize çekiyoruz. Yakın bir bahçede kuru yaprakları yakıyor olmalılar. Dingin başlarımızı birbirine yaslıyoruz iki yorgun yol arkadaşı gibi. Tüm olumsuzluklardan arınmışız sanki. Güvenlik ve sevecenliğin beyaz kanatları altında öylece yatıyoruz. Önümüzde korkusuzluğun serüvenlerle dolu yemyeşil ormanları uzanıyor.

Dün Ayhan'a, yeniden sağlıklı bir birliktelik umuyorsak, bir iş bulmak zorunda olduğumu, evde oturmanın beni kısa sürede bunaltacağını söyledim. 'Acele etme, dinlen biraz, nasıl olsa buluruz,' dedi. Oysa hemen çalışmaya başlarsam geçmişi düşünecek zamanım olmaz. Daha çabuk uyum sağlarım yeni durumuma. Ayhan gün boyu evde olmamaya gayret ediyor. Gazetede, orda burda oyalandığını anlıyorum, beni yalnız bırakabilmek için. Bu özverinin bedelini ödemem gerekecek mi? İncelikle, özenle uzak duruyoruz son günlerde birbirimizden. Çok mu acele ettim dönmek için? Örgümü elimden atıyorum ve ne umuyorum, diye soruyorum kendime.

Ayhan'ın beklediği sıcaklık yok aramızda. Daha şimdiden akşamları kanepeye aramızda belli bir uzaklık bırakarak oturuyoruz. Ara vermeden TV'ye bakıyoruz. Her birimiz kendi düşüncelerimiz içinde kaygılı bir bekleyişle iyi kötü bir şey olsun, bu gerginlik bitsin istiyoruz. Ama hiçbir gelişme olmuyor, hiçbir söz söylenmiyor. Sonra geç saatlerde birer içki hazırlıyor Ayhan. Biraz olsun çözülebilme umuduyla aramızdaki buz tutmuş alanı ısıtmayı deniyoruz. Yararı olmuyor pek. Birkaç küçük, nazik gülümseme, çekingen bir dokunuş, her yana çekilebilecek üstü kapalı birkaç cümle. Dil ucuna geliveren karşılıklı suçlamalardan özenle sakınma çabası. Daha büyük gerilimler yaratmamak için bir an önce yatma isteği. Bazen birazcık ileri gidip, odalarımıza çekilmeden önce kısacık bir an incelikle kucaklıyoruz birbirimizi, o kadar işte.

Ayhan beni hasta sayarak iyileşmemi bekliyor. Düzeleceğimi, eski Suna olabileceğimi umuyor. Ama ben o Suna olabilsem bile Ayhan artık o Ayhan değil. Üstelik kendisindeki bu değişimden de habersiz. Böylece artık birbirimizi büsbütün yitirmiş olduğumuzu yalnızca ben seziyorum. Böyle olacağını bile bile eve döndüm ama henüz on gün bile olmadan bu duruma gelmiş olmamız şaşırtıyor beni. Ne bekliyorum? İkimizin bir arada kalarak ortaya çıkardığı bu bulaşıcı ve ölümcül hastalığın gövdelerimizde gözle görülür onulmaz yaralar açmasını mı?

İkimiz de uyuyamıyoruz. Ben odama çekildikten sonra Ayhan tedirginlikle dolaşarak kimbilir kaçıncı içkisini içiyor salonda. Bense denizin sesini dinliyorum yatağımda. Lodos kıyıya vuruyor çöpleri, döküntüleri. Geceler boyu sis düdükleri çalarak geçiyor gemiler içimden. Aldığım ilaçlar beni uyuşturuyor, parmaklarımı oynatamıyorum ama bilincim şaşılası bir biçimde uyanık kalıyor. Yoğun olarak şunu düşünüyorum: Çok yorgunuz artık. Bin türlü nedenle çok yorulduk. İki insan arasındaki sevgi sürekli özen, karşılıklı özveri isteyen zor bir olaydır, diye belletmişlerdi bana eskiden. Ama biz, ben ve Ayhan, Onur ve ben öyle yorgunuz ki artık ne özen, ne özveri gösterecek gücümüz var. Tükendik.

Üç yıldır, Onur'u yaşamımın odak noktası olarak duymamın yaşamıma kattığı çelişkileri yenemedim. Bu tutku onu bir gün yitirme korkusuyla beslendi durdu. Bu korkuyla azar azar, bile bile zehirlendim. Ayhan'ın bana gösterdiği inceliğin, anlayışın, sevginin vazgeçilmezliği ve Onur'un beni güzelleştiren, yücelten, varlığıma anlam katan geri çevrilmezliği arasında bocaladım durdum. Her ikisinin de yanında en hırçın göründüğüm anlarda bile sınırsız mutlu olduğumu şimdi anlıyorum, ikisini birden yitirmiş olduğumu sezmekte olduğum şu günlerde. Çok acı bu. Açlık kadar, yokluk kadar, ölüm kadar acı. Bu acıyı duyuyorsam nasıl önemsemem, nasıl hafifserim? Birçok nedeni olan birçok acıdan ne farkı var bunun?

Niye bu süre içinde Onur'a tutunmamayı denemek becerisini gösteremedim, ya o neden umulmadık bir biçimde bana ulaşma güçlüğünü yenemedi? Üstelik şimdi bile beni nerede arayacağını bilmiyor. Ama aramak istiyor mu ki? Evet, biliyorum, istiyor. Böyle bitiremez o. Böyle bitiremeyiz. Bu kadar sıradan bir bitiş bize göre değil. Birbirimize söylediğimiz son sözler o gece gereksiz bir tanığı devre dışı bırakmak için söylenmiş sözlerdi. Arayacak beni, aramalı. Oysa burada olduğumu bilmiyor, daha doğrusu artık bu evde oturmadığımı sanıyor. Yeni evimin nerede olduğundan da haberi yok. Öyleyse onu aramamı bekliyor belki de. Yüz yüze geldiğimizde aramadığım için beni kıyasıya suçlamayı bekliyor. Öfkemin yatışacağını, her zamanki gibi onu bağışlayacağımı umuyor. Böyle zamanlarda evinde çekilmez bir adam haline geldiğini, Güler'i ve çocuklarını istemeden hırpaladığını anlatmıştı bana kaç kez.

Ne çok darılıp barıştık onunla. Ne çok denedik bitirmeyi. Yapamadık. Kaç kez birbirimizi kucaklayarak gözyaşları içinde vedalaştık kimbilir... Olmadı. Öncekinden daha büyük bir özlemle sarıldık çok geçmeden. Her seferinde yeniden başlamanın o umarsız coşkusunu yaşadık. Ama bütün bu gelgit, bu ayrılmalar, bu yeniden başlamalar tüketti bizi sonunda işte. Artık bitti.

Geceleri sis düdüklerini kollayarak ağırca yol almaya çalışıyorum şimdi. Aramasın beni, yolumu kesmesin bir daha. Hiçbir veda şimdikinden iyi olmayacak artık. Birbirimize sarılarak ayrılamayız biz.

Bitti artık. Bundan böyle Ayhan, Suna diye başladığında söze, korkmayacağım, ürkmeden bakacağım yüzüne. İç rahatlığıyla yürüyeceğim yanında, durmuş oturmuş bir kadın gibi.

Bütün mutluluklar bitti artık. Birlikte olduğumuz o güzel akşamlar bitti. Burada, bu evde bölüştüklerimiz, konuştuklarımız, hepsi bitti. Huysuzluklar, karşılıklı suçlamalar, haklı ya da haksız kızgınlıklar bitti. Bir sözcük, bir yeşil, bir kapının açılıp kapanışı, yarım bir gülüş, bir sızı kaldı. Buruk, bütünüyle yaşanamamış bir sevgi kaldı. Hem olası, hem olanaksız bir yığın düş kaldı. Şimdi ile geçmiş arasında gidip gelirken hiçbir durumda, hiçbir biçimde, Onur'u elimden alan zamanın onu bana geri vermeyeceğini biliyorum artık. Ne elimin altında duran telefonlar, ne herhangi bir yerdeki herhangi bir birliktelik. Ne ona onu hep seveceğimi söylemem ve aynı şeyi ondan duymam, ne de aramayıp beni özlemesini beklemem. Hepsi boşuna. Sorun ben değilim çünkü. Sorun, onun benim telefona uzanacak elimi tutabilecek güç ve yüreklilikte olamaması.

Şu anda bu evdeki bildik eşyalar arasındaki yokluğu çok somut. Şu koltukta oturmuştu. Bu cam bibloyu eline alıp ışığa tutarak bakmıştı. Hole açılan kapıda durup onu kucaklamamı beklemişti. Bu tabloyu birlikte asmıştık kanepenin üstündeki boş duvara.

Gene de banyo perdelerinin bana onu anımsatması için hiçbir geçerli neden yok. Öncelikle yeni aldım bunları. Ama nedense perdeleri her görüşümde birden onu anımsıyorum. Rekla'daki odasında beni ilk öptüğü akşamı, pencere içindeki menekşeleri, uzak bir semtte, yağmur altında yürüdüğümüz bir günü, kalabalık bir odada apansız göz göze gelişimizi. İyi ama bu kuru dal motifli perdelerle bütün bunların ne ilgisi var? Bu perdeleri takarken anımsadıklarımı onları her görüşümde yeniden mi anımsıyorum? Durmadan bitmiş, geri gelmeyecek anlara tutunarak mı avunmaya çalışıyorum?

Zamana yenildik. Ayhan'ın bir kolunu bana ötekini ona sararak bizimle birlikte uzun bir yolda yürüdüğü bir yaz akşamı hiç bitmesin istemiştik oysa.

Artık akşamları oturup TV izliyoruz yorgun argın. Aklımız, yüreğimiz başka şeye ermiyor.

Konuşmadan bakıyoruz eski filmlere. Kendimizi arayarak, bulmayı umarak. İzlediğimiz filmdeki aşk yorgunu genç kadın bir hastane yatağında ölmek üzere oluyor. Kocası ve sevgilisi pişmanlıklar içinde başında bekliyorlar. Kadın ölüyor ve iki erkek ağlayarak birbirlerine sarılıyorlar.

Bir akşam bir hastane yatağında ölmek üzere olacağım. Yorgun, küçülmüş, tükenmiş, bir deri bir kemik yatacağım sırtüstü. Canımın çekilmekte olduğunu duyacak ve o anda bütün yaşadıklarımı yeniden yaşayacağım.

Dere sokağını, havasız parasız yatılı yatakhanelerini, yağlan donmuş yemeklerle dolu bakır karavanaları, önü işlemeli pembe hırkamı, kadın-erkek ilişkisini gösteren resimleri ilk gördüğüm andaki inanmazlığımı, tekini yitirdiğim yeşil eldivenim için aralıksız iki gün ağlayışımı, sevdiğim birinin öldüğü gün kiremitleri uçuran lodosu.

Babamın eski arkadaşının bacağımı, bir çocuğunkini okşuyormuş gibi okşayışını ama bu okşayışın bir çocuğu okşamak olmadığını anlamış olduğum için artık çocuk olmadığımı bildiğim ânı, yemekhane duvarının dibine çöküp ilk sigaramı içtiğim yaz gecesini anımsayacağım.

Sevdiğim adam tarafından ilk kez öpüldüğüm geceki sarhoşluğumu, bir evin kapısı önünde ağlarken bıraktığım küçük bir çocuğu, bir gece önce düşümde o evin depremle yerle bir olduğunu gördüğümü, o çocuğu bir sonraki görüşümde beni değil, yeni paltomun yakasındaki kürkü okşadığını dayanılmaz bir acıyla yeniden anımsayacağım.

Gece yolculuklarımı, uzun bir yoldan gelip de olması gereken yerde bulamadığım bir sevgiliyi, birçok zaman birçok yerde kapı önlerinde kalışlarımı, bana sevgiyle açılmış kapıları, kucakları, otogarları, tren istasyonlarını, havaalanlarını, oralarda kavuştuğum ve ayrıldığım bütün insanları düşüneceğim.

Gözlerim kapanmak üzere olacak. Çekmem gereken tüm acıları çekmiş olacağım.

Ayhan başucumda olacak. 'İyileşeceksin,' diyecek, öleceğimi bile bile.

'Hoşça kal,' diyeceğim ona, seni çok sevdim. 'Ben de seni,' diyecek. 'Ölmeden önce Onur'u görmek istiyorum,' diyeceğim korkmadan. 'Onu da çok sevdim.'

Onur günlerce hastane koridorlarında beklemiş olacak. Yaşadığımız her şeyi yeniden yaşamış olacak. Tüm tartışmalarımızı, konuşmalarımızı, sevişmelerimizi. Beni kucakladığı ilk günü.

Ayhan dışarı çıkacak. Onur'u çağıracak. Birlikte içeri girecekler. Hastabakıcı çarşafı yüzüme çekecek. Ölmüş olduğumu anlayacaklar.

İkisi de onulmaz pişmanlıklar içinde olacaklar. Beni böylesine üzmüş oldukları için kahrolacaklar. Binlerce halimle anımsayacaklar beni.

Rekla'da Onur'un odasında masa başında çalışıyoruz. Aramızda saydam, görünmez bir duvar var. İkimiz de görüyoruz bunu. Ama ne o ne de ben atılıp yıkma yürekliliği gösteremiyoruz.

Doğrulup saatime bakıyorum. Gecikmişiz iyice.

Herkes çıkmış olmalı.

Otur biraz, diyor Onur. Birlikte çıkarız, seni bırakırım.

Birden aklına gelmiş gibi ekliyor.

Ha, beni ne zaman yemeğe çağıracaksın?

Ayhan'ın burada olmadığı bir akşam onu yemeğe çağırmıştım ama karısının akrabaları konuk geleceği için gelemeyeceğini söylemişti bana.

Şimdilik bu hakkını yitirdin.

On gündür o gece gelemedim diye mi küskünsün bana?

Yo hayır, bununla hiçbir ilgisi yok.

Ya neden?

Dikkatle ve geçerli bir yanıt bekleyerek bakıyor. Koltuğa oturup sigara yakıyorum. Ayhan'ın bana saldırdığı o kötülük dolu sabahtan bu yana Onur'a belli belirsiz bir öfke duymaktayım. Ayhan'la aramda bu tür zorluklara neden olması yüzünden onu suçluyorum bilmeden belki de.

Birdenbire öyle uzaklaştın ki benden, diyor. Anlayamıyorum, ne yaptım sana acaba?

Hiç, hiçbir şey inan...

Bir an susuyorum, sonra birden yorulmuş, bıkmış gibi boşalıyorum.

Bu oyuna ne gerek var, diyorum sigaramı hırsla küllüğe bastırırken. Oyun bu, başka bir şey olamaz. Gitmek zorundayım...

Ayağa kalkıp kapıya doğru birkaç adım atıyorum. Koşup önüme geçiyor. Bir an yüz yüze duruyoruz. Sonra ikimiz aynı anda birdenbire çalmaya başlayan telefona dönüyoruz.

Onur gidip açıyor. Güler arıyor.

Beni beklemeyin, diyor. İşim var. Neyse ne! İş işte. Bana sordun mu ki! Geç geleceğim. Gelemem dedim ya... Hayır, tamam.

Almacı yerine bırakıp bana dönüyor.

Birlikte yemek yiyelim bu gece.

Eve gideceğim.

Neden? Ayhan burada değil ki.

Nereden biliyorsun?

Bugün bir iş için aramıştım, olmadığını söylediler.

Susup kararsız bekliyorum.

Seninle birlikte olmak istiyorum bu gece, diyor. Bir yere gidip birlikte yiyelim, inan çok istiyorum bunu.

Apaçık bir sevgiyle, gizlenmemiş, görünür bir tutkuyla bana bakarak söylüyor bunu. Donakalıyorum. Masanın başında, içimde ince bir ürpertiyle ona bakamadan kalıyorum. Yürüsem ayaklarım birbirine dolaşacak sanki. Yüreğim kulaklarımda vuruyor ve kanım hızla deviniyor damarlarımda. Büyülenmiş gibi ona bakıyorum birden. Ne dediğimi bilmeden bir şeyler söylüyorum.

Direncimi paramparça ediyorsun. Ne zamandır durultmaya çalıştığım suyu bulandırıyorsun, yapma.

Kapıya doğru iki adım atıyorum. Niye bu kadar güçsüz, darmadağınığım? Gidemiyormuş gibi duraksayarak ona dönüyorum yeniden. Dudaklarında buruk bir gülümsemeyle yitirmekte, elinden kaçırmakta olduğu biri için hayıflanır gibi durgun ama olağanüstü parlak gözlerle bakıyor bana. Dudağının kıyısındaki çizgiden öpebilmeyi çok istiyorum o anda. Ama yapay bir yüreklilikle ve o âna kadarki zayıflığımı onarmayı umarak, sesime yaramaz bir çocuğa seslenirkenki sevecen azar tonunu yükleyip,

Ah, Onur... diyorum.

Başaramıyorum. Sesim istekle titriyor.

Bana doğru geliyor. Çabuk, kararlı, kendinden eminmiş gibi ama hiç de emin olmadan. Yeniden karşı karşıya duruyoruz. Döneceğim sırada bileğimden tutuyor, engelliyor beni. Elimi bir an avucuna bırakıyorum ve hemen sonra beni bile şaşırtan bir özlemle sarılıyorum ona. Aynı özlem dolu kendinden geçmişlikle kavrıyor, kendine çekiyor gövdemi.

Yanağımı onun yanan yüzüne bastırıyorum. Sıcaklığımızı birbirimize aktararak birkaç saniye öylece kalıyoruz. Hâlâ geriye dönebilmeyi umuyormuş gibi dudaklarımı dudaklarından sakınıyorum. Sanki bu yakınlık bu kadarla kalabilirmiş gibi başımı geriye çekiyorum ama olmuyor, çok geç. Öteki yanağına yaslıyorum yüzümü.

Usulca eğerek kurtarıyor başını, önce küçük bir öpücük konduruyor dudaklarıma, tadına bakmak istermiş gibi. Hemen sonra da hoyratlıkla öpüyor yeniden, uzun uzun. Çok uzun sürüyor bu.

Utançla, yüzüne bakamadan kapıya koştuğumda yetişip yolumu kesiyor ve kendine döndürüp yeniden öpüyor. Sıyrılıyorum kollarından, çabucak çıkıyorum odadan.

Odama koşuyorum. Hava kararıyor. Titreyen ellerimle güçlükle yakıyorum ışığı. Çantamdan çıkardığım küçük aynada, yüzüme, kabarmış dudaklarıma bakıyorum. Aceleyle, gelişigüzel boyuyorum onları. Sarsak adımlarla hole çıkıyorum. Onur orada bekliyor beni. Sarsılmış biraz, mutlu. Birlikte aşağıya iniyoruz merdivenlerden, konuşmadan.

Arabayı çalıştırıyor. Gece. Işıklı, güzel, serin haziran gecesi. Sessizlik.

Dışarıya, yola, iki yanımızdan akıp giden ışıklara, ağaçlara bakıyorum.

Suna lütfen konuş, diyor.

Hiçbir şeyin başlangıcı değil bu, diyorum. Bilmiyorum nasıl oldu. Ama kabul et... Bir başlangıç değil bu...

Yanıtlamıyor beni, dalgın susuyor.

Öyle değil mi, diye üsteliyorum.

Dikkatini arabaya vermiş ya da bunca olumsuz bir yorumu duymak istemiyormuş gibi susuyor. Yapayalnız duyuyorum kendimi, suçlu ve yalnız.

Mutlu bir kadınım ben, diyorum kesin bir sesle.

Biliyorum.

Rahatlamış gibi gevşiyorum. Kendime güvenle konuşuyorum, inanarak.

Bir daha olmaz, olmayacak. Ben bir an zayıf davrandım, o kadar.

Güzel bir an. Niçin olmasın? Bu güzelliği yaşamak için insanın mutsuz olması gerekmez ki... O an istedik bunu. İçten, her türlü baskıdan kurtularak istedik. Çok güzeldi Suna.

Evet, ama bir daha kesinlikle olmayacak.

Neden pişmanmış gibi davranıyorsun, neden bu kadar katısın? Ne diye bu kadar ürküyorsun bu küçük, sınırlı yakınlıktan?

Yakınır gibi söylüyor bunu. Çantamdan bir sigara çıkarıp yakıyorum. Yan gözle bakıyor.

Ne güzel ellerin var...

Gülüp sigarayı tutan elimi biraz yukarı kaldırıyorum. Gerçekten güzel olup olmadıklarını görmek istermişim gibi. Ağırlıksızım, mutlu, esrik elime bakıyorum.

Öyle uzun zamandır o elleri öpebilmeyi istiyorum ki, diyor.

Sokağın başında durduruyor arabayı. İlk kez görüyormuşum gibi bakıyorum sokağın adı yazılı tabelaya. Gönül Sokak. Benim sokağım bu. Ne çabuk geldik. Motoru kapatmadan uzanıp elimi alıyor avucuna. Beni ürküten bir istekle emiyor parmaklarımı teker teker. Birbirimize dinmemiş, çoğalmış bir istekle bakıyoruz. Kopamadan. Gecenin karanlığı içinde birlikte olabilmeyi delice bir tutkuyla özleyerek.

Birden iniyorum arabadan.

Hoşça kal.

Gitme, diyor, benimle gel.

İyi geceler.

Eve yürüyorum. Canlı adımlarla apartmana giriyorum. Merdivenleri ikişer üçer atlayarak hızla daire kapısına ulaşıyorum. Çantamda anahtarımı arıyorum yok! Sabırsızlıkla yere çömelip çantamı paspasın üstüne boşaltıyorum, hayır yok. Rekla'da çantamdan ayna çıkardığım o heyecanlı dakikalarda düşürmüş olmalıyım. Yerdekileri yeniden çantama tıkıyorum ve bir an neye karar vereceğimi bilemeden ayakta bekliyorum. Sonra gülmeye başlıyorum. Katılarak gülüyorum ama çok geçmeden gülmem ağlamaya dönüşüyor. Çok mutluyum, diye ağlıyorum içimde henüz adı konamamış bir sızıyla.

Sonra bir çilingir bulmak üzere merdivenlerden inerken o sızının adını arayıp buluyorum içimde: Ayhan.

Telefon çalıyor. Ayhan'ı arıyor olmalılar. Evde yok. Açmayacağım.

Soğanı gelişigüzel doğruyorum. Dolaba bakıyorum, domates kalmamış, salça da yok. Şimdi bakkala gidemem. Gücüm yok. Soğanı doğrayacak gücüm bile yok. Ellerim titriyor. Doğradığım soğanları çöpe atıp mutfağı topluyorum. Bu gece ne yiyeceğiz Ayhan'la? Ben yemek istemiyorum, o ne istiyorsa yapıp yesin. Ayhan Su'yu çoktan öldürdü. Na ise artık bir iş bulup çalışmak zorunda. Yoksa bu evin tozuna karışıp yok olacak yakında. Kendini de süpürüp atacak bir gün.

Arayan Selim. Hastaneden çıkmış, ameliyat başarılı geçmiş. Niye aramadım onu, iyiymiş. İki ay raporluymuş. Bir hatır bile sormadığım için kırılmış bana.

Yani sen küçümsüyorsun bu işi ama, diyor, hoşuna gidebilir. Ayrıca yeniden işe başladığımda beni başka bir bölüme almaya söz verdiler. Güzide Abla sütunu boş kalacak o zaman. Sürekli olabilir bu iş senin için anlayacağın. Hem oyalanırsın, kalabalık içinde olmak iyi gelir sana. Sonra belki hiç ayrılmak istemezsin...

Daha iyi bir şey dile bana. Böyle bir işe uzun süre dayanamam biliyorsun.

Sen başla şu işe, diye üsteliyor. Seni tanıyınca daha iyi bir yere kaydıracaklarından kuşkum yok. Boş oturacağına şimdilik sıradan insanların dünyalarına girmeyi dene...

Peki ne yapmam gerekiyor?

Dün konuştum Cengiz Abiyle. Ne oldu o arkadaşın, diye soruyordu. Git görüş hemen.

Tam olarak ne yapacağım, yani sen ne yapıyordun, bir daha anlatsana.

Güzide Ablaya gelen mektupları yanıtlayacak, öğütler vereceksin. Bir de 'İki Gönül' köşesi var. Evlilik ilanları yani. O köşeyi düzenleyip rumuzlara gelen mektupları ayıracaksın. Göreceksin gırgır bir iş.

Ücret dolgun mu?

Rekla'daki gibi olmaz tabii ama seni geçindirir. En önemlisi moral kazanman tamam mı. Çok sevindim eve döndüğüne. Hadi kolla kendini, iyi ol artık.

Gidip bir görüşeyim şu Cengiz'le bakalım. Söylediklerin doğru görünüyor bana, çalışmalıyım. En azından denemeliyim bu işi.

Uzun zamandır tanıyorum Selim'i. Dergide birlikte çalışmıştık.

Kim bakıyor sana evde, diye soruyorum.

Şimdilik Eda, ama yakında usanıp kaçacak biliyorum.

Onu üzmüyorsun ya.

Hayır, o beni üzüyor. Böyle eli kolu bağlı yatıyorum ya, yapmadığı kalmıyor.

Huysuzluk etme, sonra gelip görürüm seni.

Almacı yerine koyuyorum. Bir an sonra çalmaya başlıyor telefon. Ayhan evde yok. Beni kim arayabilir? Benim artık bu evde oturmadığımı, şimdilik, boşlukta garip bir gecede kısa bir süre için öylece gelivermiş olduğumu kim biliyor? Yakında bir işim olacak, evime döneceğim. Ayhan'ı özlediğim zamanlar geleceğim buraya yalnızca.

Almacı kaldırıyorum.

Suna, diyor Onur.

Güçsüz, sehpanın yanına yere oturuyorum.

Suna?

Evet...

Ne demek oluyor bütün bunlar?

Ne, ne demek oluyor?

Günlerdir seni nerde bulabileceğimi düşünüyorum. Artık Ayhan'a soracaktım ne olursa olsun... Niye aramadın beni?..

Ne söylemek istiyorsun Onur?

Neydi bu başka eve taşınmak falan... Yani sen şimdi...

Konuşmak istemiyorum.

Yalnız mısın?

Evet.

Öyleyse neden? Biliyorum o gece telefon etmeliydim sana. Ama hep şimdi kalkacağız diye diye... Sonra senin hâlâ orada bekleyebileceğini hiç sanmıyordum. Çok geç oldu, gelmeyeceğimi anlayıp eve dönmüştür, diye düşündüm.

Hayır, anlamadım, bekledim.

Anlık duygularla anlık kararlar veriyorsun. Konuşmalıyız.

Hiç gerek yok artık Onur.

Böyle mi düşünüyorsun? Gerçekten?

Bilmiyorum.

Seni görmek istiyorum.

Ağlamaya başlıyorum istemeden.

Kimseyi üzmek istemiyorum, hele seni hiç, diyorum.

Ağlama böyle. Çok özür dilerim, üzülmene dayanamıyorum, biliyorsun. Bugün seni görmek istiyorum.

Gelemem Onur.

Anahtarı niye bıraktın?
Seni bir daha orada beklememek için.
Peki. Öğleden sonra gelemez misin? Seni orda beklerim.
Susuyorum.
Suna gelmelisin, konuşmalıyız.
Üçten sonra olabilir...
Orada olacağım.
Gelmeye çalışırım.
Kesinlikle gel, bekliyorum.
Peki, görüşürüz.

Aceleyle duş yapıyorum. Onur'la birlikte olma düşüncesiyle gövdem yeniden yaşamaya başlıyor sanki. Saçlarımı kuruturken süzülmüş yüzüme bakıyorum aynada. Nicedir bezginlikten başka hiçbir duygu yansıtmayan gözlerim canlanıyor. Onur'dan uzak olduğum zamanlarda duyduğum o korkunç yorgunluk yavaşça çekiliyor içimden, kanım ısınıyor, uykuya yatmış sinirlerim, kaslarım, duyularım uyanıyor.

Aynaların önünde oyalanıyorum. Beni hiçbir zaman onun gözündeki güzelliğimle yansıtamamış aynaların önünde. Saçlarımı topluyor, çözüyor, yeniden topluyorum. Alnıma düşen bir kıvrıma en hoş görünümü vermek için uğraşıyorum. Karanlıklara kapattığım dayanılmaz bir özlem aydınlığa çıkıyor. Bir yerinde duramamazlık, korku dolu bir iç bulantısı içindeyim. Kendimi dokuzuncu kattan atmadan hemen önceki ânı yaşıyorum.

Hiçbir zaman aklı başında, hesaplı kitaplı davranışlar içinde yaşayan bir kadın olamadım ne yazık ki. Böyle olmayı hep istedim de yapamadım. Yalnızca bana uzak ilgi alanımın dışında ya da kırıldığım ve değmez bulduğum kişilere karşı tavır geliştirebildim. Her duyguyu en yoğun, en aşırı biçimde yaşıyorum. Bu yoğunluk içinde tepkilerimin sonuçlarını hesaplama sağduyusunu gösteremiyorum.

Ne giyeceğim? Ne kadar az giysi getirdim buraya. Siyahı sever; siyah bir etek, siyah bir kazak, renkli bir eşarp, evet iyi bunlar. Eteğimin beli iyice bollaşmış. Kaç kilo verdim bu badirede?

Kapıyı çekip çıkıyorum. Caddeye doğru yürüyorum. Bacaklarım titriyor. Yürümeyi unutmuşum sanki. Günlerdir evden çıkmadığım için olmalı. Saatime bakıyorum, on ikiye geliyor. Üç saat, yalnızca üç saat sonra Onur'un yanında olacağım. Şimdi geçmek bilmeyecek bu zamanı tüketmek için yürümeliyim biraz. Sonra gazeteye gider Cengiz Bey'i görürüm.

Cağaloğlu yokuşunu tırmanıyorum. Pis bir yağmur yağıyor. İnce, sinsi bir yağmur. Kar gelecek bunun arkasından, kar kokuyor hava. Rüzgâra karşı yürüyorum.

Bir düş bahçesinde Onur'la birlikteyiz. Kentin çok dışında bir bahçede çiçek açmış ağaçların altında yürüyoruz. Elim avucunda. Kentin kalabalığı, gürültüsü uzağımızda. O akşamdan sonra günlerdir ilk kez baş başayız.

Sana duyduklarım yüzünden, kendime karşı kendimi savunamıyorum, diyorum.

Yaşamım birdenbire hız kazandı sanki, diyor. Her an seninle olmak istiyorum. Sesini duymak, dokunmak sana. Huysuzum evde, herkese kötü davranıyorum. Sürekli seni yitirme korkusu içindeyim.

Ağaçların dibinde toprak sürülüp kabartılmış. Güçlükle yürüyoruz. Yakındaki karayolundan kamyonlar, otobüsler geçiyor.

İyimser olduğumda, kendimi bağımsız saydığımda her şey yolunda görünüyor bana, diyorum. Ama çok az böyle olduğum anlar. Çoğu kez kötümserim. Bir yanımla böyle bir sevgiyi yaşamaya hakkım olduğunu düşünüyorum ama bu benim boyun eğmez yanım ve acı getiriyor bana yalnızca. Belki de bu acı içinde anlam kazanıyor yaşadığım her şey, o zaman ben, ben oluyorum gerçekten.

Geçen gün ne demek istiyordun, diye soruyor. Hani bir oyun bu, derken...

Bir ağacın dibine, toprağın üstüne, yan yana oturuyoruz.

Anlatmak kolay değil Onur.

Beni yeterince önemsemiyorsun, biraz hor görüyorsun belki de...

Hayır, çok önemsiyorum. Söylemek istediğim başka bir şeydi.

Ne öyleyse?

Yaşadığımız dünyada her şey kesin çizgilerle belirlenmiş sanki. Var olan roller, kalıplar, yargılar, düzenler ve düzensizlikler içinde, kendi çizgimizde dümdüz yaşayıp gitmeye çalışıyoruz. Yanlışlıklar yapmaktan çok korkarak alışılmış oyunları oynuyoruz. Aynı saatlerde aynı yollardan işe gidip geliyoruz. Hiç düşündün mü her şey ne kadar aynı. Çevremizde aynı insanlar, aynı kaygılar, aynı sıkıntılar ve sevinçler. Durmadan konuşuyoruz ama ne konuşuyoruz? Evlerde, lokanta ve barlarda, sokaklarda, parklarda hatta düşlerimizde bile, konuşarak bu aynılıktan kurtulmayı umuyoruz. Ben, diyoruz, ben böyleyim, böyle severim, şöyle isterim, bunu yaparım. Dondurulmuş düşünceler, belletilmiş öğretiler ve sınırlı seçeneklerle oluşturulmuş bir dünyada dibe batmamak için çırpınıp duruyoruz böylece. Ne kadar sıkıcı bütün bunlar... Sıkılıyoruz elbette ve sıkıldığımızda biri çıkıp bizi tutkuyla sevsin ve sevilmeye değer olmak düşüncesi yüzünden ayrıcalık kazanalım istiyoruz. Açıklamak zor bu karmaşayı işte, görüyorsun...

Sert toprağa sırtüstü uzanıyorum. Kollarımı başımın altında kenetleyip gökyüzünün duru maviliğini beyaz çiçeklerle bezeyen ağaçlara bakıyorum dalgınlıkla.

Bu karmaşa içinde inceliklerimizi derinlere itiyoruz, diye söyleniyorum. Evet, içimizde, incecik, çocukça bir ruh, bin bir renk, büyü, düş ve binlerce anı gizli. Bunları ortaya dökmekten korkuyoruz. Aykırılık ve kınanma korkusuyla bütün bunlar bizde yokmuş ya da çoktan yitirmişiz gibi davranıyoruz. Büyümek ve düşlerimizi yitirmek en büyük erdemmiş gibi sanki. Ama belki de gerçekten yitiriyoruz gündelik yaşamın yalın kaygıları içinde de farkında bile olmuyoruz, nasıl, ne zaman yitirmiş olduğumuzu.

Kolumun üzerinde yan dönüyorum, göğün sınırsız boşluğuyla bütünleşiyor gövdem.

Saçıma dokunduğun gün, işte tam şurası bak... Sonradan günlerce elinin değdiği bu yeri okşadım durdum. Nasıl da çocuksu bir duyguydu bu bilsen...

Gözlerim doluyor.

Bir düş içindeyiz, kesinlikle gerçekleşmeyecek çocukça bir düş, bir oyun...

Yüzüme eğiliyor.

Öyle değil mi, diye soruyorum.

Evet ama ne güzel, diyor.

Aşk, büyüklerin oyunu, yeniden çocuklaşmak, büyü, rengi atmış yaşamlarımızın çocukluktaki parlak renklerle dolu dünyaya dönüşmesi birden.

Çekingen, usulca değdiriyor dudaklarını ağzıma. Tepki bekler gibi bir an duruyor sonra. Kollarımı başımın altından çözüp boynuna sarıyorum. Dudaklarının diri, benzersiz tadını duyuyorum önce, sonra yanan yüzümde sakallarının sertleştirdiği tenini. Gövdemin derinliklerine yayılan ve orada çöreklenip kalan doyurulmamış istek zorluyor beni. İçimde istiyorum onu, doğurmak istermiş gibi bir gerilimle. Başımdan gövdeme akan, bütün hücrelerime yeniden can veren özsuyunun sıcaklığını duyuyorum. Bu güçlü uyarıyla gövdemi sımsıkı ona yaslıyorum bilmeden. Bilincim, korkularım benden uzaklaşıyor. Bir an için ona olabileceğim kadar yakın olmak, o olmak istiyorum. Bu güçlü sancıyı daha önce hiç duymamış olduğumu, ilk kez benden başka birini böylesine ben saydığımı seziyorum. Sürüp gitsin istiyorum bu bir oyunsa. O hep yanımda olsun ve ben bu ağrıyı hep içimde taşıyayım. Ama bu duygu ürkütüyor apansız beni ve çabucak doğruluyorum yattığım yerden.

Ağırca, kendimi yatıştırmak ister gibi birkaç ot koparıyorum yerden. Bana baktığını biliyorum ama bakamıyorum ona. Bakarsam belki dayanamaz ağlarım.

Sonra biter, diyorum, yavaşça, avucumdaki yeşilliği okşayarak. Bir gün anımsarsın sonra. Öğleden sonraydı, her şeyi öylece bırakıp birlikte kaçmıştık, diye düşünürsün. İlkyazdı, gökyüzü tertemizdi, ben sarı gömleğimi giymiştim. Ne geçmişimiz ne geleceğimiz vardı. Ağaçların altındaki sürülmüş toprağa uzanmıştık, gelişigüzel, önemsiz konulardan söz ediyorduk, dersin.

Hiçbir zaman bitmez, diyor, ellerime bakarak. Çok sonraları, başkaları, başka kaygılar, başka sevgiler olduğu zaman bile bitmeyecek bir şey bu. Anımsayabildiğimiz sürece aynı tazelikte kalır bu an.

Ama bir oyun bu, diyorum yeniden. İkimiz de biliyoruz bir yere varmayacağını. Bir gün bitecek. Çünkü bir de gerideki asıl büyük oyun var. Sürdürmek zorunda olduğumuz oyun. Ben birazdan eve gidip çorba ve bezelye pişireceğim. Hiçbir şey olmamış, evet hiçbir şey olmuyormuş gibi. Sense akşam yemeğinde tuzluğa uzanacaksın ve tam o anda birdenbire ben geleceğim aklına. Tuzluğa uzanmış elin hafifçe titreyecek. Gene de hiçbir şey olmayacak. Yaşamlarımız her zamanki hızıyla eskimeye devam edecek. Yaşadığımız bu an oyunun güzel bir parçası olacak yalnızca.

Hayır, bir oyun değil bu, diyor, tutku. Ama sen kaçmaya çalışıyorsun bundan.

İkimizin yan yana normal bir yaşam içinde birlikte olabilmemizin olanaksızlığını tutku olarak adlandıramayız, diyorum. Aramızdaki yakınlığı bu özlem yaratsa bile tutku tanımının bundan çoğuna gereksinmesi olmalı.

Ayağa kalkıp elimi uzatıyorum ona.

Gel benimle, diyorum, gidebileceğim yere kadar...

Elini bana veriyor.

Atölyenin önünde taksiden indiğimde saat on beş otuzu geçiyor. Evden çıkarken duyduğum heyecan, yerini tatsız bir yorgunluğa bıraktı nedense. İçimde, yitirdiğim ve bir daha bulamayacağımı bildiğim çok değerli bir şey için duyduğum üzüntüye benzer bir keder var yalnızca. Onur'la birlikte gidebileceğimiz yere kadar gitmiş olduğumuzu, başladığımız yere dönemeyeceğimizi biliyorum. Bundan duyduğum acı beni geçmişe sürüklüyor, ama önümde yukarıya doğru uzanan merdiven umutsuzca ileri çekiyor gene de. Korkuyorum. Her an cayıp dönüverecekmişim gibi çıkıyorum merdivenleri. Yanlışlıkla asfalta çıkmış bir kaplumbağa gibi duyuyorum kendimi. Sıcak bir yaz günü kızgın güneşin kavurduğu bir otoyolun ortasında şaşkın kalakalmış gibi. Basamaklarda çamurlu ayak izleri bırakıyorum oysa ve dış kapıdan içeriye dolan kar kokusunu sürüklüyorum yukarılara.

Kapıyı çalmadan önce durup yeniden bakıyorum saatime. Gecikmiş sayılmam. Gecikmeliydim oysa, çok gecikmeliydim. Belki de hiç gelmeyip onu bekletmeliydim.

Kapıyı açıyor, yana çekilip yol veriyor geçeyim diye, sonra yavaşça kapatıyor. Dümdüz yürüyüp salona giriyorum. Arkamdan geliyor. İçerisi loş. Kar karanlığı ölgün bir ışık serpiyor camlardan içeriye. Bir an karşı karşıya durup birbirimize bakıyoruz. Bu bakışmada birbirini çok iyi tanıyan –ama biz tanıdık mı birbirimizi şimdi açıklıkla yanıtlamalıyım bu soruyu– gene de araya girmiş bir şeyler yüzünden birbirini kırmaya hazır iki insanın karşı tarafı incelikle kollama gayreti varmış gibi görünüyor bana. Yoksa yanılıyor muyum?

Usulca, yumuşaklıkla sarılıyor bana.

Ne oldu sana böyle? Çok zayıflamışsın...

Yorgunum, kendi hırçınlığımdan yorgunum. Ona yaslanıyorum ve yalnızca bir dakika huzur içinde dinleniyorum. Ama hemen kendimi bunca zayıflık içinde göremeyeceğim başka bir yerde olmayı özlüyorum. Ona anlattıklarım, onun bilip de sustuğu şeyler için sevdim ben onu en çok. Onunla bölüşemediklerim için. Bölüşebileceğimi sandığım ama bölüşemeyeceğimi bildiğim bir yığın şey için. Umursamazlık ve ilgisizlik içinde görünmeye çalışıp hiçbir zaman öyle olamadan. Onun beni kuşatan sesinde gerçeğin vurgusunu arayarak ve sürekli kuşku duyarak. O gerçekten şimdi aramızda, benden ona kuşkularla dolu, boğucu, kuru, durmaksızın yakınan, ancak bu biçimde iletilebilen, ondan bana salt savunma çabası olarak yansıyan yıpranmış bir sevgi kaldı. Aynı kafesin içinde iki tutukluyuz artık. Ama kafesin açık kapısından çıkıp gidemiyorum. Ne olursa olsun hâlâ umut edebilecek durumdayım çünkü. Beni aradı, aramayabilirdi, yapamazdı ama yapabilirdi de. Aradı ve bekledi.

Yavaşça mantomu çıkarıp alıyor, asıyor. Kolunu omzuma atarak bir koltuğa götürüp oturtuyor.

Ben birer içki hazırlayayım, üşümüşsün...

Onur... Adını söylemek istiyorum durmadan. Futbol takımlarında, seçmen kütüklerinde, sınav kazanan öğrenci listelerinde, çarşı pazar, dükkân, nakliyeci, pasaj kapılarında, daha birçok yerde karşılaşıp tekrarladığım ve sanki sözcüklerin ve tüm bunların belirttiklerinden bambaşka anlamı olan adını.

Bardağımı yanımdaki sehpaya bırakıp karşıma oturuyor. Güçlükle gülümsüyorum ona. Birbirimizi ne kadar özlemiş olursak olalım her bir araya gelişimizde, belli bir süre, aramızdan geçip giden ve bizi ayıran saatlerin, günlerin yarattığı yabancılığı yenmek zorunda kalıyoruz. Birbirimize dokunacağımız ânı bilerek erteliyoruz böylece.

Yüzüne, gözlerine, ellerine, ağzına bakıyorum ve bana söylediklerini, benimle konuşurken sesine yüklediği gizli anlamları çözüp onun o olduğuna yeniden inanmaya çalışıyorum. Ancak o zaman ona duyduğum isteğe boyun eğebilirim çünkü. Ödediğim bedele değer olduğuna karar verebildiğimde.

Neredeyse bir ay oluyor, diyorum. Çok seyrek görüşebiliyoruz artık, öyle değil mi?

Sana ulaşmak öyle zor ki Suna. Ama sen bunu kabul etmezsin tabii. Bir adres, bir telefon numarası bile bırakmadın bana.

Zor mu? Seni saatlerce bekledim burada.

Bu bir terslik, her zaman olabilecek bir şey. Aslında bugün umutsuzca aradım seni. Eski evde olabileceğini hiç düşünmeden. Ayhan açmış olsaydı belki de kapatırdım, bilmiyorum. Eve mi döndün, yoksa hiç ayrılmadın mı?

Söyledim ya, başka bir eve çıktım. Ne kadar uzağız birbirimizden. Hiçbir şey bilmiyorsun hakkımda, ilgilenmiyorsun ne olup bittiğiyle...

Sen arayıp haber vermezsen nereden bilebilirim ki Suna? Ne oldu?

Ayazpaşa'da bir ev tutup yerleştim. Seni aramadım, çünkü yaşamımı yeniden, kimsenin yardımı olmadan düzene koymak istedim. Ayhan'dan kopmadan seni aramamın senin için yaratacağı güçlükleri düşündüm. Arada kalmanı, çekingen davranmanı istemedim, incinirdim bundan ne olursa olsun.

Kendi kendine karar vermişsin gene. Çekingenlik göstereceğini nereden biliyordun? Uzaklıktan yakınıyorsun ama onu yaratan sensin her zamanki gibi.

Bunları kolayca söylüyorsun şimdi. Geçip gitti nasıl olsa...

Seninle tartışmak istemiyorum. Lütfen kurtul bu önyargılardan. Sonra ne oldu?

On gün önce eve döndüm. Seni burada bekleyip de gelmediğin gece. Kendimi çok kötü, çok yalnız duydum. Anlıyor musun? Şimdi sıkıldığım zamanlar kalacağım orada. Çok soğuk bir ev. Bu işi yaza getirsem daha güçlü olurdum belki de...

Gülüyorum. Gülmüyor o, kaygıyla bakıyor yüzüme.

Ayhan nasıl?

Hastayız, ikimiz de hastayız, diyorum öfkeli, çabuk çabuk, sinirli bir sesle konuşarak. Olmaz artık, bitti.

Çok üzülüyorum inan, diyor.

Aynı anda bardaklarımıza uzanıyoruz. Sıkıntılı, ağır bir hava var içerde. Soluğum daralıyor. Bugün buraya gelmemeliydim.

Pazartesi günü yeni işime başlıyorum, diyorum, birdenbire. Şu boyalı gazetelerden birinin ekinde Güzide Ablayı oynayacağım, ne dersin?

İstiyor musun?

Denemek zorundayım.

Rekla'daki yerin boş, diyor. Biliyorsun, istediğin anda dönebilirsin. Tarık'la da konuştuk geçen gün. Onun seni önerdiği ajansa da başvurmamışsın, neden?

O yoğunlukta bir işi götürecek gücüm yok artık. Darmadağınığım Onur.

Sana yardım edemiyorum, istemiyorsun, diyor. Belki de senin tek başına çözebileceğin sorunlar bunlar. Senin iç çelişkilerin. Beni de şaşırtıyorsun, nasıl davranacağımı bilemiyorum. Ne isteyip ne istemediğin belli değil benim için. Daha önce de konuştuk, nasıl karar verirsen ver, ben elimden geldiğince yanında olmaya çalışacağım. Gene de şunu söyleyeyim ki ne sen onsuz ne de Ayhan sensiz yapamazsınız. Olanaksız bu.

Neler yaşadığımızı, birbirimizi nasıl yaraladığımızı bilmiyorsun sen, diyorum. Bir aradayız ama nasıl! Kaçmak seninki... Neden ondan kopmamı istemiyorsun? Beni seviyorsan neden özgür biri olmamı yeğlemiyorsun?

Düz mantık yürütüyorsun. Biz özgür olamayız Suna. Ne sen, ne ben, ne de Ayhan.

Neden olamayalım, olabiliriz. Sen kendini buna inandırmak istiyorsun.

Olamayız. Hepimiz birbirimizi seviyoruz çünkü. Sen beni ve Ayhan'ı, Ayhan seni ve beni seviyor. Bense her ikinizi birden. Yaşamımızı karmakarışık eden de bu zaten.

Ayhan seni sevmiyor artık. Ben de Ayhan'ı. Sana gelince... Sen kimseyi sevemezsin, sevmeyi bilmiyorsun. Tabii herkes kendine göre, kendi yetenek, duyarlık ve mantığı içinde sever. Ben bir deli, bir kürek mahkûmu gibi seviyorum sevdiğimde. Sense, derli toplu, akıllıca, ölçüyü kaçırmadan sevdin beni. Kabul ediyorum, ikimiz için de zordu...

Ne söylesem boş, diyor yüzünün rengi solarak. Sevildiğine inanmıyorsun artık, saplantı oldu bu sende.

Peki, senin çizdiğin bu 'birbirini seven üçlü' tablosu içinde Güler'in yeri ne?

Güler bir ayrıntı yalnızca, önemsiz bir ayrıntı. Ben seni hep içimin derinlerinden gelen bir tutkuyla sevdim ve hâlâ da öyle. Değişen bir şey yok. Ama sen ne zamandır, benden kafana taktığın yanıtları bekliyor ve sürekli kuşkular, suçlamalarla sürtüşme ortamı yaratmaya uğraşıyorsun. Bense hep savunmadayım ve bir şeyler kurtarmaya çalışıyorum var gücümle. Sözünü ettiğin sevgiyi çoğu kez gururundan verilmiş bir ödün olarak gördün ve sanki sadaka olarak verdin bana. Yaşamımızı karıştıran beni sevmiş olman değil Suna. Benim seni yeterince sevmediğim kuşkusu. Bu kuşku aramızdaki sevgiyi de kemiriyor görmüyor musun?

Yer ayaklarımızın altından kayıp gidiyor Onur. Sağlam bir zemine basmıyoruz artık, kayıyor bastığımız yer ve engel olamıyoruz buna.

Şu son bir aydır yaşadığım kaygıları, üzüntüleri seninle bölüşmeyi umuyordum bugün. Paramparçayım. Düşüncelerimi toplayamıyorum. Benim olmayan kollarımı, yitirdiğim gücümü, kâğıtlara döktüğüm gerilimlerimi ve belirginleşen her biçimde senden izler taşıdığını duyduğum mutluluğu arıyorum. Bütün bunları senin elinin tersiyle vurup darmadağın etmenden korkuyorum. Bu durumda nasıl toparlanırım bilmiyorum.

Bölüşmemiz gerekenleri bölüşemiyoruz. Uyum sağlayamadığımız, hızla akıp giden zamana uyduramıyoruz aramızdaki bağı. Sevgiyi de acılarımızı da ayrı ayrı yaşıyoruz. Bundan hırçınlığımız bence.

Seninle bölüşecek çok şeyim var benim daha. Sen istemesen de. En kötü olasılıkla bugüne kadar bölüştüklerimiz uzunca bir süre daha yetecek bana ve yeni filizler verecek. Sanıyorum sende de öyle olacak. Kızıyorsun değil mi? Seni kızdırmaktan sinsice tat alıyorum. Belki ben de sana kızmaya başlıyorum da ondan...

Haksızlık ediyorsun. Nasıl çözülecek sence bu karışıklık?

Kendiliğinden çözülür bir süre sonra. Zorlama kendini, rahat bırak.

Yanıma geliyor, elimden tutup kaldırıyor.

Rekla'dan ayrılmamalıydın Suna. Öyle özlüyorum ki seni.

Birbirimize sarılıyoruz.

Ayrılacağım günkü ağlayışını unutamıyorum, diyorum.

Çocukluğumdan beri ilk kez sen ağlattın beni... Zaten asıl amacın beni üzmekti. Şaşırtmak, acı çektirmekti. Üç yıldır şaşkına çevirdin beni.

Öpüyor.

Ayrılmamız gerekiyordu, hepimiz için daha iyi olacağını düşündüm bunun. Ama...

Elleri boynumu, ensemi okşuyor.

Güzel bir şey söyle şimdi bana, diyorum.

Sana söyleyebileceklerim düşündüklerimin, senin için duyduklarımın pek azı olacak hep, diyor. Duymak sözden daha hızlı, daha derin çünkü. Sözcükler yetişemiyor bu hıza.

Biraz kanıksanmış, kaygılarla zedelenmiş bir birlikteliği yaşıyoruz ilk kez. Dışarıdan terasa yağan yağmurun sesi geliyor. Camlara vuruyor damlalar ince darbelerle. Ağlıyorum, nedeni benim için bile pek belirli olmadan. Yan yana yatıyoruz. Susuyor, dalgın, düşünceli. Eli kayıtsızca gövdemde geziniyor. Bir insanı sevmenin, tutkuyla sevmenin son noktasında beklentilerin uyuşmazlığı keskin bir biçimde ortaya çıkıyor ve o noktadan sonra nefret boy vermeye başlıyor diye düşünüyorum. Buraya varmadan, o tohum uç vermeden bitirmeliyiz. Üzerine gitmeli, ondan ne bekleyebileceğimi bilmeliyim bu noktada.

Onur, Ayhan'dan ayrılsam, yalnız kalsam, birlikte olabilir miyiz?

Bir an sıkıntıyla susuyor.

Suna, ben... Benim için çok değerlisin. Biliyorsun, konuştuk bunları.

Hayır, hiç konuşmadık.

Bekliyorum ve kurulu düzenler üstüne düşünüyorum elimde olmadan. Bunca güçsüzlük içinde nasıl üstünlük sağladı erkekler kadınlara? Güçlü cins yargısı nasıl yaratıldı? Niye kadınlar daha yürekli?

Seninle yaşamak benim için bitmeyecek bir şölen olurdu, diyor. Ama çok geç karşılaştık biz. Seni gördüğüm günden beri en çok hayıflandığım şey bu.

Gene de geç değil, diyorum. Hiçbir zaman karşılaşmayabilirdik de... İnsan yaşamını her an yıkıp yeniden kurma yürekliliğini gösterebilmeli. Eğer buna değeceğine inanıyorsa. Zayıflık göstermemeli. Yalnızca bir kez yaşıyoruz çünkü ve korkmadan birçok kez başlayabiliriz.

Çocuklar, diyor, düşün o iki küçük çocuğu o kadına nasıl bırakırım ben.

Onlar her zaman senin çocukların. Öyle kalacaklar. Terk etmeyeceksin onları. Ah, nasıl tutuyor seni Güler güçsüzlüğüyle... Peki diyelim ki sen ayrılmadın, sürdürdün bu evliliği, bana ne kadar zaman ayırabilirsin?

Duruma göre tabii. Böyle şeyler önceden saptanamaz ki.

Sinirlenerek üsteliyorum.

Ortalama bir şey söyle, ne kadar birlikte olabiliriz?

Suna bu kendiliğinden gelişecek bir durum. Nasıl bilebilirim şimdiden?

İçinden geçeni söyle, haydi...

Yani, herhalde çok sık olamaz...

Neden?

Herkes duyar, tedirgin oluruz. Özellikle senin açından hoş bir durum olmaz.

Neden benim için hoş olmuyor, kadın olduğum için mi?

Toplumun bu konudaki eğilimlerini biliyorsun...

Peki ya senin açından? Seni kimse kınamaz değil mi? Erkeksin çünkü. Doğaldır böyle şeyler erkekler için. Benim için de doğal öyleyse. Kimse umurumda değil benim, hiç kimse! Ben sana duyduğum sevgiyi savunabilirim sonuna kadar. Ya sen?

Güler ve çocuklar duyacaklar, bu tür bir ilişki uzun süre gizlenemez. Çok yıpranırız. Gerçekçi ol...

Ama Ayhan varken gizlenebilir öyle mi?

Suna! Bunu demek istemiyorum, biliyorsun. Güler'den, çocuklardan söz ediyorum. Baba olarak bana duydukları saygıyı yitirirler. Buna dayanamam.

Birden öfkeyle kalkıyorum yanından. Güçlükle, elim ayağım birbirine dolaşarak giyinmeye çalışıyorum. Aldanmışlık ve nefretle kabarıyor içim.

Senin yaşamında bir fanteziyim ben, diyorum, başka bir değerim yok...

Çok yanılıyorsun, diyor. Benden daha atak olduğunu kabul ediyorum. Zaman zaman ürkütüyor da bu yanın beni. Ama yaşamıma senden önce karışmış kişilere duyduğum sorumlulukla sana duyduğum sevgi bambaşka şeyler. Sen bunu hiçbir zaman anlayamadın ne yazık ki...

Evet, gerçekten çok yazık!

Sesim kırık, çok bitkinim. Eve gitmeden önce kendimi biraz olsun onarmak zorundayım ama nasıl?

Yaklaşıp kucaklamak istiyor beni. İtiyorum onu yavaşça.

Çok yorgunum, gitmek zorundayım şimdi.

N'olur sakin ol, diyor. Böyle ayrılmayalım. Birbirimize karşı dürüst olmak zorundayız. Söylediklerim sana söylemek istediklerim değil kesinlikle. Yanlış anladığını biliyorum. Benim için çok önemlisin Suna. Seni sevmek bana yetiyor, daha çoğunu istemeye hakkım yok...

Bir süre görüşmeyelim. Yaşamımı yeniden düzene koyma fırsatı ver bana Onur.

Sen bu sevgiyi anlayamıyorsun.

Yo, anlıyorum. Beyninin gizli bir bölmesinde kendin için yarattığın bir sevgi bu yalnızca.

Suna, diyor yakarır gibi, bırak biraz ben yöneteyim her şeyi. Benim yaşadıklarımı kendine uygun kalıplara sokmaya çalışma artık.

Olur, peki, diyorum hafif bir alayla.

Üzgün, karmakarışık bakıyor yüzüme.

Şu anahtarı al, diyor çıkmadan, senin o.

Hayır, gerek yok.

Gerekebilir al...

Anahtarı çantama atmıyor, çıkarıp masaya bırakıyorum.

Telefonun ne zaman bağlanacak? Belki yeni evden arayabilirim seni... Numarası belli mi? Adres de bırak bana.

Masanın üstündeki bir kâğıdın kıyısına adres ve telefon numarası yazıyorum sessizce.

Nerede olacağımı bilmiyorum. Ama sana beni aramama bahanesi yaratmak istemediğim için bırakıyorum bunları. Bunun ardına gizlenmeyesin diye. Telefonum kısa sürede bağlanacak.

Duygusallığın seni körleştiriyor Suna. Bu suçlamalara sessiz kalışım ve sana gösterdiğim hoşgörü de önem taşımıyor senin için. Beni hor gördüğüne iyiden iyiye inanıyorum artık.

Seni düşünemeyeceğin kadar çok seviyorum şu anda bile, diyorum. Ama dindireceğim içimdeki ağrıyı. Sonu yok bu çırpınışın çünkü.

Ağlıyorum yeniden. Ellerimi tutup öpüyor kapı ağzında.

Söylediklerimi unut, diyor, hepsini. Bilmiyorum, gerçekten bilmiyorum ne yaparım seni yitirirsem. Sen de bilemezsin...

Yitik bir ülkede kalmış son canlılar gibi kucaklıyoruz birbirimizi.

Merdivenleri ağır ağır iniyorum.

KANATLAR

Kar başlamış. Mantomun yakasını kaldırıp kaldırım boyunca yürüyorum. Bu havada, bu saatte taksi bulmak zor olacak. Ayhan'ın dışarıya çıkacağımdan haberi yok. Geldiğinde beni evde bulamayacak ve eğer gecikirsem içerleyecek. Niye onun yanına dönüyorum böyle bir akşamda? Bir yerden telefon edip, bu gece kendi evimde kalmak istediğimi söyleyebilirim. Yalnız kalmalıyım bu gece. Ama şimdi Ayhan'a eve dönmeyişim için geçerli bir açıklama yapabilecek güçten yoksunum. Ona yalan söylemek istemiyorum artık. Kuşkulara, kaygılara kapılsın istemiyorum.

Yere düşer düşmez eriyen, ince, dayanıksız bir kar yağıyor. Bir süre kaldırımda durup iki yanımdan geçen kalabalığı izliyorum. Karanlık ve bulanık bir düşteki görüntülere benzer telaşlı insanlar. Güvensizlikler, korkular, bezginlikler, uyumsuzluklar içinde ağırbaşlılıkla geçip giden insanlar. Birbirine kapalı yaşamların, suskunlukların, öfkelerin hüküm sürdüğü evlerine koşuyorlar akşamın içinde.

Bu anlamsız kargaşanın biraz uzağında, onlardan ötede benim için hep aynı kalacak olan, hiç değişmeyecek bir yüz var. Kafamdaki uğultunun ve içimdeki bulantının çevremdeki karanlıkla birleştiği bu anda giderek silikleşen bu yüzün anısı tensel bir acıya dönüşüyor gövdemde. Çok uzun yaşadım, diye düşünüyorum. Bu gövde daha ne kadar sürüklenecek benimle? Bu dünyada bana ayrılan süreyi ne zaman dolduracağım?

Trafik ilerlemiyor. Bir sigara yakıp taksinin camını biraz aralıyorum.

Kaza olmuş ilerde, diyor şoför, çekiciler var.

Karın altında stop lambalarının yanıp sönen kırmızı ışıklarına bakıyorum. Gecenin bu anında, bu arabanın içine kapatılıp terk edilmiş duyuyorum kendimi. Birlikte olmaktan hoşlandığım, sevdiğim bütün insanları özlüyorum. Onur'dan önceki ve ondan sonraki günleri, gecelerimi özlüyorum. Bu geceye kadar olan gecelerimi. Düşköy'de Ayhan'la kumsalda yatıp gökyüzüne baktığımız, dostlarla zamanı unutarak sabahladığımız, o kalabalıkta Onur'la ince bir titreşimi içimizde duyarak gizlice bakıştığımız geceleri. Onur'un tek başına bize geldiği ya da bizim ona gittiğimiz akşamları.

Onur'a gittiğimiz akşamlar, desenlerini önümüze sererdi. Başkaları da olurdu ama asıl bendim sunduğu, bilirdim. Yere, dizlerinin üstüne çöküp onları koyar toplarken, dizerken önümüze, güzel ellerine akardı içindeki titreme.

Kendinden öylesine emin, gene de birazcık kaygılı beklerdi yargımı. Onu o kadar severken zorlu bir sınav olurdu bu bekleyiş benim için. Ama yanıtım hep aynıydı. Çok güzel! Usulca söylerdim bunu, duyulur duyulmaz, büyülenmiş, şaşkın. Çok güzel... Duyardı. Belli belirsiz gülümserdi, yalnızca benim görebileceğim gibi.

İnsanlar içinde bir o kusursuz, bir tek o katıksız sevilmeye değer olurdu o anda. Onda görünenden daha çoğuna sahip bir o var olurdu. Yarattıklarıyla onun yaşayan yanını birbirine karıştırırdım ve hemen oracıkta, elinden çıkan bu benzersiz resimler üstünde ona karışıvermek isterdim. Onca çoğalmış ona ki bu duygu cinsellik boyutunu bütünüyle aşmış bir bütünlenme isteği olurdu artık.

Onu en çok, en yoğun özlediğim akşamlardı onlar.

Ona bakardım, o olurdum ve oracıkta ölmek isterdim birden.

Sonra zamanın silindiği o noktadan, sesler, ışıklar ve içki bardaklarıyla kopup içimi çekerdim gizlice, mutsuz ve ölesiye yorgun.

Biz gittikten sonra ne yapardı o evde? Uyuyamazdı. Otururur kâğıtlar karalardı. Yüksek bir tepeye çıkar, kollarını kapkara kanatlar olarak yukarı kaldırırdı. Bana dokunamamanın acısıyla yeryüzünü tüketmeye çalışır, sonra delice bir istekle yeniden yaratmayı denerdi kendince. Bir kâğıdın kıyısına iki satır yazardı. 'Ellerim titriyor,' diye yazardı. 'Senin için var olduğuna inandığım ellerim. Bunca yakınımda durduğunda bile sana uzanamayan ellerim.' Tepelere tırmanır kana boyardı ayak ucundaki atlıları. Bayraklarla, mızraklarla saldıran o hainleri. Kendininkine eş kanatlar takardı omuzlarıma ve yanına alırdı beni. Kanatlarımızın gölgesini dünyaya düşürür, esenlikler içinde aşağılara bakardık.

Niye bu kadar uzak bütün bu akşamlar benden, bizden şimdi? Niye kanatlarımız kırık? Kendi kendimize neler yaptık, neden?

Bize neler yaptılar böyle? Neden ama neden?

Fasulye pişirmiş Ayhan. Erken gelmiş olmalı. Sofra hazır, beni bekliyor.

Nerelerdesin sen?

Sesi kaygılı, kendini denetlemek için çaba harcıyor.

Sıkıldım, dışarı çıktım.

Mutfak kapısında durup ona bakıyorum. Salata tabağını musluğun yanından öteye itiyor çabucak, bana belli etmemeye çalışarak. Birden sevgiyle doluyor içim. Gidip sarılıyorum ona arkasından, ensesini öpüyorum. Onu tanıyorum, bir zamanlar sevdiğim ve nice zamandır birlikte yaşadığım adam o. Onunla duyduğum güvenlik ve dinginliği gereksiniyorum artık. Ama şu anda ona duyduğum sevgi parçalanmış bir düşün acısıdır belki de. Bundan böyle daha büyük bir pişmanlık ve bağlılıkla seveceğim onu. Özveri ve kırıklıkla.

Geriye veriyor gövdesini. Bir çocuğun içten şaşkınlığıyla ama gene de okşanmaya yatkınlığıyla. Onu boğulmakta olduğum bir suyun içinde kucaklar gibi kucaklıyorum.

Bırakıyor beni. Salataya yağ koyuyor.

İş buldum Ayhan. Hafta başında başlayacağım.

Ne işi?

Dert anası olacağım gazetede...

Ha, şu. Söz etmiştin. Yapamazsın sen o işi Suna. Hiç başlama.

Neden?

Yapamazsın biliyorum. Saçma bir şey bu. Okuyup güldüğün şeyler...

Deneyeceğim.

Eh, peki dene bakalım.

Niye benim hevesimi kırıyorsun?

Hevesli olduğunu sanmıyorum. Sen benden, bu evden kurtulmak için rastgele bir işe razı oluyorsun, o kadar.

Böyle yorumlama, üzülüyorum. Ayrıca doğru değil bu düşüncen.

Çok canım sıkılıyor Suna. Duruşmam vardı bugün. Altı yıl mahkûmiyet kararı verildi.

Öylece kalıyorum.

Şu başyazıdan mı?

Evet, yüz kırk bir-yüz kırk ikiye soktular.

Ama daha Yargıtaya gidecek öyle değil mi? Bozulur, olamaz bu. Kesinlikle bozulacak göreceksin...

Emin değilim, bu ortamda çok zor. Kararlar yukardan yönlendiriliyor.

Ne diyeceğimi bilemiyorum. Sofraya oturuyoruz. Nasıl avutabilirim onu?

Çeviri için de en az yarısı kadar bekliyor avukat, diyor. Neyse boş ver.

Boş yere sıkılıyorsun Ayhan. Bütün bunlar gözdağı, biliyorsun...

Bu kadar basit değil. Tabii seninle durumumuz açıklığa kavuşmuş olsa daha güçlü olurdum. Koymazdı bunlar bana.

Çatal elimde bekliyorum.

Zor günler yaşadık, diyorum sonra. Koptuk birbirimizden. Ama seninle olmak istiyorum ve bunun için elimden geleni yapacağım.

Hiç zamanımız yokmuş gibi yaşıyorum ben ve sende hiçbir gayret görmüyorum.

Geç kaldığım için mi söylüyorsun bunları? İş peşindeydim görüyorsun! Bu kente iki damla yağmur düştüğünde bile trafik nasıl olur bilmiyor musun? Kar yağıyor dışarıda.

Bırak bunları. Açık ol bana karşı. Ayrıca o işi almanı da istemiyorum. Yakıştıramıyorum sana. Gerekirse ben sana daha iyi bir iş bulurum.

Çok zor bu. Hem söz verdim.

Başkalarına verdiğin sözleri tutma konusunda çok duyarlısın ama bana gelince nedense...

Ayhan ne olur! Çok yorgunum...

Öyle mi? Nedir seni bu kadar yoran acaba? Ben senden daha yorgunum.

Sofradan kalkıyorum birden. Ayakta öylece bakıyorum ona, boş gözlerle.

Otur yerine, diyor.

Tartışmak istemiyorum.

Tartışmak zorundayız. Tartışalım ve kendine çekidüzen ver artık.

Ne yapıyorum ben sana!

On gündür bu evdesin ve hiçbir şey yapmıyorsun. Niye döndün söylesene, ben tam kendimi toparlamaya çalışırken niye yeniden beni altüst etmek istedin?

Tabağımı mutfağa götürüp bırakıyorum. Korkuyorum ondan. Niye konuşamıyoruz? Neden her başlangıç tartışmaya dönüşüyor hemen? Birbirimize zorla bağlanmaya çalışarak ne umuyoruz? Bu gece buraya gelmemeliydim. Hayır gelmeliydim.

Masanın yanı başında durup ona bakıyorum.

Sanki birbirimizi yok etmeye çalışıyoruz, diyorum. Bu akşam çok umutsuz olduğunu biliyorum ve senin için kaygılanıyorum. Ama bu umutsuzluğa yenilmek istemiyorum ben. Güçlü ol Ayhan...

Seni incitmek istemiyorum, diyor. Senin benimle birlikte olduğunu, bana sahip çıkıp desteklediğini bilmek istiyorum. Seni neşelendirmek, sana dokunmak, senin gereksindiğin insan olmak istiyorum. Beni dayanıklı sanıyorsun ama değilim. Hiçbir erkek, kadınların sandığı kadar dayanıklı ve güçlü değildir.

Biliyorum...

Yıkadığım tabakları ona uzatıyorum, suyun altında gezdirip süzgece diziyor özenle. Bir sıcaklık var mutfağın havasında, elle tutulur bir yumuşaklık, dinginlik. Bir geçmişim var onunla, bu bile yeter belki sürdürmek için.

Bana biraz daha zaman vermelisin, diyorum. Üstüme varma. Sabırlı ol. Kendi kendimi yenmeye çalışıyorum.

Ben senin bana boyun eğmeni kesinlikle istemem. Çok tatsız olur böylesi bir birliktelik, diyor. Bana yaklaşmanı bekliyorum ve bekleyeceğim.

TV'nin karşısına oturuyoruz. Paşa konuşuyor yine. Ayhan hemen gidip kapatıyor. Radyoyu açıyor. Ne konuşacağız şimdi? Ne kadar yorgunum. Dura dura, anımsamaya çalışarak bugünkü duruşmayı anlatıyor bana. Dinlemeye çalışıyorum. Ama Onur'un kapı ağzındaki yüzü bir perde oluşturuyor onunla aramda.

Yatağıma uzanıyorum. Onur'un yalnızca benim duyabileceğim kokusu geliyor burnuma. Üstüme sinmiş olmalı. İncinmeyle sarsılarak onunla geçirdiğim öğleden sonrayı yeniden görüntülüyor belleğim. Bana yabancılaşmış gövdem yeniden somutlaşıyor. İçim burkularak gerilere kayarken bir kadın kahkahası, ardından bir çocuk çığlığı duyuyorum üst katlardan birinden. Gecenin sesleri...

Uzak bir gecede, kalabalık bir grupla Onur'un evinde yemek yedikten ve uzayan bir sohbeti zorla bitirdikten sonra eve dönüyoruz Ayhan'la.

Bir şarkı mırıldanıyor, ona katılamıyorum her zamankinin tersine, durgunum. Susuyor birden. Sessizce sürüyor arabayı boşalmış caddelerde. Arada kaçamak bana bakıyor. Tedirgin onu kolluyorum ben de.

Nasılsın, diye soruyor birden.

İyiyim, diyorum sorusuna şaşırmış gibi. Ne oldu ki?

Hiç, sinirliydin bütün gece, kim bir şey söylese tersini savunuyordun.

Farkında değilim...

Değildin, evet.

Hep aynı insanlarla aynı şeyleri konuşuyoruz.

Ya ne konuşalım?

Bilmiyorum.

Yatmadan önce mutfakta soda içen Ayhan'a birer kadeh daha içmeyi öneriyorum. Ona anlatmak zorundayım. Tek başıma taşıyamayacağım artık bu ağırlığı. Bilmesi, beni tutması gerek.

Seninle konuşmak istiyorum Ayhan.

Neyi, diye soruyor önemsemeden, ne oldu?

Heyecanla dolaptan iki kadeh ve konyak şişesini çıkarıyorum. Ne olduğunu anlamaya çalışır gibi bakıyor bana.

Sen pek böyle şeyler yapmazsın bu saatte ama, diye dudak büküyor, söyle bakalım ne var?

Nereden başlamalı, nasıl bir başlangıç yapmalıyım? Nasıl anlatılır böyle bir şey. Birdenbire söylenemez, yavaşça, alıştıra alıştıra söylemeliyim.

Ayhan ben âşık oldum...

Bardağı elinde öyle kalakalıyor. İyi duymamış ya da anlayamamış gibi bakıyor bana. Çok birdenbire oldu.

Galiba âşık oldum.

Elindeki kadeh çok ağır geliyormuş gibi bırakıveriyor masaya.

Kime?

Onur'la aramızda korkunç bir gerilim var...

İnanmazlıkla bakmayı sürdürüyor. Yorgun ve yaşlanmış görünüyor gözüme birden. Hafifçe, acı çekiyormuş gibi gülümsüyor. Yüzünün rengi atmış, panik içinde ama yürekli olmaya çalışarak kayıtsızmış görünmek istiyor.

Demek âşık oldun, diyor. Onur'a, şu bizim Onur'a... Ama...

Bir an susuyor, bocalıyor. Ne yapacağına, bana ne söyleyeceğine karar vermeye uğraşır gibi. Sonra soluğunu koyveriyor.

Emin misin? İnsan yanılabilir. Çok hoş biri olduğunu kabul ediyorum, tabii kadınlar hoşlanırlar ondan...

Durum bundan daha tehlikeli görünüyor Ayhan. Sana söylemeden önce tarttım kendimi, geçiştirmeye çalıştım inan.

İyice sarsıldığını görüyorum. Yoksa söylememeli miydim ona?

Demek çok ciddi ha!

Birden kucaklıyor beni, sıkı sıkı sarılıyor elinden kaçırmaktan korkarmış gibi, sevecenlikle.

Ah zavallı karıcığım benim!

Böyle bir şeyi kiminle bölüşebilirim ki, diyorum. Kim yardım edebilir bana senden başka bilmiyorum. Sen benim en yakın dostumsun.

Gidip kanepeye oturuyoruz yan yana.

O da sana âşık mı, söyledi mi, konuştunuz mu bunu açıkça, diye soruyor merakla ve öyle olmasın isteyerek.

Konuşmaya gerek yok ki, ortada çok somut bir durum var. İkimiz de yaşıyoruz bunu. Giderek yoğunlaşıyor bu duygu bende üstelik.

Nasıl yani, ne duyuyorsun ona?

Ayhan... İlk kez âşık olmuyorum ki... Aşk işte.

Bir süre susup düşünüyor. Sonra elimi avucuna alıyor, sıkıyor.

E, ne yapacağız şimdi, diye soruyor umarsızca.

Bilmiyorum, hiç bilmiyorum. Korkuyorum.

Kalkıp radyoyu açıyor, yayın bitmiş. Salonda birkaç adım atıyor. Şaşkın, evet, o da korkuyor olmalı. Yeniden yanıma geliyor, kanepenin ucuna ilişip yüzümü avuçlarının içine alıyor.

Korkma, diyor, biz bunu birlikte çözeriz. Yardım ederim sana.

Yüzümü öpüyor, saçlarımı okşayıp düzeltiyor eliyle. Minnetle sarılıyorum ona.

Yaşanacak kaç yılım kalmışsa tümünü seninle tüketmek istiyorum Ayhan.

Başını dizime koyup uzanıyor. Dalgın, yorgun, düşünceler içinde bir süre yatıyor.

Ben de seviyorum onu, diyor neden sonra. Biliyorsun ne kadar sevdiğimi. Keşke size, bir süre birlikte olun, dilediğinizce davranın, durulana, bitene kadar diyebilsem. Ama bu toplumda ne kadar zor.

Kanepede sabahlıyoruz. Art arda sigara içerek, uykusuz, bitkin. Birbirimizin dizinde, kucağında. Nice zamandır belki de ilk kez yakınız böylesine.

Eğer birlikte olursanız, diyor bir ara, çok uzun sürer. Anlıyorsun değil mi? Yalnız kalmamaya çalışın. Yatmadınız herhalde...

Hayır Ayhan.

Bu olasılık birdenbire aklına gelmiş gibi korkuyla doğruluyor yerinde.

Böyle bir şey olursa dayanamam Suna. Seni onunla bölüşemem. Biliyorsun bu konuda çok duyarlıyım. Anlattım sana Havva yüzünden çektiğim acıyı...

Ama az önce toplum baskısı olmasa birlikte olun, durulun derdim size diye düşünüyordun...

Yo, duygusal olarak kabul edemem bunu. Düşünce doğru olabilir belki ama... Söz ver bana, onunla olmayacaksın...

Elimden geleni yapıyorum ve yapacağım Ayhan.

Başını ellerinin arasına alıyor ağır geliyormuş, taşıyamıyormuş gibi.

Bu işi bitirmelisin. Ama eğer o zamana kadar bir şey olursa sakın bana söyleme! Söyleme tamam mı? Buna katlanamam, kesinlikle katlanamam.

Durumu yeni kavramış olduğunu anlıyorum. Önce bir oyun gibi geldi ona söylediğim şey. Şimdiyse bu yakınlığın varabileceği yeri görüyor.

Yatıştırmak için kucaklıyorum onu. Bana bırakıyor kendini uysallıkla. Güçlü, kendinden emin adamı oynadığını ancak anlayabilmiş olmalı.

Söz ver bana, diyor yalvarır gibi.

Peki, olmayacak, söz veriyorum.

Ne yapacağız şimdi, diye soruyor yeniden, gerçek bir kaygıyla.

Susuyorum.

Onu bize çağır bir gece, diyor, iyi bir çözüm bulmuş gibi coşkuyla. Birlikte konuşalım bu konuyu... Ya da ben ararım. Yok hayır, sen söyle...

Huzursuz, tetikte, kararsızlık dolu birkaç gün geçiriyoruz Ayhan'la. Onunla birlikteyken, küçümsediğim, yadsıdığım, gelip geçici bir duygu olduğundan kuşku duymadığım bir şeymiş gibi söz ediyorum Onur'la yakınlığımdan. Gerçekten de Onur'la uzun süre, bir ömür boyu yaşama istek ve düşüncesine hiç yer vermiyorum içimde. Böyle bir birlikteliğin bana getireceği acı, yoksunluk ve zorlukları görebilmem, kendiliğinden onunla olma isteğimi geriye itiyor. Ama bundan başka birçok nedenden ötürü de iyi biliyorum ki biz birlikte olamayız.

Onur'a Ayhan'la konuştuğumu söylediğimde önce çok yadırgıyor bunu. Aldatılmışlık duygusuna benzer bir etkilenmeyle sarsılıyor, tepki gösteriyor ama gene de birlikte konuyu tartışma önerimizi geri çevirmiyor.

O akşam üçümüz bizim evdeki yuvarlak masanın başına oturduğumuzda her şey her zamanki gibi görünüyor gözüme bir an. En küçük bir çekingenlik, sakınma yok sanki aramızda. Ayhan'la Onur, ben aralarına üzerinde pazarlık yapılacak biri olarak oturmamışım gibi, bu geceden önceki içtenlik ve yakınlıkla şakalaşıp konuşuyorlar uzunca bir süre. Öyle ki bir ara, hiçbir aksaklık yok işte, hepsi geçti, kapandı, biz eski halimize dönüverdik yanılsamasına düşüyorum. Oysa herbirimiz konuşmak üzere bir araya gelmiş olduğumuz konunun kendiliğinden, bir an önce açılmasını bekler durumdayız. Ben her ikisine de bir konuşmayı izleme ve sürdürme yeteneklerimi birdenbire yitirmişim gibi, taşkın bir heyecanla bakıyorum aralıksız. Onur konuyu Ayhan'ın açmasını bekliyor doğal olarak. Ayhan ise benim devreye girmemden yana görünüyor. Ama zaman ilerliyor ve arada işin kendisine düştüğünü kavrıyor. Heyecanlanıyor birden, kendine güveniyle her zamanki rahatlığı yok oluyor sanki. Bekliyor, tedirgin bize bakıyor.

E, Onur, neler oluyor anlatsana, diyor, kaçamak bir tavırla.

Ne anlatmamı istiyorsun, diye soruyor Onur gülümseyerek.

Konunun değiştiğinin farkında ama bilmezlikten geliyor besbelli.

Serüven yaşama hevesi değil bu sanırım, diyor Ayhan.

Neden söz ediyorsun, diyor Onur gizlenmeyi yeğleyerek. Konuşulacak olanın adı baştan konsun istiyor olmalı.

Kaçınılmazlıkla konuşuyormuş gibi durgun ama çocuksu bir saflıkla apaçık, gülümsüyor Ayhan.

Suna aranızda duygusal bir yakınlaşma olduğundan söz etti bana. Şunu bilmek istiyorum, karşılıklı mı bu duygusallık?

Onur bana bakıyor yardım istermiş gibi. Başımı tabağıma eğiyorum.

Söylemek zorundayım Ayhan, diyor bir an sonra, özür diler gibi. Yalnızca seni üzmemek için bile olsa olmasın isterdim ya da başka biri olsun dilerdim ama insanın bu konuda seçme şansı olmuyor. Doğrusunu söyleyeyim, çok direndim kendime.

Duymak istediği bu değilmiş gibi sarsıldığını görüyorum Ayhan'ın. Rengi sararıyor, bunları söyleyebilmesine şaşmışçasına bakıyor Onur'a. Demek daha çok benim kendi kendime yarattığım bir kuruntu gözüyle bakıyordu soruna. Ama belki de gerçek bu bile olsa Onur'un bunu ona kendi evinde açıkça söyleyemeyeceğini umuyordu. Böylece Onur benim gözümden düşecek, korkak bir sünepe durumuna girecekti. Umutsuzca bardağına uzanıyor Ayhan. Korkuyla bekliyorum.

Anlıyorum, diyor, kısaca.

Suna'ya çok değer veriyorum, diyor Onur sözü yarım kalmış gibi. Biliyorum, çok talihsiz bir sevgi bu ama kesinlikle sana yönelmiş bir kötülük olarak algılamanı istemem. Seni de en az onun kadar seviyorum çünkü.

Dürüstlüğün için teşekkür ederim, diyor Ayhan zayıf bir sesle. Yalnız unutmaman gereken bir şey var. Suna benim karım. Dört yıldır birlikteyim onunla ve çok mutluyum. Onu seviyorum, kaybetmek istemiyorum.

Onu senden almayı hiç düşünmedim Ayhan. Böyle bir şeye hakkım olmadığını biliyorum. Sana onun için taşıdığım duygudan söz ediyordum yalnızca... Sorduğun için söyledim bunu ayrıca. Yalan söyleyemezdim sana.

İçinizde en zor durumda olan benim, diyorum. Ben ikinizi de seviyorum.

Şu anda konuştuğumuz ve bundan sonra konuşacağımız hiçbir şey bizim durumumuza açıklık getirmeyecek gibi görünüyor, diyor Ayhan.

Haklısın, diyorum, hepsi boşuna olur.

Ama sanırım bir seçim yapmak zorunda kalacaksın Suna, diyor, Ayhan bana dönerek. Böyle sürdüremeyiz.

Ben bu seçimi yaptım ve seninle yaşamak istediğimi söyledim sana. Onur benim için bir şok şimdi. Yenildiğim, kaçmak isteyip de beceremediğim bir gerçek. İnan bana, çoğu kez başıma gelmiş bir felaket gibi yaşıyorum bu duyguyu. Kötü bir hastalığa yakalanmışım, ağır bir kaza geçirmişim de bir yerlerimi kırmışım gibi. Bu yüzden yardım istedim senden zaten...

Her şeyden önce dostuz biz ve birbirimizi seviyoruz, diyor Ayhan. Sofradaki ağır havayı gidermek istercesine. Öyleyse siz ikiniz bu acıklı duygusallığı yenebilir, daha köklü, daha yakın bir dostluğa dönüştürebilirsiniz. Ben de yardım edeceğim size. Üçümüz öncekinden daha sıcak bir ilişki içinde olabiliriz. Neden olmasın ki...

Olabilir tabii, diyor Onur rahatlamış gibi coşkuyla.

Gözlerim doluyor.

Bardaklarımızı inançla kaldırıp birbirine vuruyoruz.

Çok yükseklerden dünyaya, dünyanın haline bakıyoruz. Kurallarla, önyargılarla, yasaklarla dolu kirlenmiş bir dünyaya. Kanatlarımız kocaman, gergin, pırıl pırıl.

Bir bardak su almak için kalkıp mutfağa gidiyorum. Ayhan yatmamış hâlâ. Salonda kanepede uzanmış dizi film izliyor. Gidip ayakucuna oturuyorum.

Uyuyamadın mı, diye soruyor.

Hayır, hiç uykum yok.

Benim de öyle.

Birer kadeh bir şey içelim mi?

Olabilir.

Ne istersin?

Herhangi bir şey...

İçki çıkarıyor dolaptan. Onu beklerken gözüm karşımdaki duvarda asılı resme dalıyor. İki yıl önceki yılbaşında Onur'un bana armağan ettiği tablo bu. Yeni evime taşınırken onu bana vermedi Ayhan. Salt o resim yüzünden burada kalayım, gitmeyeyim istedi. Bunun beni durdurabileceğini umdu belki de.

Eksik yanımdı Onur benim, yarım kalmış yarım. Onunla bütünleniyordum. Anlatmak istediklerini başka bir dilden anlatan elleriyle. Bana anlatamadıklarını biçime döküşündeki o dizginlenmez coşku bulaşıcı bir hastalık gibi kanıma karışırdı onun resimlerine bakarken. Onlar sözcüklerin tanımlamaya yetmediği yerde yeniden yaratırlardı sevgiyi. Onur'un duyarlığı, aklı, yüreği yeniden yaratırdı beni.

Tedirgin bir grinin, şaşırtıcı bir beyazın, ürkütücü sarıların ve kuşku dolu kırmızıların dili ondaydı. Bense durmadan ve tutkuyla o çapraşık dili çözmeye çalıştım. Sıradan sözcüklerle, yavan alışılmış dilimle peşi sıra gittim yorgun argın.

Onun resimlerine bakarken hızlanırdı yüreğim. İçimde bir ayaklanma olurdu. Bir tel incecik ses verirdi, bir ağaç yapraklarını dökerdi. Mor bir çiçek açılırdı vaktinden önce. Gökyüzü renk değiştirirdi. Kelebekler ellerime konar, avuçlarım sıcacık olurdu.

O aykırı, yönsüz yordamsız gibi çılgın, öfkeyle dolanıp da ansızın bir yerlerde duruluveren, bir büyük boşluğun ayakucunda ya da bir yeşilin akıl almaz bir incelikle kırılıverdiği noktada düğümlenip dağılıveren çizgiler karmaşasında yolumu izimi yitirirdim.

İşte orada, tam o noktada her şey hüzün dolu bir sızıyla ona doğru iterdi beni. Öncesiz sonrasız o olurdum. Ben onu asıl bunun için severdim en çok. Bu yüzden seviyordum. O benim gereksindiğim acı, özlediğim mutsuzluk, uzlaşmazlık, onulmaz can sıkıntımdı. Kırılganlığım, öfkem, hoyratlığımdı.

Ayhan bardağımı elime veriyor.

Sen olmasaydın çekip gitmeye çalışırdım buralardan, diyor.

Nereye?

Bilmiyorum. Akılcı bir kurtuluş yolu arıyorum kendim için ama bulamıyorum. Bu karar kesinleşirse büsbütün felç olacağım her bakımdan.

Ama daha kesinleşmedi. Uzun sürüyor Yargıtaydan çıkması hem. Düşünme şimdi; oluruna bırak. Biliyorsun her an her şey değişebilir bu ülkede.

Çok zor. Kısa sürecek bir dönem olmayacak bu.

Üstesinden gelinir. Ben yanında olacağım.

Bundan emin misin gerçekten? Öyle huzursuzsun ki bu evde.

Yüzüme bakıyor dikkatle. Konuştuğumuz şeylerin çok dışında bir yerlerdeymiş gibi. Acısını dindirmek ister gibi gövdemi ona yaslıyorum. Kayıtsız kalıyor.

Suna bugün neredeydin, diye soruyor birdenbire.

Geriye çekiyorum kendimi çabucak. Gene yenildi kuşkularına.

Söyledim ya, Cağaloğlu'na, gazeteye gidip Cengiz Beyle görüştüm.

En çok bir saat sürer bu. Sonra ne yaptın? Bugün saat on ikide eve geldim, evde yoktun. Duruşmadan çıkmıştım, çok bitkindim. Seninle bölüşmek istiyordum sıkıntımı. Belki birlikte bir şeyler yaparız, bir yerlere gideriz, diye düşünüyordum. Ama sen gecenin sekiz buçuğunda eve geldin ancak.

Bilseydim, beklerdim. Bana bugün duruşman olduğunu söylemedin ki.

Hiçbir şey sormuyorsun ki. Senin ilgi alanının çok dışındayım ben.

Gazeteden çıktıktan sonra sağa sola uğradım. Eski arkadaşları filan gördüm. Belki daha iyi bir iş olanağı çıkar diye soruşturuyorum.

Doğruyu söylemediğin yüzünden belli oluyor. Yalan söylemeyi beceremezsin sen pek.

Öğrenmek istediğin ne Ayhan, açık konuş.

Sen bugün Onur'la buluştun!

Hayır. Nerden çıkarıyorsun bunu... Onur'u aylardır görmüyorum. Gene mi beni izlemeye başladın? Beni bu eve kapatmak mı istiyorsun?

Nerede olduğunu bilmek istiyorum.

Söyledim sana! Bırak bu sorguları artık... Bu yüzden birbirimizi yedik, bırak artık...

Çok bencilsin Suna...

Bencilim, kötüyüm, neden beni seviyorsun hâlâ?

Sevip sevmediğimi bilmiyorum artık. Beni çağırdığında gelip seni aldım, değişeceğini umuyordum çünkü. Ama sen kendi açmazlarınla beni de hasta ediyorsun. Elimi kolumu bağlıyorsun...

Durmadan değişmeye çalışmaktan bıktım usandım artık Ayhan. Ya beni olduğum gibi kabul et, ya da bırak gideyim. Sana ayak bağı olmak istemiyorum.

Sanki burda mısın ki! Aklın fikrin o serseri Onur'da...

Onur'u gene mi sokuyorsun aramıza?

Zaten hep aramızda.

Yarın evime gideyim ben Ayhan. Birkaç gün orda kalayım.

İstiyorsan git. Burada bana katlanarak yaşamanı ben de istemem.

Aslında gitmek istemiyorum. Uzlaşalım istiyorum.

Bunu gerçekten istediğine inanmıyorum Suna. Şaşkının birisin o kadar!

Benden kurtulmak istiyorsun sen. Gitmemi istiyorsun!

Odama girip kapıyı çarpıyorum. Sigara kokuyor içerisi. Camı açıyorum. Bir damar seğiriyor şakağımda. Yüzümü soğuk havaya tutuyorum. Kar durmuş, tutmamış yerler. Yarın gideceğim bu evden ve bir daha kesinlikle dönmeyeceğim. Belki de hemen şimdi gitsem daha iyi olacak. Bir taksi çağırır giderim. Ama korkuyorum ondan. Engel olmaya çalışabilir. Söyledikleriyle yaptıkları birbirini tutmuyor artık. Olay çıkarabilir. Her dakika değişiyor ve onun bu karmakarışık ruh haline ayak uyduramıyorum. Ben de aynı durumdayım üstelik. Buraya dönmem bağışlanmaz bir aptallıktı. Bu çürümüş evliliği yeniden diriltmek istek ve iyimserliğine bir an bile olsa nasıl kapıldım? On gün bile dayanamadık birbirimize işte!

Yatağımın üstüne oturuyorum ve sokak kapısının çarpılarak kapandığını duyuyorum. Ayhan dışarıya çıkmış olmalı. Sinirlerini yatıştırmak için biraz dolaşacak ya da sigarası bitti alıp gelecek. Kalkıp içki dolabına gidiyorum ve yeniden dolduruyorum bardağımı. Bu evde bir sığıntıyım ben artık. Gizlice Ayhan'ın içkisinden içiyorum. Burası benim evim değil. Burda sessizce acı çekmek hakkım bile yok. Dayanılmaz bir öğle sonundan sonra korkunç bir gecenin içindeyim. Her yanım zonkluyor. Ağırca içiyorum içkimi. Camı kapatıp yatağa uzanıyorum. Bugün kanatlarımı koparıp attılar. Kanatlarımı da yitirdim. Ne Onur, ne Ayhan, ne de kanatlarım var artık... Ufalanıp salt sessizlik haline gireceğim az sonra. Kendi bedeninden kurtulmuş, kendisinden kopmuş, edilgin, durgun bir nesne olacağım.

Bundan böyle kimseyi sevmeyeceğim. Hiçbir erkek dokunamayacak bana. Sakınmanın ve esirgenmenin ne olduğunu öğreneceğim.

Belleğim hızla birbirinin üzerine kapanan resimlere açılıyor. Onur'la atölyede ilk kez birlikte olduğumuz yaz gününü anımsıyorum.

Atölyenin merdivenlerini çıkıyoruz birlikte. İlk kez geliyorum buraya. Yeni resimlerini göreceğim Onur'un. Rekla'da yaz durgunluğu var. Kimseye görünmeden çıktık birlikte.

On beş-yirmi gün önce üçümüzün birlikte olduğu o akşamdan sonra ne değişti aramızda? Hiç. Zaten yakın, köklü bir dostluğumuz yok muydu bizim? Suç ortaklığımıza uzaktan da olsa yeni biri katıldı yalnızca. Ayhan. Onun ötesinde değişen bir şey yok. Yaşadığımız özlem dolu istek ürkütüyor ikimizi de hâlâ. Ayhan'ın varlığı yok etmiyor bunu. Ürküyoruz gene ve birlikte olabileceğimiz o eşsiz ânı ertelemek, geciktirmek, şimdilik becerebildiğimizce kaçınmak istiyoruz bundan. Böylece bir gün kendiliğinden erir, yok olur bu istek diye umuyoruz belki de. Oysa direndikçe yükseliyor beden ısımızı ölçen ısıölçer. Neredeyse patlama noktasındayız. Onur çekingenlikle bana bırakıyor kendini. Bu ilişkide yöneten, yönlendiren benim bir bakıma. Ayhan'a verdiğim sözler yüzünden yakınlığımızın dozunu, biçimini, boyutlarını saptamayı ben üstlenmişim sanki.

Önce evi gezdiriyor bana. Salonu atölye olarak düzenlemiş. Eski tablolarını da evden buraya taşımış. Resim gereçleri, boş tuvaller yerleştirmiş oraya buraya. Arka odadaki tek kişilik ama genişçe yatağı Tarık bırakmış ona. Çalışmasının uzun sürdüğü akşamlar burada kalacağını söylüyor. Yataktan başka pencere önünde bir etajer, küçük bir giysi dolabı ve Onur'un getirdiği bir çalışma masası var içerde.

Yalnız yaşayan erkeklerin evlerine özgü o giz dolu çekicilik başımı döndürüyor. Bu evde sürekli olarak yaşayan bir kadın yok. Bu düzen bir erkeğin düzeni. Tek başına yaşayan erkeklerin düzeni nedense ilginç ve şaşırtıcıdır kadınlar için. Daha çok pislik, düzensizlik ve sefaletle karşılaşmayı umarlar böyle durumlarda. Bir kadın tarafından kurtarılıncaya kadar zavallı, acizlik dolu yaşamlarını sürdüreceklerine inanırlar erkeklerin. Onlarla ilgilenecek bir kadın olmalıdır kesinlikle. Hemen işe girişme isteği duyarlar güçlü bir biçimde. Bir kadına gereksinme duymayan bu adamı yola getirmek, ona kendisiyle birlikte sahip olacağı rahatlıkları gösterip kanıtlamak için deli olurlar. Nasıl yaşar bu adam burada? Bu yatakta kimlerle sevişir, geceleri nasıl vakit geçirir, yemeğini nerde yer, kirlilerini ne yapar? Gizlerle dolu bir yaşamı olan olağanüstü bir yaratıktır çünkü o. Bir kadına tutunmadan yaşamayı deniyor öyle mi, eh görür bakalım bundan sonra. Sıradan bir kadın için sevdiği erkeğin evine gitmek beklenmedik bir tuzağa dönüşür böylece işte. Bir zamanlar bu tuzağa ben de düştüm kuşkusuz. İlk kocamı teneke karyolalı o berbat yerden kurtarıp çiçeklerle, iğne oyası sehpa örtüleriyle, çiçekli perdeler, tertemiz sofra örtüleri, lavanta çiçeği kokan çamaşırlarla şaşırttığım küçük bir eve götürdüm. Bütün bu düzenek ve düzenler içinde saltanat sandığım bir esaretle oyalandım durdum yıllarca.

Burada ise dağınıklık gibi görünen her şeyde bile belli bir düzen hüküm sürüyor. Burası Onur'un evi değil, biliyorum ama gene de ona ait bir yer. Onun kişiliğini yansıtıyor her eşya, her türlü gereç.

Yatak odasındaki dolabın kapağına büyükçe bir fotoğrafını yapıştırmış. Apansız karşılaşıyorum bu alabildiğine çekici göründüğü siyah-beyaz portreyle ve hemen vuruluyorum o adama. Dönüp arkamda duran Onur'a bakıyorum. Evet, işte bu o. Üzerine uzun zaman düşler kurulabilecek, onca özlendiğinde bir araya gelindiğinde...

Ağırlığımın yok olduğunu, ayaklarımın yerden kesildiğini biliyorum yalnızca. Sonra her şey düşlere özgü bir gerçeklikle, düş olduğu bilinerek ve uyanıvermekten çok korkularak yaşanıyor.

Kendi bedenimden ayrı, bir başkası olmayan ama bir başka ben, benim karşıtım olan bir benmiş gibi yadırgamadan kabullendiğim biriyle sevişiyorum ilk kez. İnanılmaz bir ten uyumuyla, en küçük bir yabancılık, aykırı bir koku, tat, ses duyumsamadan.

Nice sonra bundan böyle beklediğim hiçbir şey kalmamış gibi uyanıyorum bu harika düşten. O zaman bu yakınlığın bir oyun değil, hayır, bunun bir insanın yaşamında yüzyılda bir yakalanabilecek bir uyum olduğunu ve bu şansın bana bağışlandığını anlıyorum. Ne kadar sürerse sürsün, ne olursa olsun, bu uyumun kendi başlangıç ve bitiş süreci içinde kayıtsız koşulsuz yer alacağımı da.

Pencereden akşam güneşinin tatlı kızıllığı doluyor odaya. O güne dek görülmemiş bir gökkuşağının altında birlikteyiz. Soluğu ışığı renklere ayırıyor. Birbirinin üzerine atılmış bacaklarımız, kımıldayan soluk alan, savrulan ellerimiz, unutmanın, evrenin dışına düşmenin kıvrımları içindeki bedenlerimiz, içimizde olup bitenleri birbirine aktarıyor. Elini göğsüme bastırıp kokumu içine çekiyor, tenimi saran ürpertiyi kendine taşıyor çabucak. Duyarlı avuçları, sihirli parmakları çizgilerimi yepyeni biçimlere dönüştürüyor ustalıkla. Kendimi tanıyıp biliyorum. Ondan yoksun geçirmiş olduğum bunca zamana şaşıyorum.

Sonra gece tuğla rengi bir koyulmayla üzerimize iniyor. Elleri saçlarımda dinleniyor. Yüz yüze, içimizdeki gürültünün dinmesini bekliyoruz. Kendimizi sessizliğe bırakıyor, küçük sevecen öpücüklerle minnetimizi dile getiriyoruz.

Aynanın önünde saçlarımdaki firketeleri takıp çıkarıyorum. Bana bakıyor.

Ne kadar güzelsin, diyor, ne kadar ince, saydam ve kırılgansın bilsen... Bırak saçlarını, dağınık kalsın.

Omzumdan öpüyor usulca ve öptüğü yerde bir gelincik büyütüyor.

Yaşam benim için onu yeniden göreceğim âna kadar dondurulmuş, olduğu yerde kalakalmış, anlamsız bir zaman parçası oldu bundan sonra. Bu anlamsızlık içinde Ayhan yalnızlığımı bölüştüğüm iyi bir dost kimliği kazanmıştı gözümde. Gene de ondan gizli yaşadıklarımın ezikliğiyle huzursuz ama olabildiğimce uysaldım yanında. Hiçbir şey değişmemiş, biz aynı yerde dost kalmaya çalışarak yaşayıp gidiyormuşuz gibi davranmaya çalışıyordum. Daha sevecen, daha ilgiliydim ona ya da bana öyle geliyordu. Beni gözlediğini seziyor, suskunluklarımdan kuşkulanmasına fırsat vermemeye uğraşıyordum. Ama öyle bir düş içindeydim ki uçmaya çalışırken kanatlarımı kapatmış olduğumu bile ayırdedemiyordum.

İçinde yaşadığımız toplumsal karmaşa, gazetelerdeki kocaman başlıklar, kan revan resimlerle ulaşıyordu belleğimdeki Onur'dan artakalmış yere. Acıyla karışık bir karıncalanma oluyordu içimde, o donmuş bakışlar yansıtan şaşkın ölü gözler, ince mavi bir giysi, yana düşmüş bir el, kırılmış bir gözlük, dağılmış camlar bilincime değdiğinde. Ama çok geçmeden bütün bu görüntüler çatırdayan bir karanlığa dalıp yok oluyordu. Beni saran o büyülü, kabına sığmayan boşluk duygusu içinde yumuşak bir kederin durağanlığıyla, bu kargaşadan payıma düşecek olana razı, bekliyordum sanki.

Bütün isteksizliğime karşın, hafta sonları Ayhan'la yaptığımız yürüyüş ve koşulara katılmaya çalışıyordum o sıralarda. Belli bir düzeni korumaya özen göstermek zorunda duyuyordum kendimi. En ufak bir sapma, arkasından daha büyük kopmalar getirecekmiş gibi ürkerek. Gene de pek kolay olmuyordu bu.

Ayhan üzerimdeki yorganı hızla çekiyor; uyanıyorum. Eşofmanını giymiş, sabırsızlanıyor.

Suna, kalk, koşuyoruz. Hadi fırla...

Saat kaç?

Yedi.

Pazar sabahı yedi. Çok insafsızsın. Ben koşmuyorum. Sen git.

Hadi, kalk, tembellik etme. Hava çok güzel.

Doğrulup yatağın içinde oturuyorum. Perdenin aralığından dışarıyı görmeye çalışıyorum. İnce bir yağmur yağıyor.

Bana eziyet etmek istiyorsun değil mi? Bu yağmurda...

Gelip yatağın kıyısına oturuyor.

Yaz yağmuru. Orman çok güzeldir şimdi...

Yorganı yeniden üzerime çekip büzülüyorum yatağın içinde.

Kalk Su, canlan biraz. Göbek bağlayacaksın. Onur beğenmez sonra seni...

Daha iyi ya, seni sevindirmez mi bu?

Yeniden doğrulup oturuyorum. Uzunca bir süre yüzüme bakıyor, bir şeyler arar gibi.

Bulutlarda geziyorsun, havalarda. Çok mu acı çekiyorsun, diyor.

Yok canım, allahallah! Bir şeyim yok, sen öyle görmek istiyorsun herhalde.

Ben seni hep mutlu görmek istiyorum.

Mutluluk diye bir şey yok ki. Bir zamanlar anlatmıştım sana bunu...

Bu akşam Eskişehir'e gidiyorum. Bunu biliyor muydun?

Neden? Çarşamba akşamları gidiyordun ya.

O geçen yarıyıldı. Sınavlar başladı. Hiçbir şeyin farkında değilsin Suna. Ne yapıp ettiğim umurunda bile değil. Gitmişim gelmişim, varmışım yokmuşum, Hiç...

İşim çok yoğun, sana yeterince zaman ayıramıyorum, haklısın...

Bundan değil, uzaklaştın benden... Hadi yürüyelim biraz birlikte.

Karşı çıkılmaz bir ses tonuyla söylüyor bunu. Çıkıyor odadan. Çabucak kalkıyorum. Banyoya girerken Ayhan'ın haykırışını duyuyorum. Salona, yanına dönüyorum hızla.

Dinle, diyor, acı içinde, Cevat'ı vurmuşlar...

Bir koltuğa çöküp radyoya kulak kabartıyorum.

"..... sırada kendisine kimliği belirlenemeyen kişilerce birkaç yönden ateş açıldı. Profesör Görgün olay yerinde..."

Kulaklarımı ellerimle bastırıyorum. Ayhan yüzü bembeyaz ayakta dikiliyor.

Cuma günü gördüm, diyor. Konuştuk ayaküzeri. Gülüşü gözümün önünde. Bana kızından söz etti. Bir hariciyeciyle nişanlamışlar, öyle mutluydu ki...

Rekla'daki odamda Onur'la oturuyoruz. Gerginim. Ayhan'ın tedirginliği benden geçip Onur'a uzanıyor.

Korkuyorum, diyorum ona.

Ayhan için mi?

Çok huzursuz. Okul karışık. Bu ortamda bir de ben sorun oluyorum ona. Sürekli kuşku ve tedirginlik içinde.

Bana da soğuk davranıyor. Ona söylemekle doğru yapmadın Suna. Durumu iki kat güçleştirdin.

İşte senin tavrın bu, diyorum öfkeyle. Gizlenmek. Ne yararı var bunun? Nasıl olsa öğrenirdi ve o zaman büsbütün...

Susuyorum.

Hayır, bu yüzden değil, diyorum sesimi alçaltarak. İlgi bekliyor, terk edilmiş duyuyor kendini. Ona nasıl yaklaşacağımı bilemiyorum çünkü kafam karmakarışık. Yanlışlıklar yapıyor olabilirim.

Beni hor görüyor şu sıralar, küçümsüyor. Kavgayı bırakıp kaçmışım gibi bakıyor, anlıyorum. Bana olan duyguları durumu öğreneli giderek olumsuzlaşıyor.

Seninle ilgisi yok. Beni yitirmekten korkuyor. İkimiz arasındaki yakınlığın boyutlarını bilmeden hem de. Böyle sürdüremeyiz Onur, bu koşullarda çok zor.

Ne öneriyorsun?

Susuyoruz.

Ben de tedirginim, diyor. Ama böyle yaşanacak bu. Geniş bir mekânda birbirine çok uzak ve çok yakın iki nokta olarak kalacağız hep. Kimse bilmeyecek nasıl yaşandığını.

Salondaki geniş kanepede yan yana uzanıyoruz akşamları. Ayhan'ın kolu başımın altında oluyor. Kaygıyla bakıyor yüzüme.

Beni anlamıyorsun Ayhan.

Çok iyi anlıyorum. Kendi kendinden bıkmış bir halin var. Birlikte yürümüyoruz şu sıralar. Benimle yol alır gibisin ama aramızda derin, ince bir çatlak var. Yolun bir yerinde ayrı yönlere götürecek bu bizi.

Ne söylemek istiyorsun? Seninle yaşıyorum, bunu güzel buluyorum ve hep seninle kalacağım.

Beni sevmeden öyle mi?
Seviyorum seni.
Ama Onur'u da seviyorsun.
Evet, ikinizi de seviyorum. Ayrı ayrı özellik ve güzellikleriniz nedeniyle.
İkimizi birden sevemezsin.
Seviyorum dedim ya! Hem biliyorsun ki bitirmeye uğraşıyorum. El sallayıp birbirimize güle güle diyerek bitiremeyiz, böyle bitmez Ayhan...
Suna, neden seviyorsun onu?
Bilmiyorum.
Düşün, birlikte düşünelim.
Böyle bir yakınlıkta nasıl olur da mantık ararsın?
Gene de düşün bakalım...
Çok düşündüm, hiçbir özrüm yok.
Yattınız mı?
Ayhan, lütfen...
Böyle bir şey olursa söyle bana.
Hayır, olmayacak.
Olabilir. O zaman bana söylemek zorundasın, tamam mı?
Hayır, söyleyemem. Sana söz verdim çünkü.
Ne sözü?
Söylememe sözü.
Öyle mi?
Öyle tabii, biliyorsun. Ama zaten olmaz böyle bir şey. Aramızda bir uzaklık var. Yenilmez bir uzaklık. Niye bunun için üzülüyorsun? Bilmen ya da bilmemen neyi değiştirir ki... Aldırma, geçer...
Peki söyleme. Onu niye sevdiğini bir türlü anlayamıyorum.
Bazen onu sıradan buluyorum. Duygusal düzeyi benden geri, diye düşünüyorum. Ama resimlerini görünce hiç de öyle olmadığını anlıyorum. Onunla yan yanayken ne hoş, nasıl da çekici ama naif diyorum elimde olmadan.
Sandığın kadar saf değildir ama.
İçten dürüst.
Eh, öyle sayalım. Ama atılım gücü yok onda. Ben onun yerinde olsam yakar geçerim her şeyi, çeker alırım seni hiçbir şey dinlemeden.

Seninle yaşamak istediğimi biliyor.
Hah! Sen onu istesen de yapamaz bunu o.
Neden yapamasın?
Neden mi? Yapamaz, biliyorum. Salak Abdi!
Tamam, konuşmayalım artık.
Niye? Sevgiline salak diyorum diye mi?
Yoruyorsun beni. Çok yoruyorsun...

Tatile kadar Onur'la birkaç kez daha buluşuyoruz atölyede. Yükselme devrini yaşıyoruz. Beklentisiz, hesapsız bir tutkuyla.

Daire kapısı açılıp kapanıyor. Ayhan döndü galiba. Bu kadar geciktiğine bakılırsa epey yürümüş olmalı. Umarım yatışmıştır biraz. Sokaktan bir motor gürültüsü geliyor. Apartman merdivenlerinde kalmış bir kedi yavrusu acıklı bir sesle bağırıyor. Ayhan'ın ayak sesleri oda kapımın önünden geçip banyoya doğru uzaklaşıyor. Saat kaç? Ne zamandır yatıyorum burada, karanlığın içinde?

HENDEKTE

Kalorifer kapanmış olmalı. Ürperiyorum ve üstünde yattığım battaniyenin altına giriyorum. Evin içinde dolaşıp duran, dolapları gürültüyle açıp kapatan Ayhan'ı duyuyorum. Ona yardım edemem artık. Çok geç. Ben ona olan saygımı, o ise beni tutan sevecenliğini yitirdi. Ne çok şey yitirdik şu son üç yılda.

Saatime bakıyorum. Yirmi üçü biraz geçiyor. Bu kadar erken mi daha? Ben sabahı bekliyorum sabırsızca ama zaman çok ağır geçiyor bu gece. Doğrulup bir sigara yakıyorum. Yarın sabah evimde olacağım. Eğer istersem çok şirin bir eve dönüştürebilirim orayı. Koltuklara yeni yüzler diktiririm, cilalar parlatırım her yeri. Önüm bahar, sonra yaz gelecek. Yazdan sonra kimbilir neler olur.

Düşköy'deki o uzun tatil günlerini özlüyorum. Oğlumla, Ayhan'la mutfakta oyalandığım, kumda güneşin altında geçirdiğim kaygısız yaz günlerini. Onur'u özlemediğim, yaşamımda hiç yokmuş, hiç olmamış gibi yaşadığım evcillik ve tembellik dolu günleri. Sıradan, herhangi bir kadın olmaktan sınırsız mutluluk duyduğum uzun yaz gecelerini. Kavakların arkasında batan güneşi, mangal kömürü, ızgara, rakı ve delinane kokulu akşamları. Bütün duygu karmaşalarının son bulduğu, bir evi, çocuğu, kocası olan bütün kadınların, işler yolunda gittiğinde duyduğu o hanım hanımcıklık, denge ve uysallık içinde olma duygusunun paha biçilmez huzurunu doyasıya yaşadığım zamanları.

Oradayken ne kadar da aptalca görünürdü bana Onur'la ilişkim. Bütün o kaçamak buluşmalar, yüceltilmiş duygular, özlemler, telefon konuşmaları, beklentiler, karşılıklı suçlamalar, kırgınlıklar, uykusuzluklar... Kim o, neden o, ne anlamı var bütün bunların?

Daha güçlü adımlarla koşardım Ayhan'ın yanında. Sevinçle sunardım ona bedenimi. Otlardan, böceklerden, bahçemizdeki bitkilerin, çiçeklerin sağlık durumlarından söz ederdik coşkuyla. Ağaç minesi biraz keyifsiz, mimoza yerini beğenmedi, güllere tırtıl mı dadandı yoksa? Ortancalar harika, gelecek yıl alaca gecesefalarından bulalım. Yasemincik hızla büyüyor ne iyi...

Onur? Evet, öyle biri var tabii ama ne kadar uzakta. Bundan böyle olmasa da olabilir ya da bezginlik dolu kış akşamlarında bir araya gelip söyleşeceğimiz bir dost olarak katılır yaşamımıza. Ne güzel olur böylesi, ne hoş olur. Rekla'da ya da orda burda karşılaştığımızda iki iyi arkadaş gibi selamlaşırız. Aramızdaki gizi incelikle koruyup içimize gömerek.

Ne gerek vardı bütün bu sıkıntılara sanki. Ağaçlar içinde bir ağacım ben işte, bulutlarla bulutum.

Mutlu, sağlıklı, kayıtsız ve aklı başında İstanbul'a dönerdim. Ama Rekla'da Onur'u yeniden görür görmez aldığım bütün kararları, ona yüklediğim tüm zayıflıkları unuturdum. Beni ona çeken büyünün yazlık düşünce ve isteklerimle hiçbir bağlantısı olmadığını anlardım birden. Onsuz ölüydüm.

Onu düşünmeden geçirdiğim ikinci yaz tatili sonrası bir araya geldiğimizde kayıtsızlığımdan yakınıyor. İncinmiş. Neden iki satır bir şey yazmıyorum ona bu ayrılık günlerinde? Bu bir buçuk ay içinde bana duyduğa yakıcı özlem yaramış ona, iyi çalışmış. Ama sabırsızlıkla beklemiş dönmemi.

Evinde buluşacağız yarın öğleden sonra. Atölyede Tarık'ın uzak bir akrabası kalıyormuş birkaç gün için. İzmir'den sınavlara girmeye gelmiş, orada olamayız. Güler hâlâ memleketindeymiş çocuklarla birlikte.

Bir sokak aşağıda iniyorum taksiden. Onur'un evine kadar tedirgin yürüyorum. Niye konu komşu beni gözlüyor olsun ki? Gene de dikkatli olmak zorundayım.

Merdivenleri bir hırsız gibi çıkıyorum.

Güler'le Onur'un yatak odalarındayım ilk kez. Gülkurusu perdelerden süzülen ışık içeriyi tatlı bir loşluğa boğuyor. Gözlerimi odanın içersinde gezdiriyorum. Tuvalet masasında birkaç sprey kutusu, kolonya şişeleri, ojeler, üzerinde Güler'in birkaç tel saçı kalmış bir saç fırçası görüyorum. Kapının arkasındaki askıda iri çiçekli, çok renkli bir sabahlık asılı. Bütün bu ayrıntılardan onların bu odada geçirdikleri saatlerin izlerini yakalamaya çalışıyorum sanki bilmeden.

Yeniden Güler'in sabahlığına takılıyor gözüm. Sabahları uyanır uyanmaz bunu mu giyiyor Güler? Gözleri donuk, dudakları buz gibi, bastırılmış isteklerle katılaşmış bedeni hâlâ uykuda, bu sabahlığı, bezginliği geçiriyor sırtına herhalde. Sonra tuvalet masasının aynası önünde bir an durup kendi gözünde çok uzun yıllardır silikleşmiş yansısına bakıyor. Saç fırçasına uzanacakken cayıyor, eliyle şöyle bir düzeltiyor saçlarını ve mutfağa gidip ocağa çay koyuyor.

Radyoyu açmıyor. Aklına bile gelmiyor böyle bir şey yapmak. Yüzüne soğuk su çarpıyor banyoda, çocukları kaldırıyor. Onur'u uyandırmak zor oluyor. Sabahları çekilmez olur. Güçlükle, söylenerek kalkar yataktan. Yapayalnız bir dağınıklıkla. Solgun ve cansız. Küçümseyici bakışlarla 'Git başımdan' diye tersliyor işte Güler'i. 'Dün gece kaçta yattığımdan haberin var mı senin?'

Güler daha o saatte yorgunluk duyuyor. Alışkın ellerle, düşünmeden kahvaltı sofrasını kuruyor. Küçük kızının çamurlu ayakkabılarını temizliyor, oğlunun itişip kakışırken sökülmüş önlük cebini onarıyor çabucak ve bu sırada Onur'un banyo kapısını öfkeyle çarptığını duyuyor. Bir an sonra da onun yangın varmış gibi bağırdığını: 'El sabunu koy şuraya! Kaç kez söyledim küçülmüş sabunları at diye sana... Nerde sabunlar?'

Güler gidip banyo dolabından sabun çıkarıyor, sessizce lavaboya bırakarak suçlu gibi, usulca dışarı çıkıyor ve bu sırada bu adamı sevmediğini düşünüyor.

Kahvaltıya oturuyorlar. Konuşmadan çaylarını içiyorlar. 'Alp ödevlerini yapmıyor, okuldan gelir gelmez sokağa çıkıyor, akşama kadar oyun oynuyor,' diyor Güler korka korka. 'Biraz ilgilensen çocukla. Öğretmeni beni çağırmış.' 'İyi ya git görüş. Bu kadar iş içinde bunlarla da mı ben ilgileneceğim?' diyor Onur sıkıntıyla. Alp'e dönüyor, 'Niye çalışmıyorsun oğlum bakayım?' diye soruyor kaşlarını çatarak. İştahı kaçıyor Alp'in, lokmasını yutamıyor.

Onur bir parça peynir atıyor ağzına ve yaygarayı basıyor: 'Nerden aldın bu peyniri? Ne bu böyle lastik gibi? Bir türlü öğrenemedin doğru dürüst peynir almayı.'

Güler sabahlığının kaymış yakasını düzeltiyor eliyle ve sabrı taşarak, 'Beğenmiyorsan kendin al bundan sonra!' diyor. 'İyi onu da ben yapayım... Sen ne yapacaksın bütün gün? Konu komşuyla gevezelik mi?'

Sabahlığa bakıyorum ve hemen sonra yanımda dingin, mutlu uyuyan Onur'a dönüyorum. Bu kadar çok sevdiğim, onsuz edemediğim bu adamın yaşamında bir başka kadının kesin olarak var olduğunu ilk kez bilinçle duyuyorum. Gözlerim yanıyor. Tuvalet masasının üstündeki gereçler, dolabın içindeki giysiler, oda kapısının yanında, yerde duran kadın terlikleriyle ama asıl, evet asıl şu bol, güllü sabahlıkla Onur'un yaşamının önemli bir parçası olan, bu yaşama bir zamanlar umutlarla, sevinçlerle karışmış, giderek umarsızlıkla el koymuş olan bir kadının ruhu var bu odada.

Yıllar yılı Onur'la nice sabahları, nice akşamları, artık anımsanamayan birçok şeyi, dostları, akrabaları, uzun yolculukları, kahvaltı, öğle ve akşam yemeklerini, ayrılıkları, buluşmaları, öfkeleri, hoyratlıkları, parasızlıkları, yoklukları, varlıkları, hiçlikleri bölüşmüş bir kadının ruhu.

Yeni hiçbir şey, ne coşku hatta ne de yıkım getirmeyen değişmez günler içinde Onur'un çamaşırlarını yıkamış, gömleklerini ütülemiş, dağıttıklarını toplamış, fırçalarını yıkamış bir kadın bu.

İstemediği zamanlarda bile bedenini ona teslim etmiş, onun çocuklarını doğurmuş, bakıp büyütmüş bir kadın.

Kimbilir kaç kez bu yatakta birbirlerini kucakladılar yıllardır? Kimbilir ne gizler bölüştüler? Önemli ya da önemsiz neleri bölüştüler? Onur hiç vurdu mu karısına, beni okşadığı gibi mi okşadı onu da? Kulağına o varlıkla yokluk arasındaki doruk noktasında bana fısıldadıklarını mı fısıldadı?

Elimi Onur'un sırtında gezdiriyorum. Bir sivilceden artakalmış, kararmış bir yağ topağına takılıyor parmağım. Gözlerini açıp bana dönüyor. Benim hüzün dolu gözlerimle karşılaşıyor bakışları. Bir an bekliyor sonra hırsla kucaklıyor beni yeniden.

Gün koyulaşıyor. Yitip giden bir günün sonunda yorgun, doymuş yan yanayız. Kendi sesimi duyuyorum ağır bir ezgi gibi dokunaklı ve bu ses şimdi her şeye egemen oluyor. Dolap kapaklarının metal tutacaklarına, yatağın yanına atılmış bluzuma, duvardaki bir resme. Güler'in terliklerine.

Öyle yorgunum ki Onur. Seni sevmekten hiç yorulmayacağımı sanıyordum oysa. Ama yoruldum. İkimizin dışındaki şeylerden ve insanlardan yoruldum.

Dönüp yüzümü yastığa gömüyorum.

Yapma, diyor Onur. Ne kadar mutluyuz bak. Yapma canım.

Mutlu değiliz, diyorum. Sana dokunduğumda, yalnızca o an dinginim. Sonra? Söyle ne değişiyor? Ta içimde, derinlerde o korku yerli yerinde duruyor. Bağlandığım iki insanı birden yitirme korkusu. Oysa bazen, ah... bunu söylememeliyim. Ama gerçek, bazen Ayhan'ın ölmüş olmasını diliyorum. Düşün ne haksızlık. Üstelik biliyorum onsuz kaldığımda uğrayacağım yıkım dayanılmaz olacak. Bana darılmasına, beni önemsememesine, beni kendi başıma bırakmasına bile dayanamıyorum şimdi bile.

Bizim durumumuzda, böyle şeyler düşünülür, diyor avutucu bir sesle. Ben de diliyorum kimi zaman Güler'in nasıl olursa olsun, kendiliğinden yaşamımdan çıkıp gitmesini.

Ama işte değişen bir şey olmuyor, diyorum.

Suna, ne olur bırak bunları düşünmeyi, diyor.

Burda senin evinde, Güler'in evinde yani sizin yaşamınızda kendimi zararlı bir asalak gibi duyuyorum. Kuytu köşelerde yaşayan bir böcek gibi.

Sarılarak yatağın içine çekmeye çalışıyor beni.

Bu kadar duygusal olma. Ne kadar yakınız bak. Öyle güzel, öyle sıcaksın ki. Nerde olduğumuz değil önemli olan, birlikte olabilmemiz. Yakın olabilmemiz.

Yakın mı, diyorum. Hayır, birisi var, orda kapının arkasında asılı bak. Aramızda yaşıyor o, aramızda duruyor.

Parmağımla bir hayaleti gösterir ve ondan delice ürker gibi işaret ediyorum Güler'in sabahlığını. Gece mavisi üzerine, iri pembe, beyaz güller.

Suna saçmalıyorsun...

Ağırca kalkıp alacakaranlığın içinde giyiniyorum.

Buraya gelmemeliydim. Nasıl da sıradan her şey. Tatildeki bir kadının evinde haksız ve utanmazca onun kocasıyla birlikteyim. İğreniyorum kendimden. Eteğimin kancasını bulamıyorum bir türlü. Ellerim benim olmaktan çıkmış.

Yanı başımda şaşkın, sersemlemiş giyiniyor.

Bir andan ötekine nasıl da değişiyorsun, diyor. Mutluluğu bir anda mutsuzluğa çevirmede inanılması güç bir yeteneğe sahipsin. Seni hiç anlayamıyorum.

Hiç anlayamıyor. Birdenbire baştan beri hiç anlaşılmamış olduğum düşüncesi geçiyor içimden kesin bir inanmışlıkla. Aynı duyarlığa kesinlikle sahip olamadığımız ve hiçbir zaman en kusursuz uyum içinde bile benim yaşadıklarımın onunkine benzememiş olduğunu seziyorum. Bir erkekle bir kadının o uyumun en önemli yanı olan, inceliği yakalayabilme yeteneklerinin aynı olmadığını ve çakışmadığını acı içinde anlıyorum.

Hole çıkıyorum. Bu anlamsız kör gidişi durdurma kararlılığıyla kapıya yürüyorum. Peşimden gelen Onur tutup kendine çeviriyor yüzümü. Sakınmayla, tepkimden korkar gibi soruyor.

Suna ne oldu sana böyle canım?

Boş gözlerle bakıyorum ona. Yüzünde meraktan çok hoşnutsuzluğa benzer garip bir uzaklık var. Düş kırıklığına yakın bir sızıyla geri çekiyorum ondan kendimi.

Bitirmek zorundayız Onur. Bir daha kesinlikle birlikte olmayalım. Bunu anla. Anlamak zorundasın.

Sinirlisin, diyor. Peki bir daha burada buluşmayalım. Bitirme kararını da şimdi burda, kapı ağzında veremeyiz, öyle değil mi? Hem biliyorsun daha önce de denedik, olmuyor. Gel biraz dinlen, sonra gidersin.

Kucaklamak istiyor beni, durduruyorum.

Kendimi sevmiyorum, diyorum. İki ayrı yaşamım, iki ayrı kişiliğim var sanki. Bölündüm, paramparçayım.

Ben de aynı durumdayım Suna.

Kapıyı açıyorum. Karşı dairede çok açılmış bir radyoda on dokuz haberleri okunuyor.

".... kahveye açılan yaylım ateşi sonunda sekiz kişi öldü, on üç kişi yaralandı. Saldırganların daha sonra..."

Başımla radyo sesinin geldiği kapıyı gösteriyorum ona.

Bak neler yaşanıyor sokaklarda, diyorum. Bizim ayrılmaktan duyacağımız acı hiçbir şey. Evet, hiçbir şey olacak. Yaşam bunca değersizken biz nasıl olur da bu aşkı sonuna kadar yaşayabiliriz? Yardım et bana, birbirimize yardım edelim ve bitirelim...

Sahanlığa çıkıyorum. Uzanıp içeri çekiyor beni, kapıyı örtüyor. Umutsuzca sarılıyoruz birbirimize. Geçmişsiz ve geleceksiz, içinde yer aldığımız yanılgılarla dolu bir düşün ortasında birbirimizden güç almaya çalışır gibi.

Merdivenleri iniyorum. Yorgun gölgesi kapının ağzında bekliyor.

Onur'dan döndüğümde Ayhan'ı evde buluyorum. Salonda bir koltuğa oturmuş bira içiyor. Önünde tepeleme doldurulmuş bir kuruyemiş çanağı var. Sıkıntılı bir oburlukla atıştırıyor ve olağanüstü bir dikkatle TV izler görünüyor. Girdiğimi gördüğü halde dönüp bakmıyor ve merhabama soğuk bir merhaba ile karşılık veriyor isteksizce.

Yemek yedin mi, diye soruyorum.

Hayır.

İyi, şimdi hazırlarım.

Mutfağa geçiyorum. Dolaptan et ve domates çıkarıyorum. Gelip kapıda duruyor. Kırgın, hafifser bana bakıyor. Onun bu halinden ürkerim her zaman. Dik, keyifsiz olumsuzluklar biriktirmiş bir tavır bu.

Kendime bir içki hazırlıyorum.

Ayhan, niye öyle bakıyorsun bana?

Rahatsız mı oluyorsun?

Evet, çok garip bir halin var.

Hiç de garip değilim.

İçeriye geçiyor yeniden. Telefonda biriyle konuşuyor. Kulak kabartıyorum.

Nerelerdesin oğlum? Niye aramıyorsun beni hiç? Anladık biliyoruz. Bırak şimdi numarayı... Yalnız mısın?.. Güler nerde? Ha... Bize gelsene. Gel gel hadi, özledim yahu... Anlamam, atla gel. Aç gel, birlikte yeriz.

Yeniden mutfak kapısında durup dikkatle bakıyor bana.

Onur gelecek, diyor sonra.

Niye bana sormuyorsun, diye parlıyorum. Yemek yok evde. Ne diye çağırıyorsun şimdi onu sanki?

Önemli değil, peynir ekmek yeriz. Onunla konuşmak istiyorum.

Hırçınlaşıyorum.

Ne konuşacaksın? Olmaz ki ama, bir sorar insan...

Sen bana soruyor musun onunla olmak için?

Korkumu belli etmemeye çalışıyorum. Ne biliyor, ne duydu?

Ne demek istiyorsun?

Her gün birliktesiniz, öyle değil mi?

Söylemek istediği bu değildi, içten pazarlıklı davranıyor.

Ne var bunda? Birlikte çalışıyoruz?

Tamam, diyor, uzatmayalım. İçimden geldi çağırdım, o kadar.

Salata tabağını dolaptan alırken düşürüyorum. Bir şangırtı kopuyor. Biraz uzanıp dinlenebilseydim. Niye bu gece, diye düşünüyorum kırıkları yerden toplarken. Niye bu kadar yorucu bir günden sonra Onur'u yeniden görmek zorundayım? Niye tam da bu gece Ayhan onu görmek istiyor? Her şey bu kadar karışıkken nasıl bitirebiliriz ki? Daha iki saat önce benimleydi Onur. Bitirme zorunda olduğumuzu söylüyordum ona yüreklice. Nasıl bir oyun bu? Bu gece nasıl sürdüreceğiz bu oyunu?

Ayhan mutfağa geliyor yeniden. Kafa tutuyor düpedüz.

Ne oluyorsun? Ne bu gürültü?

Bir tabak kırdım hepsi bu!

Aklın bir karış havada. Uçuyorsun!

Kavga etmek istiyorsan açıkça söyle, diye bağırıyorum.

Evet, istiyorum! Bir karım var ama yapayalnız bir adamım ben. Beni yatırıp kesseler ruhun duymayacak senin. Düşsel bir dünyada yaşıyorsun, dünyadan habersiz.

Eviyenin içindeki su dolu tasa atıyorum elimdeki domatesleri. Sular sıçrıyor ortalığa.

Ne oluyormuş, ne oluyor? Söyle de bileyim.

Sen neden ilgilenmiyorsun? Karım değil misin?

Hani bir karı istemiyordu? Ne çabuk unuttu bunu.

Kimsenin karısı olmak istemiyorum ben anlıyor musun, karı olmak istemiyorum...

Bir sandalyeye atıyorum kendimi. Dirseklerimi masaya yaslayıp avuçlarıma dayıyorum zonklayan başımı. Kendimi yatıştırmak için hızlı hızlı soluk alıp veriyorum.

Bugün avukat Sermet telefon etti, diyor Ayhan. Savcı sekiz yıl istiyormuş başyazıdan. Ayrıca çevirdiğim kitap için de bir dava açmışlar.

Başımı kaldırıp şaşkın bakıyorum ona.

E, ne var bunda? Bir sürü insan buna benzer davalarla yargılanıyor. Bir şey çıkmaz bunlardan. Ben ne yapabilirim ki? Korkuyor musun yoksa?

Korktuğumdan değil, yalnızca seninle bölüşmek istedim bu haberi. Ayrıca ağabeyin telefon etti. Bu gece bize gelmek istiyorlardı. Sana sorayım diye Rekla'da aradım seni ama yoktun. Bütün öğleden sonra seni aradım. Bulunabileceğin hiçbir yerde yoktun Suna. Rekla'da yalnızca bekçi vardı. Senin oraya hiç uğramadığını söyledi. Oysa sen bana Rekla'ya gideceğini söyledin çıkarken.

Bugün bir toplantım vardı dışarda. Bir müşterinin işyerinde.

Kapı çalınıyor.

Bugün cumartesiydi, diyor Ayhan.

Evet, olamaz mı yani? Devlet memuru muyum ben?

Kapıyı açmaya gidiyor.

Yemekte, abartılı bir özenle birbirimizden gizlenerek o akşam hiçbirimizi ilgilendirmeyen birçok şey konuşuyoruz.

Sıkıntım şu, diyor Ayhan, bu çağdışı düşünce avcılığına karşı çıkmak istiyorum ben. Ne diye korkuyorlar bu kadar acaba?

Serin bir eylül akşamı. Gecenin esintisi perdelerle usulca oynayarak açık pencereden içeriye doluyor. Sigaralarımızın dumanlan birbirimizin yüzlerini yalayarak dağılıp gidiyor havada. Solgunuz, yorgunuz.

Sofradan kalkıyoruz. Ayhan gidip TV'yi açıyor gene. Kapanış haberlerini veriyor spiker. Konya'daki yürüyüşte yeşil bayrak asılmış, şeriat istenmiş, ezan okunmuş. Şaşmadan bakıyoruz olayın görüntülerine.

Ayhan Onur'u ve beni bu gece böyle bir arada tutarak cezalandırıyor duygusuna kapılıyorum. Mutlu değiliz, demiştim bugün ona, evet, hiç mutlu değiliz artık. Herbirimiz kendi kuşkularımızın, güvensizliklerimizin, yalnızlığımızın ve yalanlarımızın içinde soluğumuz daralarak oturuyoruz işte ve hep birlikte batıyoruz.

Ayhan akşamdan kalan kuruyemiş çanağını önüne çekmiş atıştırıyor. Tabağı Onur'a uzatıyor bir ara, almıyor o. Durmadan yiyor Ayhan, fıstıkların kabuklarını açıyor tırnağıyla, içi ağzına atıp çiğniyor. Onur ve ben de birbirimize bakmaktan korktuğumuz için TV ekranına bakıyoruz.

Birden kalkıp Ayhan'ın önündeki çanağı alarak erişemeyeceği bir yere bırakıyorum. Elinde bir fıstıkla kalakalıp bana bakıyor bir an.

Yeter artık Ayhan.

Peki, hiç değilse şu ölümcül sessizliği bozdun.

Elindeki fıstığı küllüğe bırakıyor. Kalkıp TV'yi kapatarak ayakta bekliyor.

Bekliyoruz.

Neyi beklediğimizi pek iyi bilmeden bekliyoruz.

Ne oldu bize, bizim dostluğumuza Onur, diye soruyor Ayhan. Neden hiç konuşamıyoruz artık?

Bir an sarsılıyor Onur ama çabuk toparlıyor kendini.

Değişen bir şey yok, diyor, soğukkanlı ama bezgin bir sesle. Bu gece kötümsersin haklı olarak. Hepimiz kötümseriz. Kötü şeyler bunlar. Olaylar çok can sıkıcı.

Bütün bunlardan öte, kötümserlikten, sıkıntıdan öte, diyor Ayhan, nerdeyse panik içindeyim ben ne olacak, ne olacağız diye sorduğumda kendime...

Sanırım bir müdahale olacak, diyor Onur, anlamamış gibi.

Dönüyor Ayhan. Bardağına içki koyuyor yeniden.

Ben almayayım, kalkacağım birazdan, diyor Onur.

Bu çok açık, diyor Ayhan. Bunu herkes biliyor. Açık olmayan bizim, üçümüzün durumu. Yitirdiğimiz bir şey var bence. İçtenlik. Evet, içtenlik yok artık ilişkilerimizde.

Neden söz ediyorsun, diyorum, yavaşça.

Duruma müdahale ediyorum, diyor alay eder gibi. Ben aranızda bir pürüz gibi duruyorum ve siz nezaketle bana katlanıyorsunuz. Her ikiniz de...

Gizlemeye çalıştığı soğuk, yapay bir incelikle, kırmamaya özen gösterircesine yumuşak konuşuyor.

Üçümüz her şeye karşın dost kalabiliriz sandım ama olmadı. İki yıldır beceremediniz bunu. Benim sabrımın kaldıramayacağı kadar uzun bir süre bu. Suna, artık karar vermelisin. Ya beni ya Onur'u seç.

Lütfen sakin ol, diyorum. Ne gerek var şimdi bu sözlere? Yersiz kaygılar bunlar.

Duymamış gibi Onur'a dönüyor.

Sen de karar ver, diyor. Suna'yı istiyorsan ben dayanırım.

Onur yerinden kalkıyor. Bozuk, yakınır gibi soruyor.

Beni niye çağırdın bu gece? Hırpalamak için mi?

Ama asıl hırpalanan benim diyor Ayhan, özür diler gibi. Bu biçimde dışlanmak hoşuma gitmiyor...

Ayakta karşı karşıya duruyorlar.

Oturun, otursanıza, diyorum korkuyla.

Gitsem iyi olacak, diyor Onur.

Gördün mü, ne kadar kapalısın bana. Yüreğini açacağına kaçmayı yeğliyorsun, diyor Ayhan üzüntüyle.

Hayır, seni yitirmek istemiyorum, diyor Onur. Biz ikimiz kesinlikle karşı karşıya gelemeyiz seninle, ben yapamam bunu.

Buna inanmak istiyorum. Sen bu halimi kıskançlık olarak yorumlayabilirsin. Böyle olsun istemiyordum çoktan beri. Ama ikinizin benim dışımda gizli kapaklı bir durum yaratmanızdan ve bunun üçümüze de zarar vermesinden korkuyorum. Bir yere varmayacak bu duygusallık yüzünden aramızda hiçbir güzel şey kalmaksızın yıkılıp gitmemizden.

Ayhan, n'olur bırak bunları, diyorum.

Beni dinlemiyor bile.

Bunu anlayacağınızı ve kişilik haklarınıza karışmak olarak görmeyeceğinizi sanıyorum, diye sürdürüyor sözünü.

Korkuların yersiz Ayhan, diyor Onur. Hiçbirimiz çocuk değiliz.

Antreye yürüyor, dağınık, pişman. Gururu kırık. Arkasından gidiyor Ayhan.

Onur!

Onur dönüyor, birbirlerine bakıyorlar bir an, ayakta.

Söylemek zorundaydım, diyor Ayhan.

Biliyorum. Seni ararım sonra. İyi geceler.

Yüzüme bakmadan sıkıyor elimi. Birden her şeyden vazgeçmiş gibi.

Her şey senin düşündüğün gibi olsa gerçekten Onur'la gitmeme razı olur musun, diye soruyorum Ayhan'a yatarken.

Savaşı kaybettiğim zaman, diye yanıtlıyor. Ama henüz bitmedi bu savaş. Doğrusu onun eline düşmene kıyamam. Tanımıyorsun onu. Benim kadar tanıyamazsın. Nasıl kaçak güreşiyor görmüyor musun?

Niye bu kadar kızıyorsun ona? Çok seviyordun?

Hem seviyorum hem kızıyorum.

Onu seçsem ne yapardın?

Bilmiyorum. Çok acı çekerim herhalde. Ama böyle bir seçim için uygun koşulları yok onun.

Duruyor, gözleri bulutlanıyor.

Suna, neden seviyorsun onu, diye soruyor bininci kez.

Sevmiyorum artık, çoktan bitmiş bir şey bu. Kuruntu seninki.

Hayır, bitmedi, görüyorum, bitmiyor.

Bitti. Keşke sana söylemeseydim o zaman.

Bitmedi. Siz iki âşık çevrenizi dört duvar sanıyorsunuz. Herkes görüyor olmalı. Şapşallar!

Bitti, bitti dedim ya!

Korkak, ikiyüzlü, kararsız biri o.

Tabii. Bu yüzden sevmiyorum ya artık.

Seviyorsun, bile bile seviyorsun.

Sevmiyorum.

Seviyorsun, dürüst ol, içten ol bana karşı.

Yalvarırım yapma. Yeter!

Seviyorsun onu değil mi?

Seviyorum!

Neden?

Bilmiyorum. Hiç bilmiyorum. Aptalca, budalaca bir şey bu...

Dizlerimiz birbirine değiyor oturduğumuz yerde. Görünmez bir halat boğazımı sıkıyor, güçlükle soluk alıyorum. Yüzümü okşuyor sevecen elleriyle. Ölümcül bir hastalığa yakalanmışım da öleceğimi biliyormuş gibi yakında.

Benimle yat bu gece, diyor. Bundan sonra birlikte yatalım,

Gece küçük buzdan parçacıklarla üzerime dökülüyor. Buz tutmuş ellerimi avucuna bırakıyorum.

Olur, diyorum, cansız bir sesle.

Mevcut morglar birdenbire çoğalan iş hacmine cevap veremez duruma geldiğinden yol kenarlarında belediye tarafından açılmış telefon, su borusu, kanalizasyon çukurlarında ölüm nedenleri yanı başlarına bırakılmış cesetler yatıyormuş.

Kadın erkek, genç yaşlı, işçi memur, emekli, ev kadını, öğrenci, öğretim üyesi, serbest meslek erbabı, asker sivil, polis jandarma, gözü açık kapalı, sağcı solcu ortayolcu bir yığın ceset.

Yanı başlarında kanserli ciğerler, karaciğerler, çürümüş böbrekler, pankreaslar, dölyatakları, büzüşmüş damarlar, kördüğüm olmuş sinirler, tükenmiş yürekler ve beyinler...

Elektrik telleri, motorları, ızgaraları, saç kurutma makineleri, alçak ve yüksek gerilim hatları, kablolar...

Şişelenmiş sulama kanalı, deniz ve gölet suları, bataklık çamurları...

Kayıklar, batık gemilerden artakalmış tahtalar, demir yığınları...

Kızamık, tetanos, kolera, menenjit, kuduz mikropları...

Tarım ilaçları, uyku hapları, afyon, esrar, eroin, tütün ve fare zehirleri...

Tabancalar, tüfekler, susturucular, kalaşnikoflar, tomsonlar, şişler, boğma telleri, bıçaklar, saldırmalar, sustalılar, molotof kokteylleri, bubi tuzakları, el bombaları, saatli saatsiz bombalı koliler...

Otomobil, kamyon, otobüs, uçak ve tren parçaları...

Havagazı fırınları, bütangazlı şofbenler, mangal kömürleri.

Sekizinci ve onuncu kat pencere camları, doğramaları, balkon demirleri, kıraathane masaları...

Askılar, ipler, kayışlar, hortumlar, sopalar, falakalar, kemik kırma gereçleri...

Eşekarıları, zehirli yılanlar, hayvan nalları, öküz boynuzları, köpekler, kurtlar, akrepler...

Bütün bunlar, alt alta, üst üste, yan yana bırakılmış, birbirine karışmış cesetlerin yanında duruyor.

İntihar mektupları, infaz kararları, hükümet tabibi, adli tıp, otopsi ve hastane raporları kurbanların boyunlarına asılmış karışıklık olmaması için.

Görevliler çok yorgun. Aralıksız çalışıyor ve fazla mesai yapmak zorunda kalıyorlarmış uzun zamandır.

Gözlemci olarak İSKİ çukurunda dolaşıyorum ve raporları okuyorum. Ne çok cinayet var böyle. Ama görevlilerin olanca titizliğine karşın gene de bazı karışıklıklar olmuş olmalı burda. Çünkü bir de bakıyorum kuduzdan ölmüş birine cinayet, gözaltı travmasından gidene de zatürree raporu verilmiş. Emniyet penceresinden kazayla düşene intihar, intihar edene koca dayağı, iş kazasında can vermiş birine sağ-sol çatışması, çatışmada vurulana kaza levhası asmışlar.

Çok üzülüyorum bütün bunlara. Dayanamayıp ağlamaya başlıyorum. Gözlemci olarak şiddetle karşı çıkıyorum.

İşler çok yoğun bayan, diyor kara bıyıklı bir görevli. Günlerdir uyku durak yok çalışıyoruz. Karışıklık olabilir, oluyor. Ne fark eder öldükten sonra? Şundan ölmüş bundan ölmüş, ne olacak ki? Haberimi var artık ölenin... Sen de kurcalama şimdi. Olan olmuş artık.

Bunu kabul edemem. Raporumu hazırlayacağım şimdi ve İçişleri Bakanlığına sunacağım. Bu karışıklık hemen düzeltilmeli.

Nerden çıktın sen yahu, diye kızıyor kaytan bıyıklı görevli. Çek git hadi. İçişlerimize karışma durup dururken. Şimdi polis çağırırım ha...

Gücüme gidiyor bu azar ama yapacak bir şey yok işte. Polis gelir beni götürür de dördüncü kattan düşersem ne olur sonra? Ağlayarak ve tanıdık birilerine rastlamaktan çok korkarak dolaşıyorum cesetler arasında.

Korktuğum başıma geliyor sonunda.

Yengemi oturur gibi dayamışlar hendeğin kıyısına. Üzerinde yeşil kadife sabahlığı var. Ölürken dişlerini gıcırdatıyor olmalı ki çenesi sımsıkı kenetli, ağzı yamuk kalmış. Korkunç bir görünümü var, korkunç! Çok eskiden bana Dere Sokağındaki evin penceresinden diş gıcırdatırken göründüğünden daha korkunç... Gözleri yarı açık, donuk, maviliğini yitirmiş. O güzelim sarı saçları tutam tutam dökülmüş. Bir zamanlar maşaları kızdırıp bükerdi onları lüle lüle. Vah zavallı...

Boynunda asılı rapora eğiliyorum, şaşkınlıkla okuyorum.

Ölüm türü: Faili meçhul cinayet.

Ölüm nedeni: Kan davası.

Ölüm saati: Belli değil.

Bulunduğu yer: Dere Sokağı.

Polis Kaydı: Na adlı bir kişi ile aralarında Su Tanır'ın öldürülmesi dolayısıyla hasmane ilişkiler olduğu öğrenildi. Soruşturma derinleştirilerek sürdürülüyor. Parmak izi bulunamadı. İpucu olarak bir mektup dosyaya konuldu.

Ağlıyorum, hüngür hüngür ağlıyorum. Kuşkuların üzerimde toplanmış olmasından değil, iftiraya uğruyor olmamdan dolayı ağlıyorum. Ben kimseyi öldüremem.

Tanıdık mı, diye soruyor, sarışın, kısa boylu bir taşıyıcı.

Yengemdi, diyorum.

Sabahlığının cebinde bir kâğıt bulduk, diyor. Polis ipucu olarak aldı. Çok garip ama, besle kargayı oysun gözünü yazmış el yazısıyla. Kendi el yazısı olduğu saptandı uzmanlarca. Evet, aynen böyle. Bence bir yakını tarafından öldürülmüş. Polis de böyle düşünüyor zaten. Neyse, maktuleyi alacak mısınız?

Hayır, diyorum, kalsın. İyi burası işte.

Koşmaya başlıyorum.

Ölülerinize sahip çıkın kardeşim, diye bağırıyor taşıyıcı arkamdan.

Ölülerin üzerinden atlaya atlaya yılgıyla koşuyorum. Ve birden duruyorum. Ayağımın dibinde yüzü olmayan bir ceset var ve şaşılası bir biçimde Ayhan'a benziyor gövdesi. Üstünde eski, beyzbol oyuncuları desenli bir gömlek var. Yüreğim küt küt atıyor. Ben bu gömleği kapıcının karısına vermiştim. Eğiliyorum, bu yüz bir bacak derisi gibi dümdüz ve gergin bir deriyle kaplı. Ağzı, gözü, burnu yok... Ellerini arıyorum. İki yanındaki cesetlerin altında kalmış elleri. Ayhan'ın sol bacağında bir doğum lekesi vardır lira büyüklüğünde, ona bakmalıyım. Ah Allahım, bu da mı gelecekti başıma... Bağıra bağıra ağlıyorum artık. Pantolonunu sıyırmaya çalışıyorum lekeyi aramak için ama arkamda biri bağırıyor.

Dokunmayın ölülere! Yasak.

Dönüyorum. Görevli bir bekçi bağıran. Zayıf, kuru bir adam. Yüzü ölü yüzüne benziyor.

Birine benzettim, diyorum. Neden ölmüş acaba biliyor musun? Boynunda künyesi yok da merak ettim.

Ha o şey, diyor. Neyse ölmüş işte ne yapacaksın öğrenip... Kan kaybı işte.

Söyle, diyorum, söyle ne olur...

Penisini kesmiş, diyor bekçi. Karısı kendisini aldattı diye. Salak herif. Sanki dünyada başka kadın kalmadı da...

Bu bizim kapıcı Hüccet olmalı. Tamam o. Boyu bosu Ayhan'a benzer onun. Demek karısı Güldane aldatıyordu onu. Dört çocuk kaldı ortada işte. Hiç de öyle şeyler yapacak bir kadına benzemiyordu oysa...

Yeniden koşmaya başlıyorum. Ya Ayhan'sa? Deli gibi koşuyorum ağlayarak. Gölgeli, yanık yüzler, doymamış gözler, parçalanmış, delinmiş, oyulmuş, is içinde gövdeler arasından geçiyorum. Gözyaşlarım kan akıyor artık, göremez oluyorum. Oraya buraya çarpıyorum ikide bir, tökezliyorum.

Gözlerim kanıyor, diye bağırıyorum, kör oluyorum, çıkarın beni burdan!

Davullar çalıyor bir yerlerde. Davul sesleri duyuyorum. Kan ter içinde bir an durup soluklanıyorum. Davullar, ziller, trompet sesleri yaklaşıyor bana. Yorgun adımlarımı istemeden bu tempolu ezgiye uyduruyorum. Yüreğim davullara vuran tokmakların hızlı, düzenli ritmiyle atıyor.

Güm güm güm güm...

Yatak odamızın açık penceresinden içeriye dolan radyo sesiyle uyanıyorum.

Marşlar çalıyor. Aralıksız marşlar çalıyor.

Bir gece önce geç yattık. Konuklarımız vardı. Çok içildi. Ayhan yanımda uyuyor hâlâ. Gördüğüm düşün üzerimdeki etkisi sürüyor. Çok şükür Ayhan değilmiş diye düşünüyorum bir an. Ter içindeyim. Örtüyü üstümden atıp soluğumu düzene koymaya çalışıyorum. Bitkin sırtüstü yatıyorum.

Radyo sesi uyandırıyor beni iyice. Ama radyo, 'Kara da Koç Meler Gelir' türküsünü çalmalıydı bu saatte, Yurttan Sesler korosundan türküler dinlemeliydik.

Doğrulup başucumdaki el radyosunu açıyorum. Kara Kuvvetleri Bando Mızıkasından marşlar dinliyoruz.

Ayhan uyanıyor.

Oldu galiba, diyorum.

Sanırım öyle.

Oldu işte sonunda. Ne zamandır beklediğimiz, ha bugün ha yarın, diye hop oturup hop kalktığımız şey oldu. Paşa konuşuyor.

Neyse, diyor Ayhan. Ötekiler de yapabilirlerdi.

Kalkıp banyoya giriyor.

Kapı çalınıyor.

Sabahlığımı giyip şaşkın antreye geçiyorum. Kim olabilir?

Kim o, diye soruyorum, tedirginlikle.

Açın, asker!

Hangi asker, neden?

Ürküntüyle kapıyı aralıyorum.

Yönetimi devraldık, diyor omzunda bir ay yıldız ve tek bir yıldız daha olan asker. Duydunuz mu? Çok hoşnut, gülümsüyor.

Evet, duyduk, diyorum korku içinde.

Ayhan Sönmez evde mi?

Evde.

Girebilir miyiz?

Beş kişiler, giriyorlar. Geri çekilip yol vermek zorunda kalıyorum. Yemek masasının başında ayakta duruyorlar.

Banyoda, diyorum.

Kırık koltuğa bakıyorlar.

Haber verin, bekliyoruz.

Neden, diye soruyorum, yavaşça.

Kendisini güvence altına alacağız.

İki astsubay, iki er ve tek yıldızlı, kırık koltuğa bakıyorlar.

Dün gece konuklar gittikten sonra Ayhan beni kucağına çekmiş, ikimizin ağırlığına dayanamayan iskandinav koltuk oturma ızgarasından kırılınca birlikte yere yuvarlanmıştık. Ne çok gülmüştük buna. Koltuk öylece, kırık dökük duruyor köşede hâlâ.

Banyoya girip suyun altındaki Ayhan'a durumu anlatıyorum. Sararıyor.

Hiç zaman kaybetmiyorlar, diyor. Geliyorum.

Şirin Ayhan'ın top yapıp yere attığı çorapla oynuyor çılgınca. Pençe atıp koşuyor, kıçını sallayıp nişan alarak üzerine atlıyor, oradan oraya sürüklüyor çorabı ve kendini. Hepsi birden onu izliyorlar, gülümsemelerini güçlükle dondurarak yüzlerinde.

Binbaşım, kitaplara bakmayacak mıyız, diye soruyor astsubay.

Boş ver, çok kitap var, baş edemeyiz şimdi.
Uzun sürecek mi, diye soruyorum binbaşıya kaygıyla.
Sürebilir, diyor.
Ayhan giyinirken bir çanta hazırlıyorum. Ona sıkıca sarılıyorum. Çok şaşkınız.
Kendine iyi bak, görüşürüz, diyorum.
Evet, tabii, diyor zayıf bir sesle.
Nereye götürüyorsunuz, diye soruyorum çıkarlarken.
Yeri size daha sonra bildirilecek.
Çıkıyorlar. Kapanan kapının ardında bekliyorum bir süre. Sonra pencereye koşuyorum ok gibi. Ayhan'ın otobüse bindirilişine bakıyorum yukardan. Birdenbire yaşlanıvermiş gibi görünüyor bana nedense. Yürüyüşü, sırtının öne eğilişi...

Doğruca mutfağa gidip geceden kalan bulaşıkları yıkıyorum. Alışkanlığım olmadığı halde kurulayıp kaldırıyorum. Ortalığı toplayıp dikkatle toz alıyorum. Yatağı düzeltiyorum. Sonra salonun ortasında duruyorum ve yeniden radyoyu duyuyorum. Şirin ayaklarıma sürtünüyor, acıkmış olmalı. Mama veriyorum ona.

Bir zamanlar bir aklım vardı benim. Bulanık sularında ördekler yüzerdi. Artık yok. Neyi, niye, nasıl yaptığımı az çok bilirdim. Artık bilmiyorum. Neyin, nasıl, neden olduğunu anlamaya çalışırdım. Artık anlayamıyorum.

Yere, kırık koltuğun yanına oturuyorum. Bütün vidalan ağır ağır söküp çıkarıyorum. Kırık yeri dört yüz dört ve mobilya bandıyla onarıyorum. Yeniden birleştiriyorum parçaları. Minderleri düzgünce yerine koyuyorum.

E, şimdi ne olacak, diye düşünüyorum. Nereye götürdüler Ayhan'ı? Nasıl bulacağım onu? İşte her şey yerli yerinde, düzen içinde. Bir tek Ayhan eksik. Peki ama ne olacak bundan sonra?

Bir koltuğa oturuyorum. Telefon yanımdaki sehpada duruyor.

Telefonu gördüğümde onun bir telefon olduğunu, beni dostlara, akrabalara, erişebileceğim her yere ulaştıracak tek ve çok önemli bir araç olduğunu ilk kez ve birdenbire kavrıyorum sanki. Onu yeterince önemsememişim bugüne dek yazık ki...

Aceleyle uzanıp bir numara çeviriyorum. İlk anımsadığım numarayı.

Onur'un sesini duyuyorum.

Ayhan, Yavrum.

Kapıdaki görevliler sen de bana bir not yazarsan iletebileceklerini söylediler. Getirdiklerimi aldın mı? Başka neler istersin? Her gün geliyorum. Belki yakında görüşebiliriz.

Gerekli yerleri aradım, mektup yazdım. Aksayan hiçbir şey yok. Yalnızca seni merak ediyorum.

Dergi için bazı çekleri imzalaman gerekiyordu. Şimdilik ben biraz para vereceğim onlara. Matbaa kapatıldı. Başka bir yer bulacağız.

Dostlar arıyorlar. Gelerek, telefonla. Tanıdık tanımadık herkesin selam ve sevgilerini iletiyorum sana.

Asker mektubu gibi oldu bu mektup ama şimdilik öyle sayılırsın.

Bana birkaç satır yaz ve boş çantalarla birlikte kapıya yolla olur mu?

Öperim.

Suna

Ayhan Canım,

Dün seni gördüm ya, daha rahatım. Kendi kendime bunun önemli bir gidiş olmadığını, yakında döneceğini söylüyorum durmadan ve buna inanıyorum.

Dün saatini onarıma verdim. Adam açıp bakınca çok şaşırdı. 'Kim kullanıyor bunu?' diye sordu. 'Ne olmuş buna böyle? Çok şiddetli bir çarpma ya da düşme mi oldu?' Neyse, perşembeye hazır olacak.

İçimde sürekli bir sızı var. Sana kıyamamak. Sen kapalı kalamazdın, durduğun yerde duramazdın. Orada nasıl geçiyor zaman?

Benim için tasalanma olur mu? Her şeyi göğüslemeye hazırım. Her şeyin üstesinden geliriz biz birlikte. Böyle bir deneyi yaşamak zorundaydık belki de. Belki daha acı şeyler de görüp yaşayacağız. İyi biliyorum ki artık, kolayca durulmayacak bu çalkantı. Ama ne kadar zayıf ve aynı zamanda ne kadar güçlüdür insan biliyoruz.

'Senin başına hiçbir şey gelmemiş, hiçbir şeye dayanma, direnme gücün yok senin,' demiştin bana bir zamanlar. Çok yanılıyordun. Benim başıma birçok şey geldi ve bundan sonra geleceklere de hazır duyuyorum kendimi. Her şey olabilir.

Güzel bir gece. Sessiz, temiz ve aydınlık. Duygu ve düşüncelerimle bu zorunlu ayrılığı çok başka biçimde yaşıyor, algılıyor, sonunda kendime olmam gerektiği biçimde çekidüzen verebilmekten mutluluk duyuyorum. Sevgiyle.

Suna

Ayhan,

Kedimiz pencerede oturuyor. Arabalar geçiyor yoldan, kırmızı ışıklı çizgilerle. Tavada bir parça et cızırdıyor. Kafamdan binlerce şey geçiyor. Eskilerden yenilerden. Peki ama ne zaman bitecek bunlar? Biz görebilecek miyiz?

Şimdi birdenbire seninle mayısta bir çarşamba Anadolukavağı'nda midye yiyoruz. Ben sevmiyorum bu eski yağlarda çok kızarmış midyeleri ama senin hatırın için yiyorum. Ne kadar iyiydin o gün canım, ne kadar acı çekiyordun ve ne sabırlıydın. Dönüşte şarkı söylemiştik güvertede, kimseler yoktu, sarhoştuk, ağlayıvermiştik birden. Ama mutluyduk bir acıyı iki ucundan tutup kaldırmaya çalışırken. Seni ne çok üzdüm. Ayhan, ne bulunmaz insansın sen.

Seni seviyorum. Biliyorum bunu duymak seni mutlu eder. Nerede olursan ol.

Suna

Yaprakların dökülmeye başladığı dönem. Odamdaki pencereden iki yanı ağaçlı yola bakıyorum. Günlerdir. Rekla, tutukevi, ev arasında bölünen solmuş yaşamımı düşünüyorum.

Olağandışı bir hareket var Rekla'da. Uzun zamandır Onur'la yalnız kalamıyoruz. O da ben de biraz kaçınıyoruz bundan belki de. Ayhan gideli ikimize ilişkin hiçbir şey konuşmadık. Dalgın, sinirli, yorgun ve kayıtsızım ona karşı.

Ama az önce bir dakika kapımda durup akşam birlikte çıkacağımızı söyledi karşı konulmaz bir kararlılıkla.

Boğaz'a doğru sürüyor arabayı. Ayhan'ı anlatıyorum ona. İyi, diyorum, iyi olmaya çalışıyor. Göremez mi? Hayır, çok yakınlarıyla görüştürüyorlar yalnızca.

Kıyıda bir lokantanın önünde park edip iniyoruz. İçeri giriyoruz.

Bir masaya oturup denize bakıyoruz. Bir gemi geçiyor. Bir tekne hızla kayıyor suyun üzerinde. Martılar konup konup kalkıyor. Akşam çok yakın.

Ne yaşadığını bilmek istiyorum, diyor. Sana nasıl yardımcı olabilirim söyle? Hiçbir şey anlatmıyorsun bana. Yabancı gibisin.

Yardım mı? Neden? Zor bir durumdayım ama dayanıyorum işte. İyiyim. Belirsizlik içindeyiz. Beni kaygılandıran tek şey bu. Ne olacak Ayhan'ın durumu bilmiyorum.

Niye alındığı belli mi?

Hayır, belli değil. Yanımda olduğu zamankinden çok düşünüyor ve özlüyorum Ayhan'ı. Elimde değil.

Evet, çok uzaklardasın benden. Ben bitiremiyorum Suna. Kendimle boğuşuyorum neredeyse. Çalışamıyorum, tedirginim. Düşünüyorum da şimdiye kadar hiç kimse itici güç olmadı benim için. Oysa iki yıldır ne yapıyorsam, ne yaptımsa senin izlerini taşıyorlar. Şu son iki yılımda hep sen varsın. Senin için yaşadığım anlamına gelir bu öyle değil mi? Gerçekte mutluluğumun tek kaynağı sensin. Sen bitirmeye karar versen bile sürecek bu bende.

Ama bitirmemiz gerekiyor Onur. O gece Ayhan'la konuşmadan önce karar vermiştik buna.

Böyle bir karar vermedik.

Vermeye çalışıyorduk.

Ama daha vermedik.

Akşamları eve gidip de yıllardır o evi bölüştüğüm insanı bulamamak zor geliyor bana. Ne yaşadığımı bilemezsin. Hiçbir ciddi şeyle uğraşamıyorum. Süresi belli olmayan bir bekleyiş içindeyim yalnızca. Çok yorucu bu.

Ayhan gündelik yaşamının içindeyken de düşünüyordun onu ama gene de yakındın bana. İkimizi ilgilendiren konuların Ayhan'la bir ilgisi olmamalı. İtme beni... Sıkıntını bölüşmek istiyorum.

Bunu bölüşemeyiz Onur. Bu benim tek başıma yaşayacağım bir duygu.

Ayhan'ı benden daha çok seviyorsun sen, diyor birdenbire. Aşk değil belki bu ama ondan daha gerçek bir duygu. Hep sezdim bunu ama şimdi daha iyi anlıyorum.

Acıyla, hayıflanarak söylüyor bunu. Beni yok sayarak. Birbirimizden önceki yaşamımızı hiç etkilemeyecek hoş bir gönül oyunu oynamışız da beklenmedik bir sonuçla karşılaşır karşılaşmaz çözülüp pişmanlıkla geri dönebilirmişiz gibi. Kırgınlıktan, düş kırıklığından boğuluyorum.

Nasıl söyleyebilirsin bunu bana, diyorum. Söylersen ne kalır aramızda? Hangi bağ, nasıl bir yakınlık? Ben sana duyduğum sevgiyi seninle birlikte olmadığım, seni hiç görmediğim günlerde bile içimde taşıyor olacağım.

Sanma ki söylediklerim sana karşı ve sana karşıyım, diyor. Aslında kendime kızıyorum ben. Üzdüm seni ama alınma. Belki bu dağılmışlığım bir toparlanmanın başlangıcı olur. Suna o kadar çok istiyorum ki seninle olmayı. Her şeyine ortak olmak istiyorum. Bedenine, duygularına, düşüncelerine. Huysuzluklarına bile doymak istiyorum. O zaman belki bu kadar istemem seni. Bu acı kalkar ortadan.

Özgür değiliz, olamıyoruz işte, diyorum.

Bizim aramızdaki bağın sürekliliği için Ayhan'la olan yaşamını benimkinden ayırmalısın. Onun için gereken neyse birlikte yapalım ama benimle doğal ol. Bu sevgiyi yaşamayı hak ettiğini düşünüyorsan hiçbir durumda suçluluk duyma artık. Her şeyi birbirine karıştırıyorsun.

Senin için ne kadar da kolay bunları söylemek, diyorum. Ne kadar verirsen o kadarına razı bir karın var. Hiçbir şey vermemene de hatta. Yeter ki bir kocası olsun başında. Benim Ayhan'la ilişkim bu değil. Zorlanıyorum. Her şey böylece sürsün gitsin istiyorsun ama olmuyor. Beni istiyorsan daha yürekli olmalısın.

Siz ayrılamazsınız, diyor. Biliyorum.

Dolan gözlerimi kaçırıyorum ondan. Yürekli ol, ol, n'olur, n'olur, diye bağırıyor içim. Gizleme güçsüzlüğünü bizim ardımıza. Biz bunu kaldırırız Ayhan'la.

Bardağını kaldırıyor.

Bu gece iyi ol, diyor. Ne zamandır ulaşamıyorum sana. Bana bak...

Gözlerim yabancı ona... Anlayabiliyor mu?

Ayhan'ın yokluğu Onur'la o güne kadar aramızda gelişmiş her duyguyu daha az önemli kılıyor sanki. Onun gözetiminden uzak kalmak yaşamımdaki yerini kavramama yardım etsin istiyorum. Yükümlülüklerim olduğunu yeniden anımsıyorum ve bunun da bana belletilenlerin bir parçası olup olmadığını soruyorum kendime.

Gözaltında bir adamın karısı nasıl davranır?

Öncelikle bu sürecin yaşamımı eskisi gibi sürdürmeme uygun olmadığına karar veriyorum. Eşit koşullarda değiliz çünkü. Ayhan tam anlamıyla, bağımsız, seçici ve güçlü değilken, benim bir başkasıyla yaşayabileceğim her güzellik eksik kalacak. Onun hakkını çalıyormuşum gibi gölgelenecek.

Yakın bir dosta, çok özlediğim birinden söz eder gibi anlatıyorum Onur'a, Ayhan'la ilgili küçük ayrıntıları. Akşamları TV'nin karşısında uyuklayışını, mutfak kavgalarımızı, bir şiiri başından ve sonundan karmakarışık okuyarak çamaşır asmalarımızı, dostlarımızı, sevdiklerimizi acımasızca nasıl eleştirdiğimizi, ağlayarak sabahladığımız geceleri.

Radyoyu sonuna kadar açardı ve hep benimle uğraşırdı, diyorum, gülerek.

Beni dinlemiyor.

Bizim, bizim dışımızdaki insanlarca değerlendirilmemiz, yargılanmamız bu kadar önemli mi sence, diyor. Onlar mı yön verecek yaşamımıza?

Kimlerden söz ediyor? Susuyorum. Onu incitmek istemiyorum. Ben alıştım artık incinmelere. Kabuk bağlıyorum.

Olmadığın biri gibi davranıyorsun, diyor. Kurallar, sınırlar koyuyorsun ve ben seni isteyemiyorum bile senden. Çok kızıyorum sana.

Odamda çay içiyoruz. Dışarıda yağmur yağıyor, ağaçların yapraklarını savuruyor rüzgâr.

Bana bedel ödetmek istiyorsun, diyor. Çamurlara düşmeliyim, yaşamım allak bullak olmalı, herkes yüzüme tükürmeli. Ancak o zaman inanacaksın sevildiğine. Sence sevmek bu.

Ya benim allak bullak olmuş yaşamım. Bu ilgilendirmiyor onu. O kozasını sağlam tutmak, delmemek zorunda. Küçük ipekböceğim benim. Ölüp gidecek kozasının içinde. Onu kırmak istemiyorum. Seviyorum onu. Ama artık bu kadarı da fazla...

İstediğin gibi yorumla, diyorum. Anlamaya çalışacağına üzerime gel. Son üç haftadır yalnızca ilaçlarla uyuyabiliyorum. Ayhan orada kapalı ama ben de aynı durumdayım hemen hemen. Sevişmek benim için duygusal yanı ağır basan bir eylemdir ve duygusallığım bugünlerde kıyamamazlık, sevecenlik, bir ananın çocuğu için üzüntüsü noktalarında yoğunlaşıyor. Hem biliyorsun ki bu olağanüstü ve geçici bir zaman dilimi. Önemli olan bu arada sabır ve sevgiyle düşünebilmek birbirimizi.

Susuyor.

Sanırım haklısın, diyor sonra. Niye bu kadar hırçınım inan bilmiyorum. Niye bu kadar güçsüzüm? Niye kendime bile yabancıyım böylesine?

Uzanıp elini okşuyorum.

İsteksiz ekmek kızartıyorum. Saat dokuz. Pencerenin dışı aydınlık. Hava açtı sonunda. İçerden radyonun sesi geliyor ve birden içime koyu bir karanlık çöküyor bu yüzden. Gözaltı süresi uzatılmış.

Ayhan'ın çiçeklerini sulamayı unutuyorum günlerdir. Bir parça peynir atıyorum ağzıma. Uzun uzun çiğniyorum ve sonra tükeniyorum. Oturduğum sandalye yoruyor beni. Kalkıp yere, kilimin üstüne oturuyorum ayaklarımı dümdüz uzatarak ve sırtımı mutfak dolaplarına dayayarak.

Pencereden giren güneş ışığı nakışlı kilimin üzerinde saydam geometrik desenler oluşturmuş. Parmağımı ışığın gölgelerle kesiştiği çizgiler üzerinde gezdiriyorum dalgınlıkla. İçimi çeke çeke, doya doya ağlıyorum.

Bir çocuk gibi emekleyerek oturduğum yere daha uzak çizgilere uzanıyorum. Eğilerek, yatarak çizgileri izliyorum parmağımla. Canı yanmış bir çocuk gibi ağlıyorum. Sarkık sabahlığımın cebinden buruşuk bir kâğıt mendil çıkarıp ağzımı burnumu siliyorum. Ayaklarıma bakıyorum, zavallı, yapayalnız ayaklarıma. Tırnaklarım uzamış, tırnak dibiyle pembe sedefli boya arasında boşluklar oluşmuş.

İşte yapayalnızım. Hem Ayhan'ı, hem Onur'u özleyerek. Biri olmadan öteki de yer alamıyor yaşamımda işte. Onur'la ne kadar mutluydum... Ayhan bu mutluluktan pay alıyordu. Bu hiçbir sağlam dayanağı olmayan aşkın bende yarattığı sevinçten, canlılıktan hakkı olanı alıyor, karşılığında ölçü, önlem, düzen, kararınca bir kayıtsızlık gibi Onur'u bana daha da yakın kılacak güvenceler sunuyordu.

İpotek altında bir kadın olarak daha çok özleniyor, kesinlikle bütünüyle sahip olunamayacak biri olarak düşünüldüğümde değerleniyordum. Umutsuzluk bezginlikten uzak tutuyordu bizi. Onur'dan kendi yaşamını istemiyordum. O da benden dileyemiyordu bunu.

Gene de hiçbir zaman bu yorgunluğu ve karmaşayı hesap etmedik.

Kalkıp telefona gidiyorum. Rekla'yı arıyorum. Santraldaki kıza bugün gelemeyeceğimi söylüyorum. İyi değilim.

Bir bardağa içki koyup telefonun yanına oturuyorum. Onur beni arayacaktır.

Ayhan'ın yaşıyor olduğunu düşünüyorum ilk kadehten sonra. Yaşıyoruz, yaralar almış olarak. Kanatlarımız yorgun, parlaklığını yitirmiş, güçsüz yaşıyoruz. Yarın Ayhan'ı göreceğim. Neden alındığı açıklanmadı daha. Bekliyoruz. Belki belli bir nedeni yoktur, bırakırlar yakında. Doksan gün tutmazlar.

Çiçekleri suluyorum. Bir içki daha alıyorum. Saçlarımı tarayıp giyiniyorum. Belki beni de alırlar. Hepimizi toplayabilirler. Hiç zamanımız kalmadı belki. Çantam ne zamandır hazır duruyor dolabın dibinde zaten. Yalnız çarşaf koymayı unuttum. Hiç yatamam, kirli, kötü çarşafta.

Gidip hapisane çantama temiz bir çarşaf koyuyorum. Yaşama, düşünme ve sevme hakkım elimden alınmadan bütün olanakları kullanmalıyım. Ayhan bu ayki dergiyi görmedi. Nasıl uğraştığımı yazdım ona. Nasıl kâğıt, matbaa bulduğumuzu. Görse mutlu olacaktı. Ama nasılsa görecek. Şimdi bu karmaşayı düzene koymalı, korkularımı yenmeliyim.

Telefon çalıyor.

Bilemiyorum, diyorum. İyi değilim pek. Tükendim sanki. Doktorluk bir şeyim yok. Yok gelmene gerek yok canım.... Bilmiyorum, geçer herhalde. Sen bilirsin, peki gel, nasıl istersen.

Esrik, yalınayak banyoya koşuyorum. Soğuk suyun altında kalıyorum. Dişlerimi ovuyor, çabucak kahve suyu koyuyorum ocağa. Yorgunluğum geçiyor birdenbire.

İçeri girer girmez kucaklıyor beni. Sımsıkı sarılıyoruz birbirimize. Ne zamandır özlediğim bir sevecenlikle öylece tutuyor.

Tıpkı, suya atılan bir taşın derine doğru düştüğündeki yükselme ve sıçrama anından sonraki halkaları gibi giderek genişleyen, yayılan ve hafifleyerek büyüyen haz dalgaları... Sonra ince bir zonklamayla yatışması tenin yavaşça. Yeniden sesler, ışıklar ve yaşama değgin elemanların devreye girmeye başlaması. Yeniden dış dünyayla bağlantı kurma ve yaşanan şeyin bilince ulaşması usulca.

Onur'la birlikteyken birikmiş acılarımın kaynağının onu kendimden uzak tutmak olduğunu sanıyorum bir an için. Çünkü onunla hiçlikten çıkıp yeniden başlıyorum yaşamaya. Her seferinde bir çiçek dürbününün gözünde duyuyorum kendimi. Parçalara ayrılıp dağılıyor, bin bir renk ve biçimle yeniden çoğalıyorum. Yönümü belirliyorum, bu yön istemediğim yollara sürükleyecek olsa da beni.

Zaman dingin bir öğleüzerine akıyor yavaşça. Elleri saçlarımı okşuyor.

Bir zaman, ilk günlerde, Ayhan'dan bir süre uzak kalsam belki bir seçim yaparım, diye düşünmüştüm, diyorum ona. Ama olmadı. Direnmeyeceğim artık. Sana bırakıyorum kendimi. Teslim oluyorum. Ne olur korktuğum kadar üzme beni.

Bir düşmana teslim oluyormuş gibisin, diyor.

Bir cuma akşamı eve dönmek ve Ayhan'ı orada kanepeye uzanmış müzik dinler bulmak ne güzel! Sanki bu sabah çıkmış evden, sanki hiçbir şey olmamış bu doksan günde.

Ona sarılıyorum ve arınıyorum her türlü kötülükten. Yıkanmış, temiz çamaşırlar giymiş. Dağ nanesi kokuyor. Başım dönüyor duyduğum sevinçten. Sevgili dostum benim. Tutukluluğuna gerekçe bulamamışlar. Eski davaları tutuksuz sürecek. Buzluğa koyduğu şarap şişesini getiriyor. Süzülmüş biraz ama neşesi, o güçlü yaşama sevinci yerli yerinde duruyor.

O akşam kendi zayıflığım içinde Ayhan'ın yaşamımdaki yerini biraz daha iyi kavrıyorum. O benim güçlü yanım, yaşama cesaretim, ataklığım. Bir zaman sonra ben salt onunla yaşıyor olmamdan dolayı normale döneceğim. Normal bir kadın, normal bir insan olacağım. Büyük çılgınlıklar yaptığım ve yapacağım yılları geride bırakmış olacağım. İnişsiz çıkışsız, mutlu, yalın bir yaşamımız olacak. Birlikte pazara gideceğiz. Uzun yolculuklar yapacağız. Bütün yaşadıklarımızı unutup hiç acı çekmemiş gibi olacağız. Anılarımız bile tedirgin etmeyecek bizi artık. Ne yapalım, o zaman öyleydi, diyeceğiz bölük pörçük, yarım yamalak anımsadığımızda.

Gözlerim biraz bozulmuş olacak, okurken gözlük takacağım ve gözlüğümü orda burda unutup ikide bir ona, gördün mü, diye soracağım.

Sevgili Ayhan, uzat bardağını şimdi, özgürlüğüne içelim. Sonra sabaha dek oturalım seninle. Birbirimize anlatacak öyle çok şey var ki. Kedimiz kurt döktü. Kauçuk kururdu nedense. Gazeteye zam geldi. Oğlumun sünnetine gidemedim. Ha, o koltuğu onardım ve şu köşeye koydum, daha iyi değil mi?

YANGIN

Ayhan'ın gözaltından çıkıp eve dönüşünden sonraki aylarda içimizdeki bunalım duygusu giderek yoğunlaşıyor. Gündelik yaşamlarımızın sıradan kaygıları bir toz bulutu gibi çöküyor her şeyin üzerine ve net olarak seçemiyoruz olup bitenleri henüz. Öfke ve şaşkınlıklarımız farkına varamadığımız bir yavaşlıkla eylemsizliğe, beklemeye dönüşüyor.

Küçük dost toplantılarında öncekinden daha çok içiyor, daha az konuşuyoruz. Birdenbire akıl almaz bir biçimde olgunlaşmış, yaşlanıvermiş duyuyoruz kendimizi. Uyum sağlamaya zorlandığımız akıp giden bir zamanın içinde tükenme korkusuyla bir araya toplanmış olsak da çok yalnızız.

Dışarıdaki alacakaranlıkta çizme ve dipçik takırtılarıyla sürüp giden av soluğumuzu kesiyor, büsbütün yorgun düşürüyor hepimizi. Yüreklerimizdeki kaygı ve başkaldırıya dayanak yaptığımız inançları yitirmemeye çalışırken birbirimize sarılıyoruz.

Kışı böyle geçiriyoruz o yıl.

Nisan sonlarında bir akşam Ayhan fakültedeki eşyalarını toparlayıp eve geliyor. Çantalarını antreye bırakırken gülümsemeye çalışıyor.

İşte Suna, beş yılım! On beş dakikada sığdı bu çantalara. Ne kadar kolay değil mi? El oğlu el üstünde tutar, kendi ülkende üç kuruşluk değerin olmaz...

Rektörlükten gelen yazıyı masanın üstüne bırakıyor. Alıp okuyorum. Bana bakıyor midesi ağrıyormuş gibi buruşturarak yüzünü. Hiçbir değişiklik kolay yıldırmaz onu. Yeni durumlara alışmaya çalışır hırpalansa da. Derginin kapatılmasından sonraki ikinci darbe bu, sonbahardan bu yana. Ama bu kez çok sarsılmış görünüyor.

Niye döndün buraya, diyorum. Ne vardı da döndün? Almanya'da kalmalıydın. Değerinin bilindiği yerde.

Bölüşüyoruz o nisan akşamını Ayhan'la. Bir sağanak boşanıp geçiyor. Pencereden toprak kokusu doluyor odamıza, altın renkli bir ışık masamıza düşüyor. Bardaklarımızı yeniden dolduruyoruz. İkimiz böyle yan yanayken her şey daha kolay görünüyor gözümüze. Biraz daha sabırlı olmalıyız, biraz daha dayanıklı, hepsi bu. Önümüz yaz. Düşköy'e gideceğiz, orda atarız bütün yorgunluklarımızı. Gelecek sonbahar ve kışa dayanabilmek için güç toplarız. Ayhan yeni bir iş bulur, bulamazsa ortaokul çocuklarına dil dersleri verir. Ben Onur'u sevmekten vazgeçmiş olurum. Kırık kanatlarımızı alçıya alır sağaltırız.

Temmuz başlarında bu umutlarla gidiyoruz Düşköy'e.

Kumsalda güneşin altında yatıyorum. Az ötede yazlık komşularımızla ayaküstü sohbet ediyor Ayhan. Sonra denize yürüyorlar birlikte. Hava güzel, günlerdir imbat esiyor. Geride bıraktık tüm sıkıntıları, kaygılara bulanmış o korkunç kent yaşamını.

Gözlerimi yumuyorum, güneşi duyuyorum tenimde incecik. Onur'un elleri, dudakları bedenimde geziniyor. Atölyedeyiz. Hücrelerim onu dinliyor, içiyor susuzlukla. Kanatlarım tüy gibi hafif, yükselip bulutlara dalıyorum ve sonra yavaşça omzuna konuyorum. Ellerimiz birbirine kenetlenmiş yatıyoruz. Bütün acıları yatıştıran bu oyun, bütün dalgaları, rüzgârda salınan olgun başakları, ormanları, yıldız dolu gökleri bize geri getiren bir şenlik. Bütün bunlardaki hüzünle birlikte ama.

Ayhan'ın bana olan sevgisi kıskançlıkla besleniyor sanki, diyorum ona. Bana biraz ilgisiz kalabilse onunla bir sorunum olmayacak. Oysa her an sevdiğini göstermek isteyerek beni boğuyor ve bu tehlikeli sevgi geri tepen bir silah gibi onu sarsıyor.

Sorun bütünüyle seninle ilgili değil sanırım, diyor Onur. Okulla ilişiği kesildikten sonra kendini bir köşeye atılmış, işe yaramaz biri olarak görüyor. Onu tanırım, yaşamına anlam katan bir eylemin içinde olmayı istemiştir her zaman. Bu ortamda eli kolu bağlı, çok mutsuz tabii...

Bunu anlıyorum. Ama kararsız, huzursuz, zor bir insan oldu çıktı nerdeyse. Üzülüyorum. Neyse tatil dönüşü bir gazetede çalışmaya başlayacak.

Çok özleyeceğim seni, diyor Onur. Ama sen hiç özlemezsin beni Düşköy'de. Orada beni unutuyorsun nedense.

Yazarım belki sana. Aklıma gelmişken sorayım, benim mektuplarımı nerede saklıyorsun sen?

Yanımda taşıyorum. El çantamda... Ya sen?

Ayhan benim hiçbir çekmecemi, dolabımı karıştırmaz. Bütün eski sevgililerimin mektupları dolaplarımdadır. Seninkiler de öyle. Ben asıl Güler'den korkuyorum.

Çantamı eve götürdüğüm olmuyor pek. Arabada bırakıyorum akşamları. Korkma.

Kendim için değil, senin huzursuz olmanı istemem.

Nerden aklına geliyor böyle şeyler? Güler ne yapacak bana yani?

Güler beni hep ürkütüyor biliyor musun...

Suna, çocuk gibisin. Güler zavallının biri...

Öyle mi?

Öyle tabii...

Ayhan'la deniz kıyısında dolaşıyoruz. Aramızda tekin olmayan, beni korkutan bir gerginlik var. Onun bana nedensiz görünen sıkıntısını giderebilmek için hiçbir şey yapamıyorum. Her zaman o beni oyalar, neşelendirir. Sessizliği ise ciddi bir tehlike işaretidir. Biliyorum Ayhan umutsuz ve karamsar ama ben de utanç ve suçluluk duyarak da olsa Onur'u hiç özlemediğim kadar özlüyorum burda bu yaz. Umduğumuz tatil bu muydu, diye düşünüyorum düş kırıklığı içinde ve bu çöküşü durdurmanın artık olanaksız olduğunu seziyorum belli belirsiz.

Benimle konuşurken hiç alışık olmadığım sabırsız ve bezgin bir ses tonu yakalıyorum Ayhan'da ilk kez. Kendimi toplamam için bir uyarı olmalı bu usanmışlık ama daha da uzaklaştırıyor beni ondan ve büsbütün kendime kapanıyorum. Gücenik-likle susup denize bakıyorum.

Sonbahardan beri Ayhan'la, bana ilişkin olarak, Onur'dan söz etmiyoruz. Gitmiyoruz onun evine pek. Tek başına çağırmıyoruz onu bize. Bir toplantıda ya da başka evlerde karşılaştığımızda biraz uzak ama hâlâ dost davranıyorlar birbirlerine ikisi. Ama şimdi, öyle sanıyorum ki, kendisini avutacak hiçbir bağlantısı olmadığı ve tümüyle bana yöneldiği için geç kalmış bir aldatılmışlık duygusu yaşıyor Ayhan. Belki de her şey elinden alınmış da bir ben kalmışım, benim de ne olacağım belli değilmiş tedirginliği. Beni yitirmemek için önlem almaya uğraşıyor bilmeden. Bu arada benim kayıtsızlığım çabasının boşuna olduğu duygusu yaratıyor olmalı ki onda umutsuzlukla hırçınlaşıyor.

Sevimsiz, bıktırıcı ve mızmız buluyorum onu. Bu duygunun gerilere itilmiş, tanınmasına Ayhan'ın sevecenliğiyle engel olunmuş gizli ve köklü bir öfke olduğunu kavrıyorum birden.

Beni niye tutuyor? Ona Onur'u sevdiğimi söylediğim zaman neden bırakıp gitmedi beni? Ona açıldım ve benim tutsaklığım oldu bu. İzlendim, gözlendim, gözaltında tutuldum. Sevme özgürlüğümü savunduğum yanılsaması ile baskılar, kısıtlanmalar, korkular içinde yaşadım. Kızgınlıkla onu yitirmekten artık korkmadığımı düşünüyorum. Bu kopuş benim kurtuluşum olacak şimdi.

Ayhan bardağına yeniden içki dolduruyor. Benimkine uzanıyor. Elimle kapatıyorum bardağın ağzını. Duraksıyor. Aklımdan geçenleri anlamak ister gibi bakıyor yüzüme bir an. Sonra adımı söylüyor, sesine çok önemli bir konuya başlamadan önceki tınıyı yükleyerek.

Suna...

Evet...

Korkmuyorum ondan artık, ne söylerse söylesin korkmuyorum.

Biliyor musun çok canım sıkılıyor...

Nedeni ben değilim umarım.

Sensin. Bırak birlikte tatil yapmayı, benim varlığıma bile dayanamaz gibisin. Bıktın benden artık sen...

Ayhan, bırak bunları. Ne istiyorsun benden anlamıyorum...

Mutlu değilim ben, sen de değilsin. Bir arada olmamızın kesinlikle bir anlamı yok artık.

Mutluyum ben, diyorum. Kafa tutar gibi.

Değilsin işte, değilsin. Onur'u atamadın kafandan.

Senin sinirlerin bozuk Ayhan. Olmayan şeyler uyduruyorsun.

Günlerdir sessizce inatlaşıyoruz. Sabah yürüyüşlerine katılmıyorum. Bezgin, Onur'a duyduğum özlemle dalgın, keyifsiz sürükleniyorum ordan oraya.

Hadi biraz yürüyelim.

Sofrayı öylece bırakıyoruz. Yürüyüşe çıkıyoruz. Ama ikimiz de çok gerginiz ve tartışmayı kesemiyoruz bir türlü.

Kıyıda bir çay bahçesine giriyoruz. Çok açılmış kötü müzik beynimde uğulduyor. Kahve fincanını önünden itip Ayhan'a eğiliyorum.

Peki, ne yapalım, sen söyle, diyorum.

Ayrılalım. Sen Onur'a git.

Bunu kırk kere konuştuk, böyle bir niyetim yok biliyorsun. O konu çoktan kapandı.

Kapanmadı. Size engel olan benim. Karar ver, uygulayalım.

Ayhan ne oluyorsun böyle durup dururken şimdi?

Durup dururken mi? Çok saçma... Benimle oyun oynuyorsun sen galiba. Bana dayanamıyorsun görüyorum.

Bu hallerine dayanamıyorum doğru. Bıktım usandım artık! İyi ki aramızı bozacak bir Onur bahanesi var. Temcit pilavı gibi ısıtıp ısıtıp önüme sürüyorsun!

Birden kalkıp masalar arasından geçerek kapıya yürüyorum. Arkamdan yetişiyor. Başım dönüyor, önümü görmüyorum.

Kötüyüm diyorum, hiç bu kadar kötü olmamıştım...

Ona tutunarak yürümeye çalışıyorum.

Eve kadar yürüyelim, diyor, açık hava iyi gelir, açılırsın. Dayan bana...

Eve giriyoruz. Güçlükle üst kat merdivenlerine atılıyorum. Korkuluğa tutunarak birkaç basamak çıkmaya çalışıyorum. Ama olmuyor, tükeniveriyorum hemen. Basamağa oturuyorum. Bacaklarım felç olmuş gibi. İlk kez kendi yıkımıma seyirci kalıyorum. Bunca yıldır oynadığım oyunun sonuna geldiğimi anlıyorum. Çözülüyorum ve acıyla bağırıyorum.

İkinizden de bıktım. İkinizi de istemiyorum artık. Öyle darmadağın oldum ki kimse toplayamaz kırıklarımı artık... Kimsenin işine yaramam...

Ağlıyorum. Ayhan merdiven başında durmuş korkuyla bakıyor bana. Bana doğru gelmeye çalışıyor, durduruyorum onu.

Gelme, diyorum, gelme, istemiyorum. Artık rahat bırak beni...

Durup kalıyor.

Oturmaya bile gücüm kalmamışçasına merdivene uzanıyorum. Başımı kollarıma dayıyorum. Ayhan çabucak koşuyor, başımı kucağına alıp oturuyor, kucaklıyor beni.

Ağlama, diyor. Ağlama canım, bak yanındayım.

Kimseye ait olmak istemiyorum ben, diye ağlıyorum. Hiçbir zaman hiç kimseye ait olmak istemiyorum. İşte bunun için bir gün hiçbir iz bırakmadan ikinizi de bırakıp gideceğim.

Beni kaldırmaya çalışıyor.

Gel yatırayım seni, hadi canım kalk...

Bırak, yardım etme bana. Bırak beni... Kimse yardım edemez bana.

Ben ederim, Suna seni bırakamam... İnan buna...

Bırak n'olur, diye yalvarıyorum. Sen bırak beni, çünkü ben seni bırakamıyorum... Tutuyorsun beni. Yardım ederim diyorsun ama duygusallığın ağır basıyor. Hep şaşırttın beni sen!

Başımı lavaboya eğip yüzümü yıkadığını, kurulayıp yatağıma yatırdığını bir düşte imişim gibi yaşıyorum.

Hadi uyu şimdi.

İçimde birçok şey öldü Ayhan. Ben senin sevdiğin Suna değilim artık.

Geçecek bunlar, göreceksin. Yeniden başlayacağız.

Yüzümü gözlerimi öpüyor. Balkondan gece böceklerinin, dalgaların sesi geliyor. Sonra karanlıkta kalıyorum.

Onur'la birlikte, burada, Düşköy'deki evin yatak odasındayız.

Tam birbirimizin kollarına atılacağımız sırada oda kapısı aralanıyor. Beş altı çocuk başlarını uzatıp bize bakıyorlar.

Onur'u bırakıp kapıya koşuyorum ve çocukları iterek kapıyı kapatıyorum.

Geriye dönüp kollarımı yeniden ona sarılmak için açtığımda kapının bir daha açıldığını görüyorum. Bu kez oğlum Mehmet ve onun babası Adam kapı aralığından bizi gözlüyorlar. Yüzlerinde şaşkınlık ve kınama yok. Öyle herhangi bir şeye bakar gibi bakıyorlar. Gidip yine kapatıyorum kapıyı. Anahtarı hırsla iki kez çeviriyorum kilidin içinde. Rahatlamış bir halde Onur'a koşuyorum. Tam birbirimize uzanıyoruz ki kapı yeniden açılıyor.

Bizi bir gün Rekla'daki odamda el ele gören grafiker Metin, danışmadaki Serpil, çalışanlardan birkaç kişi daha ardına kadar açık kapının önüne toplanmışlar bize bakarak gülüşüyorlar. Artık bu kadarı da fazla ama! Çok sinirleniyorum. Koşup öfkeyle, çarparak kapatıyorum kapıyı...

Onur kolları açık beni bekliyor. İki adımda, güven içinde yanına gidiyorum. Tam sarılacağız... Olmaz! Kapı gene açık... Ayhan duruyor eşikte. Tepkisiz, donmuş gibi. Arkasında bütün o röntgenciler kalabalığı ile bakıyor.

Delirmek üzereyim artık ama... Yatağın altına uzanıyorum. İki kalın tahta çıkarıyorum oradan, kocaman çiviler ve ağır bir çekiçle tahtaları kapının pervazına çakarak açılmayacak hale getiriyorum o lanet kapıyı.

Onur, olup bitenlere aldırmaz, çırılçıplak yatağın kıyısına oturmuş beni bekliyor. Birazcık bıkkın görünüyor. Hiçbir gayret yok onda. Bana yardım etmeyi aklına bile getirmiyor. Sanki yalnız benim sorunummuş bu da!

İşim bitince yorgun, soluk soluğa gidip yanına oturuyorum. Uzanıp elini tutmak istiyorum, geçti artık gibisinden avutmak için. Ve işte tam o anda bir şangırtı kopuyor.

Dışarıdakiler buzlu camı kırmışlar; yine ordalar ve bize bakıyorlar...

Sıkıntı içinde birdenbire uyanıyorum. Ayhan derin bir uykuda yanımda. Yavaşça kalkıyorum. Sabah oluyor.

Balkonda sessiz geceyi dinleyerek sigara içiyorum. Yasemin kokuyor hava. Uzakta, kavakların arkasında usulca açılıyor gökyüzü.

Onur'dan kısa ya da uzun her ayrılışım ondan büsbütün kopma umutlarımı tazeledi her zaman, diye düşünüyorum. Ama olmadı. Bundan sonra da bu isteği ikiyüzlülüğün, gizliliğin, düşüncesizlik, bencillik ve kural tanımazlığın ruhuma onulmaz bir biçimde ağır gelmeye başlayan yüküyle birlikte ve daha yoğun olarak hep içimde taşıyacağım.

İstanbul'a döndükten sonra Ayhan, günlük bir gazeteye parça başı yazılar yazmaya başlıyor, çeviri yapıyor ağır aksak. Böylece zamanının çoğunu evde geçiriyor ve sürekli beni gözlemek, geliş gidiş saatlerimi izlemek, telefonla beni arayanları yanıtlamak gibi ek görevler için yeterince zaman bulabiliyor.

Uzun zaman politik uğraş içinde olmuş, birikimiyle, ortaya koyduklarıyla, çevresiyle, inandıklarını sonuna kadar savunmuş birinin, yaşamı boyunca onaylamadığı, kıyasıya eleştirdiği bir düzende bomboş kalıvermesi çok zor biliyorum. Elimden geldiğince yumuşak, hoşgörülü olmaya çalışıyorum ona karşı ama bu yaşadığımız zorlukları yenmek için çok yetersiz gene de. Sorun bir tek ben değilim.

Fakülteden atılma korkusuyla çevresinden uzaklaşmış dostları yüzünden çok yalnız. Bu yüzden haklı olarak onları, haksız olarak beni, arkadaşlarımı, ilişkilerimizi ve benim genel olarak insanlara yaklaşımımı, şu ya da bu nedenlerle eleştirmeyi öylesine ileri götürüyor ki. Örneğin daha önce eşcinselliğe karşı değilken, birden karşı çıkmaya başlıyor; bu tip bir arkadaşımı yerden yere vuruyor, kınıyor, küçümsüyor. İnsanları hep kendi dertlerini anlatan benciller güruhu olarak niteliyor. Kimse senin de neyin var, diye sormuyor ona. Herkes uzlaşmacı, kirli, dümenci. Netlik, insancıllık, dayanışma duygusu yok olmuş. Hemen ayak uydurmuşlar düzene. İlişkiler boyutsuz, yapay, çıkara dayalı.

Bir zaman sonra onunla birlikte ben de düşünme, ben olabilme yeteneklerimi yitirmeye başlıyorum kaçınılmaz olarak. Her an her yerde yanımda olmak istiyor. Yıllar önce bana ödünç verdiği kişiliğini geri almak ister gibi. Kendisini bağımsızca ve bütünüyle kaptıracağı bir uğraşı olmadığı sürece bundan vazgeçmeyeceğini anlıyorum ve dengem biraz daha bozuluyor.

Sıradan bir evliliğin, genel geçer kurallar içinde var olan kurulu düzenlerin tuzağına düşmekten hep korkan Ayhan, düşüncesiyle değil ama eylemiyle böyle bir birlikteliğin erdemlerini savunmaya itiyor beni.

İlk tepkim sessizlik ve kayıtsızlık oluyor, sonra küçük özverilerde bulunuyorum yavaş yavaş.

İşten çıkar çıkmaz eve koşuyorum. Yemek hazırlıyorum. Kendimi her gün biraz daha kapatılmış, havasız, sıradan görmeye başlıyorum.

Bu sıralarda Onur'la aramızdaki sıcaklığın azalmakta olduğunu sezmeye başlıyorum. Çok seyrek, ayda bir kez ya da en iyi durumda üç haftada bir atölyede baş başa kalabildiğimiz sınırlı saatlerde alışılmış bir birlikteliği yaşıyoruz sıkıntılarımızı birbirimizden gizleyerek. Rekla'da ise çok az özel anlar yaratabiliyoruz artık. Rekla gelişiyor, hızla büyüyor, çok işimiz var...

Ayhan bir arkadaşıyla dışarda yemek yediği bir gecenin sonunda eve oldukça üzgün ve düşünceli dönüyor.

Yatmadan önce birer sigara içiyoruz birlikte.

Sana bir şey söyleyeceğim, diyor, ama söyledikten sonra bir dakika gözlerine bakacağım tamam mı?

Şaşırıyorum. Ne söyleyebilir? Evet, sonunda o an geldi işte... Hep korktuğum, her şeyin açıkça ortaya serileceği an.

Söyle, diyorum, göğüslemeye hazır.

Gözlerine bakacağım ama... Kaçırmayacaksın.

Peki bak, söyle hadi.

Söyleyeyim mi?

Aaaaa! Söylesene canım.

Seninki Nazlı'yla yemekteydi.

Hemen anlıyorum gene de anlamamış gibi soruyorum.

Kim? Benimki mi? O da kim?

Onur. Biz gittiğimizde oradaydılar. Bizden bir iki masa ötede oturuyorlardı.

Gözlerime bakıyor. Ne gördüğünü bilmiyorum. Hiçbir şey göremesin diye zorluyorum kendimi.

Eee, ne var bunda? Konuşmadınız mı?

Öpüştük, konuştuk canım birkaç dakika. Sonra ben kendi masama döndüm. Ama onları görebileceğim bir yerde oturuyordum.

Olabilir, bir arkadaşıyla yemek yiyemez mi?

Nazlı'dan söz ediyorum sana. Başka bir durumdu bu. Birbirlerinin içine düşeceklerdi denir ya, tam öyle. Bir büyük şişe rakı içtiler, kadın nasıl yuvarlıyor bir görsen. Bence tazelenmiş bir ilişki bu.

Dikkatle gözlerime bakmayı sürdürüyor. Nasıl da zorluyorum kendimi, dimdik, bomboş bakabilmek, içimdeki yangını ele vermemek için.

Beni ilgilendirmiyor artık, diyorum, bana ne?

Başımı çeviriyorum.

Ama beni ilgilendiriyor, diyor Ayhan. Çok üzüldüm Suna. Bunu bana nasıl yapar!

Ayhan deli misin nesin? Sana ne yaptı ki?

Sesim kırık dökük. Vurulmuşum gibi acıyor içim.

Seni sevdiğine inanıyordum. Bu yüzden bunca acı çektik biz. Saygı gösterdim bu sevgiye ben... İnandım ve acı çektim...

Ah, Ayhan, canım...

Bütün düş kırıklıklarımla, bütün yıkılmışlığımla ama bütün içtenliğimle sarılıyorum ona.

Üzülme, diyorum. Ben ona çok zor geldim. Yapamazdı. Üstelik, bitmiş bir şey bu. Kaçınılmazdı yeni birini araması. Elinin altında Nazlı vardı işte, anlasana...

Ben bir duş alayım, diyor.

Banyodan su sesi geliyor. Telefon oturduğum koltuğun yanında duruyor. Atölyeyi arıyorum. Oraya götürmüş olmalı Nazlı'yı. Cevap vermiyor. Belki de açmıyor.

Evini arıyorum, evde.

Benim Onur, diyorum.

Ha, merhaba. Hayrola bu saatte?

Yeniden mi başladınız?

Neye? Neyi soruyorsun?

Nazlı'dan söz ediyorum.

Ne oluyorsun? Ne bu telaşın?

Bunu hiç beklemiyordum. Yani daha iki gün önce birlikteydik biz.

Sözümü kesiyor.

Düşündüğün gibi değil. Bir şey yok. Ayhan hemen sana...

Hiç olmazsa başka birini bulsaydın, diyorum sözünün sonunu dinlemeden.

Tanrı aşkına, yat uyu, sonra konuşuruz.

Anlamalıydım, diyorum.

Tasarlanmış bir şey değildi, diyor. Bir sergide karşılaştık, birlikte çıktık. Kurtulamadım, çok üsteledi, kırmak istemedim yani. Hepsi bu. Yarın konuşuruz.

İki uyku hapı alıyorum yatmadan önce. Yarın bana neler anlatacağını iyi biliyorum. Demek bu karmaşadan usandı artık.

Sarıya boyanmış bomboş bir odadayım. Odanın bir duvarı boydan boya ayna kaplı. Pencere yok. Küçük demir bir kapı var yalnızca ve kapıda kocaman paslı bir kilit asılı.

İri, kara bir kuş başımın üzerinde çılgın gibi dönerek uçuyor. Ondan korunmak, sakınmak için oradan oraya koşuyorum. Kuş her dönüşünde aynaya çarpıyor ve yaralanıyor. Uçuşu giderek ağırlaşıyor bu yüzden ve her çarpışta kanlı izler bırakıyor aynada.

Bir süre sonra yoruluyor, gücü tükeniyor ve kan içinde aynanın dibine düşüyor, kof bir ses çıkararak. Kısa bir süre çırpınıp can çekişiyor yerde, sonra hareketsiz kalıyor birden. Öldüğünü anlıyorum.

Korkuyla yaklaşıp ona eğiliyorum. Kuşun yüzü Onur'un yüzü. Donakalıyorum.

Biri gülüyor, bir kadın kahkahalarla gülüyor, çılgınca... Dönüp baktığımda gülenin Nazlı olduğunu görüyorum. Elinde oda kapısının kocaman anahtarını tutuyor.

Sıradan bir yemeği böylesine büyüteceğini hiç düşünmemiştim, diyor. Öyle şaşırttın ki beni. Yalancı biriysem beni sevebilir misin? Hiç araştırmadan kendi kendine yaşadıklarınla karar veriyorsun hep. Ne zamandır her buluşmamızda bana neler soracağını, nelerle suçlayacağını, her karşılaşmamızda ne sorunlar çıkaracağını düşünür oldum. Benden güzel şeyler duymak istediğini söylüyorsun ama savunmadan başka seçenek bırakmıyorsun...

İnanmıyorum ona. Günlerce sürecek bir tartışmanın başlangıcı oluyor bu.

Sevgi, insan istediği zaman arkasından gelecek ya da koşacak tasmalı bir köpek değildir, diyor.

Doğru, değildir. Daha saygın bir şeydir.

Sen bana olan saygını yitirdin artık. Bir çocuk bile bu kadar kontrol altında olmaya nasıl tepki gösterir acaba? İki insan arasındaki sevgi kendi yasaları içinde bir denge kurmalıdır.

Benden elimde olmayan nedenlerle uzak kaldın ve hemen yeni bir hayran aradın kendine, diyorum. Hiçbir açıklaman bu gerçeği değiştiremeyecek.

Beni başkalarının bakışıyla yargılıyor ve doğru olmayan sonuçlara varıyorsun, diyor. Oysa biraz düşünüp kendi çelişkilerinden kurtulabilirsen daha akılcı bir yaklaşımla değerlendirirsin...

Kim başkaları? Ayhan mı?

Kış bir karabasan gibi geliyor. Ayhan'la yeniden ayırıyoruz odalarımızı. Çünkü çok az uyuyorum. Onur'a ve Ayhan'a uzun mektuplar yazıyorum geceler boyu. İkisine de elden veriyorum onları.

Kimi kez özlem, kimi kez kırgınlıklar, çoğu kez de bir çıkış yolu arayan mektuplar Onur'a yazdıklarım. O da bana yazıyor, sonra onun odasında ya da benimkinde oturup tartışıyoruz mektuplarımızdaki düşünceleri. Uzun uzadıya baş başa kalacak zamanımız yok. Eskiden bizim egemenliğimizdeydi zaman, şimdi birbirimizi tüketmek için kullanıyoruz bizi kıskacına almış zamanı.

Ayhan'a yazdıklarım ise, onu dinginliğe, beklemeye, her şeyin daha güzel olacağı bir zamanın geleceğine inanarak bana karşı daha anlayışlı olmaya çağıran mektuplar. Ben inanıyor muyum buna? Umuyorum yalnızca. Ama o inansa daha güçlü olacağım sanki. Oysa Onur'a yazdıklarımla Ayhan'a yazdıklarım birbirleriyle çelişen, taban tabana zıt istek ve düşüncelerle dolu mektuplar. İkisini birden yitirmemeye çalışma çabam tek ortak yanları.

Suna,

Bana üç gün önce yazdığın mektuptaki havan sanki ikimiz arasında hiçbir sorun yokmuş, bunları ben kendi kendime uyduruyormuşum rahatlığıydı. Akşam, yemekte bunu sana anlatmaya çalıştım ama sen durumu kendi açından değerlendirdiğin için anlamak istemedin. O tartışmamızdan bu yana, yani şu son yirmi dört saat içinde neler düşündüğünü bilmiyorum, ama konuşamıyor olmamız bile başlı başına bir sorun bence.

Seni hırpalamak değil amacım. Yalnızca bir durum saptaması yapmak istiyorum. Öncelikle benim için uzun zamandır tek ve başlıca sorun sen ve ben, bizim ilişkimiz. Bu sorunu çözmeden başka hiçbir konuya veremem kendimi. Ne duygusal ne düşünsel planda.

Sen birlikte yaşadığımız bu evde kendi yalnızlığın içinde mutlu olabilirsin ama ben değilim. Şu anda senin için olduğu kadar kendim için de aramızdaki farkları yakalamaya çalışıyorum. Bunlar geçici mi sürekli mi olacak bilmiyorum, ne var ki uzun zamandır görüyorum.

Sen benimle birlikte yaşıyorken kapıldığın aşktan kurtulma bunalımını tek başına atlatmayı, beni üzmemek için yeğlediğini söylüyorsun. Oysa bu beni senin özel yaşamından dışarda tutmak demektir. İlk günlerde benden beklediğin yardım ve dayanışmaya, bana sığınmaya gereksinmen yok artık demek ki. Sorun senin sorunun, üstesinden sen geleceksin öyle mi? Beni karıştırmak, benimle bölüşmek istemiyorsun. Böylece beni yaşamından dışarı itiyorsun. Ben senin sırdaşın değilim artık. Tam tersine, yalnızlığının, bunalımının içinde seni rahatsız eden, senin gözüne batan bir diken oluyorum. Senin özgür ve başına buyruk, dilediğince sürdürdüğün yaşamında engel olarak karşına çıkıyorum durmadan. Bu sıkıntıyla bilinçaltındaki olumsuz birikimleri bana yansıtıyorsun. Tüm denetim düzeneklerimi tahrip edinceye kadar hem de.

Benimle birliktesin hâlâ, çünkü özverili bir dostu yitirmeyi göze alamıyorsun. Tuttuğunu sandığın dallar kırılabilir, farkındasın. Yaşamayı –yadsımana karşın sürdürdüğün aşkın yarını yok, biliyorsun. İşte bu yüzden, böyle de yaşanabilir, diye düşünüyorsun. Beni bazen iter kakarsın bazen de gözünü yumar katlanırsın. Sonra da bu oyunun bir yerinden kendine renksiz, kokusuz, tadı olmayan bir mutluluk tablosu çıkarırsın ve 'Ama ben mutluyum,' dersin.

Sen yalnızca duygularıyla yaşayan bir insansın. Sen savrulmak istiyorsun. Oysa seni böylesine savuracak kişi ben değilim artık. Bu durumda sen, en yakın dostun olan bana karşı hiçbir özveride bulunamazsın. Birlikte yaşamın getirdiği kurallara uyamazsın. Aldıklarını kendin için doğal bir hak gibi görür, üstünde bile durmazsın. Vermeye gelince de korkunç cimri ve bencil davranırsın. En küçük dileği bile senin kişilik bütünlüğüne yapılmış bir saldırı gibi görür, başkaldırırsın. Sen aslında kendi bütünlüğünü sonuna kadar savunursun. Duygularınla savrulduğun zaman değil yalnızca; hayır, durgun, esintisiz, aklın hükmettiği zamanlarda bile.

Ben de duygusalım ama senden daha gerçekçiyim. Şimdi de gerçeği öne almaya çalışıyorum. Seni hep sevdim ve seviyorum. Ama bu tek yönlü çabam bir yere varmıyor artık. Senin beni sevdiğine de inanıyorum ama yalnızca bununla yetinemiyorum. Sen de yetinemiyorsun görüyorum ayrıca. Sen sevdiğinde çok kısa bir süre üstün yetenek gösterir sonra hemen geriye çekilirsin. Bundan sonrası katlanma olur senin için.

İşte bu katlanma ikimizi de bunalıma soktu. Bizim birbirimize katlanmamızı gerektirecek hiçbir ortak kalıtımız yok oysa.

Ben her şeyi şu anda olduğunca sürdürme gücünü kendimde bulamıyorum artık, çok yorgunum çünkü.

Özetle durum bu. Az sonra çıkıyorum. Sen uyuyorsun. Kalkınca yazdıklarım üzerinde düşünür müsün? Akşama konuşuruz.

Not: Bu aşamada benimle birlikte olmayı düşünüyorsan Rekla'dan ayrılmanın iyi olacağı kanısındayım.

Ayhan

Ayhan'ın kalktığını, mutfağa girip dolabı açıp kapadığını duyuyorum, yattığım yerden. Sonra sifon sesi geliyor tuvaletten. Az sonra bana gelecek. Işığı açıp konuşmak istediğini söyleyecek. Son mektubundan sonra, gecelerdir sürüyor bu böyle. Yatağın içinde doğrulup oturuyorum, bekliyorum.

Uyuyor muydun, diye soruyor kapıyı aralayarak.

Hayır, gel...

İçeri giriyor. Başucumdaki ışığı açıyorum. Yatağa oturuyor. Uykusuz, hasta yüzü dokunuyor bana. Ya ben? Ben ona nasıl görünüyorum?

Konuşmak istiyorum, diyor, uyuyamıyorum bir türlü...

Bu geceki sorgu başlıyor, diye düşünüyorum. Yastığımı arkama koyup yaslanıyorum. Hazırım. Hadi, tırnaklarımı sök, kızgın demirlerle dağla gövdemi, ellerimi, buz koy kalbimin üzerine, bin vatlık lambayı, gözlerime çevir, saçlarımı ağart...

Yağmur yağıyor mu, diye soruyorum.

Durdu. Biliyor musun, sıradanlaşmamayı, bir roman kahramanı gibi yaşamayı kendine önkoşul bellemişsin sen.

Bilmiyorum. Hiçbir şey bilmiyorum...

Söylesene ben nerede yanlışlık yaptım da sen benden böylesine soğudun?

Bilmiyorum.

Bilirsin söyle...

Bilmiyorum. Seni seviyorum, bildiğim bu.

Öyleyse neden birlikte olmayı değil de ayrılmayı, çekip gitmeyi düşünüyorsun?

Bilmiyorum. Herhalde sen öyle istiyorsun diye...

Ben bunu istemiyorum. Beni bu noktaya sen getirdin. Ayrılmak isteyen sensin aslında. Öyle değil mi?

Bilmiyorum. Karar vermedim daha.

Verdin. En uygun zamanı kolluyorsun. Anlıyorum çünkü artık daha rahatsın.

Hayır hiç rahat değilim.

Beni artık hiç sevmiyorsun değil mi?

Bilmiyorum, bilmiyorum...

Beni artık sevmediğini söylemelisin. Bunca yıllık yakınlıktan sonra bana görev duygusuyla yaklaşmana izin vermeyeceğim.

Bıktım artık bu gece sorgulamalarından Ayhan. Bana işkence ediyorsun, görmüyor musun? Hem kendini hem beni hırpalıyorsun...

Daha çoğu olamaz nasıl olsa. Yeterince hırpalandık zaten.

Rekla'dan senin için ayrıldım. İşsizim, bomboşum, hastayım ama gene de bu bunalımı atlatabileceğimi düşünüyorum. Başka ne yapabilirim? Ne istiyorsun benden?

Beni sevmeni istiyorum.

Konuştuk bunu, çok konuştuk...

Beni sevmiyorsun.

Hayır, öyle değil.

Sevmiyorsun. Yeteri kadar aldandım, gerçeği bilmek istiyorum artık.

Çılgın gibi yumrukluyorum yorganın altındaki dizlerimi. Söylediklerimi denetleyemiyor artık aklım.

Evet, evet, evet! Sevmiyorum. Hiç sevmiyorum. Çoktandır seni sevmiyorum. Artık sana verecek hiçbir şeyim yok... Senden de hiçbir şey beklemiyorum...

Ağlıyorum.

Biliyordum, diyor. Duymak istedim yalnızca. Şimdi yeniden başlayabiliriz belki...

Delisin sen, diye bağırıyorum arkasından. Bitti, her şey bitti artık!

Varlığımın karmakarışık düzeneklerindeki her parça çözülüp dağılıyor. İç içe geçmiş çarklar, dişliler gevşiyor. Bir bozgunun orta yerinde korkunç bir iş işten geçmişlik duygusuyla, içimde birikip çürümüş, yosunlaşmış nefreti, kendi kendime karşı duyduğum nefreti kusuyorum haykırarak.

Artık kendimi de sevmiyorum, hiç sevmiyorum!

Yatağımın içinde büzülüyorum.

Bu yangını ben çıkardım, diye düşünüyorum. Tek kurban da ben olacağım...

Şimdi burada, aynı yatakta, karanlığın içinde yatarken Ayhan'ın yangın ihbarıyla eşi dostu çağırdığı ve benim dönmemek kararıyla bu evden çıkıp gittiğim geceyi yeniden düşündüğümde o geceden bu yana geçen bir ayı aşkın süre içinde hâlâ aynı yerde dönüp durmakta olduğumuzu görüyorum.

Yan tutmadan bu yangına bir suçlu bulmaya zorluyorum kendimi. Biraz düşündüğümde bu işin suçlusu olmadığına karar veriyorum. Suçlu olan biz değiliz. Hiçbirimiz değiliz. Kötülük, kuralların, yargıların, öngörmelerin içinde barındırdığı şiddet ve katılıkta. Bizim ilişkilerimiz gizli, göze görünmez bir baskıyla biçimleniyor.

Ayhan'ın tuvaletten dönen ayak sesleri kapımın önünde duruyor. Kıpırdamıyorum. Buzlu camdan sızan ışıkta karaltısı kararsız bekliyor bir an ve sonra içeriye girip ışığı yakıyor birden.

BAĞLAR

Kamaşan gözlerimi kolumla kapatıyorum.
Kalk da biraz konuşalım, diyor.
Saatime bakıyorum. Yirmi dörde geliyor.
Yarın konuşalım Ayhan, çok geç oldu.

Eğer bu evde yaşayacaksan böyle keyfice buraya kapanmak yok, diyor. Gelip benimle insan gibi oturacaksın içerde.

Doğrulup ona bakıyorum. Çok içmiş. Sallanan bedenini kapıya tutunarak dengelemeye çalışıyor. İrkiliyorum nedenini bilmeden. Yavaşça, isteksiz kalkıyorum.

Dinlenmeye bile bırakmıyorsun beni, diyorum yakınır gibi.

Otel değil burası, diyor kapıdan çekilirken. Ya insan olursun ya da çeker gidersin.

Bir içki alıp onun oturduğu koltuğun karşısındakine oturuyorum öfkeden titreyerek. Neler kurdu kimbilir gene. Niye yatıp uyumuyor? Onu saran bu çılgınlık bitmeden nasıl uzlaşacağız?

İçki şişesini ayaklarının dibine koymuş. Ara vermeden içiyor olmalı sokaktan döndüğünden beri.

Yarın sabah gideceğim, diyorum. Ama istersen şimdi de gidebilirim.

Elleri titreyerek içki koyuyor bardağına.

İçme artık Ayhan...

Sen karışma, diyor. Karışman gerekmeyen şeylere karışıyorsun. Gerekenlere ise kayıtsızsın!

Durmadan aynı şeyleri söylüyorsun bana. Yeni bir şey yok mu? Bir ara dışarı çıktın galiba... Yatışmadın mı?

Sermet'e gittim. İçeri alınmam için Yargıtay kararının beklenmeyebileceğini söyledi. Yeni tutuklamalar oluyormuş. Bir yığın bahaneyle topluyorlar insanları. Durum giderek sertleşiyor.

O da hep senin gözünü korkutur. Beceriksiz herif. Bence daha iyi bir avukat bul kendine sen.

Körsün sen, diyor. Olanların farkında değilsin. Aç gözünü biraz da çevrene bak.

Ne istiyorsun benden sen Allahaşkına! Ben ne yapabilirim yani? Gidip yalvarayım mı adamlara kocamı bırakın diye?

Ben içeri girsem sevinirsin sen tabii. Sevgilinle özgürce yaşarsın.

Saçma sapan konuşma!

Katlanamıyorum artık sana Suna. Gerçekten sinirlerimi bozuyorsun benim!

Sen de benimkileri! Bırak da gideyim ben.

Ayağa kalkıyorum. Telefona yürüyorum.

Bırak o telefonu, diye bağırıyor. Benim telefonum o. Kendininkini aldın götürdün. Benden izin almadan kullanamazsın onu!

Taksi çağıracağım. Gitsem iyi olacak. Aslında hiç gelmemeliydim.

Otur yerine, diye bağırıyor. Hiçbir yere gidemezsin. Ben olur demeden gidemezsin anladın mı? Otur oraya, konuşacağız.

Konuşacak bir şey yok. Konuşamıyoruz işte. Olmuyor. Denedik, olmadı!

Olmaz tabii. İstemiyorsun ki... On gündür ağzını bıçak açmıyor.

Gitmek istiyorum...

Oh, istediğin zaman gel, istemediğin zaman git... Yok öyle şey, artık yok. Dizini kırıp oturacaksın burda tamam mı?

Benimle böyle konuşma!

Neden? Acı çeken yalnız sensin değil mi? Hiçbir şeye değmezsin sen be! Beş para etmezsin...

Hızla odama gidiyorum. Eteğimi ve kazağımı dolaptan alıp yatağın üstüne atıyorum. Sabahlığımı çıkarıyorum giyinmek için. Elinde içki bardağıyla gelip kapıda duruyor.

Bırak onları, diyor. Gitmeyeceksin dedim. Bundan sonra her an benimle birlikte olacaksın. Soluk aldığını bile duyacağım.

Ona bakmadan sinirli ellerle etekliğimi giyiyorum. Kopçayı bulamıyorum bir türlü.

Beni durduramazsın, gideceğim işte! Bıktım artık senden. Ne olursan ol umurumda değil. Senin gibi delileri içerde tutmaları gerekir zaten!

Seni hain kadın, seni terbiyesiz!

Birden üzerime atılıp elimdeki kazağı kapıp fırlatıyor ve yatağın üzerine savuruyor beni.

Özgürlükten ne anlıyorsun sen, diyor hırsla söylenerek. Özgürlük hiçbir kural tanımadan başkalarıyla yatabilmek mi? Özgürlüğün, gerçek özgürlüğün ne olduğundan haberin var mı senin ha! Seni küçük cadı...

Kendine gel, çekil yolumdan, istemiyorum seni. Senin bana bağışlar göründüğün özgürlük de senin olsun! Nasıl da dilendim onu senden; yazıklar olsun bana!

Şiddetle vuruyor yüzüme.

Bırak beni, diye haykırıyorum. Senin yüzünden acı çektim. Beni sevmeni istemiyorum artık. Tutsak ettin beni. Sıradan bir koca gibi tepki gösterseydin keşke. Vursaydın daha iyi ederdin beni...

Nankör! Üç yıldır, tam üç yıldır senin o boktan aşkına katlanıyorum. Ama sende insanlık ne gezer!

Yeniden vuruyor yüzüme, savruluyorum.

Seni sevmiyorum, diye bağırıyorum çılgın gibi. Sevmiyorum, hiç sevmiyorum.

Üzerime atılıyor elleri boynumu kavrıyor.

Öldüreceğim seni...

Bırak beni!

Yüzüme vuruyor aralıksız. Çırpınıyorum biraz, sonra sersemleyip yatağın üzerine düşüyorum yeniden. Ve aynı anda hızla doğrulup komodinin üstüne bıraktığı içki bardağını kaparak ona fırlatıyorum çok yakından. Alnında parçalanıp dağılıyor ince cam. Yarılan yer kanamaya başlıyor. Kanı görür görmez çileden çıkmış gibi saçlarımdan kavrayıp yatağın üstüne bastırıyor beni bir eliyle. Öteki eli inip kalkıyor yüzüme öldürmek istercesine. Alnından sızan kan yüzüme akıyor. Gözlerimin, kulaklarımın, ağzımın içine. Belki de burnum kanıyor, bilmiyorum.

Yüzüm ince bir zonklamayla yanıyor, kabarıp uyuşuyor. Soluk alamıyorum, boğazımı sıkıyor. Öldürüyor beni, diye düşünüyorum. Ölüyorum artık işte, demek böyle ölecekmişim.

Birden ayaklarımın birini kurtarıyorum bacaklarının kıskacından ve şiddetli bir tekme atıyorum karnına. Geriye, yatağın kıyısına kaykılıyor. Fırlıyorum, tutmaya çalışıyor ama elinden sıyrılıp banyoya koşuyorum. Kapıyı içerden kilitliyorum çabucak.

Kapıyı tekmeliyor. Bağırarak.

Dişlerim birbirine vurarak titriyorum. Banyo dolabının aynasında yüzüme ilişiyor gözüm. Kan içindeyim. Sağ gözüm kapanmış, yüzüm morarıp şişmiş.

Aç kapıyı... Aç diyorum...

Gücü tükenir gibi zayıflıyor sesi.

Aç, yüzümü yıkayacağım.

Kilidi anahtarın içinde döndürüp aynı anda kapıyı açarak itiyorum onu, dışarı fırlıyorum, antreye koşup mantomu kaparak sokağa atıyorum kendimi.

Yetişiyor, sokağın ortasında yakalıyor beni. O zaman ayaklarımın çıplak olduğunu görüyorum. Boğuşuyoruz, direniyorum. Bağırmak istiyorum sesim yok. Bu gece ölüm gecem benim. Umarsızca hâlâ ışıkların yandığı pencerelere kaldırıyorum başımı, yeniden bağırmayı deniyorum. Niye kimse yetişmiyor? Öldürüyor beni, diye bağırıyorum da niye kimse duymuyor? Bütün pencereler kapalı. Işıklı perdelerin ardında mutlu insanlar yaşıyor ve beni duymak istemiyorlar.

Belimden kavrayıp çekiyor. Kurtulmak için savaşıyorum onunla. Mantom yere düşmüş, kazağım yok; onu giyememiştim. Sulusepken çıplak boynuma, kollarıma, artık benim olmayan yüzüme yağıyor. Çamaşırımdaki kan lekeleri karanlığın içinde koyu mor benekleniyor.

Sürükleyerek yeniden eve sokuyor beni, merdivenlerde umutsuzca bırakıyorum kendimi. Ağrılı bir gerginlikle her yanım zonkluyor, yüksek gerilime kapılmışım gibi titriyorum.

Sürünerek yatağıma gidiyorum. Kendimi yatağa atıyorum.

Kapının çalındığını, Ayhan'ın gidip açtığını duyuyorum yattığım yerden.

Polis.

Telefon edildi de, diyorlar.

Yok bir şey, diyor Ayhan, gerçekten yok.

Güçlükle kalkıyorum, duvarlara tutunarak kapıya gidiyorum. Ayhan itmek istiyor beni ama geç kalıyor, gördüler bile.

Beni evime götürün, diyorum polislere, evime gitmek istiyorum.

Kapıyı örtmek istiyor Ayhan.

Aile kavgası, önemli değil, diyor.

Beni öldürmek istiyor, diyorum. Burda kalamam.

Evli misiniz, diye soruyor biri.

Evet, karım, diyor Ayhan.

Götürün beni, diyorum yeniden. Cinayet işlenecek yoksa.

Götüremeyiz, diyor öteki polis. Aile içi durumlar. Karışamayız. Bir şikâyetiniz varsa yarın sabah adli tabiplikten rapor...

Ayhan içeri itiyor beni.

Bitti, geçti, bir şey yok, gidebilirsiniz, diyor polislere.

Polis kutsal aile yuvasına karışmıyor, kutsallığı bozulmasın diye. Koca kutsal aile kurumunun başkanıdır; döver de, sever de, öldürür de. Ama sağ kalmayı başarırsan gider dilekçeni verirsin savcılığa. Bileğine mor bir damga vurup adli tabibe gönderirler seni. Zabıtlar tutulur, raporlar alınır. Bu arada tarafları barıştırmaya çalışmak insanlık gereğidir kuşkusuz. Önemli olan aileyi ayakta tutabilmek. Polis karı-koca kavgalarına karışmıyor demek. Her şeye karışıyor ama buna karışmıyor. Zararlı düşüncelere karışıyor, zararlı eylemlere altı yıl ceza kesiyor, ama aynı adam karısını dövdüğünde karışmıyor.

Ağlıyorum ve öfkeyle kapı pervazını tekmeliyorum.

Bitmiş tükenmiş, yere, kapının arkasına bırakıyor kendini Ayhan. Sırtını kapıya yaslayarak oturuyor. Hıçkıra hıçkıra ağlıyor, yalvarıyor.

Yanımda kal, böyle ayrılamayız biz. İkimiz de dağılır gideriz. Burda kal, ben seni iyileştiririm...

Yararı yok, bırak da gideyim...

Ben böyle bir şey yapamazdım... Nasıl oldu bilmiyorum. Yapmamalıydım...

Götür beni diyorum... Biraz dinlen, sonra götür beni...

Gün ağarıyor. Öne, yanına oturuyorum. Yağmurun arabanın camlarına vuran sesinden başka ses yok sabahın içinde. Kolları iki yanına sarkmış, gevşek, yorgun, oturuyor Ayhan direksiyonda. Kullanabilecek mi arabayı?

Motoru çalıştırıyor, bekliyoruz.

Gidemezse gidemeyiz. Hiç değilse birlikte ölürüz. Ölüm paklar artık bizi.

Yalpalayarak yol alıyoruz. Bir o yana bir bu yana savrularak. Ne olursa olsun. Ölüm paklar bizi artık.

Yüzüme dokunuyorum. Benim yüzüm bu.

Geriye dönmek istiyorum, diyorum Onur'a. Oysa zaman durmadan ileriye doğru akıyor. İşte yine sonbahar geldi. Sonra kış.

Sımsıkı sarılıyorum ona.

Bazen geceleri birden uyanıyorum ve sesini duyduğumu sanıyorum, diyorum. Penceremin altından, sokaktan geçen birinin ayak sesleri seninkine benziyor kusursuz bir biçimde. Sonra her kapı çalınışında sen geldin sanıyorum ve telefon her çalışında senin sesini duymak için koşup açıyorum.

Yüzümde gezdiriyor parmaklarını ince dokunuşlarla.

Şimdiye kadar hep ölümün dayanılmaz yalnızlığının ve acının resmini yapmaya çalıştım, diyor. Ama bu sıcaklığı, bütünlenmeyi denemeliyim artık. Bedeninin ipeksi yumuşaklığını, yüzünün anlamlı derinliğini anlatabilmek nasıl da zor ve güzel olabilir kimbilir.

Bir savaş sonrası terk edilmiş bir kentin bomboş sokaklarından geçiyoruz ağır ağır. Kendiliğinden gidiyoruz sanki, Ayhan'ın hiçbir gayreti olmadan. Uzun zikzaklar çizerek. Kendi elimizle yarattığımız yıkımın ortasında ikimiz de tam olarak ne olduğunu anlayamadan.

Ne zamandan beri, yaşamımın, özgürlüğümün önündeki tek engel gibi görünüyor bana Ayhan? Ne zamandır bunu ona sezdirmekten, söylemekten korkarak, uzun yürüyüşlerimizden, baş başa yediğimiz akşam yemeklerinden ve onun kıskançlıkla çoğalmış isteklerinden tat alıyormuş oyunu oynuyorum kendim de bilmeden ve beceremeden? Aramızdaki içtenlik yaralar alıncaya, coşkularımız yapay ve iğreti, konuşmalarımız zorlanmış ve neşesiz hale gelinceye kadar ne kadar zaman geçti?

Niye korktum bu kadar Ayhan'ı yitirmekten? Beni Onur'a sürükleyip duran o amansız duygunun freni olduğu için mi? Her şeye karşın Ayhan'la aramdaki bağın daha kalıcı, daha güvenli, daha sağlam olduğunu ve Onur'a duyduğum sevginin sürebilmesi için gereken ustalığın Onur'da var olmadığını görmüş oluşumdan mı?

En sonunda tutulduğum illetin iyileşir bir hastalık olduğuna ve bu kendimi yitirme günlerinde Ayhan'ı gözden çıkarmamam gerektiğine inanmaya mı çalıştım?

Yokuşun ortasında, evin önünde duruyoruz. İnmeye davranıyorum.

Lastik patladı galiba, diyor.

Üzerindeki eşofman kan içinde. Yüzü bembeyaz, kıpırtısız ve ölü. Saçları karmakarışık. Spor ayakkabılarının içinden görünen beyaz çorapları kana, çamura bulanmış. Peşimden çoraplarla koşmuş sokakta.

İnip kapıyı çarpıyorum.

Kömür tozu, nem, beton ve haşlanmış lahana kokan o bayat kokuyla çıkıyorum merdivenleri yeniden. Gazım var mıydı?

Evet, biraz var. Çok üşüyorum. Üst üste iki kazak geçiriyorum üstüme. Benim evim burası. Sıradan, derme çatma küçük evim. Sığınağım. İyileşirim burada, yaralarım kapanır. Bundan böyle özgürüm.

Yüzüme bakıyorum aynada, korkunç! İşte sonunda ben de kocalarından dayak yiyen kadınlar kervanına katıldım. Onlara ne önereceğim peki Güzide Abla olarak? Üstelik artık nasıl olur da insanların birbirleriyle evlenmelerine aracılık edebilirim ki?

Mutfağa giriyorum. Biraz buz koymalıyım yüzüme. Ayhan def olup gitmiş olmalı bir daha dönmemek üzere. Pencereye yaklaşıp emin olmak ister gibi sokağa, aşağıya bakıyorum.

Hayır, hâlâ orada. Karla karışık yağan yağmurun altında, elleri çamur içinde lastik değiştirmeye çalışıyor. Ama beceremiyor. Lastiği yerine oturtmaya çalışırken ağlıyor, hıçkırıklarla sarsılıyor gövdesi. Elleri birbirine dolaşıyor. Ağlıyor.

Ona bakıyorum kaskatı kesilerek.

Lastiğe bir tekme atıyor. Ağlıyor. Gözyaşları yüzüne yağan yağmura karışıyor. Hıçkırarak, ağzını acıyla yayarak ağlıyor.

Otobüsümün geciktiği bir sabah Balıkesir otogarında ağlayan adamı anımsıyorum birden. Onur'un kendi kendime kurduğum geçmişine kattığım, ona bağışladığım adamı. 'Bir sıraya çökmüş katılarak, ölesiye, yapayalnız ağlayan, başını kaba köylü ellerinin içine almış, gözyaşlarını kirli mozaik zemine akıtarak, tükenmiş gövdesi hıçkırıklarla sarsılarak, büyük bir acıyla ağlayan' o adamı. 'Kimseyi, hiçbir şeyi görmeden, duymadan ağlayan' o adama nasıl saygıyla, ürpererek baktığımı. Yanına yaklaşıp acısını dindirebilmeyi ne çok istemiştim o anda. Nasıl da insanca dokunaklıydı o ağlayış ve benim çaresizliğim.

Ayhan'ın sokakta kalmış küçük bir çocuk gibi arabanın üstüne kollarını koyup kapanarak deliliğe varan bir ağlama nöbetine tutulmuş, kahırla, pişmanlıkla, kendinden geçmişlikle ağlayışına bakıyorum.

Birdenbire pencereyi açıyorum, sesleniyorum.

Ayhan!

Sırılsıklam başını bana kaldırıyor.

Yukarı gel, diyorum.

Şaşkın bana bakıyor, anlayamıyor.

Yukarı işareti yapıyorum elimle.

Soyuyorum, duşun altına sokuyorum onu. Ağlaması kesilmiyor. Suyu bir an için soğutuyorum, ayılır gibi oluyor. Bir bebek gibi sarıyorum o bir zamanlar çok sevdiğim bedenini havlulara özenle. Sobanın yanına oturtup kuruluyorum. Genişçe bir pamuklu fanilayla bir pijama altı ve en büyük kazağımı giydiriyorum ona. On beş dakika uyuyor. Yatışmış ama kederli bir yüzle uyuyor.

Sonra hiç konuşmadan kahvaltıya oturuyoruz. Çayını karıştırıyorum. Koyu bir kahve içiriyorum ardından. Ekmeğine reçel sürüp önüne koyuyorum. Yiyemiyor. Divana yatırıyorum onu yeniden, üstünden çıkanları kurutmaya çalışıyorum biraz olsun.

Çıkarken kapı arkasında bir an birbirimize bakıyoruz. Bir daha görüşemeyecek iki eski dost vedalaşırmış gibi kucaklaşıyoruz. Birbirimize, birbirimiz için taşıdığımızı sandığımız anlamların çok ötesinde bağlarla bağlı olduğumuzu sezerek. İyiliğin ve kötülüğün, dostluğun ve düşmanlığın, güzelliğin ve çirkinliğin, sevginin ve nefretin çok ötesinde bağlarla.

Bağışla beni, diyor usulca.

Kapıyı kapatıyorum. Holde, kendi karanlığımın içinde, onun merdivenlerde uzaklaşan ayak seslerini dinliyorum.

Üşüyorum. Elimdeki buz torbasını yüzümde gezdiriyorum ve karanlığın uğultulu sesini dinliyorum. Durdurulmaz bir istekle beni çağıran sesini. Keskin bir düşme isteği ve hiçleşme içinde yaşamım boyunca geride bıraktıklarımı düşünüyorum.

Bir evin tuğla mutfak döşemesini, mavi muşamba serili bir masayı, terliklerin kapı ağzında çıkarıldığı bir odanın limonküfü badanasını. Bağ arabalarının demir tekerleklerinin parke döşeli bir yolda tıngırdayan sesini dinlediğim bir balkonu, bir doğumevinin sancı odasını, ayın dağların ardında battığı bütün kentleri.

Bir sabah geceden kalma bir sevinçle uyanışımı, adsız ve sınırsız bir hüzünle bir kentten ötekine gitmek üzere yola çıkışlarımı, bir yolun sonunda yeniden yola çıkmak zorunda olduğum bir sabahı. Asya Otelini ve bütün otel odalarındaki yalnızlıklarımı, bir daha hiç dönmeyeceğimi bildiğim bir sokağa son kez baktığım bir pencereyi.

Sözcüklerini anımsayamadığım bir tartışmayı, birini bir akşamüzeri bir yerlerde bırakıp gittiğimi. Kendimi bir akşamüzeri bir yerlerde unutup gitmek istediğimi. Bir bakışı, bir baş eğişi, uzanan bir eli. Gözlerim dolarak güldüğümü, önemsemez görünmelerimi.

Şimdiki yaşamım bütün bu kırık dökük parçalardan oluşuyor işte. Geleceğimden bunlardan daha çoğunu bekleyemem artık.

Kentin derin uykularda olduğu saatlerde bomboş sokaklardan geçiyorum. İnce bir sis çöp yığınlarını, köpek pisliklerini ve sarhoş kusmuklarını görünmez kılmış; düşsel, yumuşacık bir örtüyle sarmalamış İstanbul'u.

Sahipsiz, özgür, tastamamım. Durmaksızın yürüyorum. Belli bir amaca, belli bir yere, belli birine doğru değil, öylesine yürüyorum. Ayaklarım ağırlıklarını yitirmişler. Belki de görünmez bir çift kanat var omuzlarımda da hafifçe uçuyorum.

Gün doğuyor minarelerin arkasında. Yürüyorum. Ulu çınarlarla çevrili bir avluya çıkıyor yolum. Yolum izim yok ama, çıkıyor işte.

Sakallı, şişman bir adam eski bir çeşmenin başında durmuş horoz biçiminde kocaman, kâğıt bir balonu ona bağlı bir çarkın kolunu çevirerek hızla döndürüyor. Durup ona bakıyorum. Horozun üzerine renkli, parlak kâğıtlardan yapılmış balık pulları yapıştırılmış. Her dönüşte mermer çeşmenin köşe taşına değen kan kırmızısı ibik balonun içindeki ışığı bir an yakıp söndürüyor ve bu sırada horozdan garip bir ses çıkıyor. Bir bayram yerinde sevinçten esrikleşmiş çocuk saflığıyla bakıyorum balona.

Sonra bir el uzanıyor ve bu gösteri için sakallıya para veriyor. Kesme cam paralar. Başımı çevirip elin sahibine bakıyorum. Lacivert tayyörlü bir kadın bu. Başında mor şeritli beyaz bir şapka ve ayaklarında kara yatılı ayakkabılar var. Giysilerinin kumaşı kaba, diri, gar memuru Sümerbank, parasız yatılı kız okulu Sümerbank'ı.

Kadına bakıyorum, bunu daha önce akıl etmemiş olduğuma yerinerek ben de para veriyorum adama. Ama benim paralarım cam değil. Ortası delik iki buçuk kuruşlarım var benim. Olsun, gene de sevinerek alıyor ihtiyar.

Kadın bana gülümseyip yürümeye başladığında garip bir çekimle arkasından gidiyorum. Bir süre konuşmadan sokak aralarında dolaşıyoruz. Balkonunda sardunya saksıları dizili ahşap bir evin penceresinde bir kadın ağlıyor ve erken kalkıp kapısının önünü süpürmekte olan bir başka kadına, o gece kocasının hiç yüzünden kendisini dövmüş olduğunu söylüyor. Böyle sıradan şeyler bizi ilgilendirmediği için yürüyüp geçiyoruz oradan. Düzgün adım yürüyoruz. Kent uyanmaya başlıyor.

Bir şoför eski bir Kadıköy-Pendik minibüsünün altına yatmış, emektarın bağırsaklarını kurcalıyor. Bir vitrinin önünde durup kitaplara bakıyoruz. Ama daha dün yengem kitaplarımı bodruma sakladığı için yeni kitap almayı düşünmüyoruz. Zaten kitapçı da daha açılmamış. Ders çalışmamı, çok çalışmamı, sınıf birincisi olmamı istiyor yengem. Ama bir türlü olamıyorum. Kitaplar yüzünden, diyor yengem dayıma. İpe sapa gelmez kitaplar yüzünden. Nerden buluyor bilmem. Harçlığını kitaplara yatırıyor. Ben Edirne Öğretmen Okulunda okurken bütün harçlıklarımı biriktirir, tatile giderken kardeşlerime çikolata alırdım. Bu kitap alıyor. Kötülükler aşılıyor bu kitaplar çocuklara. Görmeyeyim, diyor, parçalarım, sobaya atar yakarım, haberin olsun... Otur dersine çalış. Bak, gene üç almışsın matematikten.

Yürüyoruz. Kadının şapkasındaki mor şeridin ucu sallanıyor adım attıkça ve bu hoşuma gidiyor. Ama konuşmuyorum onunla. Kimi zaman ben önde o arkada, bazen de o önde ben arkada yürüyüp duruyoruz.

Belediye sebze ve meyve halinde sandıklar kamyonlardan indiriliyor. Çürükleri alt diziciler yoğun bir uğraş içinde ter dökerek aralıksız çalışıyorlar. Parmakları ne sihirdir ne keramet işliyor durmadan, çıplak gözle seçilemez bir çabuklukla.

Oyalanıyoruz orda burda. Sirkeci Garından Güney Kutbu istikametine gidecek olan Güney Ekspresi beş dakika sonra kalkmak üzere. Sayın yolculardan yerlerini almaları rica ediliyor. Ama biz Kuzey Kutbuna gitmek istiyoruz ve aslında sakıncalı olduğumuzdan pasaport alamadığımız için bundan da vazgeçmek zorunda kalarak yerlerimizi alamıyoruz. Gar Kahvesinde Ret Kit okuyan polislere görünmeden sıvışıyoruz ordan çabucak.

Yürüyoruz. Oyalanıyor, bakınıyoruz. Kimse bizi yadırgamıyor. Sanki görünür değiliz. Zaten görünür olsak polisin çoktan yolumuzu kesmesi gerekirdi. Sabahın köründe iki kadın nereye gidiyoruz böyle? Sıkıyönetimden haberimiz yok mu? Artık yok. Yıllardır sıkıyönetim altında yaşıyoruz, alıştık, sıkıyönetim olduğunun farkına bile varmıyoruz. Unuttuk ve kimse bize şaşmıyor. Bu garip şapka bu kadının başındayken bile şaşırtmıyoruz kimseyi.

Kim bu kadın peki? Neden benimle yürüyor? Yol ortasında durup ona dikkatle bakıyorum. Biraz bana benziyor, andırıyor yani. Ama kararsız, ürkek, edilgen görünümüyle herkesin suyuna gidebilir ve bu yüzden düş kırıklıklarına uğrayabilir biri izlenimi uyandırıyor bende aynı zamanda. Böylelikle hiç benzeşmediğimizi anlamış oluyorum. Gene de uzun zamandır tedirginliğin ne olduğunu unutmuş olmama karşın tedirginlik duyuyorum. Sorumluluk taşıyan, aklı başında bir kadın olmadığımı anımsıyorum çünkü ve durup dururken canım sıkılıyor. Neyse, birlikte yürüyor olmamız yalnız başına dolaşmamdan iyidir diye düşünüyorum ve eve nasıl döneceğimi, aslında bir evim olup olmadığını bile çok iyi bilmediğimi ayrımsıyorum o anda, beklenmez bir biçimde.

Birçok kez bir kentten bir başka kente, bir evden ötekine taşınmış durmuş olduğumu, ölçülerin tutmaması yüzünden her seferinde değişik mutfak perdeleri dikmek zorunda kaldığımı, bütün bu olağanüstü dönemlerde toptan yaşamımın epeyce bir bölümünü sıkıyönetim altında mutfak dolapları yerleştirme ve yeni düzenler kurmakla geçirdiğimi anımsıyorum sonra. Yatak odalarını geçilmez yapan kümbet gibi hazır dolaplar yüzünden gömme dolaplı evler aradığımı ama insanların rengi karyola takımlarına uymuyor diye gömme dolapları yeğlemeleri nedeniyle bulamadığımı, hazır dolaplara ve odanın bir yanından öte yanına yatağın üzerinden atlayarak geçmeye alışmak zorunda kaldığımı anımsıyorum.

Sonuçta sokaklarda gezerken, bir evim olsun olmasın, başımı pencerelere kaldırıp 'kiralık' levhaları arayarak yürüme saplantısına saplanmış bulunduğumu, o sürekli ve bezdirici boyun ağrılarımın tanısı konulamamış nedeninin tam da bu olduğunu anlıyorum birden. Ayrıca kimbilir kaç kez çiğnenme, belediye çukurlarına düşme, elektrik direklerine çarpıp başımı gözümü yarma tehlikeleri atlattım bu saplantı yüzünden. Bir kez karpuz kabuğuna basıp düştüm, kalça eklemim yerinden oynadı, bir başka sefer seyyar kasetçinin arabasına tosladım. Ama neyse onu ucuz atlattım. Bir pencerede bir kâğıt görmeyeyim, deliye dönüyorum. Yüreğim oynuyor, yaklaşıyorum hemen, yazıyı okuyorum. Telefon numarasını alıyorum eğer kâğıtta 'tutuldu' ya da 'satılık' yazmıyorsa tabii. Telefon defterlerimin iç kapaklan neyin nesi olduğunu sonradan anlayamadığım kargacık burgacık numaralar ve adlarla doldu bu nedenle. Dervişoğlu, Muhammet, Koşuyolu, Kızıltoprak, ev, iş, öğleden önce, akşam, Yeşim Pastanesi, soldan üç, arka kapı, altı peşin, kap, yok gibi anlaşılmaz sözcüklerle... Bu işlerde iyice uzmanlaştım tabii. Emlakçılarla komisyon bedeli pazarlığı bile yapar oldum artık.

Huzursuzluğum giderek çoğalıyor.

Kim bu kadın? Niye beni izliyor? Sivil mi, MİT ajanı mı? Yoksa Kiralık Evleri Koruma Derneği gönüllü üyesi mi?

Sonunda dayanamayıp önümde yürüyen kadına sesleniyorum.

Hey, sen!

Durup bana dönüyor, birbirimize bakıyoruz. Boynu eğik, suskun, iyilikle gülümsüyor bana. Benim bir zamanlarki gülümsememe benziyor gülümsemesi az buçuk.

Kimliğiniz lütfen, diyorum içim daralarak.

Off! Demek ki bu kimlik sorma işi o kadar da kolay bir iş değil... Polis de insandır. Onun da içi daralır kimlik, pasaport, sabıka kaydı, evlenme cüzdanı, ikamet kâğıdı sorarken insanlara belki. Polis de yer içer, Red Kit okur, çocuğunu Luna Parka götürür, karısını döver, soyunur dökünür, üniformayla yatıp kalkmaz. Her insanın bir insan yanı vardır kabuğunun altında.

Kimliğinizi görebilir miyim, diyorum yüreğim küt küt atarak.

Heyecanlanıyor. Belki de polis sanıyor beni. Belki değil yüzde yüz. Elleri titreyerek çantasını açıyor, eski bir Nüfus Hüviyet Cüzdanı çıkarıp korkulu gözlerle bana uzatıyor. Sert ve polisçe bir hareketle hüviyeti elinden çekip alıyorum, açıp bakıyorum.

Bazı sayfalar yırtılmış ve selobantla yeniden birleştirilip yapıştırılmış. Hayret! Bir zamanlar benim de böyle bir hüviyet cüzdanım vardı. Oğlum bebekken eline geçirip yırtmıştı da aynı yerlerden yapıştırmıştım. İşkilleniyorum şimdi işte... Sinirli sinirli fotoğraflı ilk sayfayı açıyorum. Olamaz! Benim bu... Suna. Yirmi bir yaşındaki Suna. Giresun Nüfus Dairesinden 'zayiinden' yani 'bu suretle' verilmiş nüfus kâğıdım benim bu...

Su, diyorum, Su, seni aptal! Gene sen ha? Nasıl da tanıyamadım seni, çok değişmişsin.

Asıl sen değişmişsin Na, diyor. N'oldu sana böyle? Ne bu yüzünün hali, kim vurdu gözüne?

Bir şey değil, kapıya çarptım, geçer, diyorum. Sen asıl kendinden söz et.

Eh, ben de biraz değiştim birlikte yaşadığım erkeklere benzemeye çalışırken, diyor Su. Hepsinden bir şeyler kaptım elimde olmadan ve zorunlu olarak. Sonunda böyle tanınmaz olmuşum demek ki, boş ver. İyi ki sana rastladım Na, öyle uzun zamandır arıyordum ki seni...

Kusura bakma ama ben seni istemiyorum, diyorum, umutsuzca. Sağlıklı bir durum değil bu. Yıllardır senden kaçıp kurtulmaya çalışıyorum, bıktım senin o onulmaz yaralarından, biliyorsun. Neden olmadık yerlerde karşıma çıkmaktan usanmıyorsun bir türlü?

Sensiz yapamıyorum Na, diyor ağlamaklı bir sesle. Boşalttığın son ev de tutulmuş hemen. Nereye gideceğimi bilmiyorum. Yardım etmelisin bana. Bunlar senin yüzünden başıma geldi çünkü.

Beni ilgilendirmiyor, bana ne? Sokakta yat istersen, umurumda bile değil, diyorum.

Ama geceleri sokağa çıkma yasağı var biliyorsun, diyor. Hemen ağlamaya başlıyor.

Evin tutulmuş olduğundan emin misin, diye soruyorum.

Evet, sokağa bakan pencereye 'tutuldu' yazısı asmışlar, diyor.

İnanmazlıkla başımı sokağa çeviriyorum. Eski evim az ötemizde öylece duruyor. Balkondaki kakaları arınmamış çocuk bezleri rüzgârda sallanarak kuruyor. Hemen tutulmuş ha! Mutfak perdeleri asılmamış daha. Bir önceki evinkiler uymamış. Pencere içine tahta bir havan ve deterjan kutuları konmuş. Pencere kolunda bir düdüklü lastiği sallanıyor. Kim tutmuş, ne çabuk! Soluk aldırmıyorlar insana bunlar da...

Kim tutmuş, diye soruyorum Su'ya.

Bilmiyorum, diyor Su ağlıyor.

Ben sokakları seviyorum. Yolculukları, oradan oraya gitmeleri. Su evlere, ev içlerine, oturup kalmalara tutkun.

Neyse, yürüyelim ve boş pencereler arayalım şimdi. 'Kiralık' levhalarına bakalım... Su'ya bir yer bulmaya çalışalım.

Evim dar olmasa gel derdim, diyorum Su'ya. Ama bana bile yetmiyor. Ne yapsak acaba?

Ben bir köşede kıvrılır yatarım, sana yük olmam, diyor yalvarır gibi.

Geçinemiyoruz, diyorum. Olmaz!

Tam bu sırada bir köşeyi dönüyoruz ve döner dönmez de Ayhan'la karşılaşıyoruz. Buna hiç hazırlıklı değildim henüz, çok çabuk oldu, çok çabuk...

Kaygılı, dargın yaklaşıyor Ayhan. Nerelerdeydin, diye sormuyor bana. Sormadığı, bana kayıtsız kaldığı için kötü oluyorum, güceniklik boğazımı yakıyor. Bu aldırmazlığa dayanamam. Bu gerginliği yumuşatmak zorundayım.

Yanında olmadığım süre içinde onun bilmediği ve hoş görmeyeceği kötü şeyler yaptığımı sanmasın diye, çabuk çabuk konuşarak, uzun uzun ve neşeyle avludaki ışıklı horozu anlatıyorum ona.

İşte bu da arkadaşım Su, diyorum. Tanığımdır, yemin ederim. Birlikte izledik horozu ve yürüdük. Hava güzeldi, kent sessizdi, kimse yolumuzu kesmedi.

Doğru mu diye sorar gibi Su'ya bakıyor Ayhan. Su çekingen onaylıyor.

Evet, diyor, evet çok hoştu. Keşke sen de görseydin o ışıklı balığı...

Horozdu, diye düzeltiyorum. Biliyorsun ki ibiği vardı.

Hayır, sanırım balıktı, rengârenk pullarını görmedin mi, diyor Su.

Kesinlikle horozdu, diye yükseltiyorum sesimi.

Neyse canım, ikisi arası bir şey de olabilir, diye araya giriyor Ayhan.

Benim yeni insanlarla tanışmamı, eski arkadaşlarımla bir arada bulunmamı, kısaca hep insanların arasında olmamı içtenlikle onaylamış ve desteklemiştir her zaman. Böylece kötülüklerden, bencilliklerden ve hastalıklardan arınacağımı, iyileşip düzeleceğimi ummuştur nedense.

Su'nun yolunu şaşırmış olduğunu söylüyorum Ayhan'a. Evi barkı yok. Yardım etmek zorundayız ona. Beklediğim gibi coşkuyla benimsiyor, kabulleniyor düşüncemi hemen. İki kolunu ikimizin omzuna atarak ortamıza giriyor. Yürümeye başlıyoruz üçümüz. Güvence altındayız işte yeniden...

Ama ben biraz aksıyorum. Daha ilk adımlarda tökezliyorum, geride kalıyorum. Su ise çabucak, istekle, sevinçle uyduruyor adımlarını Ayhan'a.

Alt kat komşum telefonumun naklinin yapılmış olduğunu bildiren kâğıdı getiriyor. Ben yokken gelmiş, o almış. Bağlanabilmesi için postaneye gidip randevu almam gerekiyor. Nuriye Hanım o sabah namaza kalktığında görmüş Ayhan'ın sokakta ağlayışını.

Olur böyle şeyler, hepimiz yaşadık, diyor.

Hepimiz derken kimden söz ediyor acaba?

Yüreğim paralandı diye sürdürüyor sözünü. Seni çok seviyor olmalı. Benimki domuz gibiydi hain. Boşanacak mısınız? Yok, boşanma sakın. Çok zor, çok zor kızım dulluk. Karı-koca arasında olur bunlar, geçer, unutulur...

Nasıl boşanacağız? Konuşmamız gerekiyor mu bir daha. Sanmam. Bir avukat bulmalıyım. Tanıdık kim var? Avukatım tanıdık olmalı mı, olmamalı mı? Ayhan belki Sermet'e yükler bu işi de...

Yeniden buraya geldiğim sabahtan bu yana, iki gündür pek az yedim. Süt, çay, bisküvi ve peynirle yetindim. Dışarı çıkıp bir şeyler almalıyım artık. Gazım da bitmek üzere üstelik.

Dışarı çıkmak zorundayım.

Çok uzun kalıyorum aynanın önünde. Yeni bir yüz yaratmayı deniyorum. Yeni bir kadın. Renkli kalemler, sıvılar, tozlarla yeniden biçimlemek istiyorum kendimi.

Kapı önleri, kapı arkaları, kapı eşikleri geliyor aklıma. Yüzümün benim şimdiki yüzüm olmadığı, Su ya da Na olmadığı zamanlar.

Sonra aynalar. Birçok yer ve zamanda, otel motel odalarında, apartman dairelerinin girişlerinde, tren tuvaletlerinde, işkembecilerde, otomobil ve otobüslerin dikiz aynalarında, garlarda, terzilerde, giyim mağazalarının daracık deneme kabinlerinde beni başka başka yüzlerle yansıtmış olan aynaları düşünüyorum.

Pembe, koyu sıvıyı üst üste sürüyorum yüzüme. Sahneye çıkacak bir oyuncunun alışkın elleriyle, ustalıkla ve canlandıracağım kişi olabilme çabasıyla. Alkışlar ve ıslıklar duyuyorum. Bravo Na, sesleri. Yuhalar, in aşağılar...

Hiç böyle bir yüzüm olmuş muydu?

Sağ gözümün yarı açık gözkapağının altında koyu yeşil, yosun tutmuş bir cam parçası var. Hareketsiz, hiçbir duygu yansıtmayan bir taş. Gene de garip bir biçimde hâlâ görüyor. Beni görüyor, aynanın içindeki palyaçoyu.

'Olur böyle şeyler,' diyor, Nuriyanım. 'Geçer.' Geçer mi? 'Hepimiz yaşadık,' diyor, 'hepimiz.' Hangi hepimiz, kim hepimiz?

Gözlerimi siyah bir gözlüğün ardına gizliyorum, sokağa çıkıyorum. Bundan böyle yağmurlu havalarda güneş gözlüğüyle dolaşan kadınlara daha dikkatli bakacağım. Onların hepimizden biri olup olmadığını düşüneceğim.

Yürüyorum. Ne yana gideceğimi iyice bilmeden. Bundan sonra ne yapacağımı, nereden, nasıl başlayacağımı bilemeden. Yokuş aşağı yürüyorum ve bu yönümü yitirmişlik duygusunu yenmeye çalışıyorum. Yüzümü denizden gelen ince esintiye bırakıyorum.

Bildiğim tek şey hâlâ kendi yüzümü taşıyor oluşum ve bundan yorgunluk duymayışım. Bütün aynalardan bana yansımış olan ve belleğimde birikmiş yüz binlerce resim içinde, kendi tarihi boyunca nice yüzler, anlar ve anlamlar gizleyip biriktirmiş olan yüzüm.

Kesin bir gün veremeyiz, diyor PTT'deki görevli. Birkaç gün evde bulunun. Bağlanma emri servise verildi, her an gelebilirler.

Bugün işe başlamam gerekiyordu. Cengiz Bey beni beklemiş olmalı. Telefon edip bu işi yapamayacağımı, caydığımı söylemeliydim ona bu sabah. Selim'i aramıştır belki, Selim de beni.

Ayhan evden ayrıldığımı söylemiştir ona. Bütün bunlar benim ne kadar dışımda şu anda. Kalın bir duvar beni herkesten, her şeyden ayırıyor. Geçici olduğuna inanmaya çalıştığım bir gerçekdışılık duygusu içindeyim. Kendime bakarken hiç tanımadığım birinin karşısında duyabileceğim bir tedirginlik yaşıyorum. Çevremi algılama biçimim yaşamın dışına itilmişlik duygusu uyandırıyor bende ve her şeyi gözlerimin önünden geçen ve katılmayı beceremediğim karışık bir filmin izleyicisi gibi görüyorum.

Bu yüzden belli bir süre hiçbir işim olmamalı benim. Hiçbir işte çalışmamalıyım. Sokaklarda dolaşmalı, bana yabancılaşmış dünyayı yeniden benim kılmalıyım. Ne zamandır okumayı istediğim kitapları okumalı, bir türlü öğrenemediklerimi öğrenmeye çalışmalıyım. Eski arkadaşlarımı aramalı, onlarla birlikteyken hoşnutluk duymaya zorlamalıyım kendimi. Yüzüm düzeldikten sonra gidip oğlumu görmeliyim. Birkaç saksı daha çiçek almalıyım, en az ışık isteyenlerden. Bir süre karmakarışık yaşamımı dolaşmış bir yumağı çözer gibi sabırla çözmeye çalışmak olmalı benim işim. Kendi kendimden başka kimsenin bana yardım edemeyeceğini biliyorum çünkü artık. Ne Güzide Teyze, ne Onur, ne de başka biri.

Ayrıca yakında bir telefonum olacak. Dost, sıcak bir ses duymak istediğimde sokağa, telefon kulübelerine gitmek zorunluluğu yüzünden caymayacağım bundan.

Biraz param var tabii. Başka? Paraya çevirebileceğim başka neyim var? Eski altın zincirim, birkaç yüzük, küpe, taş... Onları niye saklıyorum? Hangi güne, ne zamana? Üstelik hiç kullanmadığım, takmadığım şeyler bunlar. Şimdilik bu birikimi dikkatle kullanarak herhangi bir işle uğraşabilecek gücü toplamaya çalışmalıyım.

Sonra Düşköy'de bir evim var. Çok darda kalırsam gidip orda oturabilirim bir süre.

Biraz meyve ve sebze alıp eve dönüyorum. Zamanla daha sıcak, daha güzel bir ev olacak burası. Önemli olan burası değil, burada nasıl yaşayacağım. İçimdeki boşluk, kayıtsızlık ve umutsuzluğu yenip yenemeyeceğim. İçimin derinlerindeki ille de birine bağlanma istek ve dürtüsünü alt edip edemeyeceğim. Kırılmış yaşam zembereğimi onarıp onaramayacağım...

Mutfakta biraz salata, bir parça et hazırlıyorum kendime. Hava raporu iyimser, yağmurlu günler yerini güneşli günlere bırakacakmış yakında. Mayıs başında Düşköy'e giderim. Bütün yazı orada geçiririm. Döndüğümde her şeye yeniden başlayacak gücü toplamış olurum. Düş gücüm başarısızlıklarıma katlanmayı kolaylaştırabilir, belleğim beni zorlasa da. Böylece belki kurtulmuşluk değil ama bir parça rahatlama duyabilirim.

Sokaktan bir sebzecinin bağırtısı geliyor. Radyoda 'Beraber ve Solo Şarkılar' var. Oda kapısının yanında duran sehpanın üstündeki telefonum da çalışıyor on gündür. Telefonun yanında, bu eve taşırken Ayhan'ın bana verdiği koltuk duruyor. Bir zamanlar, onun evinde de telefonun yanında duran ve onu götürdükleri sabah onarıp bantladığım kırık koltuk. Hâlâ duruyor bantlar ızgarasında. Nisan güneşi yeşil beyaz kareli minderinin üstüne düşüyor titrek, çekingen bir solgunlukla.

Koltuğa oturup Selim'i arıyorum.

Nerdesin sen, diye bağırıyor. Haftalardır ortada yoksun. Cengiz Abi küplere bindi, söz vermişsin adama... Arada kalan ben oldum.

Verdiğim sözlerin hepsi yürürlükten kalktı, diyorum. Ölüyordum az kalsın. Bu telefon sana ölüm haberimi de iletebilirdi.

Ne oldu, diye soruyor kaygıyla, kaza falan mı geçirdin yoksa?

Onun gibi bir şey.

Anlattıklarıma inanamıyor.

Olamaz, diyor, Ayhan Abi öyle biri değildir.

Nasıl olduğunu bilmiyorum ama oldu, diyorum. Doktorum bunun bir çizginin birden kırılıvermesi, özdenetimin yok olduğu bir nokta, umarsızlıkla karışmış korkunç bir bilinç kaybı ânı olduğunu söylüyor. Ben de yaşadım bunu birkaç kez. Bir gece birinin evini kundaklayacaktım neredeyse.

Tamam, insan bunu duyabilir, ben de duydum biliyorsun, diyor. Eda'nın o aşağılık herifle, doktoruyla muayene masasında yatıverdiğini duyduğumda onu öldürmeyi çılgınca istemiştim ama gene de el kaldıramadım ona. Hiç olmazsa bana söylemeseydi, bilmesem o kadar acı çekmezdim.

Senin yaptığın da bundan pek farklı bir şey değildi ama, diyorum. Evdeki tüm kırılacak eşyayı parçaladıktan sonra bileklerini kestin. Kendine zarar vermeye çalışarak Eda'yı sindirmeyi amaçladın belki de bilmeden. Şiddetin birçok biçimi var.

Aynı şey değil ki. Ne olursa olsun bir insanın ötekine fiziksel acı vererek yola getirmeye çalışmasına karşıyım ben. Ne yapıyorsun peki?

Ayhan'ı bağışlamaya çalışıyorum herhalde. Bu durumu yaratmadaki suçluluk payımı düşünüyorum çünkü durmadan.

Çok hoşgörülüsün. Neyse iyi misin şimdi?

Evet, epeyce düzeldim. Ama dinlenmem gerekiyor.

Güzide'yi bana yıktın gene, diyor. Kırk yılda bir iyilik istedim senden. Neyse haftaya raporum bitiyor, başlıyorum.

Kapı çalınıyor.

Hadi görüşürüz, diyorum. Kapı çalıyor.

Kapıyı açıyorum. Sahanlığın kasvet verici karanlığı içinde Ayhan'ın yüzünü seçiyorum, yabancı ve yitik. Durgun, isteksiz, devinimsiz bir sesle soruyor.

Girebilir miyim? Konuşmak zorundayız.

Yana çekiliyorum sessizce.

Kapının açık ağzından geçiyor ve holde duruyor.

Ön odaya yürüyorum yol gösterir gibi. Arkamdan geliyor. Oturuyoruz.

Nasılsın, diye soruyor.

İyiyim. Sen?

Suna...

Bana hep çok ciddi bir durumdan söz edeceğini duyumsatan sesiyle söylüyor adımı yine. Tedirginlik içinde bekliyorum. Bana ne söyleyeceğini ve benim söylediğine tepkimin ne olması gerektiğini düşünüyorum çabucak. Boşanmadan söz edecekse hazırım. Uzlaşma önerisine ise kesinlikle karşı çıkacağım.

Evet...

Birkaç saat sonra gidiyorum, diyor birdenbire.

Hazırladığım tepkiyi geçersiz kılıyor bu sözleriyle. Nereye, diye sormuyorum, bırakıyorum kendisi söylesin.

Gitmek zorundaydım, diyor, gereksiz yere özür diler gibi. Beni tutan tek insan sendin zaten. Burada kalmamın bir anlamı yok artık. Bir suç işlemiş olduğuma inansaydım o altı yılı yatıp cezamı çekmeye razı olurdum elbette. Ama bu koşullarda gitmek zorundayım. Sermet evde kalmamı bile sakıncalı buluyordu.

Hiçbir duraksama yok konuşmasında.

Sana veda etmek amacıyla gelmedim, diyor. Gelip gelmemeyi de epey düşündüm. Ama sonra durumumu bilmek zorunda olduğuna karar verdim. Çünkü yasal olarak hâlâ bağlıyız birbirimize.

Durum nedir, nereye gidiyorsun, diye soruyorum istemeden.

Yurtdışına...

Ama sana pasaport...

Ayarlandı, diyor sözümü keserek. Her şey ayarlandı.

Ayarlanmış. Benliğimi altüst eden bir ayaklanma oluyor içimde. Beni ayak bağı olarak görürken bunu mu düşünüyordu? Bir an, ondan kesinlikle kurtuluyor olmanın rahatlığını duyar gibi oluyorum, ama hemen onu bu biçimde yitirmiş olmayı henüz göze alamamış olduğumu seziyorum acıyla. Boşanmaya zaman bırakmadı işte, gidiyor. Oysa bunca kiri temizlemek için boşanmak zorundayız.

En doğrusu buydu belki de, diyorum. Tabii göze alamazdın, kolay değil. Bir kahve yapayım mı sana?

Hiç zamanım yok, diyor, hemen gitmek zorundayım. Hiçbir düzenleme için zamanım olmadı. Senden sonra hiç evde kalmadım zaten. Bugün bir şeyler almak için uğradım yalnızca.

Boşanma işini ne yapacağız, diye soruyorum.

Sermet'le görüş o iş için, diyor. Ona genel vekâlet verdim. Arabayı da bir galeriye bıraktım, satışla o ilgilenecek. Seni arar sanırım. Yalnız evle ilgilenirsen sevinirim.

İlgilenirim tabii. Ne yapmamı istiyorsun. Satacak mısın? İstersen kiraya verelim.

Bence sen oraya taşın, diyor. Bu durumda ne kiracıyla uğraşabilirim ne de işime yarar. Eşya var, ikimizin de özel birçok eşyası var orada. Üstelik yakıtı, şuyu buyu dert olacak boş kalırsa. Orası hâlâ senin evin Suna. Orda oturmalısın.

Boşanana kadar. Ama sen kira istersin benden gene de. Çok istersin, veremem. Ne istiyorsun söyle de bir düşüneyim.

Geldiğinden beri ilk kez gülümsüyoruz birbirimize.

Seni incittiğim için ne kadar acı çektiğimi bilemezsin, diyor. Ben değildim o adam. Utanç içindeyim öyle bir geceyi yaşadığımız için. Olmamalıydı ama oldu. Olmamış olmasını her şeyden çok isterdim.

Neyse, ne istediğini söylemedin kira olarak, diyorum.

Eve bak yeter, diyor, gülerek. Hiçbir şeyi unutmuyorsun. Gene de o geceyi unutmalısın Suna. Biz değildik o iki insan biliyorum.

Bizdik, diyorum. Unutmak da kolay değil. Sen unutabilir misin?

Evet, unutacağım.

Şu anda o evde oturamam, dayanamam buna, diyorum. Biraz zaman geçsin hele. Ama ilgileneceğim, merak etme. Şirin ne oldu?

Bilmiyorum. Ne onunla ne de evle ilgilenebildim. Çok kötü günler geçirdim. Bence hemen taşınmalısın. Burası sana göre bir yer değil. Çok moral bozucu. Suna, sana geldim çünkü, bu ülkede senden yakın kimsem yok. Belli bir süre uzaktan da olsa desteğine gereksinmem olabilir. Bunu senden istemeye hakkım var mı bilmiyorum ama...

Var, diyorum usulca.

Şu yirmi gündür hep düşündüm. Sen, ben ve Onur daha sıkıntısız bir biçimde sürdüremez miydik diye. Ama sende bu yetenek yoktu belki de. Öyle kaptırdın ki kendini. Onur ise baştan beri kapalı, ikiyüzlü davrandı bana. Oysa içini açsaydı, konuşabilseydik, onun ne düşünüp ne istediğini bilseydim ve içtenliğine inansaydım bırakırdım belki sizi. Her şeyi yaşayıp birbirinizden bıkmanız için beklerdim. Nasıl olsa bıkardın ondan Suna. Seni sevmeyi bilemedi çünkü o. Eline yaşamını yeniden düzenleme fırsatı geçti ama değerlendiremedi bunu. Eğer yürekli davranıp seni benden alsaydı daha değerli olacaktı gözümde. O zaman her şeye karşın ikinizle de dost kalabilirdim.

Keşke evli olmasaydık, diyorum. Belki daha kolay atlatırdık bu krizi o zaman. Değişik seçeneklerimiz olabilirdi. Sen de bir başkasıyla denemeye çalışırdın hiç olmazsa.

Değişen fazla bir şey olmazdı. Düzenimiz gene bozulurdu. Senin Onur'un yanından geldiğini bildiğim zamanlar sana nasıl yaklaşabilirdim ki? İnsan sürekli güçlü bir rakiple yaşayamaz. Bu arada ben başka bir kadınla olsaydım sen de aynı tepkileri gösterirdin kuşkusuz. Adı evlilik olsun olmasın ikili ilişkilerin özünde var bu sahiplenme duygusu.

Onur'un sana, sevgi olayına yaklaşımı genel olarak yaşama bakışından farklı değil, diyor. Sen çoktandır bitmiş olduğunu söylüyorsun bana ama bitmediyse bile bu yüzden biter yakında, biliyorum. Bitecek ama bu senin için iyi olacak.

Tamam, bunları konuşmayalım artık, diyorum. Gerek yok.

Haklısın, gerek yok, diyor. Üzüntümü dile getiriyorum yalnızca. Bütün acıyı biz yaşadık. Ona hiçbir şey olmadı.

Yüzüne bakıyorum. Saçları ne zaman kırlaştı bu kadar? Niye hiç farkına varmadım bunun? Gözlerimi acıtan acımasız bir ışığın içinde ilk kez görüyormuş gibi bakıyorum ona. Ne kadar yalnız bir adam bu, kesin ve katıksız bir yalnızlık içinde darmadağın olmuş bir adam. Bir zamanlar ne güzel gülerdi, güldürürdü beni. Nasıl coşku ve yaşam dolu, atak ve kendinden emindi. Ona ne yaptım? Ne yaptılar?

Ne yapacaksın orda, diye soruyorum.

Büyük bir sorunum olacağını sanmıyorum, diyor. Bir geçmişim var orada. Gene de yeniden başlamak zorundayım kuşkusuz. Ama seni çok özleyeceğim. Hep özleyeceğim. Seni neden bu kadar çok sevdiğimi düşündüm durdum her zaman. Ele geçmez bir yanın var senin Suna. Hiçbir zaman her şeyinle bana teslim olmadın. Sakındın kendini, ardından koştum durdum, belki de bundan.

Yanılıyorsun, ilk yıl bütünüyle senin oldum ben. Ama sen beni öyle sevemedin Ayhan.

Öyle mi sanıyorsun?

Beni değişmeye zorladın durdun, diyorum. Beni ulaşılmaz kılan bu oldu sanırım. İçinde yaşadığımız ortamdaki kolay değişmeyen gerçeklerle sürekli değişen kendi gerçeğim arasındaki uyumsuzluk ayak uyduramayacağım boyutlarda oldu. Bütün bu öyküden geriye kalan tek şey yalnızca boşluk artık.

Ben öyle görmüyorum, diyor. Seninle geçirdiğim şu son yedi yıl her şeye karşın yaşamımın en güzel yıllarıydı.

Güçlü bir geri dönülmezlik duygusuyla uzanıp elini tutuyorum. Avucunda sıkıyor elimi. Bütün varlığımla ona yaklaşıyorum o anda. Ondan başka her şey önemini yitiriyor. Onu kaybetmek istemiyorum. Çok büyük bir kayıp olur bu benim için. Yerine kimseyi koyamayacağım bir eksiklik... Beynimde hiçbir bulanıklık, yanılgıya benzer hiçbir yabancılık yok. Sanki iki ayrı düşünme biçiminin kısa süren karşıtlığından başka bir şey değildi yaşadıklarımız. Bundan böyle ayrı ayrı yerlerde de olsak zedelenmiş dostluğumuzu tek bir amaca bağlı olarak sürdürüp yenileyebiliriz. En azından ummak istiyorum bunu şimdi.

Birlikte olsaydık gidemezdim sanıyorum, diyor. Hâlâ da burada ne bıraktığımı bilmek istiyorum.

Boşanma işi acil değil, diyorum. Şu anda acil değil. Burada bir dostun var. Sana en yakın insanı bırakıyorsun burada. Eğer seni güçlü kılacaksa inan buna.

Buna inanmaya gerçekten gereksinmem vardı, diyor. Seni niye sevdiğimi biliyorum artık.

Birçok kadın için çok çekici bir erkeksin, diyorum. Kendini bana bağlı sayma. Ben de öyle saymayacağım. Bizimki başka türlü bir bağlılık. Güzel olan yanı da bu.

Gitmeliyim, diyor saatine bakıp ayağa kalkarken.

Ayhan, diyorum çıkışta bir sorun... Yani bir şey olursa...

Bilmiyorum. Umarım olmaz. Eğer bir terslik olmazsa seni gene ararım.

Lütfen ara. Sonra yazarsın değil mi? Çok merak edeceğim seni.

Yazayım mı gerçekten?

Evet, bekleyeceğim. Yolun açık olsun.

Kapı ağzında birbirimize sarılıyoruz. Bilinmezliklerin, bizi bekleyen ortak ya da bambaşka yazgıların irkiltici belirsizliğini duyuyoruz içimizde ince bir titremeyle.

Telefonun başında oturuyorum, kalkamadan. Altı saat sonra Kopenhag Havaalanından arıyor...

KÜLLER

Ayhan'ın bıraktığı kışlık giysileri naftalinleyip kaldırıyorum. Çok az şey almış yanına. Piposunu bile unutmuş. Çalışma masasının çekmecelerindeki kâğıtlar, yarım kalmış yazılar, eski mektuplar, faturalar, bitmemiş bir çocuk kitabı çevirisi gibi birikintiyi bir kutuya boşaltıp dolabın dibine itiyorum. Neye yoracağımı bilmediğim bir tedirginlik duyuyorum bunları yaparken. Ne özlem ne de onun bu evdeki yokluğunu yadırgama bu. Hüzne benzer, pişmanlığı andırır bir kabullenme. Odasının perdelerini çekerken yaşadığım onunla geçmiş yedi yılımla bundan sonrası arasına bir perde çekiyormuşum duygusu belki de. Bu evdeki anılarım beni daha önceki dönüşümde olduğu kadar rahatsız etmiyor şimdi. Belli ölçüde, geçici bir bellek kaybına düştüm sanki. Ya da çevremdeki nesneler ve eşyalar beni bir zaman yeterince huzursuz etmiş de artık onların barındırdıkları anılara bağışıklık kazanmışım duyarsızlığı içindeyim.

Ayhan'ın gidişinden sonraki hafta içinde yeniden buraya taşınmak için kendimi yüreklendirmeye çalıştım. Ürktüğüm yalnızca bu evde geçirdiğim son gecenin anısı değildi. Yaşadığım o korkunç olaya kapı pencere ve duvarlar ardından tanık olmuş konu komşu, yönetici, kapıcı gibi insanlardı daha çok. Onların gözünde bayağı bir durumdu bu, nasıl bakacaktım yüzlerine? Bu noktada, Nuriye Hanımın olayı algılama biçimine yakın duymaya başladım kendimi birkaç gün sonra ister istemez. 'Hepimiz, herkes' yaşayabiliyordu buna benzer şeyleri. Yüzüme bir umursamazlık maskesi takıp herkesten biri olmaya çalışabilirdim. Hem neydi benim ayrıcalığım sanki? Gökten zembille mi inmiştim? Apartmanda kimseyle görüşmüyordum zaten, kimseye açıklamak zorunda olduğum bir şey yoktu. Üstelik kınanacak biri varsa Ayhan'dı bu. Ben mazlumdum.

Böylece mayıs başlarında Düşköy'e gideceğimi düşünerek orada geçireceğim beş ay boyunca sığınağa kira ödememin çok gereksiz olduğuna inandım. Ekonomik durumum el vermiyordu duygusallığıma yenilmeme. Yıllardır benim evim olan bir yer boş dururken ikinci bir eve kira ödemek nedeni ne olursa olsun savurganlıktı.

Taşınma ve yerleşme işi bir haftamı aldı. Mayısın ilk haftası böyle geçti. Öteki evden getirdiğim eşyanın çoğunu, yeniden bodruma, eski yerlerine yerleştirdik Hüccet'le. Hüccet'in olgunluğuna şaştım kaldım. Ayhan'ın uzun sürecek bir yolculuğa çıktığını söyledim ona, o kadar. Ne şaştı, ne soru sordu. Saygıyla, içtenlikle yardım etti bana.

Yerleşme işi oyaladı beni, avuttu. Evdeki eşyaların yerini değiştirdim, yeni düzenlemeler yaptım. Zamanın nasıl geçtiğini anlamadım. Sığınağa ödediğim kirayı Ayhan adına açtıracağım bir hesaba düzenli olarak yatırmayı düşündüğümde ise iyice rahatladım.

Gene de bu süre içinde hep, yapmam gereken çok önemli bir işi unutmuşum da ne olduğunu çıkaramıyormuşum gibi tatsız bir eksiklik duygusu yaşadım durdum.

Bugün, Düşköy'e gitmek üzere hazırlandığım şu anda bu eksikliğin Onur'la ilgili olduğunu anlıyorum birden. Bir buçuk aya yakın bir süredir görmüyorum onu. Beni hiç aramadı üstelik. Son görüşmemizde telefonumu bırakmıştım ona. Taşınacağım güne kadar sesi çıkmadı. Ondan sonra aradıysa telefon kapalıydı tabii. Ama buradan da arayabilirdi isteseydi. Neden aramadı, benim onu aramamı mı bekliyor? Ben o gün bittiğine karar vermiştim, arayamayacağımı biliyor. Bitirmek istemeyen kendisi olduğuna göre araması gerekirdi. Ayhan'ın gittiğini bilmiyor, olanlardan hiçbirini bilmiyor. Hoş bilse ne diyecek ki... 'Vah vah çok üzüldüm,' demekten öte ne yapabilir ki? Onun o yüce ve bir işe yaramaz, sıradan erkek yüzüyle bir kez daha karşı karşıya gelmedim mi son buluşmamızda? Zaten sorumlu aile babası kimliğinin geri kalmışlık izleriyle yaklaşmıyor mu bana ne zamandır? Onunla, hiçbir zaman gerçek bir bağlılık olamamış bir yakınlığın hırpalanıp tarazlanmış, incelmiş bağlarını sürüklüyoruz ayak bileklerimizde biz. Geçmişin anısına saygıyla, zorlanarak. Çok geciktik onları koparıp atmakta. Onur, bu bağların inceldikleri yerden kendiliğinden kopmalarını bekliyor artık besbelli.

Buna izin vermeyeceğim... Virgüller, üç noktalar, ayraçlar yeterli değil bitirmek için. Kocaman bir nokta koymak zorundayız. Kocaman, kapkara bir nokta. Ama nasıl?

Her şey eski püskü artık. Ne yeni bir sözcük var söylenecek ne de yeşerecek taze bir sürgün. Kullana kullana eskittik, kuruttuk hepsini. Bütün o bitirmeye çalışmalar, o umutsuz denemeler, oyunun son perdesindeki küçük sahnelerdi yalnızca. Bu oyuna bir son sahne yazmalıyım şimdi, hemen. Acıklı bir son sahne.

Herhangi bir yerde yan yana yatıyoruz. Bir bahar akşamı olabilir ya da herhangi bir mevsim, önemli değil.

Tükenmeden, birbirimizi hâlâ severken ayrılmalıyız, anlıyorsun değil mi, diyorum ona. Bunu söyler söylemez beklediği bir şeyi söylediğimi anlıyorum. Elimi onaylar gibi sıkıyor avucunda çünkü. Susuyor ve anlıyor gibi bakıyor bana ama anlayamıyor gene de. Dudağının kıyısındaki çizgi derinleşiyor bunun da benim fantezilerimden biri olduğunu düşünürken. Bir gün ilgisizliğini, bana da herhangi birine baktığın gibi baktığını görmek dayanılmaz olur yoksa, diyorum. Sonra telefonlarıma yok, ya da toplantıda, dedirtmen... Çünkü ben bileceğim orada olduğunu ve pencerenin içindeki bir çiçeğin yapraklarında parmağını gezdirerek bir başka kadını düşünüp özlemekte olduğunu. Bu kararı ben verdim, diyorum. Seni sevebileceğim sürece, araya birçok gün, ay, yıl girip de başkaları, başka insanlar ve sevgiler içimdeki ateşi küllendirinceye kadar sevebileyim diye. Sen onu zamanından çok önce boğup öldürmeyesin, beni durmaksızın kırıp incitme fırsatı bulamayasın diye. Bir gün elini bezmişlikle şöyle bir sallayıp bezgin bir sesle konuşamayasın diye benimle. Bir akşam kızgınlıkla yanımdan kalkıp bir daha hiç çıkmamak üzere merdivenlerimden aşağı inemeyesin diye...

Ona konuşma, bir şey söyleme hakkı tanımıyorum. Zaten söyleyecek sözü yok bütün bunlara. Mademki böyle istiyorsun, böyle mutlu olacaksın ne diyeyim ben artık, der gibi bakıyor bana aptallığa sığınarak. Her şey bizim anlayamadığımız bir biçimde zamanından çok önce bitti aslında ama kabul edemedik, ayak diredik, korktuk ortaya dökmekten bunu. Batan gemiden suya düşmüş iki kazazede gibi birbirimize umut vermeye çalıştık. Artık bir yangından artakalan küllerin ortasında yatıyoruz işte ve daha şimdiden iki yabancıyız.

Bu son sahneyi oynamak zorundayız, niye beni aramıyor?

Telefonu açıyorum. Rekla'nın numarasını çeviriyorum.

Alo, diyor huzursuz olmuş gibi.

Seni görmek istiyorum Onur.

Önemli bir şey mi oldu?

Olması mı gerekiyor? Yalnızca görmek istiyorum. Niye aramadın beni hiç?

Arayamadım bir türlü olmadı. Çok işim var.

Bugün görüşebilir miyiz?

Bugün olmaz. Zamanım yok.

Yaratmaya çalış.

İsterdim ama olanaksız...

Peki ne zaman?

Bilmiyorum, ben seni ararım Suna.

Neden bilmiyorsun, nedir senin amacın, açık konuşsana?

Bazı şeyler oldu, kafam çok karışık. Ben seni sonra ararım.

Ne oldu? Niye söylemiyorsun?

Şimdi olmaz. Görüştüğümüzde anlatırım. Nerdesin sen?

Gönül Sokaktaki evde.

Ararım, iyi günler...

Bunca soğuk, bunca tatsız davranması için bana, ne oldu? Nasıl bir uğursuzluk geldi başına? Öfkeyle karışık bir kırıklıkla oturduğum yerde kalıyorum. İncindim. Niye aradım onu sanki, ne gereği vardı? Çok anlamsız bir konuşmaydı bu...

Deliyim ben. Sonunda aklım başımdan gitti büsbütün. Saplantılarım yönetiyor beni. Onu görsem ne değişecek, ne olacak? Anlamsız, artık bu çok anlamsız!

Daha beş altı hafta önce bile her şeyin bir anlamı vardı. Bana gülümseyebilsin diye alttan almanın, elini çeken ilk ben olmayayım da üzülmesin diye titizlenmenin anlamı vardı. Ona koşmanın, beni avutur gibi kucaklamasına razı olmanın anlamı.

Kasımdı. Nazlı yüzünden ilk büyük kavgamızı ettiğimiz günden sonraki ilk bir araya gelişimizdi. Yağmur yağıyordu. Kapalı, camlı bir bahçede oturmuştuk. Ona bakıp ne güzel, diye düşünmüştüm. Çok güzeldi o gün. Kararlı, savunmada ama sevecen. Elini okşamıştım. Çok sıcaktı, çok sıcaktık. Kasım sonlarıydı.

Aralıktı. Sesimde kendi kulağımın bile yadırgadığı bir yabancılık vardı. Rekla'dan niye ayrılmak istediğimi anlatamıyordum ona. Bir daha hiçbir erkeği onun gibi sevemeyeceğimi anlamanın, yaşamımdaki bu en büyük tutkunun sonuna geldiğimizi sezmenin hırçınlığı vardı. Sürdürmek istemenin ve istememenin ikiye bölünmüşlüğüyle bakıyordum ona. Onu şaşırtıp umutsuzluğa düşürüyordum. Bilmeden uzaklaştırıyordum kendimden. Kuşkulu evet-hayırlarla sınıyorduk birbirimizi. Kendimi öyle dağılmış duymamıştım sanki hiç. Sezdiklerimi ondan gizlemek açıklamaya çalışmaktan daha kolay geliyordu bana. Aynı şeyleri onun da bildiğini ama söze döküldüğünde göstermesi gerektiğini düşündüğü tepkinin yetersiz kalacağından korktuğunu anlıyordum. Sonra ağladı. Bu ağlayışın bendeki etkisinin her türlü sıradan tepkiden güçlü olacağını bilir gibi ağladı...

Biz üç yıl önce birbirimizi gördüğümüz günkü insanlar değiliz, biliyorum. Aynı kadın ve aynı erkek değiliz, çok değiştik. Gene de benimle böyle konuşmamalıydı. Benim bu kayıtsız sese dayanamayacağımı bilmeliydi.

Olanı niye kısaca söylemiyor bana? Niye küçücük bir ipucu bile vermiyor? Sesinin tonundaki uzaklığı duyuyorum kulaklarımda yeniden ve aşağılanmışım gibi bir eziklik uyandırıyor içimde bu. Onu aradım ve o cömertliğimi geri çevirdi nedenini açıklamadan. Duyduğum öfke bilmediğime duyduğum merak ve korkuyu yeniyor şimdi. Sıkı sıkıya tutunmaya çalıştığı bu gizli kapaklılık karanlık bir boş alan halinde aramıza giriyor. Boyun eğmem gereken savunmasız bir yerde kalıyorum.

Bütün gün hasta bir halde dolaşıyorum evin içinde. Kulağım telefonda bir yerlerde oturup kalıyorum. Öfkemi biliyorum korkunç bir sabırla...

Aramıyor.

Üçüncü günün sonunda inatla bilediğim bıçak keskinleşerek inceliyor. Onu bir vuruşta yere serecek kadar sivri, kesici ve tehlikeli duruma geliyor.

Bir daha arıyorum onu.

Arayacaktım, ne kadar sabırsızsın, diyor.

Gidiyorum, diyorum. Seni son kez görmek istiyorum. Son kez...

Nereye gidiyorsun? Neler kurdun kafanda gene kimbilir...

Düşköy'e... Sonbaharda döneceğim, ekimde.

Şu sıra işler çok sıkışık, diyor. Ne zaman gidiyorsun?

Seni gördükten sonra....

Dişçiye gidecektim bugün, diyor. Bilmiyorum, atölyeyi de boşaltıyorum bugünlerde... İstersen Rekla'ya bir uğra...

Baştan savar gibi, suçlu, sıkıcı sesi.

Ayhan gitti, diyorum.

Düşköy'e mi?

Büsbütün gitti, yurtdışına. Buraya gel, seni evde bekleyeceğim.

Ciddi buluyor olmalı Ayhan'ın gidişini. Susuyor bir an, kararsız, kaçak, yabancı.

Peki; diyor, sonra. Akşamüzeri uğrarım.

Atölyeyi boşaltıyor demek... Tarık'la araları mı açıldı yoksa? Yo, bunu söylerdi öyle olsa. Başka bir nedeni olmalı.

Aynaya bakıyorum. Çökmüş, çürümüş bir kadın görüyorum orda. Artık hep haplarla uyuyan ve gözlerinin altındaki gölgeleri boyalarla kapatmaya çalışan. Hiçbir umut ve güven vermiyor bu yüz bana. Olgunlaşmak bu mu? Eskimek, coşku ve canlılığını yitirmek mi? Bu kadınla yaşadığım son üç yılda ben yarattım onu. Ama belki de çok daha önceleri başladı bu değişim.

Adam'la boşanma kararımızın verildiği duruşmadan hiçbir şey olmamış gibi çıkıp 3-D sınıfındaki dersime yetiştiğim o cuma öğle sonrasında. O gün kimseye bir şey sezdirmeden bitirmiştim dersimi. Sonra eve gidip eşyalarımı bir kamyonete yükledim. Bana dokunan, eşyalar yükleninceye kadar ürküntü içinde sessizce bekleyip de araba hareket ettiği anda acı bir çığlık koparan küçücük bir çocuktu yalnızca. O çığlık belleğime ölünceye kadar çıkmayacak bir biçimde kazındı. Kendimi en güçlü, en mutlu duyduğum anlarda bile kemirip durdu içimi. Beni bir yerlerde durmaya, hızımı kesmeye, kök salmaya zorladı. Birine tutunup düzen içinde yaşamaya itti. Bundandı uysallığım, evcilliğim, boyun eğmişliğim... Bundandı Düşköy'deki yazlarımın güzelliği, dinginliği. Biraz da bundandı Ayhan'dan vazgeçemeyişim.

Bir çocuğa sahip olup olmama hakkımın hangi koşullanmalarla elimden alınmış olduğunu sonraları çok düşündüm.

Şunu biliyorum, yaşamıma şöyle ya da böyle sevdiğim erkekler egemen oldular bugüne dek. Ayhan'a karşı özgürlüğümü savunurken iki erkeğin birden egemenliği altına girdim. Onur'u tutkuyla severken görünürde Ayhan'a başkaldırdım. Oysa Onur'a olan zayıflığım beni Ayhan'a karşı da güçsüz düşürdü. Yaşadığım ikilem ve suçluluktan duyduğum acı ve aşağılanmayla özgürlüğümü kendime yeniden kanıtlamayı umarak Onur'a koştum durdum. Ona sahip olduğum üstünlüğünü yaşarken aynı zamanda kendimi öylesine cömertçe ona sundum ki sürekli bir yenik düşmüşlük duygusuyla pişmanlık içinde geri dönebilmeyi özledim hep. Bu inanılmaz kısırdöngü içinde hep aynı noktada kaldım sonuç olarak.

Özgürlüğümün önündeki son engel de yıkılacak bu akşam...

Beklediğimden daha erken geliyor.

Soğuk elini bir an avucumda tutuyorum. Bir akşam saçlarıma parlak, küçük bir kuş gibi çarpıp geçen, yepyeni bir coşkuyla bir an konup kalkan elini.

Yürüyüp salonun ortasında duruyor. İlk kez görüyormuş gibi bakıyor her şeye. Nereye oturacağına karar veremiyormuş gibi bekliyor. Yoksa onu kucaklamamı mı bekliyor? Her zaman oturduğu koltuğu gösteriyorum ona.

Otursana...

Karşısına oturuyorum. Gözlerinde belli belirsiz bir düş kırıklığı ve kuşkuyla bakıyor bana. Beni görmüyormuş gibi, dalgın, donuk. Oturduğu yere doğru bakarak boşluğa soruyorum.

Nasılsın Onur?

İyiyim, diyor tanımadığım bir ses. Ne zaman gitti Ayhan?

On beş gün kadar önce.

Çok üzüldüm. Bir haber var mı?

Var, iyi. Neden üzüldün? Burda kalıp hapse girse daha mı iyi olacaktı?

Bunu demek istemedim. Gitmeden onu görmek isterdim.

Seni görmek istemiyordu sanırım; isteseydi arardı. Korkunç şeyler yaşadık onunla. Biraz da seni sorumlu tutuyordu olanlardan.

Ne oldu, diye soruyor önemsemeden.

Hiçbir şey. Anlatmak istemiyorum.

Bir an susuyor. Ne düşünüyor?

Ayhan'la aramı sen bozdun Suna.

Öyle mi sanıyorsun, diyorum alayla; üzgünüm, özür dilerim.

Kim bu mantıksız, sağlıksız, ezik adam? Kesinlikle tanıyamıyorum onu. Ne kadar dışında duruyor her şeyin. Üstünde Güler'in ördüğü kırçıllı hırka var. Yakışmıyor bu ona, çok çirkin. Niye giyiyor bu hırkayı? Böcek kabuğu gibi duruyor sırtında.

Doğruluyorum.

Ne vereyim sana? Ne içersin?

Almayayım, diyor, hemen gideceğim.

Gidersin canım, biraz bir şey iç. Ne istersin?

Peki ne olursa, diyor ama az olsun.

İçki bardağını yanına bırakıyorum.

Atölyeyi niye boşaltıyorsun, diye soruyorum, Tarık'la bozuştunuz mu yoksa?

Yo hayır, onunla ilgili değil. Çok az kullanıyorum orayı artık. Aylardır çalışamıyorum.

Olsun, dursaydı. Geçici olabilir bu dönem.

Bir yığın sorunum var. Üstesinden gelmeye çalışıyorum ama zor.

Bana anlatmak istemiyor musun? Kafanı karıştıran ne? Telefonda bazı şeyler oldu dedin, ne oldu?

Önemli değil. Senin de canını sıkmayayım şimdi.

Asıl bu haline, gizlenmene canım sıkılıyor benim. Niye aramadın beni hiç?

Çok kötü günler geçirdim Suna. Fırsat bulamadım. Ayrıca o karmaşık ruh hali içinde aramak istemiyordum seni. Ama senin tek sevgi ölçütün aranmak, biliyorum.

Senden sevgi falan beklediğim yok artık. Sana düşman olmak istemiyorum, hepsi bu.

Niye çağırdın beni? Kavga etmek için mi? Sana kaç kez söyledim, tartışacaksak bir araya gelmeyelim, diye.

Niye yaşadığın hiçbir şeyi bölüşmek istemiyorsun benimle?

Nedeni ortada... Hep tartıştığımız, kavgalar ettiğimiz konular açılsın istemiyorum. Dayanacak durumda değilim şu anda.

Seni bu kadar yıkan, bu duruma getiren nedir? Hadi anlat artık.

Güler mektuplarını buldu, diyor, birdenbire. Haftalardır uyumuyorum, kendi kendimle savaşıyorum...

Bir an sarsılıyorum. Demek buymuş! İyi, sonunda onun başına da bir şeyler geldi işte...

Ortada mı bırakmıştın onları, diye soruyorum soğukkanlılıkla.

Çantamı evde bırakmışım. O gün biri aramış, tersliğe bak, bir telefon numarası sormuş Güler'e. O da çantamda telefon defterini aramış ve bu sırada mektupları bulmuş.

Bu masala inandın mı?

İnanıp inanmamam neyi değiştirir? Bulmuş işte.

Eeee, ne yaptı?

O akşam eve gittiğimde akrabalarım vardı. Onları çağırmış. Bana hiçbir şey söylemedi. Sinirliydi biraz ama kuşkulanmadım, aklıma bile gelmedi daha doğrusu. Birlikte yemek yedik, sofradan kalktık. Sonra Güler elinde mektuplarla geldi, onları sehpanın üstüne attı, 'Bakın kocam neler yapmış,' dedi. O anda nasıl olduğumu anlatamam sana Suna. Benimle yalnız konuşsaydı bu kadar etkilenmezdim herhalde...

Uzunca bir süre susuyoruz.

O kadar aptal değilmiş Güler demek ki. Onur'la tek başına konuşacak olsa sindirebilirdi Onur onu. Oysa işlediği suçu başkalarının gözünde de bağışlanmaz kılmakla kocasını kıstırmayı umdu. Görüşüne bakılırsa başardı da bunu.

Sonra ne oldu, diye soruyorum, çok da merak etmeden.

Çok gururludur. Boşanmaya kalkıştı. Akrabalar araya girdiler. Çalkantılarla dolu günler geçirdim.

Yatıştı mı ortalık, uzlaştınız mı bari?

Eh, işte biraz.

Atölyeyi boşaltmanı istedi değil mi? Barışmak için önkoşul olarak ileri sürmüş olmalı bunu...

Onunla ilgisi yok.

Var, besbelli. Mademki ayrılmak istedi bıraksaydın gitsin. Ne diye bu kadar sarsıldın sanki?

Anlayamıyorsun. Bu benimle ilgili bir durum. O kadar kolay değil.

Demek karını yatıştırmaya çalışırken beni özlemeye ve aramaya fırsat bulamadın, diyorum. Söylesene senin yaşamındaki yerim ne benim?

Çok bencilsin! Bana hiç saygın yok artık, bilsen ne değişir ki?

Doğru, hiçbir şey değişmez. Sen kendine saygını yitirmişsin asıl çünkü.

İşte yine tartışmaya başladık, diyor.

Peki tartışmayalım, barışalım, barış için içelim şimdi hadi.

Bardağımı kaldırıyorum, hafifçe gülümsüyor, ama o kaldırmıyor, elinde tutuyor bardağını.

Biz seninle hiçbir zaman barışık olamayız, diyor. Olabilseydi çoktan biterdi zaten. Bu kadar uzun sürmezdi.

Bırak bunları, diyorum, bayatlamış sözler bunlar. Gerçek değil artık. Sence hâlâ bitmediyse bugün bitirelim artık. Yürekli ol biraz.

Beni bunun için mi çağırdın?

Evet, tabii. Bu bitişi karşılıklı onaylayalım diye. Askıda bırakamayız aramızdaki bu çürük bağı, yararı yok. Koparıp atalım hadi.

İkimizi ilgilendiren konularda neden tek başına karar veriyorsun hep? Sen kafanda bitirmiş olabilirsin, ama ben ne düşünüyorum, ne yaşıyorum biliyor musun?

Ne düşünüyorsun?

Sevginin tıkandığı zamanlar olabilir. Yorulduk. Bence bizim bir zaman aralığına gereksinmemiz var. Zorlama beni, akışına bırak her şeyi.

Karınla birçok sorunun varken bir de benimle uğraşmak istemiyorsun herhalde, diyorum. Ben şimdilik bir kenarda sessizce beklemeliyim öyle değil mi? Hele bir yoluna girsin her şey, yeniden düşünürsün...

Ne kadar huysuzsun, diyor. Eğer biten bir şeyler varsa bile senin yüzünden oldu bu. Senin bu yersiz suçlamaların, taşkınlıkların, yönlendirmeye çalışmaların kemirdi bu sevgiyi.

Demek sevgini nasıl harcamış olduğumu düşündün durdun bu süre içinde. Karınla barışmayı içine sindirebilmek için tüm olumsuzlukları bana yamadın.

Ne söylesem boş artık!

Ne söyleyebilirsin ki Onur?

Yalnızca şunu söyleyebilirim, benim açımdan değişen hiçbir şey yok.

Ona bakıyorum, durulmaya çalışarak. Yüzündeki yalnızlık, yalın hüzün, içtenlik içimi burkuyor.

Beni özlemiyorsun artık, diyorum. Bu çok önemli bir değişiklik benim için.

Özlemediğimi nereden biliyorsun? Suskunluk her durumda kayıtsızlık demek değildir ki... Seni özlediğimi ancak sana dokunarak anlatabilirim ben.

Seni çağırdığımda gelmek istemedin ama.

Evet, çünkü seni çok özlemiştim ve sana vermek istediklerimi veremeyeceğimi iyice anladığım günler geçirmiştim. Çok umutsuzdum.

Küskünlükle gözleri dolarak bakıyor bana.

Göz göze geliyoruz. Küçük bir sarsılışla dudaklarının unuttuğumu sandığım tadını ne kadar özlemiş olduğumu anlıyorum. Gelip kanepeye yanıma oturuyor. Elimi alıp öpüyor.

Sen, diyor yakın olduğun kadar uzak, sevecenliğin kadar hoyratsın. Ne kadar anlaşılırsan o kadar şaşırtıcısın benim için. Bir karşıtlıklar toplamısın çünkü. Bazen sana nasıl dayandığımı hiç anlayamıyorum.

Yenilgiye benzer bir özlemle sarılıyoruz birbirimize. Dudaklarının küçücük, sıcak kuşları yüzümde, boynumda, gözlerimde uçuşuyor. Hâlâ o ilk günkü anlaşılmaz heyecanı duyuyorum dudaklarından. Günlerdir içimde biriktirdiğim öfke çılgın, inatçı bir isteğe dönüşüyor gövdemde. Ama sonra hemen bunun yalnızca bir anlık bir avunma olacağını seziyorum. Geriye çekiyorum kendimi, bırakmıyor. Bu yakınlığın beni yeniden kurtulmak istediğim karanlığa sürükleyeceğini bütün varlığımla duyarak direniyorum ona. Bu karanlığa, bu sönmüş ateşe onu yeniden tutuşturması olanaksız küçük bir ateş atmaktan başka ne yararı olacak ki bunun? Bedenimdeki sabırsız sancıyı dindirmeye çalışarak itiyorum onu. Bu kaçınma, bu itme katılaştırabilir beni ona karşı yalnızca artık. Bu katılık ayakta tutabilir bunca düş kırıklığı içinde.

Ayağa kalkıyorum.

Aramızdaki çatlağı sevişerek onaramayız, diyorum. Bu kadar basit değil.

Tükenmiş, yorgun bakıyor bana.

Gelmek istemiyordum, diyor. Kendini bırakılmış saydığını, beni öfke ve kızgınlıkla beklediğini biliyordum çünkü. Beni aşağılamaktı asıl amacın.

Beni hiçbir zaman gerçek anlamda özlemedin sen, diyorum. Senin için soyut bir varlıktım ben. Kesinlikle tedirginlik ve sorun yaratmaması gereken bir gölge kadın. Aydınlığa çıkmak istiyorum artık.

Sen buna karar verdiysen tersini kanıtlamam olanaksız artık, diyor, umutsuzca. Yazık, hiç anlayamadın beni... Anlamak istemedin.

Anlaşılacak bir şey yoktu, diyorum, apaçıktın. Ama ben bir şeyler var sandım hep sende. Güler gibi bir kadınla uzlaşabilmek uğruna atölyesini kapatan birisin sen... Aramızdaki her şey bitti, bölüştüğümüz her şey bitti artık.

Bana bittiğini söyletemeyeceksin, diyor hırçınlık ve inatla.

Öyleyse burada kal bu gece!

Kalamayacağımı bildiğin için söylüyorsun bunu.

Hayır, bir kez olsun benim her şeyden önemli olduğumu kanıtlama fırsatı tanıyorum sana.

Şu durumda, kalmamın ne yararı var ki? Önce senin durulman gerek.

Kimsin sen, diye soruyorum, gözlerimi kısıp ona hiç tanımıyormuş gibi bir aşağılamayla bakarak. Söyle kimsin?

Sorma artık! Ben bu süreçte kimliksiz biriyim... Gitsem iyi olacak.

Kalkıp hole yürüyor. Çılgın bir damar zonkluyor beynimde. Sonuna kadar gitmek istiyorum bu yıkımın. Yerle bir etmek istiyorum ne kaldıysa.

Koşup önüne geçiyorum.

Gidemezsin, diyorum, böyle kaçıp gidemezsin!

Bırak, diyor beni yavaşça yana sıyırmaya çalışarak.

Senden böyle ayrılmayı hiç istemiyordum, diyorum.

İstedin, diyor. Sen istedin bunu.

Peki git, diye bağırıyorum. Hemen çık git, çünkü bir dakika bile dayanamayacağım sana artık. Git ve bir daha sakın çıkma karşıma!

Kapıya dayanıp hırçınlıkla, hıçkırarak ağlıyorum.

Yüzü boynuna, hırkasının yakasına akıyor.

Seni kaybetmeyi istemiyordum, diyor. Seni her zaman sevdim ve seveceğim ama ben yetemedim sana, yetemiyorum anla...

Pişman değilim, diyorum. Yaşadığımız hiçbir şey için pişmanlık duymuyorum.

Hemen yat dinlen, çok bitkinsin, diyor yumuşaklıkla.

Çok zor olacak, diyorum.

Biliyorum, benim için de öyle.

Kısacık değdiriyor dudaklarını ağzıma. Hemen dönüp kapıyı açıyorum.

İyi geceler, diyor, elini kaldırarak.

Sahanlığın karanlığına dalan ince gölgesini seçiyorum. O karanlıkta, uykuya benzer bir uyuşmuşluğun içinde bir an tüm zayıflıkları, güçsüzlükleriyle, tüm saydamlığıyla görüyorum onu.

Uzaklaşan, aşağıya doğru azalan ayak seslerini dinliyorum. Sonra dış kapının kapanma sesinin ardından o keskin sessizliği duyuyorum.

Kapımı kapatıp içeri giriyorum.

Bir piyanoya, canlı, ince bir kadın sesi karışıyor bir yerlerde ve bastırılmaz bir çığlık gibi kulaklarıma doluyor...

Düşköy'e giden yoldaki bir gece lokantasının TV ekranında ağır bir keman yüreğime korkular salıyor. Yemek, kokuşmuş bulaşık bezi ve havasızlık kokularına karışıyor acıklı bir obua.

Onur'u düşünüyorum.

Bir zamanlar, onu sevdiğim zamanlarda, yaşamın zenginliklerle dolu gizleri, iç çekişleri, keskin kıvrımları, karmaşası sezilirdi resimlerinde. Saflığa benzer bir yaratışla, incelikle şiddeti, büyük acıları, gürültüyü, tamamlanmamış her şeyi, anlaşılamaz değişimleri ve parçalanmışlıkları bütün bunlara benzemeyen ama onların asıl gerçeği olan biçimlere dönüştürürdü.

Sonra gözlerine bana doğru baktığında bile gizleyemediği bir yabancılık yerleşmeye başladı ağır ağır. Pusular, ölümler, sinsilikler hızını yitirdiğinde durağanlaştı. Düşleri yaşamından uzaklaştı. Gündelik yaşamın olağanlığı içinde silinip gitti.

Bir gün onu sevimli ölü kuşlar karalarken bulmayı hiç ummamıştım.

Kentlerin elektrik ve telefon tellerine asılı ölü erkek kuşlar. Deniz ve göl kıyılarına vurmuş kuş ve balık cesetleri. Sürüp giden otuz beş katlı iş hanları, beş yıldızlı otel ve insanlık dışı sosyal konut inşaatlarının önündeki tahta perdelerin dibine sapır sapır dökülmüş cansız yaratıklar ki ölüm nedenleri hava kirliliğidir. Akla gelen ve gelebilecek anlamlarda.

Ondan sonra insanlara benzer yaratıklar çekildiler ortalıktan birdenbire. Dişleri tırnakları dökülmüş, hastalıklı, sünepe köpekler ölü balıkların ve kuşların üstüne basa basa dolaşıyorlar artık sokaklarda. Geceleri acı içinde, göğe doğru uluyorlar uzun uzun. Bir zamanlar deniz sandığımız o büyük mavi sular zift karası işte. Gökyüzü bakır kırmızısı. Gökyüzünden yağmur yerine kül yağıyor. Üzüntümüzün buharı soluğumuzu kesiyor. Belki de boğuluyoruz. Zaman umutsuz gözlerimizde dinleniyor.

Dünya batıyor ve yalnızca Onur'la ikimiz kaldık bu bataklıkta. Bir daha kesinlikle düş bahçelerimiz olmayacak. Ağaçlar çiçeklenmeyecek. Gün ışığından kaçmak için kuytu köşeler arayacağız. O her akşam yorgun herhangi bir baba gibi evine gidip ayaklarını uzatarak oturacak ve dünyanın kötülüklerinden en sonunda arınabilmiş olduğu yanılsamasını yaşayacak. Karısı önüne sofrayı kuracak. O kadına duyduğu yersiz öfke hiç bitmeyeceği için olur olmaz her şeye sinirlenecek. Birinden biri ölene dek sürecek bu haksızlık.

Bu sırada ben onun için, keşke yeniden sevebilse birilerini, diye düşüneceğim. Bayraklarımı indirip aklanmış olacağım çoktan. Koltuğumda bir kedi uyuyacak öğle sonları. Mutfağımdan üzümlü kek kokusu gelecek. Bembeyaz çamaşırlar asacağım bir bahçeye. Elimde toz bezleriyle odadan odaya dolaşacağım. Akşamları TV'nin karşısına oturup pembe diziler izleyeceğim.

Kes sesini Su...

Çok üzgünsün Na, bana bırak kendini. Gülümse bana hadi...

Sana teslim olmayacağım, vazgeç. Seni ben yaratmadım. Sen başkalarının benim olmamı istedikleri kişisin.

Ben de seni yaşadığın ve beni de kattığın karmaşanın içinde kendini yeniden kabullenerek benimle ve kendi uyumsuzluğunla hesaplaşıyor sanıyordum Na. Sen hâlâ aynı yerlerdesin... Çok yazık!

Senin ya da benim kendimiz olduğumuzu sandığımız süreçte sen yalnızca benim bilip tanıdığım bir Su ve ben yalnızca senin içinde taşıdığın bir Na'dan başka bir şey olamayız. Bizi ayıran farklılıkların silindiği zaman parçası hep bir an olacak. Ben, beni Na yapan uzlaşmazlığı hep içimde taşıyacağım görünürde daha yumuşak, daha hesaplı olsam da. Sen de her zaman benim ardımda, özlediğin huzurun peşinde koşacaksın. Böyle bil bunu.

Ama bana gereksinmen var şu günlerde... Gel, uzlaşalım. Zor ve boşuna bir oyun olur bu Su. Sanırım sonunu getiremem. Beklediğin, umduğun özdeşleşme beni sakatlar. Sana güle güle demek zorundayım, kusura bakma.

Peki ne olacak? Ne yapacaksın?

Sevgili Onur, yalnızca ikimiz kaldık ve derelerimizde ördekler yüzmeyecek artık. Sokaklarda dolaşacağım ben, her şeyi ilk kez görüyor olmanın heyecanıyla. Yolculuklara çıkacağım. Şehirlerarası yollarda gidip geleceğim ara sıra seni düşünerek. Keşke şöyle olsaydı da böyle yapabilseydik yazıklanmaları duyacağım nerede yanan bir ateşten kalmış külleri görsem. Lavların altında kalıp da nasıl yüzyıllarca sonra birbirimizi yeniden bulmuşsak bin yıllar sonra belki yeniden karşılaşırız umudunu taşıyacağım içimde. Bu dünyanın bize göre olmadığını anlayacağım. Çok sonra yeniden karşılaştığımızda dünya şimdikinden çok başka olacak çünkü.

Lağım sularının aktığı derelerde, dağ gibi kent çöplüklerinde tüketilmiş aşklardan merkezi ısıtmalı apartman daireleri yüzünden kurtulup kalabilmiş küçük aşk mektupları parçalarına rastlayacağız o zaman. Gülünç gelecek bize sevgi, gözyaşları, acılarla dolu bu satırlar, aptalca bulacağız onları. Kendi kendimize gülüp ne çocukluk, ne ilkellikmiş, diyeceğiz.

Bir gün gelecek müzelerde, pazar yerlerinde, soyu tükenmiş âşıkların tıpkıbasım posterleri satılacak. Kanatları kırık, gagaları düşmüş o zavallı yaratıkların. Kimse acımayacak onlara. Yüreklerinin olduğu yerdeki kocaman kapkara delikler ve korkunç kan lekelerine bakıp ne olduğunu anlamaya çalışacaklar yalnızca.

Önümdeki çay bardağını itip kalkıyorum. Düşköy'e gitmekte olan otobüsümün hareket saati gelmiş.

Düşköy'de sabah oluyor. Otobüs yazıhanesinin meydana açılan park yeriyle, meydanın lambaları hâlâ yanıyor ve gökyüzü açılırken deniz laciverde dönüşüyor. Otobüsten iniyorum, valizimi bagajdan alıp yürümeye başlıyorum.

Yapsatçı bir inşaat şirketinin kordona dizdiği banklar bomboş. Çay bahçeleri de öyle. Masalar, sandalyeler hasır güneşliklerin altına yerleştirilmiş şimdiden, yaz geliyor. Havuzların kıyılarına dizilmiş sardunyalar yapraklarını çoğaltmışlar.

Geceki yağmurdan kalan su birikintileri var yerlerde. Dükkânlar kapalı henüz. Günün ilk aydınlığıyla daha da körelen ışıklar yanıyor içlerinde.

Sabaha karşı biraz uyudum yolda ve karışık düşler gördüm. İyi yüzücü sekiz güçlü atın çektiği bir Boğaz vapurunun güvertesinde Onur'la birlikte oturuyorduk hiç konuşmadan. Belirli bir nedeni olmadan birbirimize dargındık. Bu son yolculuğumuzdu. Vapurdan iner inmez ondan ayrılacaktım. Pek istemesem de bir yazgı gibi kabul etmiştim bunu.

Sonra garip yaratıklar, sürekli biçim değiştiren, sallanıp duran, kendi kalıplarına sığmıyorlarmış gibi patlayıp dağılan gövdeler, yüzleri ve kimlikleri olmayan canlılar gördüm. Bir zamanlar çalıştığım bir lisenin 3-D sınıfının yanı başındaki kitaplığının boşaltıldığını, kitapların kara, naylon çöp torbalarına doldurularak çöplüğe atılmış olduğunu gördüm. Müdür odası yapılacakmış kitaplık. Çok üzüldüm. Karşı çıkmak istedim ama bu buyruğun çok yukarıdan geldiğini söyleyerek susturdular beni.

Sonra Ayhan'ı gördüm. Bembeyaz çarşaflı geniş bir yer yatağında yatıyordu sırtüstü. Çırılçıplaktı, ayaklarında kışlık kahverengi botları vardı yalnızca. Babaannemden bu düşü yorumlamasını istedim. Yatak yoldur, beyaz çarşaf ferahlık, dedi. Demek ki kocan gittiği yolda huzurlu. Ayaklarının çıplak olmaması biraz sıkıntısı olduğuna işaret ama ilk günlerde o kadar olacak tabii. Babaannem her tarafı yeşile boyalı ahşap bir evin bomboş bir odasında oturuyordu. Yeşil murattır, dedi bana. Çok sevindim. Ama muradımın ne olduğunu anımsayamadım.

Evlerin çoğunun kepenkleri kapalı. Yazlıkçılar haziran başlarında gelmeye başlarlar, daha vakit var. Günün ilk seferini yapan belediye otobüsü yavaşlayarak geçiyor yanımdan. Belki durdurur binerim, diye. Ama geç, diyorum ona gülerek. Yürüyeceğim. On kilometre içerdeki ilçeyle Düşköy arasında gidip gelir bu otobüsler. Şoförleri sinir hastası değildir.

Hava saydam, yumuşak, tertemiz. Deniz kokuyor. Özsuyu, tomurcuk, iğde kokuyor. Çok yakında güller patlatırlar tomurcuklarını, kokularını iğdelere katarlar havada. Deniz dingin. Geceki lodosun kıyıya vurduğu ağaç dalları, kökler, yosunlar iri ölü böcekler gibi yatıyor kumsalda.

Önümden birdenbire bir perde kalkmış da gidebileceğim yolu görmeye başlamışım sanıyorum kendimi. Yakın geçmişimi her adımda biraz daha geride bırakmayı isteyerek yürüyorum. Sabahın güzelliği esrikleştiriyor beni.

Üç ay kadar önce evden ayrılıp sığınağa yerleştiğimde de yeniden başlamayı, yaşamımı yeniden düzenlemeyi umuyordum. Ama yapamadım. Zamanım geriye doğru işliyordu. Yaşamım ileriye değil gerilere gidiyordu durmadan. İlerlemeye çalışırken geriye kayıyordum. Bu yüzden sığınaktan önceki günlerimi yeniden yaşamaya koşuyordum istemeden. Onur'u arayıp Ayhan'a geri dönüyordum sözgelimi.

Ama şimdi saatime bakıyorum ve akreple yelkovanın dönmesi gereken yöne, saat yönüne doğru ilerlediğini görüyorum sevinçle. İşte Düşköy'deyim, mayıs ayındayız, ayın on birini gösteriyor saatimin gün göstergesi. Saat sabahın yedisi. Gün aydınlanıyor. Denizle gökyüzünün birleştiği yerdeki ince çizgi belirginleşiyor gitgide. Bilincim alacakaranlıktan çıkıyor. Burada yeniden başlayacağım. Bu arada zaman kavramımda bir bozukluk ortaya çıkarsa kolayca onarabilirim. Dünümle bugünümü ince bir çizgiyle ayırabilir ya da birbirine karışmayacak biçimde birleştirebilirim ustalıkla. Acelem yok, yavaşça, ağır aksak ama dikkatle, kendimi kollayarak yaparım bunu.

Evin önünde bir an durup bahçeye giriyorum. Çiçeklere, ağaçlara bakıyorum. Ayhan'la birlikte diktik onları; baktık, büyüttük. Baharı karşılamakta gecikmişler bu yıl. Ağır, zorlu bir kış geçirmişler besbelli. Kuruyanlar, don yemişler var aralarında. Kış yorgunları, ölüler, yaralılar. Neyse, hiç olmazsa ben sağ çıktım bu badireden. Yenilerim, budarım, sağaltırım onları. Yarından tezi yok başlarım işte.

Eve girip kepenkleri açıyorum.

Geçen ekim sonunda nasıl bıraktıysak öyle duruyor her şey. Ayhan'ın eski hırkası askıda, terlikleri ayakkabı dolabının önünde. Deniz sepetim içinde yazdan kalma kulak tıkaçlarımla kapının dibinde duruyor. Masanın üstündeki çanak, içi ödenmiş elektrik ve telefon faturaları, eski bir dosttan gelmiş bir posta kartı, boş bir aspirin kutusu ve benzeri ıvır zıvırla dolu duruyor öylece.

Eşyaların üstündeki örtüleri kaldırıyorum.

Bir evin içindeki eşyalara, nesnelere bakarken bütün bunların yaşamışlıklarını, tanıklıklarını, onları seçip oraya koyan insanlarla ilişkilerini kavramaya çalışırım her zaman. Nesnelerle insanların birlikte oluşturdukları söze dökülemez, yalnızca sezilebilir uyumu, ruhu, ince bir esintiyle yakalayabilmek öylesine gizemli ve heyecan vericidir ki. İşte şimdi buraya, kendi evime bakarken de onlarla birlikte geçirdiğim zamanı, günleri, saatleri, bu zamanın önemsenmemiş, yitirilmiş anlamlarını araştırır buluyorum kendimi.

Şu döşemesi çiçekli kanepenin benim türlü hallerime, güzelliklerime, çirkinliklerime, dağınık ve derlitopluluklarıma sabırla, sessizce katlanmış olduğunu düşünüyorum. Uzanıp sabah gazetelerini okurduk orda Ayhan'la, hangimiz önce kaparsak. Ortamıza bir gazete serip iki ucuna oturarak taze börülce ayıklardık. Köşesindeki kırmızı yastıkta belki de Ayhan'ın başının ve benim ellerimin izi duruyor hâlâ. Onunla karşı karşıya oturup tartıştığımız ekim gecesi sarındığım şal bir sandalyenin arkalığından sarkıyor yapayalnız. Şöminenin içindeki yarı yanmış odunlar da o geceden kalma.

Bu kanepede sevişmiştik benim gözyaşlarımla biten tartışmamızdan sonra Ayhan'la. Ağırlaştırmayı beceremediğimiz bir hızla, coşkuyla sevişmiştik. Sonra yorgun gövdelerimizi birbirimize yaslamıştık, dingin yan yana uzandığımızda.

Geçen ağustosun gazeteleri de duruyor köşedeki rafın altgözünde. Ölü bir yaz geçirmiştik geçen yıl. Gazetelere manşet olacak hiçbir önemli olay olmamıştı o günlerde. Her şey kontrol altındaydı, her şey sütliman görünüyordu görünebildiği kadarıyla. Gazeteler daha bol resimli, daha renkli, daha neşeliydi. Baskınlar, saldırılar, bombalama eylemleri fotoğrafları yerlerini çıplaklara bırakmışlardı. Güvenlik içinde güneşleniyorlardı güzel kadınlar plajlarda. Üstsüzler birdenbire çoğalmıştı. Huzur içindeydik toplumca.

Oysa biz 'Seyir Hidrografi ve Oşinografi Dairesi' raporlarını yalanlarcasına iç denizlerimizdeki fırtınaları yaşıyorduk. Pruvayı indirmiş, halatları çözmüştük. Batmamaya çalışarak ceviz kabuğu gibi sallanıyorduk dalgalar arasında.

Batacağımız belliydi.

Camları açıp temiz havayı içeriye çağırıyorum. Alışveriş ve temizlik yapmalı, bu evi yaşanır duruma getirmeliyim hemen. Sonra oturup çay içerken içimde bir yokluk, yitiklik duygusuyla düşüncelere dalarım. Üç ayrı kola ayrılmış bir nehrin kendi yatağında sessizce akarak denize karışan kolu olmaya çalışırım bundan böyle.

Sevgili Ayhan,

Mektubunu iki gün önce aldım. Buraya gelişimden bu yana geçirdiğim en güzel gün oldu o. Verdiğin haberler çok sevindirici. Umarım her şey umduğun ve dilediğin gibi gelişir.

Yirmi beş gündür buradayım. Kendimi ilk kez bir yere, buraya ait duyuyorum. Bugün pazara gittim. Senin sevdiğin köy peynirinden, otlardan aldım. Geçen akşamki telefon konuşmamızdan sonra senin adına kapıldığım o yabancılık duygusunu gene senin adına gidermeye çalışır gibi. Geçecek biliyorsun, ilk kez bulunduğun yerler değil oraları.

Şu anda masamın üstündeki çanağın içinde kocaman bir demet sarı papatya var, radyoda da 'Sobalarında Kuru Meşe Yanıyor' türküsü. Seni anlıyorum, bu türküyü böyle birdenbire duyuvermek için bile güzel bu ülkede yaşamak, çok güzel. Her türlü zorluğu ve belasıyla, o amansız her an her şey olabilir düşüncesiyle, bu oturmamışlığı, bu karmaşayı, bu dinamizmi yaşamak ister insan onca uzaktayken. Özlememek olanaksız.

İyiyim. Bıraktığın izler olmasa seni daha az düşüneceğim. Kendimce bir başlangıcı yaşıyorum. Bu başlangıcın gerektirdiği cesaretin kendi varlık alanımın ötelerine doğru uzanmakta olduğunu seziyorum şaşkınlık içinde. Ama gene de henüz kendimi büsbütün toparlayabilmiş değilim. En önemli gelişme uyku haplarımı atmam ve onlarsız oldukça iyi uyumaya başlamış olmam.

Bütün evi elden geçirdim. Dolapları yerleştirdim. Çatı odasındaki sandığın içinde bir zamanlar yatak odamızda duran bazı kitapları buldum. Hani Akasyalı Sokaktaki evdeki yatak odamızda... Çok azalmışlar. Sen gözaltından döndükten sonra kara çöp torbalarına doldurup ağızlarını bağlayarak geceleri bize uzak mahallelerdeki çöp bidonlarına atmıştık çoğunu anımsıyor musun? Kalanlar da belki bir daha hiç okunmayacaklar ama onlara dokunmak bile haz veriyor insana. Çok güzel, çok özenli kapakları, ciltleri. Oldukları yerde bıraktım onları. Düşünsene oralarda hiç olmazsa evinde istediğin kitabı bulundurma hakkın var.

Şu andaki görüş alanım, penceremin ötesindeki birkaç ev, iğde ağacı, kavaklar, köprü, denize doğru uzanan toprak yol, Bakkal Cavit'in derme çatma dükkânı, dükkânın önündeki ekmek dolabı, gazete tezgâhı, solmuş mavi tente ile sınırlı olsa da bütün bunlar görünürde var olmayan bir biçimde ve anlaşılmaz bir uyumla bir araya gelmiş karmaşık duyusal izlenimler uyandırıyor bende ve çok garip bir biçimde bakış açımı gerekli ve doğru yöne kaydırıyor.

Odamdaki süt kokusu, dokunduğum bir kumaşın yumuşak dokusu, dolap kapaklarının genleşen tahtalarından çıkan çıtırtılar belleğimde birikmiş kokuları, dokunuşları, sesleri ve istenmeyen görüntüleri kendi kendine dönen bir bant gibi silip temizliyor.

Bahçeyle çok uğraştım. Görsen benimle gurur duyardın. Her şey canlandı, yenilendi, iri iri oldu yaprakları. Hatmiler köylü gelinleri gibi salınıyor, mor çiçekler açan sarmaşık aceleyle tırmanıyor bahçe duvarına. Güller çoktan açtı. Burayı çok seviyorum.

Uzun süre İstanbul'a dönmeyeceğim. Benim gibi modası geçmiş aşklar yaşamayan, günün moda insanlarının orası. Gündelik birlikteliklerin taptaze, aşınmamış duygularıyla yaşlanmaya direnen, benliklerine ve belleklerine aşkın yüceliği kazınmamış özgür kadınların. Ben geri kalmış biriyim.

Zayıflıklarını geceleri buruşuk çarşaflar üstünde, bar masalarında ve kapı önlerinde hoyratça çözüp dağıtan biricik, vazgeçilmez erkeklerin o kent. İnce bir kadının bir aynanın karşısında saçlarındaki firketeleri çıkarırkenki kırılganlığını göremez olmuş erkeklerin.

Senin mektubundan sonra kafamı ve düşüncelerimi bir süre düzene koyamadım. Gene de seninle dostluğumun her zaman şu ya da bu biçimde süreceğini bilmelisin. Sana yazıyorum, her zaman da yazacağım. Sen de yaz bana. Birbirimizi kolayca bırakmayalım. Ama bunun için de zorlamayalım kendimizi.

Küçük kedim bacaklarıma sürtünüyor. Acıkmış olmalı. Tüylü bir sarman. Adı Su. Görsen ne kadar severdin... Harika bir kuyruğu var. Nasıl da düşkünsündür kedilere sen. Kanepede sırtüstü yatıp kitap okurken karnına yatırıp usul usul okşardın, oynardın onlarla, ellerine yün eldivenler giyip kızdırırdın Ayhan.

Seni çok özlüyorum.

Beni güneşli bir bahçede çiçekler sularken düşün anımsadığında. Bir kurşunkalemi yontarken, kâğıtlar yırtıp umutsuzluktan bunalırken. Yağmurlu bir öğleüzeri Sirkeci'de yürürken. Bir aynada ağlarken...

Ben seni birçok halinle anımsayacağım, yazmakla baş edemem.

Nicedir kendimi bunca yürekli bulduğum olmamıştı. Bunca yorgunken bunca kahraman. Bunca acı çekerken bunca iyimser, bu kadar hüzünlüyken böylesine mutlu.

Ve gece sessizliğinde...

Suna

DÜŞKÖY YAZLIK SİNEMASI

İğde ve gül kokularının birbirine karışarak içlere baygınlık verdiği bir ilkyaz akşamı Düşköy Yazlık Sinemasının önünde bekliyorum. Ellerim ceplerimde; neyi, kimi beklediğimi bilmeden bekliyorum. Belki de kimseyi beklemiyorum da bana öyle geliyor.

Sinemanın ağır demir kapısında paslı bir kilit asılı. Sezon açılmadı daha, duvarların üstüne perdeyi sokaktan gizleyecek kamış perdeler bile yerleştirilmemiş. Beklemekten sıkıldığım için kapıya yaklaşıp itiyorum. Açıkmış, kilit kırık. İçeri süzülüyorum gizlice. Gölgeme ve geçen yazdan kalan çürümüş ayçekirdeği kabuklarına basa basa bitiş noktasına doğru yürüyorum. Sundurmanın altından ayağı topal bir sandalye çekip kuytu bir köşeye oturuyorum.

Gökte parlak bir dolunay var. Gökyüzü aydınlık, koyu mavi. İğde ve gül kokuları başımı döndürüyor. Ay ışığı bu baygın kokuya karışarak mavimsi bir solgunlukla sinemanın mat beyaz yağlıboyayla boyanmış perdesine akıyor. Perdeye bakıyorum. İnsana düşler kurduracak, içinde sınırsız istekler uyandıracak, gözyaşları döktürecek, isyanlara sürükleyecek, tüm duygularını ayaklandıracak güzellikte bir ışık bu.

Esrikliğe benzer bir boşluk içinde, kıpırdamadan, büyülenmiş gibi perdeye bakıyorum. Birden başlangıçtan beri burda oturmakta olduğumu; burda doğmuş, burda büyümüş, burda yaşamış olduğumu anlıyorum.

Ne Dere Sokağı, ne Mahzun Garip'in yolsuz ve umarsız beklediği bahçe, ne yengemin penceresi, ne de annemin yatak odasının çinko kaplı balkonu var artık. Manolya Pastanesi diye bir yer hiç olmadı. Küf kokan koridorlar, beyaza boyalı bir göçmen karyolası, turuncu saplı koltuklar, bütün Gece ve Müzik'ler, mimoza dallı sarı giysim birer yanılsamaydı. Sındırgı Dağlarından hiç geçmedim, uzun gece yolculukları yapmadım.

Acıklı, sıkıcı mektuplar yazmadım hiç kimseye, Onur diye biri yoktu, hiç kimseyi tutkuyla kucaklamadım. Yaşamımı altüst edecek kimseyle karşılaşmadım. Dümdüz, öyküsüz, başka yerlerin, başka insanların, başka ya da benzer olayların, bütün bunlarla ilintili ya da bunlara bağlı daha başka olay, insan, yerlerin yer almadığı bir dümdüzlükte burada geçti yaşamım. Geri kalan her şeyi ay ışığının aydınlattığı mavimsi perdede bir an için görüp belleğime bir daha silinmeyecek biçimde yerleştiriverdim. Hepsi bu.

Düş gücümün yarattığı bu görüntülerin hiçbiri gerçek değil. Gerçek olamayacak kadar saçma hepsi çünkü. Yalnızca düşlerde yaşanabilecek olaylar tümü. Ama çoktandır olabileceklerle gerçek olaylar, yaşanabileceklerle düşlenebilecekler arasında büyük çelişkiler ve aykırılıklar olmadığını biliyorum artık. Hem sonra anlatılması gerekenler olup bitenler, olup bitecekler değil; herkes biliyor bunu. Önemli olan, gelincik tarlaları, dönemeçler, sis düdükleri, cinayetler, yangınlar, hendekler, bağlar ve küllerle dolu bu dünyada insanın düşebileceği ve düşleyebileceği tüm tuzakları görebilmek.

Düşköy Yazlık Sinemasının bahçesinde oturmuş, ay ışığı ile aydınlanmış perdeye bakıyorum. Kimseyi beklemiyorum...

Nisan 1990 - Ekim 1991
İstanbul - Düşköy

KAYNAKÇA YERİNE

Bu romanı tasarlarken *'Sevginin Eşsiz Kışı'* adlı öykü kitabımdaki *'Fırtına Kuşu'* öyküsünden yola çıktım ve roman boyunca o öyküde geçen bazı cümle ve diyalogları yer yer değiştirerek ya da aynen kullanmakta herhangi bir sakınca görmedim.

İnci ARAL